前巷説百物語
こうせつひゃくものがたり
〈上〉
京極夏彦

前巷說百物語

〈上〉

目錄

寢肥

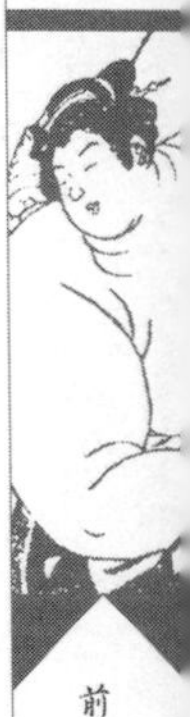

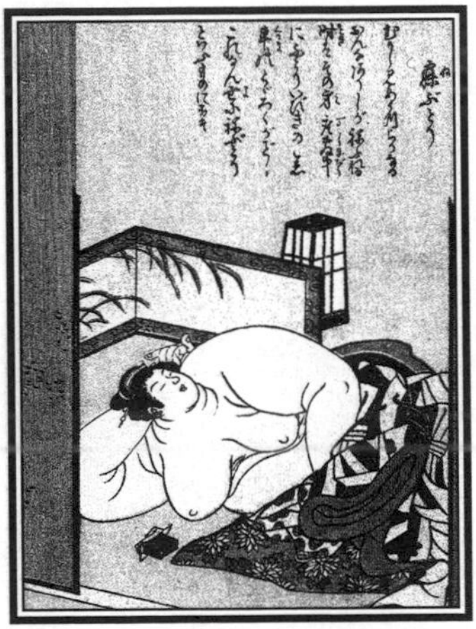

昔有一妖
形似嗜睡婦人
入睡後
身軀脹滿座敷
鼾聲有如輪轉巨響
人稱寢肥

繪本百物語・桃山人夜話卷第壹／第捌

【壹】

瞧你這身打扮，活像個冒牌和尚（註1）似的——阿睦拍了拍又市的肩，以女中豪傑般的口吻說道。至少也該剃個月代頭（註2），否則看來像個逃散（註3）莊稼漢似的，豈不糟蹋了你一臉俊容？說著說著，這女人在又市面前坐了下來。

又來煩人了，又市心想。

在麴町一帶廝混的阿睦，平時在小館子裡打雜。據說從前曾是個偷兒，至於真相是如何，又市就無從知曉了。

既無須知曉，亦無意知曉。

總之，阿睦與又市一夥人本無牽連，但打又市一返回江戶，就成天繞著他們打轉兒，由此不難看出阿睦並非什麼正經女人。

不正派者，總會在不正派的場所聚頭。即使無意結識，彼此多少也會認得。

「反正就如妳說的，我本就是貧農（註4）生的，的確是個如假包換的逃散莊稼漢。」

註1：原文作「ちょぼ暮れて」，指江戶時代手持錫杖或搖鈴，口唱如祭文風格的歌曲乞討米錢的江湖藝人。
註2：江戶時代，男子將前額至頭頂的頭髮剃成半月形的髮型。
註3：逃散為日本中世以後的一種農民抗爭，指農民為反抗領主而結夥放棄耕作，逃往山野或其他藩國之領地。
註4：原文作「水飲み」，為江戶時代未擁有農地，亦無登記戶口，靠打零工維生的下層農民。

又市毫不在乎地說道。

哼，阿睦嗤鼻應了一聲，拿起手邊的茶碗朝土間（註5）一潑，再提起酒壺斟了點酒。

「唉呀，瞧你這語氣，虧你在京都還是個大名鼎鼎的小股潛，怎麼人家三兩句話就把你激得心浮氣躁了？」

「少這麼稱呼我。」

又市提起酒壺，朝自己杯中注入劣酒。

「小股潛可是用來罵人的字眼，別當著人面用這字眼稱呼人家。給我學著客氣點。」

「罵人的字眼？我說阿又呀，你怎麼突然想當起好人來了？不法之徒就是不法之徒，哪還需要和你客氣什麼？」

「就算真是，也輪不到妳這母夜叉這麼稱呼我。哪管是小股還是大股，我可沒卑賤到樂於從他人股間胯下鑽過去的地步（註6）。喂，阿睦，總之我是個雙六（註7）販子，賣雙六的都得在腦袋上纏條頭巾，哪還需要剃什麼月代？」

瞧你說的，阿睦繼續糾纏道：

「這張說起話來滔滔不絕的利嘴，不就是小股潛的明證？雖不知在京都是怎麼稱呼，但在咱們江戶，你這種人就叫小股潛。」

誰在乎？又市把頭一別，說道：

「總之妳少在這兒嘮叨，老子我想一個人靜靜地喝點兒酒。」

唉呀，我知道了，阿睦把臉湊向又市，語氣嬌嗲地說道。

一股女人的香氣，薰得又市把頭給轉了過去。

「知道？——妳知道什麼了？」

「你是在煩惱小葉的事兒罷？」

——這娘們。

還真是囉唆。

瞧你純情得什麼似的，阿睦語帶撒嬌地說道：

「不枉費你光顧得那麼勤。不過，你這種雙六販子終日遊手好閒，活像斷了線的風箏，哪有能耐為自己迷戀的娼妓贖身？這種明知不可為而為的花街苦戀，可是涉世未深的小毛頭才會幹的傻事呀。」

我可不是打這種主意，又市本欲辯駁，但硬是把話給吞了回去。唉呀，怎麼閉嘴鬧起彆扭了？這下阿睦的揶揄更是得寸進尺：

「唉，不過那姑娘還真是命苦呀。算算這已經是第四回了罷？只能怪她生得如此標緻。為姑娘贖身是好事，但遲暮之戀可是萬萬搞不得呀。這些個好色的老不修，想必都是死於精力衰竭罷。」

註5：日式建築中，保留泥土地板的房間，又曰土場。

註6：小股為小步，大股為大步，小股潛字意上有自人跨開的小步下鑽過去之意。

註7：類似中國升官圖的棋盤遊戲，於奈良時代自中國傳至日本。遊戲由兩人進行，各握有黑白各十五子，擲骰子憑點數前進，以哪方率先將所有棋子擺進對方陣內定勝負。

但四回也實在是太頻繁了，俗話說事不過三，多一可果真是不妙呀，阿睦說道，在杯中注了更多酒。

「被說成帶厄禍水，也怪不了人。」

「少搶我的酒喝。」

又市一把奪過阿睦手中的酒杯。

吝嗇個什麼勁兒呀？阿睦瞪著又市狠狠說道：

「怎麼？聽見自己迷戀的姑娘被說成帶厄禍水，惹得你生氣了？」

「少再給我囉唆，瞧妳嘮叨得什麼似的，也別只知道作弄人。我哪管她是禍水還是什麼的，為她贖身的老頭兒個個魂歸西天，也不就是天命？這等事兒，哪還有什麼好追究的？」

「瞧你說的，明明就一副急著刨根問底的模樣。」

「哪有什麼想追究的。這雖沒什麼好自豪的，但我可是個不知廉恥的無賴，哪是什麼涉世未深的小毛頭？什麼苦戀迷戀的，壓根兒不想沾惹這種麻煩事兒，也不會天真到起嫉心什麼的，死了幾個要死不活的老頭，我哪可能希罕？即使他們全是趴在阿葉身上死的，也不過是巧合罷了，哪有什麼好刨根問底的？」

「那你還納悶個什麼勁兒？」

「這……」

這娘兒們還真是難纏，又市心想。為何女人家老是愛打破砂鍋問到底？

「妳難道不懷疑事有蹊蹺？」

「指的是每回為她贖身的都魂歸西天？」

「不是。」

又市將空了的酒壺倒扣回桌上，回答道：

「為何她會被贖這麼多回身？」

「這你哪可能不明白？」

還不是因為阿葉是個可人兒？阿睦瞇起雙眼說道：

「我雖沒見過阿葉幾回，但她的美色，就連我這女人見了都要嫉妒。瞧她一身細皮白肉、冰肌玉膚，就連你都給迷得團團轉的。」

「少瞎說，絕沒這回事兒。」

這有什麼好隱瞞的？阿睦乘著醉意嘮叨數落道：

「這哪是瞎說？不是說她那肌膚有多誘人什麼的？我都親耳聽阿又你誇她好幾回了。」

「喂，阿睦。」

「怎麼了？」

不管是女人還是什麼的，若沒人賣，就沒人會買。不是麼？又市一臉嫌惡地問道。

他的確覺得滿心嫌惡。

這還用說——阿睦若無其事地回答道。

「但這其中難道沒有蹊蹺？仔細想想，阿葉可是被贖了四回身呀。」

「生得那麼標緻，教人贖個幾次身哪是什麼問題？我就認識一個逼了自己老婆五度賣身的傻子，不過，他是個嗜賭如命的混帳東西就是了。」

「這傢伙的老婆哪會是他自個兒贖回來的？待錢還清能回家了，又將她給賣出去了罷。妳想想，哪有人會花大筆銀兩為個有夫之婦贖身？即便想也贖不成罷。硬是讓人給贖了出去，不就成了這恩客的老婆了？總而言之，只有花錢為她贖身的傢伙能再度將她給賣出去。那麼，究竟是誰賣了她的？」

「這還用說？賣了阿葉的當然是買下她的窯子——噢，這說不通，將阿葉賣給窯子的傢伙，也就是把她從前一家窯子買下來的傢伙——」

「不可能。」

「噢？」

「絕無可能。打頭一個為她贖身的味噌鋪老店東、木材鋪的老頑固、迴船問屋（註8）的鰥夫店主、到這回剛翹了辮子的當鋪店主，個個都是買下阿葉後沒幾個月就魂歸西天。或許果真如妳說的，都是為她散盡家財又給搞得精力衰竭而死。不過——」

說得也是，人都死了，哪能將她給賣出去？阿睦一臉詫異地說道：

「不過——你想想，阿葉這姑娘還很年輕不是？通常這樣一個姑娘，在為自己贖身的老頭兒死後，大抵會回爹娘那兒去。那麼，難道是她爹娘又將她給——」

「不可能。」

又市斷然否定道：

「阿葉老家在奧州（註9），爹娘想必都在窮鄉僻壤過著在泥巴中攪和的日子，哪可能做得

了什麼？即便是爹娘賣了她，也僅有頭一回有這可能。」

「那麼，或許是她自個兒決定下海的？」

「也不是。流鶯、娼妓、或男娼中，自個兒決定下海的人的確多不勝數。但阿葉可不同。」

「怎麼個不同？」

「妳想想，讓人贖身，不就等於是簽了賣身契？那麼，賣身掙得的銀兩上哪兒去了？」

「想必是存起來了罷。」

「瞧妳這隻母狐狸，說什麼傻話？這樣一再賣身，即使存得了積蓄，也是無處花用罷？難不成她是個只要存得銀兩就滿足的守財奴？這種事我可沒聽說過。阿葉擺明不是自個兒賣身的，也就是——她是教人給賣了的。雖說人心不古，如今推女兒下海的爹娘、或將老婆賣進窯子的老公也多不勝數，但若是讓人給贖了身，債務便能償清。哪有在自己的贖身恩人死後，還回窯子掙錢的傻子？」

的確沒有，阿睦回道。

「當然沒有。」

「有道理。常人當然是就此洗手，回窯子的——應該沒有。不過——這又代表什麼？」

「我正是為此而大惑不解。挑個什麼樣的糟老頭為自己贖身，是阿葉的自由。與其天天接

註8：迴船為從事日本國內沿岸運輸之商船，迴船問屋則為斡旋貨物船運之業者，又作迴漕問屋、迴漕店。

註9：又稱陸奧，日本古代令制國之一，範圍涵蓋今日本東北福島、宮城、岩手、青森與秋田等縣。

客，成天伴素昧平生的傢伙溫存，當個老頭的小妾或許要好過得多。那麼，在這老頭魂歸西天後，選擇再次下海，也是阿葉的自由。畢竟世風日下，孤零零一個女人家，要討生活可不容易。除了當個像妳這種女無賴──要想餬口，大概就只有賣身了。」

女無賴那句就省了罷，阿睦抱怨道。

「難不成我說錯了？」

是沒說錯，阿睦一臉不悅地應道：

「但我日子可沒你想的那麼好過。」

「不過，阿葉可不像妳，只能過一天是一天，她想必是不愁吃穿。瞧那開當鋪的老頭兒，還為阿葉買了棟黑牆（註10）華樓，來個金屋藏嬌哩。這棟華樓，絕不是僅供遮風避雨的罷？倘若她將那棟樓給賣了，無須再度下海，應當也能衣食無虞才是。除了這開當鋪的，賣味噌的和賣木頭的也都沒虧待過她。而那開迴船問屋的，還成天吹噓要將她扶為正室，讓她繼承萬貫家財哩。雖然因家人反對沒能成事，但也出了好大一筆銀兩。這些老頭兒翹辮子前，理應都會留給她一大筆財產才是。」

「真是教人羨慕呀。」

「妳說是不是？但阿葉雖坐擁大筆財富，竟然將眾老頭饋贈的物品、華宅與家財都悉數處理掉了。」

連那棟黑牆華樓也給賣了？阿睦瞪圓了雙眼問道。

「賣了。光是這棟樓就能換得不少銀兩。何況阿葉還連──」

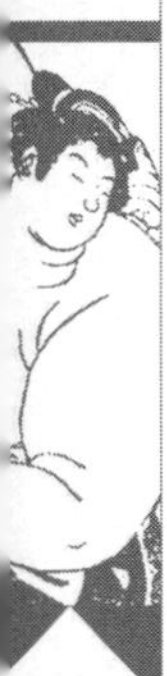

「還連自己都給賣了？」

「沒錯。所以我才認為，她應不是為了存錢才賣身的。妳說是不是？」

「是有道理。」

「當然有道理。阿葉被四度贖身，因此也是四度賣身。亦即，有個傢伙從窯子那頭賺了四回銀兩。再者，四個老頭兒遺留的財產，也都不知上哪兒去了——」

應是拿去供養小白臉了罷，阿睦說道。

接著又將一張臉湊向又市，語帶揶揄地繼續說道：

「想必是有個小白臉哩。阿葉平日裝得一臉無辜，背地裡分明有個小白臉，還若無其事地讓恩客贖身。想必是待老公一死，就回那小白臉身邊去了。」

「回去後——再讓那傢伙將她給賣了？她可是被賣了好幾回呀。」

「否則還能如何解釋？這可是你自己點出的。」

或許真是如此。不過……

「真有女人傻到這種地步？」

「動了真情呀。」

這下阿睦傲氣十足地說道：

「既然動了真情，當然是回到情郎那兒去。或許為她贖身的老頭兒全給蒙在鼓裡，在他們還

註10：江戶時代民宅圍牆，以黑牆最為風流瀟灑，為地位象徵。

沒歸西前，阿睦就一直是腳踏兩條船哩。」

胡說八道，又市反駁道：

「儘管用情再深，對一個一再將自己推入火坑的傢伙，哪有女人傻到癡夢不醒？這可不只是一回，而是四回哩。難不成其中有什麼費人疑猜的隱情？抑或這傢伙是個手腕了得的騙子——？」

都動情了，哪會有什麼費人疑猜的隱情？阿睦說道：

「動情這玩意兒，總是教人兩眼昏花，鼻子失靈。來個欲擒故縱，反而更教人癡醉。來個款款柔情，便要將人給拱上天。既不是被騙，也沒人欺她。動情就是這麼回事兒呀。」

「但阿葉她……」

阿又，你怎還參不透？阿睦伸出手來說道：

「瞧你竟然傻成這副德行。債這種東西，還了就沒事兒，但若是心甘情願的供養，可就是永不嫌多了。倘若仇恨能殺他人，癡情便要害死自己。見情郎被討好，自然是歡天喜地；見情郎嫌棄自己，只怕要供得更兇。」

「無關對方是否還之以情？哪管對自個兒是討厭還是喜歡，供養起來都是心甘情願？哪管是教人拋棄、還是給推入火坑，依然甘願回頭——」

女人心果真是如此不可理喻？又市問道。男女不都是一個樣兒？阿睦回答：

「為阿葉贖身的老頭們不也是如此？哪管是為此散盡家財，還是將家產拱手讓人，就連色慾薰心的老頭兒都捨得斥鉅資為意中人贖身，哪有什麼老幼貴賤之分？男女之情本就不可理喻，哪

有什麼成規好墨守的？」

如何？要不要讓我供養一回試試？阿睦將手疊到了又市的掌心上說道。

冰柔的觸感，教又市嫌惡得抽回了自己的手。

瞧妳在胡說八道個什麼勁兒？又市罵道。唉呀，瞧你這小伙子，連個玩笑也開不起，阿睦鼓著腮幫子說道：看來，你就是忘不了阿葉，不過是嫉妒她的意中人罷了——

【貳】

你連這也沒聽說？長耳仲藏停下原本忙個不停的手，回過頭來說道。

他這相貌果然獨特。身軀大腦袋兒小，小小的腦袋瓜上還長著一張大嘴，嘴裡生得一口巨齒。眼鼻幾乎小得教人看不見，然而一對耳朵卻是異樣的長。就是這對耳朵，為他換來了長耳這諢名。

雖然剃光了頭髮，但他既非僧侶，亦非大夫。表面上——仲藏靠經營玩具舖營生。

所以大家才叫他睡魔祭的音吉呀，仲藏再度露出一口巨齒，以粗野沙啞的嗓音說道。

「睡魔？這字眼聽來還真教人打盹兒。」

你該不會連這也沒聽說過罷？仲藏問道，並轉過身來盤腿而坐。

「誰聽說過？可是指那生在臀上的膿包？」

「那是癰腫（註11）。這睡魔祭，就是奧州一帶的七夕祭，一種大夥拉著由巨大的繪燈籠做成的山車（註12）遊行的祭典。」
「可是像放精靈船（註13）那種玩意兒？」
比那小東西有看頭多了，長耳一臉不耐地說道：
「不都說是山車了？用的傢伙可大得嚇人哩。」
「難不成是像祇園祭（註14）那種？」
也沒那麼悠哉，仲藏依然面帶不耐地說道，並使勁伸了個懶腰。看來手頭上的差事教他專注過了頭。
「算是陸奧這窮鄉僻壤的村夫俗子所行的鄉下祭典罷。大夥兒使勁敲鑼、賣力跳舞，規模稱得上宏偉，保證投江戶人所好。」
這種東西誰聽說過？又市不服輸地說道。雖想就坐，卻找不著一塊地方，只因一個難以形容的怪東西鋪滿了整個座敷（註15）。
而且，這東西還散發著一股漫天臭氣。
「管他有多宏偉，這東西與我何干——？」
臭氣薰得他直想掩鼻。
「這東西真有這麼臭？」
「都要薰死人了，你難道沒嗅著？」
看來我這鼻子老早被薰壞了，仲藏笑道。
「即使沒給薰壞，你這張臉也看不出上頭生了鼻子。話說回來——這到底是什麼東西？」

是隻蛤蟆呀，仲藏回答道。

「蛤蟆？」

「就是兒雷也（註16）所召喚的蛤蟆呀。不過，僅有皮就是了。」

「僅有皮？」

這怎麼看都不像蛤蟆的皮。都鋪滿整個八疊大小的座敷了，實在是過於龐大。

倘若這真是蛙皮，這隻蛙可就要比牛大了。

反正仲藏不過是在吹牛，又市也沒多加理睬，只顧著回歸正題：

「喂，長耳的，我想打聽的既不是蛙，也不是祭典，而是那男人的事兒。那鄉下祭典規模有多宏偉，我可沒半點兒興趣。」

「你感不感興趣與我何干？總之，正因那祭典規模宏偉，才邀得了我長耳大人出馬。正因如

註11：睡魔祭的「睡魔」原文作「ねぶた」，與癰腫「ねぶと」讀音相似，「ねぶと」漢字寫為「根太」。

註12：日本傳統祭典中的人拉彩車。

註13：原文作「精霊流し」，盛行於長崎縣各地之中元節行事。中元節當晚，將瓜皮或油紙製成之水燈放入河中或海中，任其隨水漂流。有弔送故人亡魂、航向極樂世界之寓意。一說源自中國的彩船（王船）祭大典。

註14：京都三大祭之一，於每年七月時舉行。起源為西元八六九年時因瘟疫橫行，京都居民認為是祇園牛頭天王作祟，故迎出神像於京都市內巡行，祈求消災除疫。

註15：日式建築中接待訪客用的和室。

註16：亦作「自來也」，為戲作者美圖垣笑顏自一八三九～一八六八年刊行之合紙（含插畫的小說）《兒雷也豪傑譚》之主角，乃一可召喚巨大蛤蟆的忍者。

此，我才得以回答你的疑惑。」

不懂。

還是不懂？長耳說道：

「其實，這鄉下祭典的燈籠山車上畫的，是歌舞伎一類的芝居繪（註17），但不是役者繪（註18），而是像加藤清正（註19）遠征朝鮮、或是神功皇后（註20）這等壯闊的故事。據說這祭典，乃是源自坂上田村麻呂（註21）的蝦夷遠征，因此畫的淨是這類圖樣。」

「那又如何？」

坐下來聽我解釋罷，仲藏說道。

但哪來的地方坐？

「其實，這只燈籠原本應是只四角形的大燈籠。在隔扇紙（註22）上繪幅圖，在其中點上蠟燭，便能在夜裡照亮上頭的圖樣。但這回委託我製燈籠的——要我做點兒改變。」

「改變？」

「他們曾問我，能否紮出一只人形燈籠。」

「人形——？是要做什麼？」

「就是紮成人的形狀呀。說明白點，就是先以竹子什麼的紮出骨架，外頭再糊層紙的紙紮（註23）。」

可是像犬張子（註24）或達磨不倒翁那類東西？又市問道。那是紙糊做成的，仲藏回答。

「紙紮和紙糊有何不同？」

寢肥

「兩者不盡相同。想不到你這毛頭小子，竟然連這點兒常識也沒有。紙糊得先造出陰模、陽模，在模子裡糊上紙，待乾燥後自模子裡取出，再施以顏料著色。紙紮玩具則是先紮出一副骨架子，外頭再覆張紙，做法和燈籠差不了多少。兩者可是截然不同的。」

有道理。犬張子裡頭的確沒有骨架。

方才一時倉促沒想清楚，原本還納悶光靠紙哪能糊成象，這下方知原來是這麼回事。

「好罷，這下我似乎懂了些——不過這紙紮，無法做得夠細緻。是不是？」

「沒錯，紙糊較能造出細節，但可無法將東西做得比人還大。畢竟得先做出個與實物同樣大小的模子才成，大佛什麼的哪是三兩下就造得成？何況陰模甚至還得比實物大，有幾人造得成？

註17：江戶至明治時代盛行的浮世繪類型之一，以歌舞伎場景為主題。

註18：江戶至明治時代盛行的浮世繪類型之一，以歌舞伎演員、舞台、道具、或觀眾為主題，受歡迎程度幾與美人畫匹敵。

註19：一五六二～一六一一，安土桃山時代至江戶時代初期大名、武將，肥後國熊本藩之初代藩主。原為豐臣秀吉之家臣，於元祿．慶長之役隨秀吉率軍遠征朝鮮，屢戰屢勝。秀吉歿後成為德川家臣。

註20：日本古墳時代皇族，第十四代仲哀天皇之后。相傳於天皇歿後曾長期攝理朝政，並三度出兵朝鮮，創下日本海外拓土之先例，但相關傳說多不可考。

註21：七五八～八一一年，日本平安時代武將。因討平東北陸奧蝦夷有功，獲封為第二任征夷大將軍。

註22：原文作「障子紙」，即糊隔扇或拉門的紙張。

註23：原文作「張りぼて」，通常為後述的張子（張り子）之關西弁說法。

註24：江戶時代以紙糊成狗形的鄉土玩具。由於狗生育容易，並可生出複數幼犬，故犬張子常被做為祈求安產或孩童安泰的護身符。

又不是每年都得做個同樣的東西，造模又要比翻模還來得費事。況且，得藉翻印製造的紙糊，紙質厚透不了光，也做不成燈籠。你想想，在達磨不倒翁裡點根蠟燭，當得成燈籠麼？總之，這些客官要的，可說是個形狀奇特的提燈，但這——可是個天大的難題哩。」

因此，非請本大爺出馬不可，仲藏拍拍胸脯說道：

「哪管是大舞台佈景或大小道具機關、見世物小屋（註25）裡的妖魔鬼怪到人形傀儡、抑或各類孩童玩具，我長耳仲藏保證樣樣精通。」

「喂。」

又市拉回原本捲起的衣襬，驚訝地盯著仲藏問道：

「原來你不只是個開玩具舖的？」

「也算是個開玩具舖的。」

「你這算哪門子的玩具舖店東？盡做些稀奇古怪的東西，像是能伸長頸子的和尚、或一張臉能化為嬰孩的地藏什麼的——這些個哪是娃兒的玩具？我可沒見過有誰揹著這類玩意兒四處兜售。」

瞧你老為些芝居小屋（註26）或見世物小屋幹活兒，看來你對作戲依然是難以忘情哩，又市嘲諷道。據傳，仲藏其實是個紅牌名角的私生子。

有什麼好難以忘懷的？仲藏先是闔起一張大嘴，接著又開口說道：

「阿又，你也瞧瞧我生得這副德行，除非找我扮高頭大馬的夜叉，否則就算天塌下來，也輪不到我當戲子。我的舞台，就是這大千浮世，要變就真變出個樣兒，要騙就真騙個徹底。我的觀

客，就是世間的芸芸眾生。」

「你就甭再吹噓了——說說那睡魔還是睡佛什麼的究竟是個什麼玩意兒罷。」

噢，仲藏應道，同時又摸了摸自己的大耳。

這是他的怪癖。

「也不知是打哪兒打聽到我的名聲，一個津輕藩（註27）的藩士上我這兒來，委託我做出這東西，並保證事成後將支付二十兩。二十兩可不是個小數目哩。因此，我便想到了這做法。」

「什麼樣的做法？」

「噢。首先，我塑了個小巧的泥巴人偶。雖說小，但也有兩尺高。接著，再將撕細的小竹篾朝這泥人上糊。將這些個小竹篾漆上不同顏色，並在上頭標上號數，再將這些個號數記於圖上。接下來，只要小心翼翼地自人偶上剝下竹篾，依竹篾比例削出大竹篾，再按號數紮起便可。」

「噢？」

完全教人聽不懂。

「想不到你竟然蠢到這地步。如此一來，只需依比例放大或縮小，便能按圖造出大小不同、但模樣相同的製品。以十倍、百倍長的竹篾紮骨架，便能造出十倍、百倍大的同樣東西。只要在

註25：即雜耍場。
註26：即戲班子。
註27：又稱弘前藩，位於日本陸奧國北部（今青森縣弘前市）的藩國。

骨架上糊層紙，便能造出與土捏人偶同樣的紙紮玩具。」

「噢。」

原來是這麼個道理。

「那麼，造得還順利麼？」

「當然順利。承蒙當地百姓鼎力相助，如今只需漆上顏色，便可大功告成。想不到那窮鄉僻壤竟也不乏高人，我就和當地的繪師一同畫出了一幅氣度宏偉的圖畫。當然，也賺進了滿滿的銀兩。這棟屋子，就是靠這筆銀兩買下的。」

「原來是這麼回事兒。」

又市平日便常納悶這理應過得有一頓沒一頓的玩具舖店主，怎能買下這棟位於朱引（註28）內的宅第——雖是位在朱引的最外圍，還殘破不堪。原來背後是這番緣由。

「真得好好感謝那睡魔大神明什麼的才成。若是沒這棟屋子，我哪可能避開外人的睽睽眾目，造出這麼大的東西？」

「大是不打緊，但真是臭氣薰天呀。」

我可是薰了好一陣哩。仲藏一張臉湊向這蛤蟆皮什麼的，嗅著說道。

「哪管是薰過還是烤過，這東西臭就是臭。幸好你這屋子是在荒郊野外，周遭若有人居，肯定要把鄰居們給薰死。」

「正是為此，我才買下這棟房舍的呀。比起臭氣薰人，你閒著沒事在深夜裡敲人家門，豈不是比我更不懂得睦鄰之道？」

坐罷，說著說著，仲藏稍稍捲起這張看似布幕的東西，為又市騰出了個位子，又說道：

「總而言之，我這回正在利用當時造紙燈籠的手法，製造這個幻術變出的大蛤蟆。」

「這也是紙糊的麼？」

「不。該如何形容呢——噢，該說是個大皮球罷。」

「大皮球又是什麼東西？」

「戲裡的兒雷也，不是常轟隆轟隆地變出一隻大蛤蟆？通常這蛤蟆都是以紙紮充當，並不是由人扮演，只不過是從佈景後頭露出來晃一晃，頂多再放出一陣煙霧，根本是無趣至極，因此——」

仲藏自懷中掏出一只紙球。

「這回有人找上我，委託我造個能像這只紙球般一吹就脹的行頭。原本是扁平的，待戲子一打手印，頃刻間便能吹脹。」

「這種東西哪造得出來？」

老子有什麼造不出來？仲藏露齒笑道：

「用紙的確不成，就算脹起來也不成個樣兒。東西這麼大，要順利吹脹根本是難上加難，若要個老頭兒吹，肯定要吹到氣喘而死。即使以風箱代勞，不僅紙可能會給吹破，即使吹起也不成形。紙糊的東西畢竟需要骨架，看起來才成個樣兒。」

註28：江戶幕府時代用以形容江戶範圍的用語，起源為江戶地圖上會以紅線圍出江戶地域。

「那還用說？紙薄得什麼似的，哪豎得起來？」

若是摺紙般用摺的，或許還能成形，但中空的袋狀要想豎起來，的確是難於登天，包准教紙自個兒的重量給壓塌。這點道理又市倒是懂得。

「因此。」

長耳自鎮坐一角的藥櫃中取出一只泥人偶，湊向又市說道：

「瞧瞧這只蛙，是依照我自不忍池（註29）抓來的大蛤蟆造成的。」

造得還真是活靈活現、幾可亂真。這傢伙果然有雙巧手。

「只要在這上頭糊上幾層薄紙，晾乾後劃個幾刀謹慎剝下。再將剝下的紙裁成細小的紙模。」

長耳又自藥櫃中取出幾張小小的碎紙頭供又市瞧。

「將這些紙頭拼湊起來，就能湊出一只同樣的蛙。接下來，只消依先前提及的紙紮製法便能完工。將這放大，便能造出一只巨蛙來。」

「但這依然是紙糊的不是？裡頭少了骨架，造得太大不就要塌了？」

所以，我這回不就用皮造了麼？長耳捲起鋪在榻榻米上的異物說道：

「況且——這可不是普通的皮。我先將獸腸煮熟、泡鞣、晾乾，浸入藥汁醃漬後薰烤，再上一層漆。」

「什麼？」

又市再次被嚇得驚惶失色：

「如此催人作嘔的東西你也敢碰？」

你這個賣雙六的，膽子可真小呀，仲藏笑道：

「你連獸肉（**註30**）都吃了，哪有資格嫌這東西噁心？世上可沒幾個東西像這層皮般既薄且韌、密不透氣、還能伸縮自如哩。尋常的皮會過厚欠柔，布料有線孔又包不住氣。因此——我才研製出這種東西。但若未經加工，這東西便要迅速腐壞，加上薄皮又怕刮傷，稍稍破個孔便萬念休矣。因此，我才想到浸泡藥汁，晾乾後再上漆這法子——」

臭味難道還沒消麼？仲藏皺眉納悶道。

「我不都說要薰死人了？雖不知這臭氣究竟該如何形容。」

「別這麼說，原本的腥味已經減了不少，現下薰人的反而是藥味罷。看來這道程序完工後，或許該再薰個一回——還是焚香染個味算了？」

「這臭氣，光憑焚香哪去得了？」

話畢，又市摸了摸這層皮。

的確是又薄又韌，異於又市所見過的任何材質。觸感和人皮似乎也有些相似。

問題就在這兒，仲藏說道。

「怎麼說？」

註29：位於今東京上野恩賜公園南端的天然池。

註30：即牲畜肉或鯨豚肉，尤指山豬肉。明治維新前的日人有避食海產以外肉類的風習。

「還不就是這顏色？憑這顏色無法交差，而且還連顏料也上不了。這下正在苦惱該如何為這東西上色。不知煮染是否有效——？」

否則一隻蛙竟是人的膚色，哪像個樣兒？仲藏摸了摸自己的耳朵說道。

的確有理。這色彩看來壓根兒不像隻蛙，反而活像個蜷著身的相撲壯漢。

「倒是，這東西——」

吹脹了真能像隻蛙？

當然，長耳回答道：

「我正在將幾塊小皮黏合成一大張皮。需要將它們依紙模的形狀剪裁，再加以縫製。但又得避免氣從戳出的針孔洩了。因此只得以溶膠將縫合處給——」

說著說著，長耳拔出插在身旁一只壺中的細毛刷。

只見刷毛上蘸有黏稠的汁液，盛在壺中的似乎是某種褐色的黏稠藥液。

這個頭雖大卻有著一雙巧手的玩具師傅刮去刷毛上多餘的黏劑，謹慎地朝看似縫合處的部位上漆了幾筆。

「只要來回漆個幾回，就能將針孔完全塞住。但又得避免讓這些個黏合處變得太硬，使整張皮失去了彈性。」

「這東西有彈性麼？」

「彈性可大了。我事先縫了一只袋子試試。即使不及剛搗好的年糕，至少也如女娃兒的臉頰般有彈性。」

「我可沒掐過女娃兒的臉頰，哪知道那是多有彈性？」

「下回去掐個娼妓的臉頰試試罷。總之用這東西縫製而成的蛤蟆，疊起來大小僅如一件單衣（註31），但若以一只大風箱充氣，只消數個二十還是三十，便能脹成一匹成馬般大小的蛤蟆。演出時，便能乘施放煙霧敲擊大鼓時，迅速吹脹成形。」

夠了夠了，又市打斷了長耳的解釋。

今兒個可不是為了這個來的。

「方才——不是提到那叫睡魔還是睡佛什麼的鄉下祭典？我正在等著你把那究竟是什麼東西說明白哩。你這傢伙就是這副德行，說起話來和你的長相同樣不著邊際。倒是長耳的，你該不是忘了方才我打聽的，是阿葉的事兒罷？」

「當然記得。我說的不正是阿葉那小白臉的事兒？」

「我可沒聽見你提及。」

「哪沒提及？是你自個兒沒聽清楚罷。該說的我都說了。阿葉的男人，就是那睡魔祭的音吉。此事，平日愛造訪花街柳巷的個個都知道。」

我是個雙六販子，又市回道：

「與花街柳巷本就無緣。這男人這麼有名？」

「是頗有名氣。我與他僅有一面之緣，但在吉原一帶似乎是個無人不知的角色哩。」

註31：無襯裡的薄和服，多當內衣著用。

「你見過他？」

「見過。上那頭時見到的。」

「那頭——指的是奧州麼？」

「沒錯。正是在陸奧。所以一開始不就說了？我造的山車在那兒的祭典裡大出風頭——就是在那兒碰上那傢伙的。」

「那傢伙叫什麼名來著——音吉？」

「沒錯。那傢伙在那頭也頗受矚目。大家都喚他作年年造訪睡魔祭的江戶美男。畢竟，江戶人在那地方原本就罕見。」

年年造訪——

「他上那種窮鄉僻壤做什麼？」

「還不是為了做生意？年年都上那兒賣些江戶帶來的日用雜貨，再採買些當地名產，例如絹布、絲綢、紙布（註32）什麼的。不過，表面上是從事這種生意，骨子裡其實是去物色姑娘的。」

「物色姑娘？」

他可是個好色之徒？又市問道。不，不是說過是去做生意麼？長耳回答。

「物色姑娘哪算是做生意？難不成他專與鄉下姑娘談情說愛，好乘機兜售些梳子髮簪什麼的？」

「哪來這種閒情逸致？音吉再怎麼說也是個在商言商的江戶人，真的是去做生意。」

「一個賣日常雜貨的，除了這還能做些什麼生意？」

老實說，音吉其實是去買人的，長耳說道。

「買人——？」

「沒錯，買人。音吉幹的，正是買賣人口——不，音吉其實只賣不買，骨子裡是個將姑娘賣給窯子的人口販子。」

「喂，沒先買人來，要怎麼賣？難不成是擄人來賣？」

這年頭哪還能隨便擄人？長耳一臉不耐煩地說道。

「不付錢就把貨拿走，是盜竊。這貨若換成了人，不就是擄人了？」

「你想想，阿又。音吉若是去擄人的，為何年年都上奧州？或許世間仍有擄人這等野蠻勾當，但每到一地也僅能幹個一回，哪有人膽敢在一地屢屢勾引良家婦女？奧州即便是個窮鄉僻壤，百姓看見擄走自己女兒的傢伙大搖大擺地回來，也不至於傻呼呼地熱情相迎。噢——倒是，音吉這傢伙，天生就是虛有其表。」

「虛有其表也有天生的？」

「當然有。阿又，瞧瞧我生得這副德行，即使一路倒立而行，也沒姑娘會看上我。你這傢伙生得一臉細皮嫩肉，想必不會懂得這個道理。憑我這長相，姑娘即使對我投以嫣然一笑，對我也

註32：將和紙裁成細條，添加線頭混紡而成的衣物，亦指與棉線或絹線混紡的布料，多用來縫製夏衣或衣帶，盛產於宮城縣白石、靜岡縣熱海。

不會有半點意思。要想走什麼桃花運，除非能換個腦袋瓜子。有人則是與我恰好相反。音吉這傢伙，可是生來就註定要將姑娘們迷得神魂顛倒的——」

這傢伙的長相，比許多戲子都要來得俊俏哩，話及至此，仲藏先是摸了摸自己長相怪異的臉，接著突然咬牙切齒地說道：

「不，還不僅是俊俏而已。他比我還年長，年紀都有四十好幾了。」

「喂，難不成你還不到四十？」

長耳這副長相，說已年近五十，只怕都有人相信。

「或許在你這種小夥子眼裡，四十和五十看來都一個樣兒。總之，男人只要上了年紀，都是一副齷齪模樣。但音吉年過四十，看來仍是青春常駐，這可就非常人所能及了。也沒施什麼妝，看來就教姑娘們個個怦然心動。」

「怦然心動——」

這關咱們什麼事兒？又市問道，納悶這傢伙為何老愛岔題。

「哪會不關事兒？那些個鄉下姑娘們，個個教音吉的俊美模樣給迷得神魂顛倒哩。」

「他以甜言蜜語哄騙姑娘？」

「音吉這傢伙似乎不會耍什麼技倆勾引姑娘。是姑娘們自個兒給迷上的。況且……」

「怎麼了？」

「迷上音吉的姑娘們都跟著音吉，一晃眼就消失了蹤影，村子裡的人都以為是神隱。」

「神隱（註33）？」

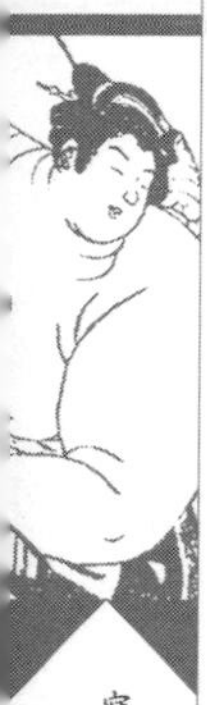

「是呀。其實哪有這種事兒？我和音吉同乘一艘船返回江戶，方才知道實情。到頭來——那些姑娘是自個兒跟上來的。」

「自個兒跟上來的？」

怎麼聽來活像是與母狗失散了的小狗？

沒錯，每年似乎都會跟來一兩個，長耳說道。

「聽來活像是狡辯。」

「音吉自個兒的說法是，人不是我帶回來的，既沒誑騙，也沒強逼——唉，其實這說法的確是對了一半。他也解釋——這些姑娘怎麼勸也不願回頭，到頭來，便一路跟到江戶來了。」

「且慢，長耳的。這些姑娘——就這麼一路跟到了江戶？他怎不在途中將她們給趕回去？稍稍趕個人不就得了？」

「說是怎麼趕也趕不走，但真正原因，其實是音吉是自青森乘船歸返的。」

「乘船——？」

原來如此。都上了船，當然是想走也走不得。

聽來的確像狡辯，是不是？長耳說道。

當然是狡辯。

「小姑娘哪可能隻身自陸奧走到江戶？但若是上了船，便是想回也回不得，只得乖乖來到江

註33：指人突然失蹤之現象。古人認為人毫無前兆，突然於山中、林中、或城鎮內失蹤，乃神或妖怪所為。

戶。古怪啊，這些姑娘們登船時，那傢伙一定會伸了手將她們給拉上來，完全看不出有絲毫勸姑娘們返家的念頭。但表面上，他解釋是姑娘們執意跟上來的。隨後——」

「難不成——就將她們給賣進了窯子？」

「當然是將她們給賣了。那傢伙自奧州將人給拐來，一個個都給賣進了窯子，活像是放餌釣魚似的。」

「不過，我還真是怎也想不透。管那傢伙是如何解釋的，這怎麼看都是擄人，即使手法體面些，還是和誘拐沒什麼不同。」

「當然沒什麼不同。方才我不都說了？睡魔祭的音吉——骨子裡其實是個人口販子。」

「人口販子——可是指那些個買賣姑娘的女衒（註34）？」

「正是。音吉表面上經營一家名為睦美屋的雜貨盤商，但這招牌可沒什麼人相信。骨子裡，睦美屋賣的就是姑娘，隨時都有五六個鄉下姑娘或落魄娼妓在店裡頭窩著。」

「——你所說的只賣不買，指的就是這麼回事兒？」

「就是這麼回事兒。」

太淒慘了，又市感嘆道。當然淒慘，長耳也說。

「不過這些姑娘——甘願被推入火坑嗎？」

這點直教又市參不透。

給人勾來又給賣了，有誰會甘願？

「這就是問題的癥結了。將姑娘帶到江戶後，那傢伙想必先來番甜言蜜語——我也知道娘子

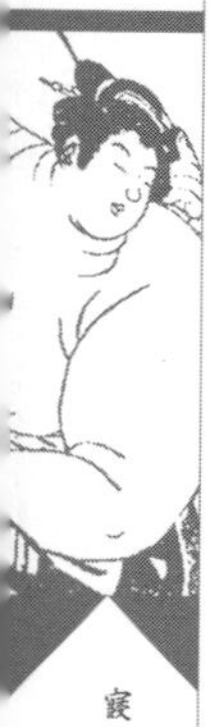

對我一見鍾情，但礙於身分，我終究無法和妳有個結果。當然不可能有什麼結果，因為音吉已經有個老婆了。」

「那、那傢伙已有家室？」

「當然有。他可是人家的贅婿哩。睦美屋的店東，其實是音吉那名曰阿元的老婆。那傢伙在入贅前，不過是個單純的雜貨盤商。總而言之，那傢伙會苦口婆心地如此相勸：吾等既然無法結為連理，奉勸娘子還是早日歸鄉。」

「早日歸鄉——」

但區區一介弱女子，豈不是想回也回不了？

「當然是回不了。但鄉下出身的土包子姑娘，哪可能在江戶這精明人都難免上當的鬼地方討生活？音吉這傢伙逼人返鄉逼得越急，姑娘也就哭得越兇，直泣訴不回去、回不去什麼的。唉，當然是想回也回不去。見狀，這傢伙竟——」

乘人之危發筆橫財。仲藏面帶嫌惡地說道：

「那傢伙表示自己明年仍會上奧州參加睡魔祭，在那之前願先收留她們，如此哄騙過後，就將姑娘們帶回店裡頭去了。」

「但店裡——不是還有個老婆？」

「有沒有老婆哪有什麼差別？又不是帶個偏房回去。只要給帶進店裡，姑娘們就不再是姑

註34：江戶時代專門拐騙婦女轉賣妓院的人口販子。

娘，而成了貨品。睦美屋裡總有好幾個給沽了價的姑娘，只要成了她們之一，可就萬事休矣。起初的確照料得無微不至，距下回的睡魔祭還有好幾個月，姑娘們哪好意思就這麼住著？何況人家還有個老婆，哪可能就這麼大辣辣地賴著，吃人家近一年的閒飯？常人當然感到難為情。」

這哪是大辣辣地賴著？又市咬牙切齒地說道。不過話老早說在前頭，打一開始，音吉可就苦口婆心地勸這些姑娘們回去了，仲藏回答。

「這不過是個藉口罷？任他再怎麼勸，只要人一上船，結局如何大家都曉得。」

「可不是這麼回事兒。姑娘們本就純情樸直，駛往江戶途中，音吉又數度曉以大義，到頭來姑娘們全都認為這只是自作自受，全得怪自己一時錯愛惹了禍，為此深深反省。不知不覺間——」

難不成——

「喂，難不成——就自個兒表明願意下海？」

「沒錯，大概就是這麼回事兒。睦美屋中原本就有數名賣了身的女子，或被窯子給攆出來的娼妓，新來的姑娘就給混進這群人裡頭。」

「如此說來——」

難道阿葉也是如此？

瞧你這是什麼德行，長耳大笑道：

「活像是教臭鼬放屁給薰昏了似的，未免也太沒出息了罷。沒錯，把你給迷得團團轉的阿葉，老家不正是奧州？她正是個為音吉的俊容所惑、甘願離鄉背井，不巧還與我同船來到江戶的

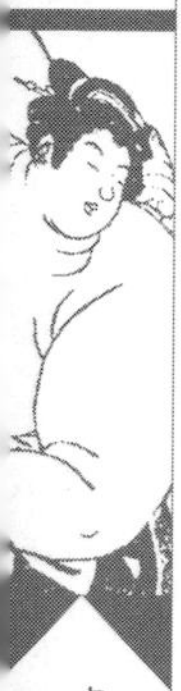

窮鄉村姑。」

瞧你這純情的小伙子，仲藏語帶不屑地向益形驚訝的又市說道：

「唉。阿葉的確是個楚楚動人的可人兒，不難理解為何將你給迷得神魂顛倒。但對音吉而言，她不過是株上等的搖錢樹。我說又市呀，音吉可不是普通的女衒，而是個人口販子。這種傢伙的手段，就是接二連三推人下海。你可聽說過品川宿有個名曰阿泉、老得只剩半條命的飯盛女（註35）？」

「哪可能聽說過？江戶我可沒多熟。」

「沒聽說過？總之——這阿泉已是個五十五、六的老娼了。她也是教音吉給推下海的。阿泉剛下海時曾在吉原（註36）討過生活，據說曾在大籬（註37）待過，但並未持有自己的座敷（註38），不再風光後，雖然淪入小見世混口飯吃，但也在那兒待到芳華盡逝方才引退。你猜猜其後是怎麼了？」

「這——我哪猜得著？」

註35：幕府法規中定名為「食賣女」，指江戶時代旅館中以雇傭的名義工作，實際上亦從事賣淫的半合法私娼。

註36：吉原為江戶時代之合法妓院聚集地，原位於今日本橋人形町，後於明曆大火中毀於祝融，災後遷移至淺草寺後方之日本堤。

註37：依江戶時期規定，吉原的娼館以籬的高度分級，最高級的娼館為籬高達天花板者，稱為大籬或總籬，僅及其一半或四分之三者稱為半籬，籬僅高二尺者稱為小見世。

註38：江戶時代於吉原、品川的娼妓，位格較高者可擁有自己的房間，稱為「座敷持ち」。

「她找上了恩客音吉。都人老珠黃了，也不知音吉是怎麼勸的。總之——阿泉後來又進了岡場所（註39）。」

「給賣進去的？」

「當然是教音吉給賣進去的。即便老娼在吉原已無法立足，在深川可還能湊合湊合。即便沒什麼行情，至少也能賣幾個子兒。在那兒混了一陣子飯吃，接下來又給轉賣成宿場女郎（註40），一路下來就淪為品川的老飯盛女了。阿泉自年輕到老，一輩子都無法金盆洗手，活像是讓哪個混帳吃了啃了還不夠本兒，連同骨髓都教人給吸乾。」

「這混帳，指的可是音吉？」

「指的當然是音吉。阿葉是個能賣上好價錢的上等貨——行情再好，都還是有人搶著為她贖身。待斥資贖身的老頭兒魂歸西天，她又活蹦亂跳地回頭。還能將她高價賣出個好幾回，世間有什麼生意比這更可口？」

「原來是這麼回事。」

但這倒是啟人疑竇——仲藏說道：

「一回也就罷了。四回難道不啟人疑竇？音吉那傢伙該不會是嚐了一回甜頭，打第二回起，就接連將為阿葉贖身的老頭兒給殺了罷——？」

話及至此，突然有人推開了門。

仲藏機警地轉過碩大的身軀，只見一個看似小掌櫃的細瘦男子將臉給湊進屋內。

抱歉叨擾，男子一臉恍惚地說道。

「混帳東西。老子都教你給嚇了一大跳，還什麼抱歉叨擾？想進人屋內，至少先敲個門成不成？」

罵完後，仲藏轉頭向又市說道：

「阿又，甭擔心。這傢伙名曰角助，是個損料屋的小掌櫃——」

「損料屋？」

「阿又——」

你就是阿又大爺？聽聞長耳這番話，角助如此問道。

「有什麼不對麼？沒錯，我就是阿又。」

「噢——你果然在這兒。原來你就是那叫雙六販子阿又的新手。有個自稱是你同夥的傢伙在前頭路邊碰上了點兒麻煩。」

「我同夥？」

還吩咐我若是見著你，就找你去幫他忙——角助說道。

註39：不受官府認可的花街柳巷，多位於深川、品川、新宿等地區。

註40：於客棧中接客的下等娼妓。

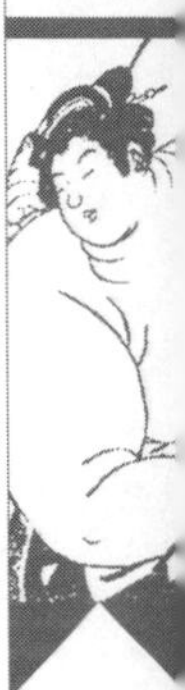

【參】

多謝多謝，這真是地獄遇菩薩呀，賣削掛（註41）的林藏擦拭著額頭上的汗水說道：

「只約略聽聞長耳大爺住這一帶——但找不著是哪棟屋子。只猜想姓又的或許人在那兒，但不知地方在哪兒，人當然是無從找著。就在我急得不知該如何是好的當頭，正好看見角助大爺打眼前走過。從前就聽聞角助大爺與長耳大爺同夥，便向他打聽打聽，這下果然找著人了。」

「我對這番經過可是毫無興趣。喂，姓林的，都三更半夜了，你在這伸手不見五指、抬頭不見人影的地方做什麼？」

只見一輛半邊輪子嵌在溝渠中的大八車（註42）斜臥路旁，車後還倒著一只大過醬油缸的大缸子。

「在這兒做什麼，瞧我這模樣不就能明白了？唉，需要力氣的差事，我老是幹不來。」

若是看得明白，我哪需要問什麼？又市回道。

林藏是又市在京都時結識的同夥。同樣是個滿腦子鬼主意、憑舌燦蓮花討生活的不法之徒。

「那只缸子是盛什麼的？姓林的，你該不是打算釀酒罷？」

「這哪是缸子？難道你兩眼看迷糊了？這可是桶子呀。」

「桶子？是洗澡桶麼？」

「是棺桶呀。」

若是如此，這只棺桶可還真大呀。手提燈籠的仲藏蹲下身子說道。出於好奇，他也上這兒來湊湊熱鬧。

「倒是，林藏，你怎會知道——角助和我是同夥？」

大家都是同道中人，這種事兒哪可能推敲不來？林藏笑道。

「少給我洋洋自得。你和阿又一個樣兒，還不都是嘴上無毛的小夥子？別忘了推敲過頭，隨時可能引火自焚呀。倒是，這桶子是要用來裝什麼人？瞧它大得嚇人，應是特別訂製的罷？」

「不不，仲藏大爺。」

林藏拍了拍桶子說道：

「該裝的人已經在裡頭了。正是因為如此，我才無法獨力將桶子給抬回車上不是？幸好這下連長耳這大個子也來了。否則我這同夥的，也和我同樣手無縛雞之力。喂阿又，還愣在那兒做什麼？快過來幫個手，再這麼耽擱下去，可要誤了人家投胎了。」

看來林藏是將這只大桶——不，該說是這具屍首——載在大八車上，也沒提燈就拖著車走到了這兒來。

又市心不甘情不願地伸手至桶底。

幸好綁在棺桶上的繩子沒斷，桶蓋沒給掀開。若桶內真如林藏所言盛有屍首，抬起來當然駭

註41：將柳枝削細後彎成茅花形的祭祀用品，多於初一至十五掛於門上以招福辟邪。

註42：人拉的大型載貨車輛，自江戶前期起於關東地方廣為人所使用。

人，但只要不看到屍骸的面容，或許還能忍受。
即便三人聯手，抬起來仍然吃力。
「喂，林藏，這裡頭究竟裝了什麼東西？當真是屍首？」
「別盡說些蠢話。棺桶當然是拿來裝屍首，否則還能裝什麼？不過死屍竟然這麼沈，還真是出人意料呀。」
「還真是沈得嚇人。單憑咱們哪抬得起？你平日盡賣些討吉祥的東西，這下怎麼連這麼不祥的差事都肯幹了？」
只聞三人抬得桶箍嘎嘎作響。
留神點兒，林藏高喊道：
「若在這種鬼地方掉了桶箍，咱們可要吃不完兜著走了。」
「吃不完兜著走？還不都是教你給害的。這下夜黑風高的，還是在這淺草外的田圃畦道，有哪個賣討吉祥東西的會挑此時此地拉著如此沉的屍首四處閒晃？你這混帳東西。」
此時重心突然一移。
想必是桶內的屍首移了位。桶底若破了，可就萬事休矣呀，林藏趕緊伸手朝桶底一撐。
「且慢且慢。林藏，咱們不是得——將這桶子給抬到大八上頭？看來不先將桶子扶正，咱們想必是抬不動。」
好好給我撐著，長耳說道，旋即放開了抬桶的雙手。
「看來這具屍首已經掉到了底端，想必已沒多沉了。你們倆就這麼斜斜的抬著，好讓我將桶

子給拉到大八上頭。」

話畢，長耳轉頭望向後方喊道：

「喂，角助，別盡在那頭看熱鬧，過來幫個手。」

旋即見角助自黑暗中現身。分明說好要在長耳家中等，原來還是跟了過來。

你這傢伙，使喚起人來還真是沒良心哪，角助發著牢騷，一把握住了大八的車輪。

「要我怎麼幫？」

「還能怎麼幫？我推，你就拉。甭擔心，車輪應不至於斷裂才是。」

「我可是擔心得很。」

「住嘴。論使喚起人沒良心，有誰比得過你們店家那大總管？再給我囉唆，當心我往後不再承接你們店家的差事——」

長耳咒罵道，同時縱身入溝，開始推起大八。

不過——

從他這番話聽來，長耳仲藏似乎不時會為角助當差的店家——位於根岸的損料屋閻魔屋——幹點兒活。

損料屋從事的，主要是租賃寢具、衣裳、雜貨等的生意。

換句話說，一般人想到損料屋，便要聯想到出租棉被或出租衣裳什麼的。

這行生意不賣貨，而是收取租金，損料所指的就是這租金。這行生意不按出租這行為計價，而是依貨品出租所造成的損失，即減損的份兒收取銀兩——此即損料這稱呼的由來。由於生意建

立在減損的賠償金上，此類店家便被稱為損料屋。

怎麼想，都無法想像經營玩具舖的仲藏與這門職業能有任何關係。

不過，閻魔屋不僅出租衣裳與棉被，上至大小傢具、武器馬具、工匠行頭、下至砧板菜刀、各類食器、乃至娃兒的襁褓都能張羅。即便是常人難以取得的古怪東西，也能委託長耳代為打造，行商內容可謂千奇百怪。

就當是豁出去罷，角助心不甘情不願地開始拉起了大八。這傢伙瘦弱得活像個沒施過肥的黃豆芽，與其說在拉車，這光景看來毋寧像是林藏貼在大八上，教仲藏給推著。

隨著一聲沉甸甸的巨響，大八終於給推回了畦道上。

看來是沒傷著，仲藏彎下巨軀，確認車輪是否完好後說道：

「或許轉起來會有點兒嘎嘎作響，但應能再撐上一陣子。倒是，這棺桶究竟要送哪兒去？寺廟在——喂，林藏，你該不會是走錯方位了罷？寺廟早就過了頭兒，前方有的全是田圃，可沒什麼墓地呀。」

送哪兒去都成，林藏回答道：

「只要找個好地方埋埋、略事憑弔就成。只要不是在城內——」

「什麼？」

又市不由得鬆了手，棺桶隨之朝林藏那頭傾斜。

「喂阿又，你這不是在幫倒忙麼？誰叫你放手了？」

「還怪我放手？姓林的，這兒可是江戶，不是京都呀。你這混帳竟然以為在這兒只要出了

城，就到處是墓地？難不成是把江戶當鳥邊野還是化野（註43）了？」

「我明白我明白。都說我明白了，求你千萬別放手。我說長耳大爺，你就快幫我把車給拉來罷。這小伙子血氣方剛，我可不想再受他的氣。」

來了來了，仲藏將大八調了個頭，將車台朝桶底緩緩一塞。

「輕點兒輕點兒，別反而讓大八給壓垮了。」

將棺桶一端放下，推上車台後，大八果然嘎嘎作響地給壓斜了。車一斜，棺桶立刻又倒了下來。又市連忙撐住桶子，林藏則試圖將脫落的捆繩綁回去。不成不成，仲藏一把搶過繩子說道：

「繩我來綁，你們給我好好撐住。就知道會是這麼個情況，我特地帶了粗繩來。」

仲藏捆起繩來果然熟練。

輕鬆差事還能應付，得花力氣的可就幹不來了。這兒不比那頭，至少還有玉泉坊那傢伙可找，林藏邊望著仲藏捆繩邊說道。

這玉泉坊，是個力大無窮、曾在京都與又市一夥人結伴為惡的酒肉和尚。

怎麼想——

都感覺其中必有蹊蹺。

一逮住時機，又市便自棺桶上抽手，一把攫住林藏的衣襟。

註43：兩者均為源自平安時代之京都墓地，鳥邊野位於今清水寺附近，化野位於今嵐山附近，與位於今船岡山附近之蓮台野並稱京都三大墓地。

「喂，姓林的，你該不會是在盤算什麼壞勾當罷？」
「說什麼傻話？別把我當傻子。咱們都淪落到這步境地了，我哪有膽子再像上回那樣幹蠢事？若再闖個什麼禍，只怕連江戶都要容不下咱們了。」
林藏剎開又市的手說道。
「知道厲害就好。那麼，林藏，給咱們個解釋。」
「要個解釋？你什麼時候變這麼親切了？可不記得你曾向我討過任何解釋。在淺草的——地名我記不得了，總之就是那髒亂不堪的鬼地方，不是曾有一團女相撲上那兒比劃？」
你指的可是元鳥越的嚴正寺舉辦的開帳（註44）？仲藏說道：
「香具師源右衛門設的那場。」
沒錯沒錯，聞言，林藏一溜煙地鑽到了仲藏跟前。
「記得好像辦了十日什麼的。」
「我也去看過。只算得上是平凡無奇的女相撲賽局，但壓軸好戲是那名叫什麼來著的巨女——記得是阿勝罷，上土俵（註45）比劃時是有點兒看頭。據說這巨女出身肥後國（註46）天草村，體重近四十貫（註47）。」
沒錯，她就叫阿勝，林藏說道：
「這個阿勝，昨夜突然猝死。」
「那巨女死了？難不成——」
仲藏定睛凝視捆得牢牢的棺桶問道：

「窩在這裡頭的——就是那巨女？」

「一點兒也沒錯。瞧她胖成那副德行，活動起來肯定處處是負擔。雖據稱是個待人和善、時時關照班子內眾人的大姐頭——但你們瞧瞧，世間還真是無情呀。阿勝一死，一行人就連忙捲起鋪蓋、收拾行當走人了。」

「捲起鋪蓋——卻把遺骸留下？」

又市望著棺桶問道。

「沒錯。最困擾的就是原本戲班子寄宿的長屋中的傢伙了。這也是想當然爾，就連源右衛門也裝得一副事不關己的樣子，宣稱租金已在事前付清，其他的都不關他的事兒。總而言之，這碩大無朋的遺骸就這麼給留了下來。」

「唉——這當然是個困擾。」

「哪有什麼比這更困擾？唉，這阿勝也真是堪憐，一個對眾人如此關照的大姐頭，一死就讓人這麼給拋下——總而言之，這遺骸雖沉得難以搬動，但再這麼擺下去，也是要腐壞的。這時節，屍首腐爛的雖不似夏季迅速，但想必也撐不了幾日。因此，我就……」

註44：亦作「開龕」、「啟龕」、或「開扉」，指寺廟於特定日將平日深鎖的佛龕開啟，供人祭祀膜拜龕中祕佛的活動。但用於俗話則有開設賭局之意。

註45：相撲力士比賽競技之場地，內部填土而成。

註46：日本古代的令制國之一，屬西海道，又稱肥州。大約為現在的熊本縣。

註47：日本古時尺貫法的度量單位，一貫約為三·七五公斤。

自告奮勇地接下了這份差事？仲藏不耐煩地說道：

「你這傢伙還真是好管閒事呀。要你幫這種忙，換做常人早嘀咕個一兩句，把事兒推回去給舉辦人便得了。噢？這賽局的舉辦人，不就是嚴正寺麼？」

「寺廟那頭，打一開始就推得一副事不關己似的，否則長屋那些傢伙哪需要如此困擾？我當然不忍心裝得一副眼不見為淨的樣子，否則豈不要辜負我絮叨林藏這個諢名？再者，你怎知道我沒推辭過？但他們表示這是場為廟方開帳吸引香客的勸進相撲（註48），待事兒辦成了，廟方還要賞點兒銀兩，保證是皆大歡喜。苦口婆心一番委託，教我也無從推辭。誰知廟方竟是一個子兒也不願支付，就連誦經超渡也不肯，誰說信佛的就是慈悲心腸了？」

「慈悲心腸佛祖或許有，但當和尚的可就難說了。倒是，這一帶分明有不少寺廟不是？」

「這麼個大個頭，哪個墓地埋得下？」

這屍骸——個頭的確不小。

「唉，其實隨便找家廟悄悄朝裡頭一扔，當個無緣佛逼廟方供養，也未嘗不可——但如此碩大的屍骸，搬運起來肯定惹人注目，即便要找草蓆裹一裹，也得用上個好幾枚，根本無從避人耳目。此外，這麼個龐然巨軀，任誰都能一眼認出是什麼人。這陣子阿勝在淺草這一帶可是鼎鼎有名的大人物，這麼做只怕要牽累長屋那夥人。因此，我只得與嚴正寺和源右衛門打了個商量。」

話及至此，林藏站起身來，朝棺桶使勁拍了一記。

「教他們一同為我張羅了這個行頭。」

「一日就能造好？」

「也不知他們是如何張羅的。這種東西造起來既耗時又耗財，訂製起來肯定得花上不少銀兩。總而言之——舉辦人和廟方說什麼也不願讓步。都靠阿勝這龐然巨軀賺進不知多少銀兩了，竟然連這點兒香油錢也不願支付——」

「難不成你要他們拿這屍骸來比劃相撲？」

又市一臉嫌惡地說道，林藏竟然回答：

「教你給說中了，真不愧是我的弟兄。我的確是這麼說的。總而言之，死纏爛打保證能嚐到甜頭。我就將這只棺桶運回了長屋，事前還湊足了六人合力將屍骸給塞了進去。接下來——畢竟是人窮不得閒，這些傢伙便拒絕與這場喪事再有任何瓜葛。接下來，我又同長屋那夥人和房東打個商量，討了點兒埋葬的工錢。」

向他們敲詐了多少？長耳問道。此時棺桶已牢牢給固定住了。

就一兩一分，林藏回答：

「也就只湊得了這麼多。我幾乎要把長屋那夥人倒過來使勁甩，還是甩不出幾個子兒。房東出了一兩，長屋那夥人合湊了一分。若能再討多些，我還能雇個幫手，但就這麼點兒銀兩，也只能獨力幹了。因此，我便將東西一路給拉了過來。想不到這差事竟是如此累人，這才發現自己賠大了。」

林藏使勁吐了口氣。

註48：為集資興建或修繕塔堂、佛像等而舉辦的相撲比賽，為今大相撲之前身。

你還真是個大善人哪，又市揶揄道：

「瞧你蠢的，竟然連出於悲天憫人的善事與掙錢餬口的差事都分不清楚。姓林的，你老是栽在這種事兒上頭。若真的同情這巨女，或真心想解長屋那夥人的窘境，你根本分文都不該討。」

「姓又的，你可別胡說。我幹這事兒可不是憑義氣。難不成大夫把脈收銀兩，就代表收銀兩的大夫都不想為人醫病？沒這道理罷？大夫當然想把病醫好，因此醫病把脈，也收個把脈錢，還收點兒藥錢。可別將想把病醫好的良心與為掙錢醫病的行止混為一談。醫病的行止就是做生意，既是生意，幹多少活兒當然得收多少子兒。更何況——」

我這還是個賠錢生意哩，林藏搓揉著自己的腳踝說道：

「想不到竟然這麼辛苦。那地方叫元鳥越還是什麼來著？都花了我兩刻半，才從那頭拉到這兒來哩。」

仲藏笑道：

「賣吉祥貨的，你這就叫活該。接下來，你還得挖個洞才能埋這座桶，這才真叫辛苦哩，保證你挖到天明還——」

仲藏嘴也沒闔上，交互望著林藏與棺桶。

這龐然大物，看來得挖個比普通墓穴大個三倍的洞才埋得下。

「你可想到該往哪兒埋？想必是在打鹽入土手（註49）另一頭的主意罷。那頭可遠著哩，憑你一個可拉得動？我可不認為桶子倒了就得搬救兵的你，有力氣將這東西給埋了。」

「這我當然清楚，因此我才來找又市這傢伙——」

「呿！」

又市別過頭去說道：

「這種忙傻子才幫。即便一兩一分全歸我，也甭想打我的主意。長耳這傢伙說得沒錯，你這就叫活該。膽敢夢想靠人家遺骸發財，這下遭到天譴了罷。」

「你在胡說些什麼？遭天譴的是你自個兒罷？況且，絆倒我的可不是什麼降天譴的鬼神，而是那個東西。」

林藏指向一株枝枒茂密的衝天橡樹說道。

「瞧你還真是膽小如鼠，竟然教一株樹給嚇著了。」

「別瞎說，給我瞧個清楚。」

只憑月光，哪可能瞧得清楚？

走近橡樹以燈籠一照，這才發現樹枝下似乎掛著個什麼東西。

該不會是碰上釣瓶卸（註50）的妖怪了吧？又市嘲諷道。難不成你是兩眼生瘡了？林藏卻雙頰不住痙攣地回道。

「除了這株樹哪還有什麼？倒是掛在樹枝下頭的究竟是——？」

註49：江戶時代日本地名，約位於淺草一帶。

註50：原文作「釣瓶卸し」，相傳為一自隱身之樹上躍下襲擊或吞噬人類的妖怪。此傳說盛行於京都府、滋賀縣、岐阜縣、愛知縣、和歌山縣等地。

「林藏。」

仲藏突然插嘴問道：

「你該不會瞧見有誰自縊了罷？」

「自縊——？」

一行人這才發現，吊在樹枝上的似乎是條腰帶。

「混、混帳東西，此話可當真？」

當然當真，林藏縮起脖子回答：

「當時我渾身是汗地拉著這東西，行經此處時，突然瞧見那上頭吊著個人影——」

「你這混帳，瞧見這種事兒怎不及早說？現在哪還顧得及扶起那棺桶？喂，林藏，那上吊的傢伙上哪兒去了？」

「上哪兒去——這我哪知道？我正是驚見那人影吊在樹上，急著把人救下才給絆倒的。又市，我可是為了救人一命，而不是為了成全那傢伙上西天而拉他兩腿一把，誰知竟換來你一頓臭罵。還真是好心沒好報呀。」

「救人一命？瞧你說的。但打與咱們碰頭起，你卻只顧著照料這大得嚇人的棺桶。桶子裡的人死都死了，難道分不清死的活的孰者重要？還是你只顧慌慌張張的，沒來得及把人救下，就這麼眼睜睜看著人給吊死了？若是如此，你可真是偷雞不著蝕把米了。看來這下還得再多埋一具遺骸哩。」

「為何非得埋了人家？這不就成了活埋了麼？」

「若還活著，當然成了活埋，但人不都死了——？」

「還活著哩，就在樹林裡頭。」

「在樹林裡頭？」

不過是有點兒意志消沉罷了，林藏噘嘴說道：

「我搶在上吊前將人給托住，當然還活著。正是為此，才教大八給翻進了溝裡，就連桶子都給倒了。這下我還能怎麼辦？總之先將人給抱下，發現也沒什麼傷勢。雖然小命是保住了，但這人仍一味哭著求死，我忙還能怎麼幫？只好將人給放一旁了。難不成還得安慰人家一番？我可是忙得很，還累得筋疲力盡。長耳大爺說的沒錯，再這麼折騰下去，只怕天都要亮了。這一切，還不都是這夜半時分在這種鬼地方尋死的姑娘給害的？該安慰的人應該是我。教人救了一命，卻連一句感激話也沒說，眼見救命恩人碰上困難，也沒幫半點兒忙。既然如此，我又何須照顧這姑娘？」

「姑娘——是個女人家？」

又市回過頭，再次抬頭朝樹上仰望。真是麻煩，長耳嘀嘀咕咕地登上土堤，走到樹後頭時突然高聲驚呼：

「這——還真是說曹操曹操就到呀。喂阿又，這下可不得了了。」

仲藏先將燈籠朝自己臉上一照，接著又將火光移向樹後喊道——

你瞧，這不是阿葉麼？

「阿——阿葉？」

「你認得這姑娘？」

「有誰不認得？這姑娘可是——喂，阿葉，妳沒事兒吧？振作點兒，起得了身麼？喂阿又，還在那頭發什麼愣？快過來幫個忙。」

又市依然驚訝得渾身僵硬。

真是拿你沒輒，長耳朝又市瞥了一眼說道，接著便逕自伸手拉起坐臥樹下的女人——也就是阿葉，並牽著她步下了土堤。

沒錯，的確是阿葉。

只見她面無血色。

但或許是僅憑黯淡月光、與微弱的燈籠燭火映照使然。

阿葉環抱雙肩，身子不住打顫。

雖是個熱得教人發汗的秋夜。

她看來卻活像凍僵了似的。

出了什麼事兒？又市問道。一直是這模樣，林藏回答：

「否則我哪可能問不出個所以然？」

「我可沒在問你。阿葉，是我呀，我是又市。」

「阿——阿又大爺。」

阿葉原本飄移不定的雙眼在剎那間凝視著又市，接著又垂下了視線。

「喂阿又，先別急著問話。緣由誰都想知道，但也別這麼不通人情。瞧她都給逼到自縊尋死

了，想必是碰上了什麼非比尋常的事兒。」

「可是和音吉——」

可是和音吉起了衝突？又市問道。

或許起衝突反而是好事兒哩。

不，又市這問題似乎給了阿葉不小的刺激，只見她激動地抬起頭來否定道。

「不是起了衝突？」

「音吉大爺他——死了。」

死了？原本站在一旁觀望的角助不由得高聲驚呼，旋即問道：

「喂，妳口中的音吉，可就是睦美屋的贅婿音吉？音吉他——死了？」

聽見角助如此質問，阿葉的神情益發悲愴。

真的死了？角助一臉驚訝地問道：

「阿葉，難不成是妳將他給——」

將他給殺了？仲藏直搖著阿葉肩頭問道：

「究竟是怎麼回事兒？妳該不會是為這情郎鞠躬盡瘁，被迫數度下海供養他，到頭來忍無可忍，一時盛怒下了毒手罷？但一回過神來，發現自己親手殺了情郎而懊悔難當，便決定追隨情郎下黃泉……」

「瞧你胡說個什麼勁兒？」

又市打斷了長耳這番滔滔不絕的臆測：

「阿葉，妳就說來聽聽罷。究竟是……？」
「不、不是奴家下的手。音、音吉大爺他——」
「音吉他是怎麼了？妳為何要自縊尋短？」
別逼人逼得這麼急，林藏握住又市的胳臂制止道。少囉唆，給我滾一邊兒去，又市怒斥道，將林藏的手一把揮開。
「因——因為奴家……」
「噢，咱們都知道，妳不是個會犯下殺人這種滔天大罪的姑娘。」
「因為——奴家殺了人。」
「什麼？難不成音吉果真是教妳給……？」
「不。奴家是——奴家是將睦美屋的店東夫人給殺了。」
妳殺了阿元夫人？角助驚訝地問道：
「音、音吉和阿元兩人都死了？」
「你這傢伙老在大呼小叫個什麼勁兒？角助，難不成你們閻魔屋與睦美屋之間有什麼生意？抑或——？」
話及至此，長耳閉上了嘴。
我說阿葉，妳就說來聽聽罷，又市斜眼瞄著仲藏的長耳朵說道。
阿葉垂下頭去，低聲說道：
「今晚，店東夫人突然將奴家喚了過去——店東夫人與音吉大爺，平時都待在主屋外的小屋

內——奴家一到小屋，便看見音吉大爺仰躺在地上——臉還教一團被褥給搗著。」

「教被褥給搗著？」

「是的。接下來，店東夫人就怒斥奴家：妳瞧，音吉死了，都是教妳給害的——」

「此言何意？」

「奴家也不懂。緊接著，店東夫人便突然掏出一把菜刀衝向奴家。奴——奴家教這舉動給嚇得……」

阿葉靜靜地伸出左手。

只見她指尖微微顫抖，指背上還有道刀痕。就著燈火仔細打量，一行人這才發現她的衣裳也被劃得殘破不堪，上頭還沾有黑色的血漬。

「奴家使勁掙扎，回過神來，才發現店東夫人已經——」

肚子血倒臥在地了，阿葉說道。

「而且菜刀還握在奴家手上——奴家被嚇得不知如何是好，便離開了店家，失魂落魄地四處遊蕩。不知不覺間走到了一條大河旁時，原本打算投河自盡——但就是提不出這個膽兒，只好一味朝沒有人煙的地方走，走著走著便——」

話及至此，阿葉抬頭仰望巨木。

「弒主可是滔天大罪呀。」

林藏低聲說道。

瞧你這蠢才說的，又市怒斥道：

「這哪叫弒主？阿葉既非睦美屋的夥計，亦非睦美屋買來的奴婢，不過是在那兒寄宿罷了。你說是不是？」

「或許不是——但畢竟是殺了人呀。」

你這蠢才，還不給我住嘴？又市聞言勃然大怒，仲藏連忙制止道：

「阿又，稍安勿躁。這賣吉祥貨的傢伙說的沒錯。阿葉，可知這下睦美屋是怎麼了？接連出了兩條人命——」

奴家也不曉得，阿葉回答：

「除非是被喚去，否則不論是店內夥計、還是買來的姑娘，平素均不敢踏足店東夫人和音吉大爺所在的小屋——因此，或許尚未有人察覺……」

「那麼……」

「你在那麼個什麼勁？阿又，你該不會是想助她脫逃罷？」

「倘若尚未有人察覺……」

不妨趁夜……

「阿又，你這是在打什麼傻主意？哪管是助她藏匿抑或助她脫逃，保證都行不通。待天一亮，店內眾人就要發現出了人命。你想想，出了兩條人命，阿葉又消失無蹤，如此脫逃，不就等同於坦承人是自己殺的？如此一來，官府保證立刻下令通緝。」

「可是……」

「沒什麼好可是的。阿又，可別小看奉行所呀。況且她還能往哪兒逃？區區一介弱女子，哪

有辦法逃多遠？難不成你打算陪同她一道逃？」

「噢，要逃就逃罷。咱們可以立刻張羅一艘小船循水路逃，亦可考慮入山藏匿，總之，能往哪兒逃就往哪兒逃。」

說什麼蠢話，仲藏怒斥道：

「你這是什麼蠢點子？」

「蠢點子——？」

只要能奏效，點子蠢又有什麼不對？又市反駁道。毛頭小子，少詭辯點兒成不成？長耳高聲一喝：

「阿又，別再編些教人笑掉大牙的蠢故事了。該不會是老包著那頭巾，把你的腦袋給蒸熟了罷？先給我冷靜冷靜，別逕自說些意氣用事的傻話。你以為自己算哪根蔥？你以為自己是阿葉的什麼人？多少也該——」

考慮考慮阿葉的心境罷，長耳撫弄著自己的長耳朵說道。

「阿葉的心境——」

「沒錯。她可曾說過想往哪兒逃？阿葉可是一心尋死，方才還試著在這株樹上自縊哩。她這心境，你這毛頭小子非但沒設身處地關切過分毫，還淨出些壓根兒派不上用場的餿主意。」

又市望向阿葉纖瘦的雙肩。

只見她一對肩膀至今仍顫抖個不停。

「可、可是，長耳的，阿葉她——對音吉或許曾眷戀不已，不不，說不定至今仍有眷戀之情。總之這都不打緊了。受人哄騙、賣身供養，都是阿葉自個兒的自由，不關咱們的事兒。但這回的事兒可不同。教人一再轉賣，到頭來還陰錯陽差地殺了人，若就此伏法——可就萬事休矣。若被逮著了，包准是梟首之刑。難道咱們甘心眼睜睜地任她遭逢這等處置？」

阿葉，妳難道就甘心如此？又市問道。

阿葉只是默默不語。林藏朝阿葉低垂的臉孔窺探了一眼，接著說道：

「唉。哪管是陰錯陽差還是什麼的，犯了罪就是犯了罪。我說阿又呀，我也欠你一點兒人情，想來也該幫你一點兒忙什麼的——但不管怎麼說……」

都不認為你能逃得成，林藏說道。

「若是先逃脫後就逮，的確是死路一條。話雖如此，阿葉姑娘，我也不認為就這般情形，妳殺人就非得償命不可。既已有一死的覺悟，或許妳不妨考慮將來龍去脈據實解釋，求官府發個慈悲，從輕發落。」

「求官府發個慈悲？姓林的，你打何時開始變得這麼愛癡人說夢？世事哪可能如此美好？這兒可是人人精打細算的江戶城，你還以為可能碰上以人情裁案的鄉下代官（註51）？這年頭光是偷個五兩，腦袋瓜子就要落地。此案即便不是死罪，也不是叩幾個頭兒就能了事的。阿葉她可是——」

別說了，阿葉渾身無力地垮了下去，又市連忙將她一把托住。

只感覺到由她身子傳來的陣陣顫抖。

「阿又，你也太多管閒事了。」

長耳說道：

「這不叫多管閒事叫什麼？唉——或許林藏也是太講人情。此事還是成全阿葉的心意較為——」

「長耳的，別再說了。」

又市瞪著仲藏說道：

「難不成你言下之意，是她死了要來得好些？」

「我可沒說死了的好，不過是……」

給我住嘴，這下又市可動怒了：

「哪管是什麼時候，人死了都非好事兒。哪管一個人是奸詐狡猾還是奸邪、是卑劣還是悲慘、是困苦還是悲愴，苟活都比死要來得強。你說是不是？因此，我當然得助阿葉——」

「那麼，說來聽聽罷，你打算怎麼助阿葉活下去？阿又，你以為自己成得了什麼事兒？只懂得說些場面話逞英雄。一個來自奧州的姑娘一再被吃軟飯的情郎推進窯子，到頭來忍無可忍下殺了人——實情是何其無辜，處境也著實堪憐。但再怎麼說，這都只算得上自作自受。」

「哪有這道理——？」

「就是這道理。又市，世事就是如此。林藏不就是出了點兒紕漏，才失去立足之地的？人碰上什麼岔子，多半是自作自受。自個兒留下的爛攤子，還得自個兒收拾。但有些爛攤子，可是再

註51：掌管天領地區行政之地方官，負責收納年貢稅賦與掌管地方民政。

賣力也收拾不了。這下阿葉不就是試著自力收拾自個兒犯的過錯？對音吉的迷戀和自個兒所犯的罪，只消朝那樹頭一吊，就悉數解決得乾乾淨淨——想必她就是懷著這決心上這兒來的。既沒銀兩、又沒身分，還連個可投靠的親人都沒有，除了一走了之，哪還有什麼法子可想？憑你這些個餿主意，哪能解決什麼？」

這下阿葉的頭垂得更低，還在又市的懷中嗚咽了起來。

「長耳的，難不成你認為——她已是走投無路？」

「毛頭小子，我不過是讓你知道，空憑你那些個餿主意壓根兒解決不了這難題，就給我閉上嘴。」

你這些個胡言亂語，只會教阿葉更傷心罷了，話畢，仲藏朝又市瞪了一眼。

此時，他那巨大的身軀背後有個聲音喊道：

「且慢。」

角助開口說道：

「聽完你們倆說了這麼些話，情形我大致也清楚了。唉，開玩具舖的說得的確有理。雖然有理……」

角助走進又市與仲藏之間，探了仲藏的神色一眼，接著又朝低垂著頭的阿葉臉上窺伺。

「噢，妳就是阿葉姑娘呀。唉，真是可惜呀。」

「可惜？——你在可惜個什麼勁兒？」

難道不可惜？角助抬頭望向又市再次感嘆，接著便解釋道：

「當初若是沒遇上音吉那傢伙，想必她老早就嫁為人婦，或許還生了個娃兒哩。不不，即便不是如此，若是為她贖身的大財主沒魂歸西天，如今可能也在大戶人家裡當個少奶奶哩。」

可惜呀，真是可惜，角助仍不住感嘆。

廢話少說，又市向角助怒斥道。

說這些，只會教阿葉更傷心罷了。

「瞧你罵個什麼？由此聽來——你似乎認為碰上此事，又是一樁賠本生意？」

喂，角助，你說夠了沒有？長耳抓著角助的肩膀罵道。

「好了好了，大夥兒聽我說。京都來的毛頭小子，你也給我聽好。你方才不也說那樁僅收人一兩一分的差事，是樁賠本生意？」

「當然是賠本生意——不過，這與此事有何相干？」

「的確是毫不相干，但兩樁同樣是賠本生意不是？棺桶這樁事兒是因估錯了價而賠了本，但救了阿葉姑娘一命這樁，則是樁天外飛來的賠本生意。那麼——又市大爺。」

角助湊向又市說道：

「倘若真有決心幫助阿葉姑娘——那麼，你可願支付這樁賠本生意的損料？」

「什、什麼意思？」

「意即，你可願扛下這出了兩條人命的——即賠償此事所造成的虧損？」

「還、還是不懂——」

「是問你是否願意扛下這虧損。」

「扛下這虧損？」

大概得要個三十兩，角助說道。

「三、三十兩？」

「只要你願支付這三十兩，這件事兒所造成的損失，就由敝店來負責收拾。」

「是準備由你們店家扛下這條罪？」

不不，角助豎起食指解釋道：

「並非扛罪，而是扛下損失。可別忘了咱們是損料屋。只要收取相應的費用，就能將扛下的損失消帳。阿葉姑娘所犯的罪、林藏所花的工夫，均能一筆抹消，一切也都能給編出個條理來——」

喂，角助，仲藏搖著角助的肩頭說道：

「你可是認真的？可有什麼盤算？」

「用得上的行頭全都湊齊了。這回還是得請你這開玩具舖的幫個忙。只不過，該支付損料的客官業已殞命——若不找個人代為支付，可就要成了真正的虧損了。」

「這回的客官，正是睦美屋麼？」

長耳說完，露齒一笑。

你說如何？又市大爺，角助催促道：

「我也知道對初出茅廬的你來說，三十兩不是個小數目。但我可沒要你立刻付清。即使攤成個五年十年也沒問題。不知意下如何——？」

話畢，角助露出一臉微笑。

【肆】

翌日正午剛過，位於神田的雜貨盤商睦美屋，小屋座敷內發生了樁怪事兒。

不，說是正午剛過時發生的，或許並不正確。這怪事多半是前夜發生的，只是正午過後才教人發現罷了。

第一個察覺情況有異的，是送上午飯的僕傭們。

主屋與小屋間，有一走廊相連。

端著店東與店東夫人午飯的兩名女傭、以及端著茶盆的一名小廝，於正午時分自走廊來到小屋時——

拉門竟拉不開。

打了聲招呼，屋內也無人回應。

只聽見陣陣鼾聲般的聲響傳來。這下三人只得返回主屋，向二掌櫃如實稟報。

出聲招呼無人回應，還傳出陣陣鼾聲，這些都說得通，但門拉不開可就不尋常了。因此，二掌櫃便領著三人前往小屋。

途中，二掌櫃便直覺情況有異。

鼾聲是止住了，但門還真是拉不開。

但似乎不是因為門後有人擋著，或是以一支頂門棍抵著。

起初，二掌櫃推想大概是門軌卡著了，但旋即察覺似乎不是如此，便向後退了幾步，將拉門打量了一番。

拉門竟然有點兒膨脹。

就連門框也由裡向外彎曲。

看得他百思不得其解。

原本理應垂直的門框竟然彎曲，看來的確是個離奇的光景，教人感覺彷彿整棟屋子都扭曲了似的。

看來活像是——屋內有個什麼東西脹了起來，將拉門朝外擠壓。由於壓力強大，壓得拉門無法左右滑動。二掌櫃無計可施，只能試著朝屋內招呼了幾聲，依舊無人回應，只得領著女傭一行人返回主屋。

似乎是出了什麼事兒，但無法確認屋內情況，二掌櫃也不知該如何是好，這下只能靜觀其變。孰知——

到了未時，小屋那頭依舊沒半點聲響。

這下二掌櫃可慌了，只得通報大掌櫃小屋內似乎情況有異。

但聽完敘述，大掌櫃同樣是聽不出個所以然。

因此，這下輪到大掌櫃前去察看。

「孰料在下竟然見到整座屋內塞滿了肉——」

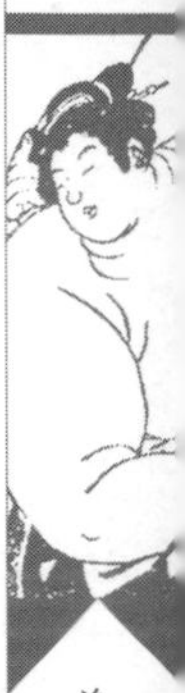

且慢——南町奉行所的定町迴同心（註52）志方兵吾打斷了大掌櫃激動昂然的陳述。

「你叫什麼來著？——是與助麼？與助，你的陳述中，有兩三點有違常理。在你繼續陳述前，吾人欲將疑點稍事澄清。」

是，與助深深磕了個頭。

「首先——你曾提及三名僕傭於午時送飯至小屋。你們店東通常都在小屋內進食麼？抑或僅有今日——譬如臥病在床什麼的，才會如此？」

「噢，平日均於小屋內進食。」

「平日均是如此？意即，早中晚三餐，均得由人送至小屋？」

「是的，但並非每日。入夜後店東可能外出，惟在家時必是由僕傭送飯。有時還可能送上宵夜或酒。」

「那麼——為何直到正午才發現異狀？沒人送早飯過去？」

「店東早上並不進食。」

「不吃早飯？」

「是的。店東大爺常會吃，但早飯時分人大多在店內。咱們店東則是……」

「且慢且慢。」

怎會有個店東大爺，又有個店東？志方問道。

註52：亦做「定迴り同心」，地位相當於今之巡警的執法人員，負責巡視市容、偵辦刑案、逮捕罪犯等治安工作。

「噢，咱們店家——真正的店東其實是阿元夫人，店東大爺則是贅婿——」

「亦即，老婆才是店主？」

志方皺眉問道。

「是的。噢，咱們店東——不，阿元夫人晨間起身甚晚，故不用早飯。」

「起得再怎麼晚，直到正午都沒步出臥室，你們難道沒察覺有異？難道這女店東無須打點店務？」

「是的。」

與助一臉困擾地搔首說道：

「店務均由小的承擔，其餘則由店東大爺——即音吉大爺負責洽商、採買等事務。阿元夫人她——僅負責檢視帳簿等……」

「亦即這名曰阿元的女店東——僅負責發號施令，還日日睡到正午才起身？」

是的，與助垂下頭答道。

唔，志方低吟一聲，略事沉思後說道：

「好罷——不過，與助。送飯過去的僕傭，為何立刻作罷？」

「作罷？敢問大人何意？」

「門拉不開，或許沒什麼希罕。不，或許希罕，但也不是沒可能發生。但換作常人——若是打了招呼卻未聽聞回應，理應察覺情況有異才是。若是有心護主，即便得破門而入，亦是在所不辭。但這些僕傭為何連開也沒試著開，便告折返？」

「噢，這……」

與助縮起下巴，一臉尷尬。

「甭怕，盡管說。」

「遵命。阿元夫人她——最恨教人吵醒，咱們僅能靜待夫人自行起身——唉，倘若貿然將其喚醒，必將引夫人動怒……」

還請大人多多包涵，與助雙手撐地致歉道。

「汝毋需為此致歉。原來如此，說簡單點兒，這名曰阿元的女店東，若是教人喚醒就沒好臉色——？」

是的，與助再度叩首回答：

「況且，店東的怒氣有如熊熊烈焰，若是女傭與小廝犯此大忌，不僅要慘遭痛斥，還可能當場遭店東解雇——」

「唉——」

若是如此，就真的沒話說了，志方蹙眉說道：

「那麼，那二掌櫃——記得名叫貫次來著？同樣是喊也沒敢喊一聲，便告折返？」

是的，與助拭著額頭上的汗珠回答。

「看來這阿元，是個自甘墮落、還有著猛烈脾氣的婦人？」

誠如大人所言，與助平身低頭回答。

「原來如此。」

志方望向身旁的手下。

阿元的放浪形骸可謂無人不知，手下的岡引（註53）——萬三扼要地說道。

「無人不知？」

「是的。不僅飲酒毫無節度，醉了還要大發脾氣。對家務、店務幾近無心經營，花錢從不撙節、用人毫不體諒，待人粗暴，稍看僕傭或夥計不順眼，不是一頓拳打腳踢，便是挑毛病藉故扣薪酬，稍有觸犯，即刻解雇——總之，是個有名的母夜叉。可取之處，大概僅有不縱情於男色一項。故此，店家之經營，實由音吉與這位與助承擔。」

不，沒這回事，與助連忙否認。

「原來你們店東……唉。」

也罷，志方如此總結。

「噢，倒是——」

這……真不知該如何……與助旋即又閉上了嘴。再難啟齒的也盡管說，知道些什麼，全都給我全盤說來，志方命令道。

「遵命。其實，昨夜阿元夫人曾與店東大爺……」

爭吵是麼？岡引萬三說道：

「這店家夫婦常爭吵，也是眾所皆知。」

「是的。」

與助自懷中掏出手巾，拭了拭汗。

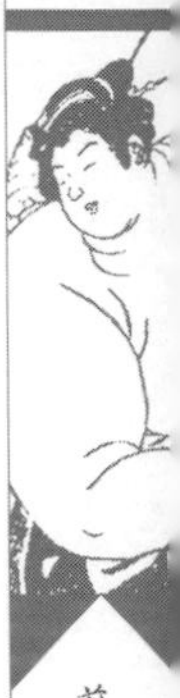

大掌櫃看來頗為困窘。此事真是如此難以啟齒？

天氣雖沒多熱，只見他額頭上還是布滿了汗珠。真不知他冒的是熱汗還是冷汗？

甭怕，說來聽聽，志方說道：

「凡事有本官扛著，無須顧忌。」

「遵命。店東大爺他——音吉大爺對阿元夫人亦是不敢忤逆。故此，雖不知坊間是如何議論，但——這應稱不上爭吵。」

「總是僅有音吉捱罵？」

「是的。音吉大爺他——僅有捱罵的份兒。昨夜情況尤其激烈——若是勸阻，夫人必將益形盛怒，故吾等下人也僅能裝作視而不見，充耳不聞。即便如此，辱罵聲仍是不絕於耳，過了半刻才靜了下來——」

「當時大概是什麼時辰？」

「噢，辱罵聲約自戌時開始傳出。當時，阿元夫人已喝了相當多的酒——噢，事前夫人曾數度高喊，命吾等為其送酒入房——」

「對辱罵其夫的罵聲可充耳不聞，但命令還是得聽？」

志方再度蹙眉。

註53：江戶時代受雇於町奉行所或火付盜賊改方等治安機構，協助執法工作，但不屬於正規執法人員的平民，相當於今日所稱線民。

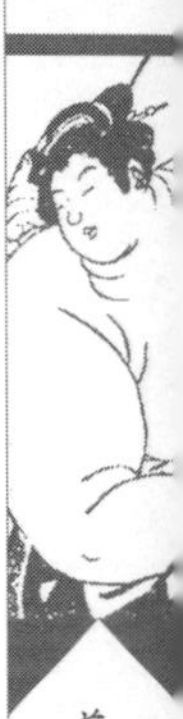

看來果然是個母夜叉。

「這個活兒，你們幹得可真辛苦呀。」

「是的，噢，不不，小的並非此意……」

「必須對主子盡忠，即便是商家，這心意還是教人敬佩。不過與助，如今你們主子業已亡故，更何況還不是個好主子。包庇惡主，可稱不上真正的忠義。本官亦知人死鞭屍絕非樂事，但這回你得將忠義拋在一旁，一切據實陳述。」

小的遵命，與助叩首回答，腦袋垂得幾乎要貼到了榻榻米上。

「昨夜，阿元夫人的確曾發過脾氣。記得是——噢，亥時的事兒，當時夫人命吾等傳喚阿葉過來。」

「阿葉——也是個僕傭麼？」

「這……」

是個青樓女子，岡引萬三把話給接下：

「這商家其實也從事青樓女子的斡旋。這名曰阿葉的女子，就是這商家所經手的吉原娼妓。不久前才教人贖身，一度自吉原金盆洗手，孰知為其贖身的麴町當鋪店家不久便告辭世，阿葉只得返回店內，靜候店東為其斡旋其他娼館。與助——話至此，有無不符之處？」

誠如所言，大掌櫃回答。

「噢。那麼，這阿葉如何回應？」

「是的。阿葉姑娘亦熟知阿元夫人的脾氣，一聽吾等傳喚，立刻誠惶誠恐地前往小屋，至於

夫人為何傳喚，吾等就不便過問——後來發生了些什麼，小的也就不清楚了。」

「這阿葉，如今身在何處？」

「是的。噢——不可能上其他地方。如今正與其他姑娘在大房內——」

「人在店家裡？」

「是的。稍早小的曾略事詢問，阿葉姑娘僅表示任由夫人責罵半刻——唉，誠如大人所言，阿葉姑娘是自娼館回到店內來的——而且，這回已經是第四回了。」

不知怎的，為其贖身的恩客個個都魂歸西天了，岡引萬三向志方耳語道。

「第四回了？」

「是的。似乎紅顏本就福淺——」

「每回只要贖身恩客一死，這阿葉就會回到店裡？」

怎麼想都感覺難以置信。阿葉姑娘在江戶舉目無親，與助說道：

「或許是因阿葉姑娘生於遙遠異鄉，唉，說來敝店對姑娘而言——就形同老家罷。話雖如此，事情演變到這地步，娼館也顧慮這姑娘命凶帶煞，似乎仍未有任何一家願意收留。在找到新雇主前，就只能於店內靜候。」

「可是為此遭到責罵？」

「是的。夫人斥其為吃白飯的瘟神——唉，其實阿葉姑娘根本沒什麼過錯，事實上一位姑娘出落得如此標緻，當然有眾多恩客爭相為其贖身——」

「不過是碰巧遇上店東心情欠佳？」

「是的。不過遭訓斥一頓後，阿葉姑娘便教夫人給趕了出來，於子時前便回到了大房。」
「子時——？」
「是的。」
「那麼晚了，你們都還醒著？」
「不。店內夥計與僕傭——包括小的在內，全都已入睡。阿葉姑娘自夫人處回到大房時，其他姑娘們業已入眠。阿葉姑娘表示——自己當時走得小心翼翼，深怕一不留神，將大夥兒給吵醒。」
「如此說來，最後一名目擊到阿元與音吉者——就是這名曰阿葉的姑娘？」
誠如大人所言，與助誠惶誠恐地回答。
「這阿葉，可曾提及當時有什麼異狀？」
「阿葉姑娘表示——當時一切如常。敢問大人，是否應傳喚阿葉姑娘到此質詢？」
志方先是朝萬三瞥了一眼，接著才說道：
「先同你問個清楚罷，這姑娘本官稍後再行傳問。那麼，僕傭與二掌櫃於午時察覺情況有異，後來你便——對了，到未時，你便上那小屋一窺究竟。你方才是這麼說的，是不是？」
「是的。當時正值未時時分，店東夫人睡到這時刻仍未起身，也是常有的事兒。但是那拉門確實有異狀，先是聽聞二掌櫃表示門拉不開，有歪扭什麼的怪事——待小的趕赴小屋時，竟然見到……」
拉門的確古怪。

一如二掌櫃所言，似乎是有個什麼東西自房內將拉門朝外推擠。

由於拉門脹得歪扭有了縫隙，與助便自縫隙朝房內窺探。

誰知，竟然什麼也瞧不著。

只見有個具彈力的東西塞滿了整個視野。

與助完全看不出這東西究竟是什麼，但似乎就是這東西自房內將拉門給撐脹的。

眼見這東西古怪，與助絲毫不敢碰觸。

因此只得步出小屋，自庭院繞至小屋後方。

屋後有扇紙門。雖知擅自拉開紙門朝內窺探，必將換來店東夫人一陣暴怒，但眼見如今情況有異，與助還是鼓足勇氣，下了決心。

誰知定睛一瞧，景況更是教人憂心。

竟連這紙門也——

脹了起來。

就連門框也隨之斷裂。

當然，門紙也都給撐破了。

但與其說是撐破，或許該說是有什麼東西自屋內溢出，將門紙撐破了。

怎麼看都像是有什麼東西塞滿了整座房內。

與助戰戰兢兢地伸出指頭，碰了碰這東西。

「那東西——竟然是肉。」

「肉？此言何意？」

「噢——那東西頗為柔軟，觸感與人之肌膚無異。」

「難不成是——人肉？」

「是的。雖不易言喻，但觸感煞似女人家的乳房或腹腰。」

「意即——紙窗與紙門，就是教這人肉給撐壞的？」

正是如此，與助再度叩首，腦袋低垂得幾乎要將額頭給貼到榻榻米上頭。

「聽來——確是奇事一樁。」

「是的。小的見狀，亦是不得其解，連忙將店內其他夥計也給喚來。」

「其他夥計——也看見了這酷似人肉的東西？」

「是的，每個都看見了。」

唔，志方輕撫下巴低吟一聲，接著便轉頭望向萬三。咱們的岡引龜吉也看見了，萬三一臉苦笑地說道。

「本官還真是無法想像——喂，你叫與助來著？可有弄清楚——那東西究竟為何物？」

「是。依小的所見——那東西應、應該就是咱們店東阿元。」

「什麼？」

「怎麼看，都像是阿元夫人脹成的——」

一派胡言！志方怒斥道。

雖說是怒斥，但嗓音中似乎夾有一絲膽怯：

「人豈、豈可能脹滿整座座敷？這等胡言亂語，任誰也不可能聽信。那座敷大致有多大？」

「是。約有二十疊——」

不可能，絕無可能，志方怎麼也無法置信。

「能將二、二十疊的座敷塞滿，這東西豈不是和頭馬——不，甚至和頭鯨一樣大？人哪可能脹成如此巨大？不不，姑且不論大小，人非紙氣球，豈有膨脹之理？」

這小的也甚感不解，與助拭去額頭上的汗珠回答：

「小、小的這番話，或有聽似辯解之虞，但小的無才無學，自是無從解釋清楚——僅、僅能依小的親眼所見、親手所觸，盡可能向大人陳述——」

懇請大人多多包涵，與助連磕了好幾回頭，繼續說道：

「方、方才所言，保證句句屬實。即便是吃了熊心豹子膽，小的也絕不敢犯下欺官這等重罪……」

夠了夠了，志方安撫道：

「本官絕無責怪之意。方才嗓門大了點兒，乃是因此事實在過度異於常軌，如此而已。」

「是。小的一同亦覺猶如為狸貓幻術所惑——只不過……」

「只不過什麼？」

「小的一同還瞧見咱們店東阿元所著寢衣一角，給壓在那脹大的肉團下頭。這才判斷這東西應該就是店東脹成的。只不過，這等異事著實教人難以置信……」

「著實教人難以置信？你看了也不信麼？」

「是的，因此才邀龜吉大人前來——」
也不是什麼大人，他不過是咱們的岡引，萬三補上一句。
「——經過一番研議，又邀來一位學士評斷。」
「學士？」
「也不是什麼學士，不過是個寄宿長屋的隱士。本人抵達時，這隱士尚未離去，便命其於鄰房稍後。此人名曰久瀨棠庵，自稱現居下谷，曾為儒學者，今淪為一介本草學者（註54）。不過，的確堪稱飽學多識。」
「這學士——也瞧見了？」
「是的。當時雖嘖嘖稱奇，亦不忘鉅細靡遺，仔細檢點。觀畢，此人表示或許不宜近靠，故本人命店內眾人退下。」
「不宜近靠？」
「是的。理由為——此乃一病變是也。」
「病變——？」
「此人推論，或許乃一源自奧州之病變——」
「奧州？倒是，記得去年津輕風邪曾蔓延過一陣子——此病變，可是類似的東西？」
「這小的就不得而知了。只不過，敝店亦有包辦奧州土產之買賣——店東大爺，也就是音吉大爺也年年親赴津輕，小的一同懷疑，或許與此病變不無干係。」
「唔，真有教人膨脹的病變？而且這學士是否有表示——這病變……」

有傳染之虞？志方問道。

「據、據說並不會傳給男人——況且，只要縮回原貌，便不再堪虞。」

「會縮、縮回原貌？」

是的，與助回答：

「棠庵先生抵達時，那東西已開始逐漸萎縮——」

「接、接下來如何了？」

「噢，接下來，小的就沒再上小屋去，畢竟……」

那東西看著實在駭人——言及至此，與助突然激動落淚。

「夠了，你就起身罷。若真起這等怪事，汝等受到驚嚇也是在所難免。只是——」

一切著實教志方摸不著頭緒。總而言之，要將案子辦下去，還是得親眼瞧瞧才能算數。

志方便在萬三、龜吉及與助的陪同下前往小屋。

此時，已是黃昏六時鐘聲將響的時分。

日暮時分的斜陽將走廊映照得一片昏黃，茶褐色的小屋處則呈一片昏暗。

紙門的確是教什麼東西給壓彎了。

但壓彎紙門的東西已不復見。

自縫隙朝屋內窺探。

註54：即源自中國之醫藥學。

若與助所言屬實——這東西應已縮回原貌。

由於門框早已歪曲變形無法滑動，志方遂命令手下卸下紙門。不料只消輕輕一推，紙門便告鬆脫。

座敷內——

一片凌亂。不，與其說是凌亂，或許以毀壞形容較為恰當。

首先，榻榻米——不，地板業已凹陷成擂缽狀。整座床間（註55）嚴重毀壞，宛如有個巨人跌了一跤，將整塊地方給壓陷了似的。菸草盆、燈籠、床頭屏風等陳設俱遭壓損，悉數給擠到了座敷各角落。被褥不知怎的掛到了欄間（註56）上，碎裂的酒壺與酒杯的破片活像是給整地的行頭輾壓過似的，全都平整地攤布於榻榻米上。

此外。

角落還有個姿勢歪扭的扁平男屍。怎麼看都像是教什麼東西給壓扁的。

座敷正中央則有——

「那，那可就是——你們店東？」

「噢，不——這……」

與助僅是以手摀口，驚訝地回不上話來。

座敷中央——也就是擂缽狀凹陷的中心——有一團被壓得扁平的被褥。

被褥上頭——

一個身軀脹得碩大無朋的女人呈大字仰躺其上。與其說是躺在上頭，或許該說是壓在上頭要

來得恰當些。

這女人身軀半裸——不，幾可說是全裸，僅有腰際圍著一塊破爛的腰卷（註57）。看似原本穿在身上的寢衣業已裂成碎片，除了部分殘餘尚披在肩頭，其餘的都散亂於這副巨軀周遭。

她的胳臂、雙腿，都有如巨木般粗壯。

腹部宛如一座隆起的小山，碩大的乳房朝左右兩側下垂。身軀粗得連男人都無法環抱。已到了教人看不出大致有幾貫重的程度。

志方看得目瞪口呆。

過了大半晌，方才回過神來，深感身為同心，對這副光景目不轉睛，著實有失體面，連忙正了正衣襟，再度問道：

「快、快回話。這是否——就是那名曰阿元的店東夫人？」

「這——」

萬三一臉納悶地回道：

「這裡的店東——是個體態尚稱婀娜的中年婦人。或許稱得上豐腴，但絕不至於——噢，總而言之，小的還真沒見過如此壯碩的女人。這體格，絕對要看得人瞠目結舌，簡直到了可在兩國

註55：日式屋舍內的壁龕。
註56：日式建築內，位於牆之上部與天花板接壤處的採光、通風用拉窗。
註57：古時日本婦女著用的內裙。

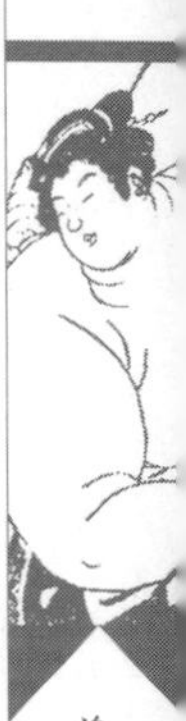

（註58）一帶供人觀覽的程度——」

「萬三，適可而止，勿失方寸。」

眼見這巨女看似已無氣息，志方申誡道。

唉呀，與助突然高聲一喊。

「怎了？」

「這、這女人髮上插的，的確是咱們店東的髮梳。此外，她身上的寢衣亦是——」

「噢？那麼——這女人，不，這亡骸……」

意即，這亡骸正在縮回原貌？

「憑相貌，可否辨識？」

「這——」

也看不出是像，還是不像，與助一臉為難地說道。

這也難怪。都脹成了這副德行，相貌哪可能還辨識得出？更遑論人死後相貌亦會有所改變。

志方抬起亡骸下顎，伸手欲弄之以觀其貌，但旋即打消這念頭，朝屋內另一具遺骸走去。

由於榻榻米嚴重凹陷，行走起來甚是艱難。

另一具遺骸——亦即被壓得扁平的男子，神情甚為痛楚，看來應是活活給悶死的。

「這又是何許人？」

「此、此人乃音吉大爺無誤。」

與助含淚回答。

寢肥

「此男屍毫無外傷。既無淤血，亦無出血。不過，看來死時甚是苦痛——由此相觀之，似是死於窒息——萬三，你怎麼看？」

「看來的確像是教什麼活活給壓死的。」

而且還給壓得扁平。

「你也認為——是給壓死的？」

志方再度望向女屍。

難不成此女……

一度脹滿全屋……

並將睡在身旁的男人活活壓死——？

的確。倘若此女脹滿全屋，共處一室者的確是插翅也難逃。眼見其脹成之巨軀導致紙門歪扭、門框斷裂，旁人別說是想逃，就連欲吸口氣也是無從。

只不過……

這種事兒真有可能發生？

「這——這的確是怪事一樁。但究竟——」

註58：一六五七年，江戶發生明曆大火，後為防止火勢蔓延，於隅田川上的兩國橋兩端鋪設了名曰兩國廣小路之大馬路，由於目的為防止延燒，須常時保持淨空。雖不准搭建恆久建築，但當時此路上常有攤販戲子臨時搭建棚子或小屋，舉行相撲、展覽或表演等。

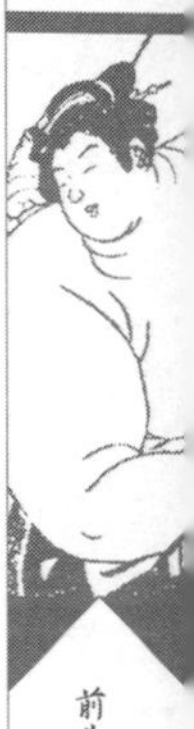

此怪名曰寢肥，此時突然有個嘶啞嗓音出聲說道。

轉頭望去，只見一年約五十的矮小男子佇立一旁。

「官府大爺辛苦了。」

此男謙恭有禮地低頭致意。

此人即在下稍早提及之久瀨棠庵是也，萬三向志方說道。

「噢？本官為南町之志方。棠庵，你稍早言及——此怪名曰寢肥，這寢肥究竟為何物？」

「是。寢肥，乃罹患嗜睡病症之女是也。奧州一帶以此稱呼睡癖不雅之女人家，用意或為申誡女人不宜嗜睡——總而言之，此乃一生活習性自甘墮落所招致之駭人重症是也。」

「自甘墮落的女人家，便會罹患此病？」

「是的。凡是晨間不起、徹夜遊樂、齷齪不潔、無精打采、行儀不雅、口出惡言、或慵懶怠惰——噢，上述惡行，或許人人為之，惟萬萬不可行之過當。過於自甘墮落，自是有違人倫，此等心態，極易吸引疫鬼病魔纏身不退。女人家一旦罹患此病，身軀便將不住膨脹，故此……」

方以寢肥稱之，棠庵說道。

「寢——寢肥？」

「既已如此，宜誠心供養，以慰其靈。」

學士如此總結道。

【伍】

喂阿又，聽說了麼？——阿睦以一如往常的女無賴口吻說道，一屁股坐到了又市面前。

又有啥事兒了？又市以粗鄙的語氣反問道。還不就是昨日睦美屋那椿寢肥的怪事兒呀，阿睦回答。

「別傻了。那不過是個流言。」

「呿，你這乞丐法師哪懂得什麼。這可不是流言，而是真有奇事。甚至還上了瓦版（註59）哩。寫著什麼某店女店東像隻河豚般脹了起來，將自己老公給壓成扁扁一灘。還說什麼若是慵懶度日嗜酒嗜睡，就會變成這副德行哩。」

真是嚇人哪，阿睦說道。

「哪個傻子會聽信這等無稽之談？若真有這種事兒，像妳這種邋遢女人不老早就脹成一團了？」

「干、干我啥事兒？」

「正因妳有此自覺，才會怕成這副德行，對不？原來荒誕的流言還有這麼點兒作用呀，或許能嚇得妳活得紮實些。」

真是無聊至極，話畢，又市便閉上了嘴。

此事當然不是真的。

註59：又稱讀賣。為江戶時代的新聞。

後來——

閻魔屋的角助伴著阿葉趕回了睦美屋。

這趟路當然得趕。若是為人察知，可就萬事休矣。

同行者，還有又市。

沒錯。

又市答應支付三十兩的損料。

如此一來，就等同委託閻魔屋代辦這樁差事兒。

幸好三人抵達時，睦美屋已是一片靜寂。值此時分，店內眾人早已入睡，無人察覺發生了什麼事兒。角助探了探店內的情況，便吩咐阿葉裝作一臉若無其事地回自己房間，更衣入睡。

阿葉甚是緊張。

這也怪不得她，畢竟沒多久前才失手殺了人，甚至意圖自縊了斷。但角助勸她無須擔憂，只須告訴自己什麼都給忘了，當作什麼事兒也沒發生——不，一切不過是一場夢，本就什麼也沒發生——

並吩咐她先將染血的衣物藏好，逮住機會再扔。若有人問起身上的傷，就說是挨了夫人一頓毒打。

只需做到這些——

——便能將妳所犯的罪悉數抹消。

阿葉依然是半信半疑。

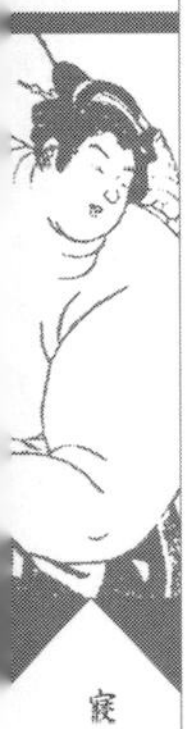

又市也認為難以置信。

萬萬不可質疑——角助如此重申。

正如阿葉所言，小屋內的座敷中，果然躺著兩具亡骸。

一具是參加睡魔祭的音吉。

據長耳所言，音吉是個以男色勾引姑娘——並將之連骨髓都吸乾的大惡棍。

亦是勾引了阿葉，數度逼其下海的混帳東西。但同時……

也是阿葉鍾情的情郎。但如今——已成屍體一具。

看來音吉應是死於窒息。只見他臉上蒙著被褥，看似教人給硬蒙上去的。看來正好，將亡骸仔細檢查一番後，角助如此說道。

至於這正好指的是什麼，又市當時一點兒也聽不明白。

另一具亡骸，便是睦美屋的女店東阿元。

阿元死於腹部的刀傷。

這刀傷——便是阿葉留下的。

看得出當時曾起過激烈爭執，整座座敷內彷彿教人給翻了過來似的。

不僅是阿元與阿葉的那場爭執。似乎在那之前，此處就曾發生過什麼衝突。或許是音吉與阿元起了爭吵。而這場爭吵，導致音吉死於非命——看來應是阿元下的毒手。不過——

阿元曾向阿葉怒斥，音吉是教阿葉給害死的。這句話究竟是何用意？

直到當時，這點又市依然參不透。

此時，角助褪去了阿元身上的寢衣。

接著又要求又市幫個忙，表示將減免一成損料。

問要幫些什麼，角助吩咐須將座敷內的一切悉數打碎。

——悉數打碎？

萬萬沒想到，要設的原來是這麼個局。又市便依照吩咐將床頭屏風踩壞、將酒壺摔毀、也將菸草盆給壓碎。

不出多久，林藏與仲藏也現身了。當然，還搬來了阿勝的亡骸。

四人一同將阿勝搬進座敷，接著又將衣衫悉數褪去的阿元給搬了出去。

同時，亦不忘解開阿元的髮髻，再將一絲不掛的屍首以草蓆裹覆。

——原來如此。

如此一來，也為林藏省了些力氣。阿元的亡骸不及阿勝的一半重，輕輕鬆鬆掘個小窟窿便可葬之。

——這差事還真是無趣。

接下來的瑣事，就由我來收拾罷，仲藏說道。

所謂瑣事——想必是將地板掀起、抽出被褥的棉絮什麼的。接下來——

——就是那張蛙皮了。

肌膚色的、巨大的蛙皮——

原來這就是寢肥的真面目。

雖然尚未剪裁成蛙形，但仲藏似乎已將那張皮縫製成袋狀。

想必是打算略事加工，將之固定成自紙門、紙窗內朝外壓擠的模樣，以那皮袋塞滿每道縫隙，再以風箱將之吹脹。

似乎僅能如此。

這張皮並沒有龐大到能脹滿整座座敷的程度，再加上如此一來，只怕仲藏本人也要給壓扁。故此，想必皮革僅準備了填滿縫隙的份兒。佈置的規模愈小，折疊起來也愈是容易。

如此說來——

瓦版上提及的那位學士，似乎也是閻魔屋找來的？

之所以稱此乃是病症、須靜待其縮回原貌為由將店內眾人支開，想必就是為了供仲藏乘隙離去。

——真是一派謊言。

全是這夥人捏造出來的。

雖是捏造的——但坊間大眾還是信以為真。

——不，或許並非如此。

恐怕沒人相信這是真的。這等無稽之談，哪有人會輕易採信？一如又市斥其荒誕，坊間大眾聽了，只怕也僅止於半信半疑。不過……

正因這流言如此荒誕無稽——

——教真相就這麼被掩蓋了過去。

正如角助所言，阿葉的罪愆化成了一場夢。倘若一味卸責或遮掩，想必將難以收拾得如此順利。不論如何掩飾，殺了人畢竟是殺了人。即便安排阿葉逃逸，亡骸畢竟還是會為人發現。不，罪責也將殘存於阿葉心中。即使逃得成，自己畢竟背負了一條人命。既然如此……

——或許這的確是個適切的安排。

又市心想。

雖如此想，又市依然難以釋懷。

這哪是個適切的安排？總覺得有哪兒教人難以參透。

——畢竟這並非一場夢。

沒錯，這根本不是一場夢。阿葉的確是殺了人。倘若犯下如此罪業仍能逍遙法外、不受絲毫懲罰，那麼相較之下，現實反而更像是夢一場。

在將自己犯下的罪業忘得一乾二淨的夢中度日，難道真是件好事？

又市依然無法釋懷。

今後，阿葉將——

——如何活下去？

你還真是死心眼哪，阿睦說道：

「我說阿又呀，瞧你這眼神活像是失了魂似的。難不成你這小股潛的猾頭，不過是裝出來的？」

「別再用這字眼稱呼我。」

阿睦呵呵笑道：

「喲，你志氣倒是不缺，未嘗不是好事一件。對了，倒是阿又呀，有個看似小掌櫃的傢伙在那頭找你。也不知是你欠了人家銀兩，還是飲酒賒帳未償，總之我是告訴他你應在這一帶買醉——」

小掌櫃。

——難不成是角助？

又市抬起頭來。

透過珠簾的縫隙望見了角助。

「阿睦，我想獨自喝個兩杯，妳別在這兒礙事。妳行個好，滾一邊去罷。」

「呿，想必又是要談什麼齷齪勾當了。就隨你去罷。」

阿睦斜眼瞪了角助一眼，起身前還朝又市的臉頰拍了拍。少碰我，又市罵道。

但阿睦早已快步離去。

僅剩一股冰冷觸感殘存在頰上。

一瞧見阿睦走遠，角助便並手撥珠簾，朝一旁退了兩步。

珠簾外，站著一位裝扮高貴的婦人。

怎麼看，這婦人都不像是會上這家傾銷劣酒的酒館廝混的角色。只見她以莊嚴尊貴的儀態鑽過珠簾，筆直走到了又市面前。

又市抬頭仰望。

只見婦人一臉堅毅神情。

站在後頭的角助在她耳邊巧聲說了幾句，婦人方才垂下頭來問道：

「你——就是又市先生？」

「沒錯。喂，角助，償還的期限還沒到不是？我說過得到月末，我才能有多少還多少。難不成你們認為我會賴帳潛逃？」

人言舉債地藏顏，償債閻羅面——婦人說道。

「妳說什麼？」

「不過，咱們商號就叫閻魔屋，不僅是還債時，隨時都是面如閻魔。」

「別嚇唬我好麼？我不過是——」

「久仰大名。我名曰阿甲，乃損料屋閻魔屋之店東。」

這婦人的氣勢，還真是咄咄逼人。

「倒是——此地不宜商議，還請又市先生同咱們走一趟。阿角。」

是，短促應一聲後，角助繞向又市身旁，朝他耳邊低聲說道：

「到後頭岸邊的柳樹下去。這兒的帳就由我來結，先出去罷。」

「喂，我可沒資格教你們招待。」

「不過是便宜的劣酒，無須計較。那麼——」

夥計，過來結帳，角助喊道。

店外吹著微溫的暖風。

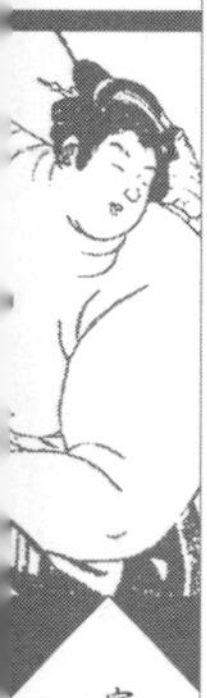

在柳樹下靜候不久，角助便現身了。

「究竟有什麼事兒？我現在可忙得很。得償還你們三十兩——不，扣了一成，應該是二十七兩。這可不是筆小數目呀。」

「正是為了此事找你。關於那筆損料，咱們大總管堅持親自同你商量商量。」

「呿。」

又市嗤鼻笑道：

「若是想多討點兒銀兩，我可沒那閒工夫同你們攪和。此外，你那嚇唬人的粗糙把戲又算什麼東西？真是可笑之至，還吹噓那叫寢肥什麼的。難不成你們損料屋——」

就是靠這些個騙娃兒的把戲詐財的？話畢，又市朝角助瞪了一眼。

給我住嘴，角助擺出了揍人的架勢。

「住手，阿角。不愧是一文字狸教出的徒弟，果然有幾分氣勢。」

名曰阿甲的婦人改了個口吻說道。

「妳——認得狸老大？」

一文字屋仁藏是京都一帶不法之徒的頭目，又市也曾受過他關照。

但阿甲並沒回又市的話：

「又市先生——在商議損料一事之前——有件事兒得先讓先生知道。」

「什麼事兒？」

「這椿差事原本的委託人，乃睡魔祭的音吉。」

「什麼？」

——這是怎麼一回事兒？

角助把話給接了下去：

「是音吉大爺自個兒前來洽商，委託咱們代辦這樁差事的。對咱們損料屋而言，窯子可是上等的貴客。被褥、枕頭、衣裳，能租給窯子的行頭可謂多不勝數。姑娘們要出道下海，可得花上不少銀兩哩。即便是亡八屋（註60）或花魁（註61），若要添起行頭只怕荷包也不夠深。總之，某日有人前來接洽，聲稱花街無人不知的人口販子音吉，正為某事大感苦惱。」

「音吉他——求你們幫忙的，究竟是什麼樣的差事？」

究竟為何苦惱？

難不成，他並非一個靠女人吃軟飯的龜孫子？

音吉坦承，自己不願再糊塗下去，角助回答：

「業已無心再過這種將女人推下火坑、極盡搾取之能事，並將女人一再轉賣的勾當的日子。」

「喂，他在瞎唬個什麼勁兒？既然過不下去，收手不就得了，何須說這番傻話？」

「問題正出在，音吉大爺想收也收不了手。」

「什麼？」

「這些個販賣人口的勾當，全是阿元夫人逼音吉大爺做的。」

「阿元——就是音吉那老婆？」

沒錯，角助回答。

「意即，音吉是教他那遊手好閒的老婆操弄的？還真是教人難以置信。倒是辦完那樁事後，我曾四處打聽，發現那婆娘還真是聲名狼藉呀。」

「那麼，有沒有打聽到任何音吉的惡評？」

「這——」

音吉的聲譽倒是不差。

不過……

「——或許是因為那傢伙勤於將姑娘拐進窯子裡，得盡可能避免惡評沾身，以免壞了生意吧？」

音吉大爺是個生性溫和的善人，阿甲說道。

「什麼？」

「幾可說——是過於良善溫和。再加上生得一副俊俏面貌，當然要教姑娘們大動芳心。可惜一切不幸，正是源於此。」

「喂，這究竟是怎麼一回事兒？」

意即，他幹這些個拐騙勾當，並非出於自願——角助回答：

註60：又作「忘八屋」，指娼館或娼館經營者。

註61：吉原娼妓中的最高位階。

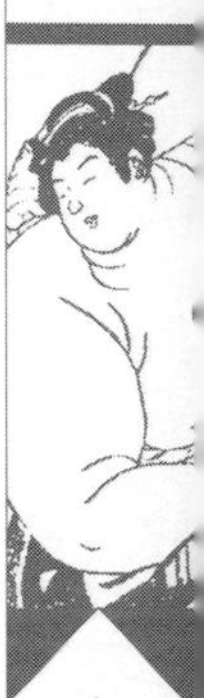

「雖然沒能將自願獻身的姑娘們給勸退，說是條罪，也的確是條罪。」

「別說是勸退，還靠這些姑娘們大吃軟飯哩。」

「這絕非實情——唉，雖然結果的確是如此。那些個勾當，全都是阿元夫人強逼他幹的。」

「這也著實教我不解。音吉若不想再如此度日，收手不就得了？」

「只因音吉大爺——對阿元夫人一往情深。」

阿甲解釋道。

「一往情深——他們倆本是夫妻，這哪有啥好稀奇？」

「但阿元夫人並不了解夫婿這番心意——常懷疑夫婿對自己多所嫌惡，亦懷疑音吉大爺為其他女人傾心。不論音吉大爺如何解釋，阿元夫人均拒絕聽信。想必——阿元夫人誠如坊間所傳，是個自甘墮落的婦人，怎麼想，音吉大爺這麼個好夫婿，都不可能對如此惡妻用情罷？總之，音吉大爺的一番心意，阿元夫人是毫不了解。」

更何況，音吉還是桃花不斷，角助說道：

「即便對此有千百個不願，即便對阿元夫人如何傾心，都無濟於事，哪管他已極盡努力拒絕，仍不時有姑娘們主動獻身。何況音吉生性和善，拒絕起來也往往狠不下心。這反而惹得阿元夫人更是——」

「反而惹得阿元——更是嫉妒？」

「或許以嫉妒形容不盡然恰當，但骨子裡應是多少有些。只不過，阿元夫人並不似小姑娘般氣呀恨呀的呼天搶地，而是強逼音吉拿出證據，證明他真對自己傾心。」

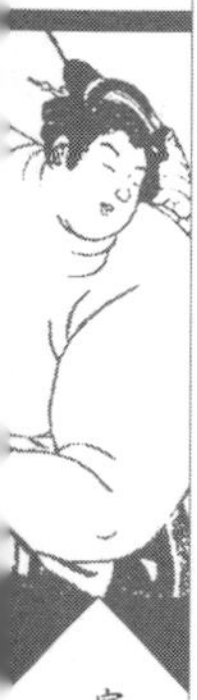

「什麼樣的證據——？」

「若真對這些個主動獻身的女人家毫無興趣——就將這些姑娘們賣進窯子，以明心意。」

「混、混帳東西。豈有……」

豈有此理？

確是如此——阿甲斬釘截鐵地附和道。

「且慢。這點我著實想不透。若想討好這老公，不是該主動當個好老婆才是正經？自己不學著善盡人妻的本份，還強逼老公推姑娘們下海，這婆娘是不是瘋了？」

想必是如此，阿甲回答道：

「或許阿元夫人真是瘋了。不過——阿元夫人對音吉大爺，想必亦是用情頗深。而音吉大爺對夫人的一番心意，的確是出自肺腑。」

「即便如此——總得站在為這種無聊事兒被迫下海的姑娘們想想罷？」

阿又大爺，若要這麼說，你也該為這桃花不斷的男人想想——角助說道。

「這傢伙哪有什麼好同情的？」

「音吉大爺亦是倍感苦惱。鍾情妻子，而與之結為連理，愛妻卻對自己的脈脈深情毫不採信。罪魁禍首是那些個主動獻身的姑娘們。由於她們並無惡意，也不能教她們過於難堪，但頻頻教自己無端遭猜疑，這當然是個困擾。」

「不過音吉他——」

又市先生，芸芸眾生本就是形形色色，阿甲說道：

「常云偷腥本是男人天性、花開堪折直須折，但並非每個男人皆是如此，音吉大爺即為一例。雖常有姑娘主動獻身，但音吉大爺對這些姑娘們可是從未染指。」

「真是如此——？」

怎和原先的想像如此不同？

「或許正是為此，姑娘們反而更為仰慕。可惜世間並不習於如此看待，而是認為——俊男若遇玉女投懷送抱，不逢場作戲豈合常理？只不過，又市先生，人之生性實難解釋，若認為人人皆是如出一轍，未免有過於草率之嫌。本性人人有異，草率判定凡是男人便要如何，凡是女人便要如何，實為愚昧偏見——先生說是不是？」

似乎有理。

雖然有理，然而……

「不過，阿甲夫人，這我姑且接受。音吉這男人並非我原先想像的那副德行，這我接受。但聽聞這般實情後，對他為何將主動獻身的姑娘們賣進窯子，更是難以參透。」

「難以參透也是想當然爾。為此——音吉大爺抱定了一個主意。」

阿甲語氣平靜地說道：

「首先，音吉大爺努力試圖避免讓姑娘們纏上自己。」

「這要如何避免？」

「唉，的確沒錯。話雖如此，但相貌、生性皆是與生俱來，欲改也是無從。因此只得打定主意，若有哪個女人對自己送秋波，必佯裝視而不見，並極力迴避言談。遺憾的是，男女之道豈是

如此刻板單純，男子愈是無情，女子便愈是有意。眼見姑娘們仍不死心，音吉大爺只得盡可能勸阻，真心誠意地告知自己已有妻室，無意與任何人再結情緣。若有姑娘仍執意不願打消念頭——只能當這姑娘是壞事兒的禍水了。」

「那麼……」

長耳雖說其中必有蹊蹺，但也曾言及音吉對姑娘們絕對真誠。想必眼見姑娘跟了上來，音吉是真心想勸她們回頭的。

的確，若非如此，應不至於即便姑娘都上了船來到江戶，還一味勸她們返鄉才是。看來這些姑娘們的確是自個兒溜上船，一路跟到江戶來的。

難不成阿葉她——

當時也是如此無理取鬧地乘上船的？

難道她對音吉——果真迷戀到這等地步？

「故此，若遇執意纏而不退的姑娘，音吉便鐵了心——將她們給賣進窯子裡。但即便如此，阿元夫人依然無法滿意。」

「這、這又是為何？」

「正因——這些姑娘們是心甘情願下海的。關於如此行止是何其愚昧，音吉大爺已向這些個為無知愛意所驅策、一路跟到江戶來的姑娘們解釋過。這些解釋並非勾引詐騙，而是出於真心誠意。如此一來，姑娘們亦知大爺已是仁至義盡，略事反省，便紛紛為自己的愚蠢感到羞愧，為此心甘情願下海。何況除此之外，亦無其他手段可供一己餬口。情況如此，哪有資格有任何不甘

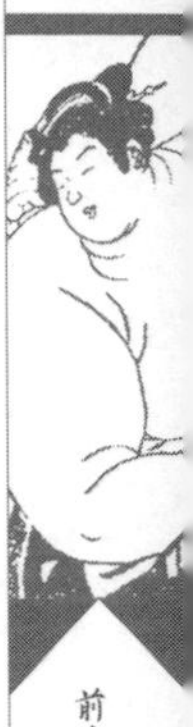

——？」

「這想法合乎情理，是有哪兒不對了？」

只能怪音吉大爺過度體貼，這下輪到角助回答：

「對阿元夫人而言，這些個姑娘到頭來還是得由自己來照料。對這些個主動纏上有婦之夫的輕佻姑娘，豈有費心費力照料之理？——唉，會如是想，也是人之常情。因此，阿元夫人盡可能找這些姑娘們的碴，將之於位格最低的窯子之間一再轉賣，逼得她們捱到人老珠黃都無法從良。這——就是這些姑娘被頻頻轉賣的真相。」

原來是這麼回事兒。

長耳曾言，睦美屋開始幹起販賣人口的勾當，是音吉入贅後的事兒。原來話還真是沒說錯，只是長耳所述的氣氛，與真相大有出入罷了。

然而，誠如又市大爺所言，阿元夫人的確是愈來愈瘋狂，角助語帶悲愴地說道：

「畢竟，為此音吉大爺得頻繁出入窯子。若見音吉對哪位姑娘特別好，阿元夫人尤其無法容忍，總要設法製造事端，將之轉賣他處。據傳阿元夫人似乎不時向一些兇險之徒支以銀兩，委其代行此類行徑。」

「兇險之徒——？」

「是的，均是兇險至極的大膽狂徒。這些人只為賺幾個銀兩，哪怕是殺人放火亦是在所不辭。大總管——您說是不是？」

但阿甲並未回應，而是以平靜的口吻說道：

「逼得音吉大爺忍無可忍的，便是此事。為阿葉姑娘贖身的恩客，均遭阿元夫人給——」

「果、果真是教人給殺害的？」

「想必——四人皆是為此殞命。下海、贖身、殺人、接手、再給賣出——眼見出了人命，雖已忍讓多年，但這回音吉大爺再也忍無可忍。」

因此，便找上了咱們，角助泛起微笑說道：

「他告知咱們，不願再逼阿葉姑娘為娼，望能及早令其返鄉——不，就連其他姑娘們，亦望能全部送返——姑娘們離去對窯子造成的損失，均將由自己支付損料償之，望咱們能代為打理——由於這並非一樁容易的差事，故我打算先找玩具舖的長耳大爺略事研議——就這麼遇上了又市大爺。」

可惜仍是晚了一步，阿甲說道：

「當夜，音吉大爺大概是勸告阿元夫人勿將阿葉姑娘一再轉賣，兩人才為此起了爭執罷。也不知是盛怒之下說出了氣話，或是久經深思熟慮所吐的真言，但音吉大爺提及此事，應是十之八九。聞言，阿元夫人起了猜忌，一心認為音吉大爺果然鍾情於阿葉姑娘，忿恨難平下，阿元夫人竟——」

將音吉給殺了——

音吉死了，都是教妳給害的——

「阿元夫人似乎——毫不懂得自誡反省。即便親手殺了音吉大爺，仍一味將錯推給阿葉姑娘，意圖由阿葉姑娘承擔此罪。抑或——即便夫婦倆總是陰錯陽差，終生都無從通達情意，但手刃與自己深深相戀的音吉大爺後，仍是深陷瘋狂錯亂。總而言之，這下阿元夫人一不做二不休——打算連同阿葉姑娘也給殺了。孰料——」

竟是自己賠了性命？又市問道：

「那麼——阿甲夫人是否認為，阿元死得罪有應得？」

原本背對著又市的阿甲緩緩轉過身來回道：

「又市先生不是說過——沒有任何人喪命是值得的？」

「我怎不記得？」

「我聽聞先生曾言——哪管是什麼時候，人死了都非好事兒。哪管一個人是奸詐狡猾還是奸邪、是卑劣還是悲慘、是困苦還是悲愴，苟活都比死要來得強。」

這番話可真是天真，阿甲繼續說道：

「雖然天真，但我亦甚為認同。今回的事件也是如此。被迫下海的姑娘們的確堪憐。但改個方向觀之，亦可說她們實為自作自受，反正是一方願打，一方願挨。而將這些姑娘們推入火坑的音吉大爺，雖為此感到痛心，但亦是自作自受。無從向阿元夫人表達情意，卻又不願斬斷這情根，此外，對眾姑娘還誠心善待。導致事態無可收拾的，正是他的如此態度。至於阿元夫人——噢，若就某個方向審視此事，或許阿元夫人才最是堪憐。然其所作所為，畢竟是滔天大罪——」

若能活著讓此事有個解決，乃是最善，阿甲說道：

「可惜兩人皆命喪黃泉。若再算上阿葉小姐的自縊未遂——未免也賠上過多人命。又市先生……」

人死是不能償罪的——

話畢，阿甲定睛直視又市，繼續說道：

「阿元夫人死於阿葉姑娘之手。即便純屬過失，殺了人畢竟是殺了人。此外，若欲歸根究柢，阿葉姑娘方為導致此事如此收場的元兇。人幸或不幸，皆取決於一己之行止。阿葉姑娘的不幸，既怪不得音吉大爺，亦怪不得阿元夫人。」

「若是如此，為何要大費周章設這麼個局？」

又市仍欲打破砂鍋追問到底：

「不只如此，還吩咐阿葉把這當一場夢。難不成是要她一輩子活在夢裡？還真是天真得令人害臊呀。」

阿甲面露微笑回道：

「沒錯，咱們的確將當晚的慘禍轉為夢境一場。如真似夢，如夢似真。不過，又市先生，那不過是給世間的交代。阿葉姑娘親身經歷的真相——是如何也改不來的。」

「果真——還是改不來？」

哪可能改得來？

阿葉畢生都將背負這條人命。

「真相僅存於個人心中。街坊巷弄間則是有幻有夢，世間一切，均不過是虛無幻影。既然如此——阿葉姑娘今後——就該一輩子活在自個兒心裡的真相中——先生說是不是？」

「反正——世間一切均不過是虛無幻影？」

「是的。咱們不過是藉著於街坊巷弄間造夢——即捏造巷說，盡可能供阿葉姑娘活得安穩些罷了。」

「以三十兩的代價？」

「說到這筆損料——」

阿甲向背後的角助使了個眼色。是，角助一應聲，立即走上前來，自懷中掏出一只袱紗包塞入又市手中。

「這、這是什麼東西？」

「是找給你的零錢，又市大爺。」

「零錢？喂，什麼零錢？」

聞言，又市這才收下原本欲推回的袱紗包，解開來瞧瞧。

只感覺這只袱紗包拿起來沉甸甸的。

裡頭包的，竟是十三枚小判。

「喂喂——這究竟是……？」

是屬於先生的銀兩，阿甲說道：

「是今早送到咱們店內來的。原本有四十兩，扣除應向先生收取的二十七兩後——就剩下這十三兩，在此悉數奉還。」

「送去的？我可沒送這種東西去呀。如此鉅款，我何來能耐——」

是阿葉姑娘送來的，角助說道。

「阿——阿葉？」

「阿葉姑娘似乎再度賣身了，為此收到了這四十兩。」

「這——？」

又市轉頭回望，但背後當然是空無一人。

左右張望，左右當然也不見任何人影——

阿葉並不在場。

「這未免也太——」

至於她是進了哪家娼館，或是成了岡場所或宿場的娼妓，就不得而知了，阿甲說道。

「她竟然——將自己給賣了？」

「請別誤會，又市先生。阿葉姑娘這回賣身，絕非是為了先生。而是——為了遵從規矩。」

「規、規矩？阿葉好不容易才成了自由之身——」

不對。

阿葉哪可能得到自由？不，論自由，阿葉原本就是自由的。束縛阿葉的，正是阿葉自己，往後阿葉也得終生在自己的束縛下度日。

「這、這筆銀兩——」

「阿葉姑娘並未留下任何書簡，僅附上一紙便箋——上書又市大爺惠存幾個字。故此……」

這筆銀兩，是屬於先生的。

——是給我的？

阿甲定睛直視著又市。

又市默默地將袱紗包塞入懷中。

阿甲再次泛起一抹微笑。

「不知又市先生——往後是否還可能助咱們閻魔屋辦些損料差事？」

「什麼？」

「先生天真的性子——以及能逞口舌，卻手腕奇弱這點，讓我認為或可邀先生同咱們共事。」

阿甲說這番話時——眼中並不帶分毫笑意。

「其實——方才我亦邀林藏先生同來共事。先生在京都或許有小有名氣，幸好在江戶尚不為人所熟知，此點也正好適合。」

「適合？適合什麼？」

「咱們閻魔屋僅同正經人做生意。損料屋的行規，是不得與不法之徒有任何牽連，萬萬不可同與那圈子牽連者有任何往來。」

「究竟——是要我辦些什麼樣的差事？」

「需要先生代辦的，便是——」

於街坊巷弄間織夢，阿甲說道。

「織夢？」

又市朝地上蹬了一腳。

「呿。這等事兒甭找我辦。像是這回這等荒唐把戲，我可一點兒也不想插手。瞧長耳老頭兒那些個無聊把戲，又是身軀膨脹，又是教婆娘給壓死什麼的，直教人笑掉大牙，只騙得了幾個娃兒罷了。」

「聽來——先生是毫無意願？」

「我可沒這麼說。只是聽妳方才一下數落我天真，一下數落我手腕奇弱，殊不知這差事若是由我來扛，鐵定能辦得比你們好上幾倍。怨恨、苦痛、眷戀，只要變出一段巷弄奇談，包准悉數一筆抹消——哪還需要佈置什麼荒唐把戲？無須大費周章設這等滑稽濫局，一切便能圓滿收拾。瞧我能言善道，辦起事來有一套，憑這舌燦蓮花，便足夠我吃遍天下——」

可別小看大爺我小股潛又市呀，又市大言不慚地吹噓了一陣，話畢，便抬頭仰望起身旁這株柳樹。

今夜暖風陣陣，天際不見半點星辰。

沒錯。

——反正我是個小股潛。

空有滿腔大志，空有一身幹勁，也成就不了什麼大事兒。

先生願意加入麼？角助問道。

「聽來是有那麼點兒意思，大爺我就姑且試試罷。不過，無酬的活兒我不幹，該收的銀兩我可不會客氣。林藏那傢伙就甭找了，有他在只會礙事。」

「口氣倒是不小。」

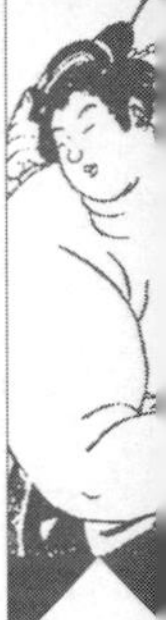

阿甲說道，這下終於露出了如假包換的笑容：

「不過，說大話前，還是先將那頭凌亂的月代給剃一剃罷。別平白糟蹋了先生這副俊俏相貌。」

少囉唆，又市頂了個嘴，旋即轉過身子。

隻手緊緊揣住懷中的小判。

我當然加入——又市背對兩人，朝夜空如此回答。

周防大蟆

周防國深山內
有一成精蛤蟆
常捕蛇而食之

繪本百物語・桃山人夜話卷第壹／第玖

【壹】

你就是閻魔屋差來的人？浪人一臉爽朗笑容地問道。

雖說是浪人，但此人看來卻不似一副浪人風貌。知道他是個浪人，乃是由於事前曾被告知此人身分。若非事前知情，想必絕不可能猜出他是浪人之身，甚至完全猜不出他是個武士。

此人一身簡潔裝束。

身著色彩鮮豔的小袖（註1），上披袖無羽織（註2），腳未著袴。雖沒剃月代，但頭髮也不至於散亂，而是結成一頭整齊的總髮（註3）。

這身古怪打扮，看來雖不像個武士，卻也不像個百姓。

「我聽說過你。記得你名曰又八——不，又吉？」

「又市。本人名曰又市。」

沒錯沒錯，對不住呀，又市先生，浪人山崎寅之助開懷大笑地說道。

「好罷。這回要找我幹的，又是什麼樣的野蠻勾當？」

註1：和服之窄袖便服，貴族多當成內衣著用，對平民百姓而言則是日常穿著。亦指綢面棉襖。

註2：無袖和服之短外褂。

註3：江戶時代前期男性髮型之一，結此髮者多為神官或學者。不剃月代，將前髮往後梳並結成髻。由於狀似慈菇，故亦稱「慈菇頭」。

「野蠻勾當——？」

又市不過是受囑咐將此人帶來，根本不知是為了何事。但甫見面就表明自己不曉事由，只怕讓人聽了笑話，故除了邀此人同行，什麼話也沒多說。

當然，山崎客氣地說聲麻煩稍後，便鑽回了長屋中。勉強稱之為長屋，不過是因為與鄰家尚有接壤，其實不過是棟簡陋的小屋，破舊得連是否有地板、天花板都教人懷疑。

此處是位於本所（註4）之外——

一座無名的聚落。

此處是就連奉行所、非人頭或長吏頭（註5）的目光都無法觸及的化外之地。裡頭住的，盡是些別說是身分，就連姓名、出身、行業均不可考的傢伙。

對不住對不住，讓你久候了，步出長屋時，山崎以幫間（註6）般的口吻說道。

進屋原來不過是為了披上一件外衣（註7）。

又市望向他的腰際。

瞧見又市這舉動，山崎高聲笑道：

「噢，那東西？沒有沒有。」

「沒有——」

的確沒有。他的腰上沒有該有的行頭。

山崎並未佩刀。這還真是古怪。

可是——忘了帶？又市問道。

「並非忘了帶，而是根本不帶。老早就把那東西給賣了。佩戴那沉重的傢伙不過是個負擔，肚皮填不飽，刀也不能拿來吃。你說是不是？」

「噢。」

這下還真不知該如何回話。意思是——他已放棄了武士的身分？

身分哪值得計較，山崎說道：

「如今這時局，有誰能在路上拔刀？刀一出鞘就教官府給捕了。既然連揮個兩下也不成，這東西不是個飾物，又是什麼？」

「飾物？但腰上的佩刀不是武士的——？」

「將飾物吹噓成魂魄或生命什麼的，只會教人笑掉大牙吧？」

山崎開懷笑道：

「但若是仕官，佩刀可就等同於和尚的袈裟，抑或——你是個賣雙六的，是不是？也等同於你頭上的頭巾，也就是身分的證物。但浪人哪需要這種東西？我無俸、無主、亦無根，壓根兒沒任何身分證明。無身分證明卻要證明身分，豈不等同於詐欺？為爭面子、爭聲譽而餓肚子，根本是蠢事一樁。」

註4：江戶城內地名。明治時代改稱本所區，一九四七年時與向島區合併為今之墨田區。

註5：非人及長吏昔稱穢多，為古日本賤民階級之一。長吏頭為管理眾長吏者，亦稱長吏小頭。

註6：在宴席上以奉承話、才藝表演、或幫助藝妓炒熱氣氛討客人歡喜，以助長酒興的男人。

註7：原文作「道行き」，原為一種為旅行裝束的和服外套，有小衣領，呈四角形。

所言甚是，又市說道。

「聽懂了？噢，你還真是達理。」

山崎語氣悠然地說道：

沉甸甸的東西，就讓其他人去扛罷，話畢，又抬頭仰望天際，繼續說道：

「氣力這東西，又市先生，就數用在哪裡最為重要。若是用錯地方，便註定要事倍功半。為了確保用對地方，便得先溫存氣力。不須使的氣力，就不該使。成天仗著性子找人決勝負——是傻子才會幹的事兒，山崎語氣開懷地說道。

這道理，又市當然懂。

凡事均力求事半功倍——這亦是又市秉持的信條。只是萬萬料不到，竟然會從一個武士嘴裡聽到這番道理。

你認為，這不像武士該說的話？山崎問道。

心思竟教他給看穿了。

「噢，這……武士不該是……？」

「武家重體面，武士重尊嚴，武士們只要一開口，不出一兩句就滿嘴這些個道理，但泰半腦子裡什麼也沒想。偶爾——有些會拿道呀還是誠呀什麼的吹噓一番，正面迎敵、堅持到底根本沒什麼好講究的，根本全都是狗屁。我連肚子也填不飽了，根本連個屁也放不成。」

「當真放不成？」

「沒錯，放不成。又市先生，若是崇尚精神，就不該動武。若視劍道為人倫之道，便絲毫無須以刀劍與人搏命。傷人、殺人，只會教刀劍蒙塵罷了。你說是不是？」

「一點兒也沒錯。」

「刀劍的用途，乃斬對手之肉、斷對手之骨，要不就是對其施以恫嚇。而這恫嚇之所以有效，乃因刀劍實為兇器使然。不過，打一開始就濫用氣力施以脅迫，也不一定就是好。唉呀。」

同你說這些個，根本是關公面前舞大刀罷，山崎說道。

「沒的事兒。」

「對我就甭謙虛了。據傳——你可是個靠哄騙餬口的高人哩。」

「可惜小的手無縛雞之力。」

手無縛雞之力？是麼？山崎開懷笑道：

「這不是最好？氣力這東西，本就是愈小愈好。鍛鍊體魄根本沒半點兒用處。照顧身子沒別的訣竅，只要別傷到就成。而鍛鍊這東西所能做到的，就是損傷身子。鋼煉過頭必成廢鐵，仰仗氣力終將傷身。人外有人，天外有天，倘若過度拘泥氣力，有時就連對手較之自己是強是弱，只怕都要無法辨識。不過，只要一開始就不把對方當對手，就不至於挨揍或送命了。」

總之，該逃時儘管逃。你說是不是？山崎拍拍又市的肩頭說道。

「小的無意頂嘴，不過在敵人面前臨陣脫逃——對武家而言不是卑怯之舉麼？」

的確有理。

哪兒卑怯了？山崎回答：

「確保退路可是兵法基本哩。三十六計走為上策，可不是什麼卑怯之舉，迴避衝突方為上策，是再明白不過的事。將棋中，就數毫不耍花招的布陣最強，愈耍花招，就愈是破綻百出。」

「對敵方而言，不也是如此？」

「噢？難以相信你竟如此正直呀。」

「小的——正直？」

「難道不正直？敵我這種字眼，可是愚昧的武士才會掛嘴上的。或許你要嫌嘮叨，在下還是得重申，搏鬥絕對是蠢勾當。同敵鬥，同己鬥，同世間鬥，充其量都不過是無謂詭辯。總而言之，欲以勝敗論斷，就非得像個傻子般，將世間一切單純論之才成。你說是不是？」

一點兒也沒錯。

世間一切，豈是非黑即白？

「總之，世間一切可不似賭局，可以擲骰子決定。若硬是要以勝敗論斷一切，豈不愚蠢？只有傻子才會以勝敗判優劣。是不是？」

「是的。」

又市對此是毫無異議。然而……

「但，為何說我正直？」

「以勝敗論斷一切的傻子，是幹不了你們這行的。若是如此，哪還需要分什麼敵我？既然是做生意，該分的是盈虧才是。不論是委託人、抑或是設局對象，均應奉為客官。然而，你卻用了敵方這稱呼，這不叫正直叫什麼？」

原來如此。此言的確有理。

損料屋沒有敵，僅有客。

損料屋從事的，是租賃器物的生意。

既然是租賃而非販賣，東西用完當然要請客官返還。返還時，器物可能會帶上些許損耗或髒汙。即使看似完璧，多少還是帶點損傷。造成這損傷的客官，便得支付相應的費用。損料屋幹的，就是如此一門生意。

收取的並非租金，而是損料。

尋常的損料屋，從事的主要是租賃被褥的生意。但閻魔屋不僅是被褥，從日常雜貨、湯碗、餐盤、木工工具、乃至嬰孩的襁褓都借得著。不——出租的不僅是器物，閻魔屋就連人、主意、幫手都能張羅。

而且——

就連不便張揚的東西都能租賃。

損失大小有別，或可定悲歡，或可判生死。凡是存在於世間之各種損失，均能以相應的費用代為承擔——

此乃閻魔屋不為人知的一面。

而傷害愈多，損失便愈大，此乃世間鐵則。收取與傷害相應之費用，代客官彌補損失，便是閻魔屋暗地裡從事的交易。

委託人支付與自己損失相應之費用，閻魔屋再依收受的金額代為扛下損失，此即為此類交易之鐵則。

實際執行此類差事的，便是又市一行人。

又市乃一離鄉背井，曾橫行京都一帶從事不法勾當的小股潛——即以幾近詐術之舌燦蓮花惑人的不法之徒。因同夥出了紕漏而被迫遠離關西，最終於去年落腳江戶。

初秋一場騷動，成了又市受雇於閻魔屋之契機，至今已約三月。期間，又市辦了四樁差事。

他整垮了一家貪得無厭的當鋪，自一名以詐賭大發橫財的折助（註8）手中賺回了五十兩，以美人計將一色慾薰心的花和尚送進了大牢，順道自其廟中取出佛像本尊，融成生鐵變賣。最後，還助遭騙下海的宿場娼妓逃離火坑。

每樁差事均是以三寸不爛之舌所行的詐騙勾當，亦均有又市於京都結識、靠販售討吉祥的行頭維生的林藏相助。

樁樁均用上了明顯取巧的騙術，自扯謊、恐嚇、乃至詐財，可謂招招派上用場。

不過，又市的原則是絕不觸法。雖為成事不惜用盡各種手段，但既不偷取，亦不害命。甚至未曾動過粗。

那當鋪的店東與詐賭折助，均是令人忍不住要痛揍五六拳——不，就連這也無法洩憤——的可憎惡棍，又市卻沒傷他們一根寒毛。

若是出了手，設的局便形同失敗。由此看來，又市似是認為唯有耐著性子巧妙佈局，以求讓這些個惡棍嚐到較毆打沉重數倍、乃至數十倍的打擊，方為上策。

事實上——

或許山崎所言不假，因為又市手無縛雞之力，才會如此行事。

話畢，山崎以一對骨碌碌直轉的眼睛望向又市，接著又說：

「說你正直，正是為此。」

「抱歉，小的依然——無法了解先生口中的正直是什麼個意思。畢竟小的有生以來，從未幹過任何值得誇獎的事兒。」

不不，山崎搖著手說道：

「骨子裡，你其實是滿心怒氣。對受害者甚是同情，視加害者為十惡不赦，並為此憤恨難平。我說的對不對？」

「——的確如此。」

「你瞧。你對自己的行徑分明有充分理解，卻仍試著以善惡論斷一切。雖然違背社稷人倫，卻仍試圖循正道度日。這若非正直，會是什麼？」

「以善惡論斷一切？」

「沒錯。」

「小的可沒這麼正經。」

「不不，人無論如何都需要個大義名分。世間可憎的混帳的確是多不勝數，但可不能據此斥其為惡，亦不該因人受難遇害而視其為善。是善是惡，常隨立場而易。因此於法，不可以善惡來

註8：受雇於武家的僕傭。

為人定罪，反正為人定罪的終究是官府。有些義理須扭曲法理方能成立，亦有些不法乃出於世故人情。即便是義賊，也耍不上什麼威風，畢竟終究是罪人。正義這東西，不過是個須為一己立場辯護時，所使用的一時權宜罷了。」

「噢？」

你還真是個善人哪，山崎說道。

「小的──是個善人？」

「可不是？人果真是不可貌相，瞧你這人把情義看重得像什麼似的。不過你們那老闆娘，噢不，大總管常感嘆就是需要個像你這麼有手腕的，想必自有她的理由罷──」

切記，別太為委託人著想。山崎說道。

「這是何故？」

「損料屋可不是助人報仇的打手。若是將責任攬過了頭，包准造成虧損。承接的僅是差事，若是連怨恨還是不甘願什麼的都給攬下，不就等同於引火上身？」

「──真是如此？」

「當然是如此。總之上你們那兒求助的，泰半是走投無路的傢伙，聽了這些客官的遭遇，當然難免同情。不過，別忘了同情不過是個我尊彼卑的情感。」

「唉，或許真是如此。」

說不定真如山崎所言。

或許又市不過是藉由同情委託人、憎恨加害人，好讓自個兒幹的不法勾當顯得正當些。雖未

犯法，不，或許除未犯法之外，其他均算得上是罪大惡極。又市所幹的勾當，沒有一樁是值得褒獎的。

想來，這態度還真是自以為是。

自己不過是個不法之徒，哪來的資格界定孰善孰惡、孰可憐孰可憎？

況且——

或許正如山崎所言，正因認定己善彼惡，自己才用得出敵這麼個字眼。敵若是惡，那麼己便是善了。

但又市的行徑，豈可能是善？

先生所言的確有理，又市回答道。

甭這麼客氣，山崎說道：

「枉顧人情者非人。然而須了解同情亦是一種判定了我尊彼卑後，方可能產生之人情。」

「先生言下之意，是要小的凡事置身事外？」

「當然要置身事外。因此更應極力避免將之視為一己之事，對委託人產生同情。隨委託人又哭又怒，只會教自個兒失去立場。」

別忘了這不過是門生意，山崎比出撥弄金幣的手勢說道。

「這你千萬得牢記，又市先生。絕不能將擊倒對手視為一己之快。該為此快活的是委託人。咱們的差事，不過是收下銀兩代其承擔損失。損料差事的目的是填補損失的缺口，在咱們承接前，早已有缺口洞開，再由咱們幹的活將之填平，但不可填過了頭，填出一座土饅頭。」

如此一來，可就沒賺頭了，山崎笑道：

「萬萬不可仗著剷兇除惡的心態吃這行飯。損料屋有時的確得受處境堪憐者之託，向可憎仇敵報一箭之仇，但這不過是個結果。一如在下方才所言，不論是委託人、抑或是設局對象，均應奉為客官。」

「奉為——客官？」

那狠心老頭、混帳郎中、淫蕩和尚、以及吝嗇的窯子老闆——的確都是客官。

理由是——拜這些傢伙幹了惡毒勾當之賜，損料屋才有差事可幹。

兩人的言談就此打住。

只聽見風箏迎風飄蕩的聲響。

舉頭望天，卻不見半只風箏。

只看見一羽飛鶴翱翔天際。

沒見過飛鶴的又市，出神凝望好一會兒。

那些人在淺草田圃內撒餌，山崎說道。

「撒餌餵鶴？」

「沒錯。好供高官放鷹獵鶴。這些鶴可真是堪憐。」

「放鷹獵鶴？」

「獵鶴並非為食其肉。放鷹獵鶴不過是個餘興。為殺而飼，好不滑稽。你說是不是？」

這羽鶴——

——也終將命喪鷹爪？

眼下還看得見牠。

也依舊聽得見風箏的迎風聲響。

「江戶的新年——可真是安靜呀。」

兩人只需閉上嘴，四下便是一片鴉雀無聲。

大坂絕無可能如此靜謐。

大坂這地方，說好聽些是熱鬧，說難聽些是嘈雜，哪可能聽著目光不可及的遠方風箏聲響。

江戶的新春，遠比大坂質樸、素淨得多。

人口雖多，其中武士佔的比重也不少。

或許這正是原因。

靜過了頭，可就教人難捱了，山崎回道。

「先生受不了安靜？」

「沒錯，反而更教人心浮氣躁。若是深山幽谷，安靜是理所當然，但人山人海的都城卻如此安靜，難道不教人感覺不尋常？元旦時自家的蟋蟀鳴叫，就連隔壁三軒兩鄰都聽得著哩。真是教人難捱呀——」

就新年發過一陣牢騷後，山崎方才說道：

「唉，這就是在下的缺點了。」

「缺點——？」

「不是說過在下討厭安靜？」

「先生可是喜歡吵雜？」

「噢，吵雜是沒什麼好，但這該怎麼說呢，瞧瞧在下——一張嘴就是永遠閉不上。想必你早已發現，在下老是這般嘮叨個不停。在下的缺點就是太多嘴，總之就是怎麼也靜不下來。人說沉默是金，或許在下就是教這張嘴給害了，老是與財無緣。」

否則若不是窮怕了，在下哪可能給逼得大過年的還來幹這野蠻勾當？山崎自嘲道。

野蠻勾當——？

這回需要幹一樁野蠻勾當，去將山崎先生給請來——

大總管是這麼說的。

至於這野蠻勾當究竟是什麼，又市就不得而知了。

就字面上推敲，指的應該是需要氣力或武術的差事。但山崎怎麼看都不像是幹這類活兒的。

雖然說起話來滔滔不絕，但看不出有幾兩身手。

怎麼看都是個堅不佩刀的古怪武士，哪適合幹什麼粗活兒？

不出多久，一只繪有閻羅王的招牌映入兩人眼簾。

兩人終於抵達位於根岸町的損料屋——閻魔屋。

【貳】

鎮坐於上座的，是閻魔屋店主阿甲。
又市總是猜不透這女人究竟是什麼年紀。
想必老早超過三十，甚至可能超過四十。就一身威嚴看來，或許還要來得更年長也說不定。
只不過，她的眼神頗為年輕，有時甚至像個小姑娘般熠熠生輝。
即便如此，若是教她那銳利眼神一瞪，論誰都得退縮三分。
——女人還真是難解。
尤其在昏暗的房中，更是教人難解。
此房位於閻魔屋之奧座敷（註9）後——乃一不為外人所知的密室。
房內幾無日照，是個進行不法密談的絕佳場所。
約十疊大的木造地板上，坐著山崎，以及一剃髮、長耳之巨漢——即經營玩具舖的仲藏。
又市與搭檔林藏則屈居於下座。
一絲微弱陽光自祕窗縫隙射入，在阿甲頸子與衣襟上映出一道細細的光影。
說吧，這回是要取什麼人的命？——山崎開門見山地問了這麼個駭人的問題：
「都將在下給喚來了，想必有哪兒又能多賣一具棺材。雖是大過年的，也沒什麼好忌諱，就把話給說清楚罷。」
「先生何須心急？」

註9：日式建築中，用來接待訪客之客廳為表座敷，家族專用之內宅客廳則為奧座敷。

阿甲語帶一絲困擾，但並未否定山崎的推測。

這回得——取人性命？

又市不由得雙肩緊繃，偷偷朝林藏瞄了一眼。

其實沒什麼好大驚小怪。兩人在京都一帶幹過的差事裡，也取過幾條人命。雖從未親自下手，但有幾回也算得上是害命幫兇。

「這回——是山崎先生最擅長的復仇差事。」

阿甲說道。

「復仇差事——」

山崎蹭著下巴說道。長耳察覺又市正出神凝望他這動作，便開口說道：

「阿又，這位大爺，可是個復仇家哪。」

「復仇家——？」

可是——代當事人復仇的行業？

「在下絕不代人復仇。」

有時不也幹這種勾當？長耳回道。

「極少。且那絕不似你所想。」

「那麼——可是助人打幫架？」

「阿又，打幫架的是另一行。咱們是損料屋，圖的非增，而是減。」

「減——此言何意？」

「我說阿又呀，為弱方助陣是打幫架的差事，咱們損料屋求的正好相反，乃是以減損為基準衡量雙方實力差距。因此，謀的是減少強方實力。這位先生不打幫架，而是——在仇人或仇家實力過強時，或某方請來多名幫手時，在暗地裡動些手腳，以使雙方實力相當。」

這位先生可厲害了，長耳繼續說道：

「猶記一年前，他曾助十二名毫無幫手的孩兒，與一師承新陰流劍法（註10）之仇人公平決勝，靠的是在前夜斷此仇人手筋腳筋，廢了其右手右足。」

總之，就是佈置得雙方實力相當，林藏說道。

「讓雙方公平決勝就是了？但何須如此大費周章？若有足以癱瘓強敵的實力，代客官殺了仇人不就得了？」

如此一來，便失去復仇的意義。山崎說道：

「事前委他人暗殺仇敵，只會使復仇者體面盡失。復仇的目的，絕非單純為一逞心中之快而挾怨報復。不少是武家為保體面，而被迫行之——」

總之，不就是個愚昧野蠻的風習？山崎語帶不屑地說道。

「那麼，這回要封的，是復仇者之手，還是仇人之手？」

山崎問道。

註10：日本戰國時期之劍術名家上泉伊勢守秀綱融合鎌倉之念流、愛洲移香齋之陰流、與杉本備前守紀政之神道流，於一五六〇年代成立的劍術流派。

「這回——兩者皆非。」
阿甲回答道。
「兩者皆非？」
「沒錯——或許算得上助仇人一臂之力，但委託人實為復仇者。」
「不懂。」
山崎納悶道：
「既是助仇人一臂之力，委託人理應是這仇人才是。難道是復仇者委託咱們助其自戕？這未免離奇。」
山崎將雙手揣入懷中，繼續問道：
「難不成你們這損料屋，就連自戕的忙也幫？」
絕無此事，阿甲回答：
「咱們除了代人承接損失，什麼忙也不幫——雖無權干涉他人自戕，但助人成全此行徑，並非損料差事。丟失性命終究是損，若是讓客官有所損失，咱們這招牌必得卸下。」
這道理在下也懂，山崎說道：
「看來大總管是打算阻止這客官自戕，是不是？」
大過年的，先生為何滿口怪話？長耳說道。
滿口怪話的，是你們大總管吧？山崎回嘴道：
「復仇者欲委他人助仇人一臂之力——若要推論，無非是此人認為復仇者實力過強，便認為仇人實力過低。這回難道是因仇人實力過低，復仇者主動要求封其五分功力？聽來是個堂皇公平的考量——但復仇哪有誰計較公平與否？這豈不是主動削減自己成功復仇的機率？眼見自個兒占上風，便委人助對手一臂之力，有哪個傻子減法是這麼算的？如此一來，不就等同於請人來打幫架了？這……」

是哪門子的減損？山崎說道。

仍是減損，阿甲回答。

那麼，還請大總管明說，這下山崎提高嗓門問道：

「在下不懂為何得與這些個佈置機關的共事。難道這回的差事得設什麼暗局？」

言下之意，是不屑與我共事麼？長耳問道：

他的長相的確怪異，鼻子平塌，嘴卻奇大。

這長耳仲藏——平日以塑製孩童玩具為業，副業則是以一雙妙手代人製造戲台之佈景道具。仗其不凡手藝，亦不時承接損料差事所需之大小行頭。

並非如此，山崎略顯疑惑地說道：

「只不過，你幹的盡是些障眼的活兒，而我幹的盡是些野蠻勾當，性質根本是大相逕庭。」

「沒錯——」

阿甲眉頭微皺地回答：

「就連我也不知該如何解釋。」

「連大總管也不解？這還真是罕見哪。」

長耳朝前探出了身子。他的一身龐然巨軀，讓這密室顯得更是狹小，想必本人也為擠身斗室感到不舒服。

阿甲正欲開口，此時突然有人拉開暗門。

映照其頸項與衣襟的細細光影突然擴大，這下就連阿甲的嘴都在光中現形。她的一雙紅唇先是閃現剎那，旋即又為黑影所包覆。

來者原來是小掌櫃角助。

這身形瘦弱的小掌櫃悄聲步向阿甲，對其略事耳語，阿甲便微微頷首說道：

「咱們就會客罷。」

還有誰要進來麼？長耳問道。

「是委託人。」

「委託人？」

山崎再度拉高嗓門驚呼：

「大總管，此話當真？雖說這回就連大總管也不解，但今後還有其他差事得幹呀——這回承接的真是野蠻勾當？」

確是如此——阿甲回答。

「因此才會找在下來罷？那麼，大總管，要在下同委託人會面這點，著實教人難以置信。如此一來，可就大事不妙了。讓人見著在下的後果將是如何，大總管要比誰都清楚不是？」

不論理由為何，傷人畢竟是大罪。山崎有時就連取人性命的差事也承接——說老實話，幹這行和殺人兇手根本沒什麼兩樣。

「我當然清楚。」

阿甲以慣有的威嚴語氣回道。

「那又何必——？」

「今日就姑且相信我一回罷。」

話畢，阿甲朝角助使了個眼色。

是，角助短促回答，迅速步出房外。這傢伙平日雖然是個馬屁精，這種時候行動起來卻格外機敏。

不出多久。

一名臉色慘白、身形較角助更為瘦弱的武士，在角助引領下步入房內。

一眼便可看出他並非浪人。

只見他手持斗笠與大刀，一身簡潔的旅行裝束。但凹陷的兩眼不僅有著慘黑的眼窩，還一片紅通通的。

這武士有氣無力地向眾人低頭致意，接著便眼神飄忽地拖著虛弱的身子步向阿甲，在她身旁跪坐下來。

阿甲轉頭望向武士。

或許是感覺有人正緊盯著自己瞧，武士先是緊張得渾身打顫，旋即再度低下了頭。

「在下為川津藩士，名曰岩見平七。」

武士低聲說道。
「川津？那不是周防（註11）一帶的一個小藩——噢，失禮，一個藩麼？」
是的，角助佯裝殷勤地代武士解釋：
「這位客官——蒙受極大損失。不，若是置之不理，往後還可能損失得更為慘重，絕非其隻身所能承擔。為此，方才委託咱們代其扛下這損失——」
說來聽聽，山崎說道。
但岩見依然默默無語。
山崎最受不了的就是這種靜默。果不其然，這饒舌的浪人不出多久，便像是跪坐得不舒服似的，不住改變坐姿。
吸吐兩口氣後，武士終於勉為其難地張嘴開始說道：
「在下來到江戶之目的，乃為尋弒兄仇人。」
果然是樁復仇差事，山崎迫不及待地插嘴道。
「是的。家——家兄岩見左門，生前官拜戡定吟味役（註12）。前年夏季遭屬下謀害——並因此喪命。」
「遭屬下謀害？」
「是的。由於家兄查出有下屬擅自挪用公款，欲呈報告發，此人為封家兄之口而下此毒手，後因真相為人所察，此人遂脫藩遁逃——表面上的說法是如此。」
「喂喂，何謂——表面上的說法？」

言下之意，即此說法與事實不符，長耳說道：
「意即此事另有隱情，是不是？岩見先生。」
是——岩見有氣無力地回答，接著便自懷中掏出兩紙書狀，遞向又市一行人。
「此即為——町奉行所頒發之復仇赦免狀。」
「赦免狀？」
山崎說道，並欲伸手拿取。
但指尖才觸及書狀，便旋即抽回。
「不就是幾張批准殺戮的破紙頭？」
山崎吐了口氣，語帶感嘆地說道：
「只要持有這書狀——便可公然取人性命。不，即便有千百個不願，也得開殺戒。總之，實在是愚蠢至極。即便有什麼堂皇的大義名分，殺人終究是殺人哪。」
還不就是為了武家的體面——長耳說道。
「沒錯，正是為了體面。為體面取人性命——」
「絕非正當。」

註11：日本古國名之一，疆域約為今山口縣之東南半部。
註12：江戶時代於各藩、旗本設有由裁定奉行執掌之裁定所，為負責管理民政、財政之機關。裁定吟味役為地位僅次於裁定奉行之官員，旗本、御家人出身者方可任之。

代山崎把話說完的，竟是岩見。

原來是這麼回事呀，山崎先是倒抽一口氣，旋即感嘆了這麼一句，接著又默默無語地望向大總管。

正是這麼回事，阿甲回道：

「岩見大人須誅殺之仇人——乃一名曰疋田伊織之防州浪人，自去年起潛伏此地，隱姓埋名悄然度日，以木工、人力差事餬口。一個月前，川津藩派遣之探子探出了疋田的藏身之處，與本人確認無誤後，旋即通報自藩國上江戶之岩見大人。藩國即刻呈報本所之與力（註13），亦與町奉行所之帳簿進行對照，查明無誤後，於昨日向岩見大人下了通達。」

「故已是騎虎難下？」

山崎感嘆道。

「沒錯。疋田伊織亦已為本所方所拘捕。」

「不過。」

疋田大人實乃遭人嫁禍，岩見語帶傷悲地說道。

「這話說得還真是斬釘截鐵呀。」

坐姿益發邋遢的長耳說道。

「乃因——實情如此。」

岩見先是抬起頭來，旋即又垂頭解釋道：

「家，家兄喪命時——在下與疋田大人均在現場。不論外人如何搪塞，這絕對是實情。」

「看來，必是有誰說了些什麼吧？」

長耳窺探著山崎說道。

不知何故，山崎只是默默不語。

又市直覺案情絕不單純。

「也就是遭人嫁禍了？」

若是遭人嫁禍，只消將真相公諸於世不就得了？林藏說道：

「就連復仇者自己都這麼說了，想必案情就是如此。我說大總管的，看來咱們若是任其廝殺起來，對這位客官及仇人而言都是損失。欲填補這損失，唯有將真相公諸於世。是不是？」

「並非如你所想。」

山崎回頭朝林藏狠狠一瞪說道。

「並非如我所想？」

那麼，該作何解釋？林藏問道。

又市亦有同感。誅殺無辜者不僅有違天理，亦有違人倫政道。明知對方清白卻得下手誅之，有誰下得了手？

既然復仇者堅稱仇人無罪，面對仇人時，當然是毫無理由出手。

果真是場了無意義的復仇之鬥。

註13：江戶時代輔佐奉行、所司代、城代、大番頭、書院番頭等官員管理、指揮同心者之職稱。

「這仇人——」

並非遭人嫁禍，山崎說道。

「但這位客官自個兒都這麼說了。」

「即使如此，也非遭人嫁禍。林藏，即便謀害其兄者令有其人，那姓疋田的也確為清白——但此人的仇人，依然是那姓疋田的。」

「豈有此理？」

「不是連赦免狀都頒了？」

山崎以食指在榻榻米上敲了敲。

「這東西，並非批准復仇的許可，而是仇得報，仇人也不得存活的狀令。時下平民百姓也不時假決鬥之名行報復之實，但這不過是模仿武家的行止。武家的決鬥不同於百姓尋仇，絕非為報殺親之仇而殺生的報復行徑。」

「那麼，是什麼？」

教又市這麼一問，山崎一臉陰鬱地回答：

「乃是義務。」

「義務——？」

「沒錯。決鬥——絕非因肉親遭弒之憤恨、傷悲而為之。唯有為報親族長輩遇害之仇的決鬥得獲赦免，便是明證。欲為晚輩報仇，則絕無可能獲准，即便遇害者為一己之子或弟。此外，若敗於仇人之手，亦不得再次決鬥。若為這些個規矩所束縛，這算哪門子的復仇？」

總之，武家的決鬥不同於百姓尋仇，山崎如此重申，接著又繼續說道：
「對尊崇忠義武勇之武家而言，決鬥乃身為武士必履之義務。即便心無懷恨故不為之、或雖忿恨但選擇忍讓，均無權拒絕履行。畢竟──殺父之仇不共戴天，縱放仇人乃武士之恥。」
「即便如此，這位客官不是說過，這仇人實為清白？」
「唯有遇害者為一己之親族晚輩，決鬥者方有權裁決對方是否無辜。」
「誅殺仇人，難道不須經任何研議裁決？」
「裁決──想必並非沒有，只是業已了結。既然赦免狀都頒了，殺害此人之兄的兇手便是那姓疋田的。就連奉行所的記錄上都已有明載。亦即──」
主君業已如此裁定，山崎說道。
豈有此理，林藏並不信服，又轉身說道：
「藩主裁定後便無法翻案？這是哪門子法理？」
「法理？這便是法理。」
「但……」
林藏，阿甲厲聲制止道：
「哪管再不合情理，天下既循此規矩，咱們也是無可奈何。」
「豈能坐視不管？」
「瞧你口氣狂妄得什麼似的。即便你在此處厲聲抗議，天下也不會為此改變分毫。還是省省力氣罷。」

林藏心不甘情不願地閉上了嘴。

山崎指向官府頒發的書狀說道：

「奉行所經帳簿比對，亦認定此裁定無誤。況且這仇人業已為其所捕。事已至此，已無他法可想。無論如何，這場決鬥都得舉行。且必得在眾目睽睽之下行之，來個殺雞儆猴——」

聞言，岩見緊按雙膝。

你，劍術如何？山崎問道。

「這——」

岩見一時答不上話來。

「依我看來——是完全不行？」

「誠如大爺所言，就連竹刀也使不好。」

「果不其然。其實從大刀的握法便可看出幾分。那麼，對手可是個高人？」

「疋田大人在眾藩士中，是數一數二的好手。」

「噢，不過，你應知決鬥者不得雇幫手的規矩。欲尋幫手助己復仇，須先取得官府許可。這回不同於半路遇見仇人，乃是公開決鬥，何況對手又是個囚人，欲事前串通也是無從。若欲護己之身——」

在下已有覺悟一死，岩見說道。

「原來——你已有於死於對手刀下的覺悟？」

「不僅如此，甚至曾有於決鬥前自戕之盤算。不過——如今已打消這念頭。」

是我勸這位客官打消念頭的，角助說道。
是你勸的？山崎抬起視線望向角助問道：
「此人既已決心一死，又何須勸阻？」
因這死毫無意義，角助回答道。
「毫無意義——？」
「岩見大人家中尚有數名年幼親屬。倘若岩見大人為此送命，往後這些親屬……」
「終將重蹈在下之覆轍。唉，如此一來，年幼至親將被迫踏上與在下相同之境遇。」
「所以說是毫無意義？不過，岩見大爺，既已有覺悟一死，只要於決鬥中死於對手刀下——一切不都解決了？」
「在下若出席決鬥，想必——不至於死於對手刀下。」
話畢，岩見便低下了頭。
「此言何意？難不成你有自信勝出？」
「接下來的——」
就由我來解釋，阿甲說道。
「川津藩已遣來見證人一名與幫手九名——合計十名，預定將於後日抵達江戶。」
「九名——？」
「沒錯，正是九名，均為藩主指派之幫手。」
「遣來幫手是沒問題——但何須動用九名？怎麼看都是小題大作，這已稱不上是助陣，也稱不上決鬥，不過是聚眾殺人罷？」
的確是聚眾殺人，阿甲說道。
「看似有人不惜一切代價——欲取疋田大人性命。」
「會是何許人？」
這……會是何許人呢？阿甲來了個四兩撥千斤。
這下岩見的腦袋垂得更是低。
「此外，為何又需要什麼見證人？這回舉行的已是經奉行所批准、本所也將派專人前來監督的決鬥，為何需要有人見證？」
「我藩——」
岩見以微弱到幾乎聽不見的嗓音說道：
「——雖是個小藩，但敬勇重義之風甚盛，視官學如藩主之訓示，人人自幼便須徹底研讀朱子學。故視復仇為武士必履行之本願，對此甚是推崇。但——實際上，鮮有為復仇所行之決鬥。」
常發生還得了？山崎說道。
「是的。此次乃我藩首度之決鬥，故於我藩甚受……」
「甚受矚目？」
「是的。在下離開藩國前，此事已是喧騰甚囂。不難想見，此見證人應是藩主川津盛正大人親自派遣，那位——」

川津盛行——阿甲說道：
「此人姓川津——與藩主可有什麼關係？」
「乃川津藩之繼任藩主是也。」
「由繼任藩主——當見證人？」
是的，岩見應道，垂頭喪氣得絲毫不像個武士。
「這——這下可就更棘手了。」
「的確棘手。況且這繼任者的親信——似乎正是那几名幫手。」
「無稽。」
山崎不由得解開了跪坐之姿。
「真是無稽至極。」
「管他是為仁義還是忠勇，即便有個什麼大義名分，決鬥終究是殺戮。而尊崇殺戮者，全都是些混帳東西。」
「的確是——混帳東西。」
聽見阿甲也隨自己吐出這句粗話，山崎抬起頭來喊道：
「大總管。」
「是的，誠如山崎先生所言，這些人全都是混帳東西。根據這位岩見大人的敘述——這位繼任藩主……」
方為謀害其兄之真兇，阿甲板起臉來說道。

「噢？」

原來是這麼回事兒呀，原本默不作聲的長耳，這下終於開口說道：

「打算憑嫁禍他人抵消一己之罪？還真是堂堂武士愛幹的事兒。」

「佈置機關的，可不是這麼回事兒。」

山崎皺眉說道。

長耳露出一口巨牙說道：

「那是怎麼一回事兒？大爺難不成想說，武士個個清廉正直，絕不幹任何卑鄙勾當？保證教人笑掉大牙呀。」

「不，這種話打死我也不會說。不論武士百姓均不乏惡人，地位愈高，便愈是容易幹出齷齪勾當。必要時，這些惡棍哪會客氣？不過……」

「不過什麼？」

「別忘了對手可是個繼任藩主。」

「繼任藩主又如何？我最厭惡的就是這種位高權重的混帳東西。」

阿又，你說是不是？仲藏轉頭向又市問道。

都說不是這麼回事兒了，山崎說道：

「你說的這種位高權重的混帳東西，地位愈高就愈是可憎。不過，因高不成低不就而鬱鬱寡歡的御家人（註14）或許如此，繼任藩主可就不同了。若欲銷罪，只消來句不知情，大可堂堂正正抹消。不，即便不抹消，亦有許多後路可退。不不，即便不退，己身安全也絕不至受到任何威脅，何須大費周章佈局，找個替死鬼來搪塞？」
「那麼，鳥見大爺，這會是怎麼一回事兒？」
仲藏問道。
鳥見？又市納悶這指的是什麼。
山崎雙頰略帶抽搐地說道：
「唔。看來——似有私人恩怨摻雜其中。這繼任藩主，與汝兄及那姓疋田的之間，想必有著什麼糾葛？」
岩見雙唇緊抿地回道：
「詳情——不便透露。」
「不能說來聽聽？」
「請各位務必信任在下，惟詳情實不便透露。」
咬緊牙關回答後，岩見雙手握拳朝榻榻米上一敲。
總之，在下實有難言之隱，如此重申後，岩見問道：
「難道不說出家兄喪命的理由，各位就無法接受在下委託？」
「此事敝店業已承接。」
角助回答：

註14：江戶時期，與旗本同為將軍直屬，俸祿一萬石以下之家臣。

「這幾位均是受雇於敝店之人。依本行規矩，大總管阿甲夫人既已受客官之託接下這樁差事，便準備扛下相關損失。幾位雇人——無權有任何異議。」

呿，長耳咋了個舌說道：

「瞧你神氣得什麼似的。角助，咱們的確是受雇於閻魔屋，但可不是你們店家的夥計還是弟子什麼的，想拒絕還是能隨時抽身。不過，想為你們閻魔屋賣命的傢伙本就多得嚇人，咱們若是抽身，想必你們也不愁找不到人差遣。是不是？大總管。」

「不，絕無此事。」

阿甲斬釘截鐵地回答道。

「絕無此事？我說大總管的……」

「這回的差事，絕不容任何人抽身。」

「噢？」

長耳朝前探出了身子問道：

「阿甲夫人，何故咱們不得抽身？」

「總而言之——無論如何，咱們都得擔下這樁差事。」

「難不成——是要咱們無條件信任大總管？」

「信任我本就是你們的義務。而我對你們則無須信任——這就是規矩。」

長耳一臉驚訝地望向山崎。

就是為此，才要咱們與委託人照面？山崎問道。

接著又泛起一臉笑意說道：

「這下在下、大總管、和這兩個年輕小夥子的樣貌全教委託人給瞧見，註定是沒了退路。長耳的，大總管這招，讓咱們如今已是休戚與共，既無路可退，亦不容失敗了。唉，即便沒被這麼設計，這本就是樁困難差事，想必其中有些什麼不得公開的隱情。大總管想必是看透了咱們的牛脾氣，料到咱們打算先套出個詳情，再決定是否參與。這下——」

咱們還真是碰上了一隻老狐狸呀，山崎說道。

阿甲絲毫不為這番嘲諷所動，僅在紅豔嘴角露出一絲笑意。

「那麼——大總管可有任何打算？」

「當然——」

「那麼。」

阿甲先是望向岩見，接著又環視起又市一行人。

咱們就言歸正傳罷，阿甲說道。

【參】

還是想不透，又市嘀咕道。

「喂。」

少在那兒嘮嘮叨叨的，長耳怒斥道：

「哪有什麼辦法？阿又，就少再給我發牢騷了，活像個不甘願的鄉巴佬似的。大過年的，別像個長不大的彆扭娃兒似的一臉無精打采。總之目前該想的，是如何設好這回的局才是。」

初次與鳥見大爺合作，情況還真教人弄不清楚，長耳撫摸著自己的長耳朵說道。接著，又從行囊中抽出一紙地圖，在榻榻米上攤了開來。

此處是仲藏的自宅，位於淺草之外。

反正還不是要設計個什麼無聊把戲？又市撇開頭說道：

「倒是，鳥見指的是什麼？那浪人究竟是什麼身分？」

「你還真是什麼也不懂呀。」

長耳數落道，兩眼依舊端詳著地圖。

「那姓山崎的大爺，原本是個公家的鳥見役。這是門俸祿八十俵五人扶持（註15），還有傳馬金可領的差，扶持要比定町迴還高哩。」

「我問的是鳥見指的究竟是什麼？究竟是門官職，還是就指賞鳥這嗜好？」

就是指賞鳥呀，這巨漢漫不經心地回答道。

「真有這種只須賞鳥的官職？」

「瞧你傻得什麼似的。鳥見——乃是負責檢視鷹場的官職，要務為確認場內是否有可供獵鷹捕獲的獵物。欲行鷹獵時若無一隻鳥可捕，獵鷹與鷹匠不都要落得英雄無用武之地？」

「原來真是門專司賞鳥的差事——」

竟然真有這種荒唐的官差。

果然是個天真的嫩小子，又市沒來得及把話說完，長耳便如此揶揄道。
「我哪兒天真了？」
「鳥見的確是門專司賞鳥的官差，職務為確認鷹場內是否有雁或鶴可獵，但差事可不光只這些。加上見習人，鳥見之編制可是多達四十數名哩。賞鳥何須如此勞師動眾？這不是無謂浪費俸祿？」
「那麼，這些人還得找些什麼？」
「得找蛙、雀、還有鷹。」
「不懂。」
「嗯。你想想，事前先行巡視，確認鷹是否有獲物可獵，就連個孩兒也辦得成。況且，鳥見之下還有些為其撒餌、引鳥留駐的百姓。」
這下又市方才憶起，山崎也曾提過此事。
「即便如此仍要巡視，自然有其他目的在。其一，便是取締盜獵者。若是撒了餌，附近有誰餓昏了頭，將誘來的鳥兒捉來吃了，豈不是萬事休矣？只不過，眼見終日有人輪班巡視，其實沒幾個傻子膽敢鬼鬼祟祟潛入鷹場捕鳥。」
「這監視，其實不過是個名目？」

註15：俵為武士當作薪水領取的玄米單位，一石為二．五俵。扶持則為為其扶養家屬或家臣所發放的津貼，一人扶持意指家中另有一人每月可領取三合至五合米的津貼，後文所述傳馬金則為差旅費。

「可以這麼說。骨子裡——其實是為了調查當地情勢。」

「調查當地情勢？」

「鷹場多位於江戶之外。這些人便以巡視鷹場的名義，調查江戶近郊山巒田野之地勢風土。傳馬金便是用來應付這類行事的銀兩。否則要巡視葛西或中野什麼的，哪需要如此鉅資？」

這些傢伙巡視大小田圃，活像要捕蛙似的，長耳說道。

「難怪你方才說，這些人得找蛙。」

「沒錯。他們得摸清江戶周遭的地勢。萬一江戶遭人攻打，還得拿這些個村落充當要塞。因此才派出這些傢伙四處尋蛙。此外——」

「還得找雀？」

「當然。雀是鷹的上等獵物，且不似稀少的鶴，雀的身影隨處可見。隨處可見這點，正好提供了上乘的藉口。如此一來，凡是有雀之處——就能劃入鳥見的管轄範圍了。」

「何須劃定管轄範圍？」

「不論位於何處，凡有雀之地，鳥見隨時有權踏足。即便是大名屋敷、佛門寺廟，只消宣稱有雀飛入邸內，亦可通行無阻，也算得上是捉拿麻雀的捕快罷。如此一來，既得以一窺內部形勢，倘若看見什麼不該張揚的，還能撈些檯面下的油水。」

「檯面下的——油水？」

若是深諳要領，實際收得的酬勞要比同心來得多哩，長耳頭也不抬，僅伸手比出收受銀兩的手勢說道。

「鷹指的又是什麼？這些人連鷹也得監視麼？」
「鷹指的是鷹匠。表面上，這鳥見役隸屬鷹番所，名義上歸鷹匠統轄。事實上，其實是個監視鷹匠的差。」
鷹匠可是無法無天哪，長耳這下終於抬起頭來說道：
「不過是個馴鳥兒的，卻總以為自己多了不起，有些老是目無法紀。故監視這些傢伙，亦是鳥見的差事之一。」
「怎麼幹的盡是些監視他人的勾當？」
「原本的名義就是監視鳥兒呀。」
而那山崎寅之助，原本就是個鳥見，長耳說道：
「後來不知怎的，卻淪落到過著這有如無宿人的日子。來由我是無心探聽。不過，阿又，對這傢伙可是不得不防呀。」
「比你還該提防？」
「我這人最自豪的，就是表裡如一。」
「你這傢伙只有裡，哪來的表了？任誰見著，都要覺得你三分像人，七分像鬼。相較之下，那位大爺看來要正常多了。」
正因如此，才得多加提防呀，仲藏一把拉過菸草盆，為菸斗裡填入菸草。
「別看那傢伙一臉斯文，骨子裡可是武藝高強，強得嚇人哩，從相貌難辨其身手，是這傢伙最教人害怕的地方。」

不懂，又市拉上衣襟，打個岔道：

「倒是，你這破屋裡怎麼冷得教人打顫？既然有火抽菸，何不生個柴火？」

「不成不成。你難道忘了——那張蛙皮？」

「噢？」

長耳指的是自己為戲班子以獸腸加工製成的道具，一具以風箱吹脹的皮球巨蛙。

「就是那臭氣沖天的東西？」

「沒錯。若是將屋內烘暖了，皮可是要發臭的。」

「那東西還沒完成？」

「上回製的太大，一脹起來就要撐滿整座戲台了。製的雖好，到頭來卻派不上用場，只得再縫製一具。光是為了張羅這張當材料的皮，就耗費了我整整三個月。」

「撐滿整座戲台？那東西——真有這麼大？」

「畢竟是具裡頭空無一物的皮球呀。不把氣打足，形狀便無法脹得確實。誰知打足氣後，竟要比預想的大了兩成。」

只能怪你自個兒手藝拙，又市罵道。

「賣雙六的，瞧你氣得什麼似的。像你這種低賤人等嘟嘟囔囔的，有誰會搭理？還是省省力氣罷。不過，阿甲這臭婆娘，這回是神氣個什麼勁兒？真是個混帳東西。」

「我也不服氣。」

想到自己只能教阿甲那副威嚴押著打，著實教又市滿心的不舒坦。

「可是對這樁差事的道理不服氣？瞧那黃毛小子似的武士，到頭來什麼也沒交代。」
不是為這個，又市撩起後襬說道：
「誰在乎道理什麼的？即便緣由有多名正言順，也與我無干。那武士吃了些虧是千真萬確，這也算得上是樁損料差事。既然大總管嚴詞申誡不得抽身，也只能跟她這回了。」
那麼，是對哪兒不服氣？仲藏叼著菸斗問道。
「不覺得差事的安排過於粗糙？」
一點兒也不審慎，又市心想。
嫌粗糙又能如何？事兒還是非辦不可呀，長耳拋下火種說道：
「那武士都求咱們救仇人一命了，咱們也只得制服那一大夥打幫架的。」
「這我當然知道。」
岩見業已作好死於疋田刀下的準備。
既然不允許二度決鬥，只要岩見在堂堂正正的對峙中死去，疋田便能安然逃過這一劫。
但這些打幫架的可就礙事兒了。
因此——
這下得將他們給——解決掉。
或許可在途中動點兒手腳，使這幫人無法及時抵達決鬥現場。然而，這回卻使不上這招，據說與這夥打幫架同行的繼任藩主業已下令——務必等到見證人到場，方可開始決鬥。
這下再怎麼耽誤這幫人，也僅能延遲決鬥罷了。

有鑑於此，

阿甲與山崎研議出以下佈局。

首先，將九人中的四人留在岸邊。

要如何辦到是不清楚，但似乎是準備讓這四人暫時無法站立。

兩人的盤算是——若是全數負傷，對方或許會再派出一幫人馬。但若有五人倖免，決鬥應將如期執行。既然都來到這兒了，應不至於為等候所有人傷癒以致得耽擱個把個月再舉行決鬥。又市也同意這揣測。

屆時的決鬥局面，將是包含岩見在內的六對一。

接下來，便輪到仲藏上場。

——他得想出個計策，使決鬥現場陷入混亂，再由山崎出馬，將殘存幫手悉數解決，好讓疋田順利取走岩見的性命。倘若疋田不願下手——

——便由山崎斬殺岩見。

待混亂一過——

看來便像是疋田勝出。

「這是哪門子的傻主意？若僅是拖住打幫架的，讓兩人一對一決個生死，至少算是合情合理。但為何非得取委託人的性命不可？」

「那武士若是不死，此事便無法完滿解決。」

「誰管它完滿不完滿？若是死於仇人刀下也就算了，但為何就是得殺了他？到頭來，不過等同於助人自戕的幫兇，還稱什麼——」

——死是個損失。

阿甲曾如此說過。

「客官如此要求，咱們哪有什麼法子？」

「咱們就該如此搪塞？再者，那大爺不是還說，屆時也顧不得其中幾個幫手可能喪命？」

「是呀。這和埋伏路上或客棧乘隙出招不同，得在圍有竹籬的場子裡，在眾人環視中，還得在剎那間收拾妥當，何況周遭還有捕快和見證人。此外，那些個幫手想必個個武藝高強，出手時根本無暇斟酌輕重。」

「為救一人性命，得死六個人？這怎麼看也不划算哩。」

是不划算，長耳一副事不關己地說著，在地圖標上了個記號。

「是不划算——但阿又，這就是咱們的差事。倒是——要我想個計策……」

究竟該如何把這差事辦成？長耳皺眉說道：

「如此困難的局，我還是頭一遭碰上。究竟該如何障住圍觀者與捕快的眼？」

喂阿又，你也幫忙出個主意罷，長耳拍拍又市的肩頭說道。

「我哪想得出什麼主意？這種不划算的害命勾當——我壓根兒不想當幫兇。若真想得出該如何設這種局，不如乾脆立刻上本所去，將那姓疋田的給放走不就得了？」

「他若肯逃，這哪難得倒我？」

「都已教官府給逮著，還有人等著取他性命，放他逃他哪會不逃？」

任誰都要逃罷？又市說道，旋即一把搶過長耳叼在嘴上的菸斗，百無聊賴地把玩起來。

就是不肯逃呀，長耳露出一口巨牙說道。

「為何不逃？」

「疋田這傢伙似乎早已決心一死，就逮後便齋戒沐浴，將鬍鬚、月代剃得乾乾淨淨，還備妥一套白衣，就這麼虔心靜坐，等候死期到來。你認為叫這麼個傢伙悄悄遁逃，他會乖乖聽話麼？」

「真教人難解呀。」

這種決心究竟有何意義？又市完全無法理解。

「你這種用經文拭屁股的傢伙哪會懂？這位疋田大爺，想必真是遭人嫁禍。自己的清白，有誰能比自己更清楚？因此選擇脫藩落腳江戶，獨自擔下莫須有的罪名。」

「或許真是如此。」

「真相當然是如此。也不知是奉藩主之命，還是為了讓繼任藩主保個顏面，疋田打一開始便已作好背負汙名死去的覺悟。離開藩國時，便知遲早會有這麼一天。」

——無稽。

山崎曾如此痛斥。

果真是無稽至極。

因此，鳥見大爺才得殺了那蠢武士呀，長耳說出了這令人不忍聽聞的事實。

「他判斷，即便沒那些個幫手，疋田也不打算好好招架。而岩見也不願殺了疋田，寧可死於仇人刀下。兩人都像在捨身餵虎似的，哪是什麼堂堂正正的決鬥？如此下去，包准是沒完沒了，要有個結果，只得……」

在兩者中犧牲一人了，長耳說道。而正是得有人犧牲這點，最教又市不服氣。

「為此就得取人性命，豈不流於粗糙？何不用哄的、用騙的？若真要找，法子多得是。」

「唉——你說的不是沒道理，但事情已是迫在眉睫。說服、哄騙都需要時間，讓人心服也是費日耗時。總而言之，明日見證人便將抵達江戶，這下非得趕緊想出個妙計不可。」

看來該用點兒火藥哩，長耳兩手抱胸說道。

「你手頭有這種危險東西？」

「這——有是有。這回的酬勞不低，使用火藥是不至於蝕本。」

「可是——來自藩國賜予岩見用於決鬥的經費？」

他打算以這筆經費，了斷自個兒的性命？

「怎麼看還是不划算。」

又市將菸斗一把拋開。

此時房門突然嘎嘎作響了起來。

真是冷得要人命呀，只見林藏伴著冷風自拉開的門步入屋內，嘴上還直嚷嚷著。一察覺屋內沒任何東西可供取暖，立刻繃起一張臉抱怨道：

「混帳東西。天寒地凍的，我還得在外頭四處奔走，你們倆窩在屋內，也不曉得把屋子弄暖些好招待我？」

「少囉唆。倒是，你可有探到些什麼？若只是四處奔走卻一無所獲，我差隻狗去探信息還省事些。」

「賣雙六的，給我閉上你那張嘴。」

林藏作勢要踹又市一腳，接著便在仲藏身旁坐了下來。

「可別把我這賣削掛的給看扁了。倒是，造玩具的，我查到了好些可疑的事兒。稍早上了川津藩的江戶屋敷一趟，據我所查，殺害岩見大爺之兄的真兇，大抵正是藩主之子，也就是這回的見證人。因此，那武士才要極力隱瞞。」

「少賣關子，知道多少都給我說清楚。我已經被煩得頭昏眼花了，聽到你這嗓音只會更沒耐性。」

你這張嘴還真是刻薄呀，林藏臉繃得更僵地說道：

「不是說，事因是盜領公款什麼的？其實根本不是那麼回事兒。」

真正原因是情殺，林藏說道。

為了姑娘爭風吃醋？又市問道。不，是為了男人，林藏回答。

「為了男人？」

「沒錯，為了男人。阿又，聽了可別嚇著，教那藩主之子傾心不已的——正是業已就逮的仇人疋田。」

「對疋田傾心不已——？」

看來這傢伙似有斷袖之癖，長耳低喃道：

「不過——這也沒什麼好希罕的。」
「若是常人，的確沒什麼好希罕。但這回可是藩主之子呀。」
「哪管是藩主之子還是將軍之後，這癖好與身分毫無關係，不也常見和尚結夥上陰間茶屋（註16）作樂什麼的？阿又，瞧你生得細皮嫩肉的，難保哪天不被這些傢伙給相中哩。」
「混帳禿子，我哪兒生得細皮嫩肉了？藩主褻玩孌童、和尚褻瀆死屍，又與我何干？不過，這種事兒理應不可對外張揚，可是家臣透露的？」
我可是費了好大勁兒才探來的，林藏說道：
「不過，阿又，這在藩中可是個眾所皆知的祕密。至於那少主，口碑可謂奇差無比。立場上雖不便對外張揚，但一旦開始數落，大夥兒便有如潰堤般痛罵個不停哩。」
「那麼，是哪個對哪個傾心？」
「當然是少主對疋田呀。只是再怎麼勾引，這疋田也是不從。」
若沒興趣，當然抵死不從，長耳揶揄道。
「姓林的，若是教我勾引，你可會從？」
「教你這糟老頭給勾引，就算是熊也要跳崖尋短。總之，真不懂這些有頭有臉的大爺們都在想些什麼，似乎是推測疋田之所以不從，乃是因心中另有其人。」
「因此推想是那姓岩見還是什麼的人之兄長？」

註16：陰間意指年少男娼，陰間茶屋則為有此類男娼賣春之酒館或餐館。

「沒錯，正是認為疋田所心儀者——應為其兄。故此，少主對疋田與岩見百般刁難，但岩見對其中緣由當然是毫不明白。只是，為情癡狂的少主，早已是色慾薰心。」

「已失去了理智？」

「看來是如此。」

反正人都死了，這早已是死無對證，林藏說完，冷得打了個哆嗦。

「根據折助那老頭的說法，這疋田伊織是個篤信朱子學、為人光明正大的正人君子。雖說為人正直不代表就不好男色，但他若無斷袖之癖，想必曾對少主幾番訓斥。」

「斥其不應有此癖好？」

「詳情是不清楚，但若是如此，問題可就無關男色女色了。少主早是公私混淆，為激情所驅而無法自拔，況且，還胡亂揣測心生嫉妒。」

「原來如此。」

又市哪懂什麼是朱子學。

但也不至於不知道武士們——至少表面上——厭惡卑鄙軟弱，重主從長幼之序，也力求貫徹始終。

因邪念衍生疑念，挾權勢為難下屬——哪管是否出於理智——亦無關男色女色——均非正道所能容。

「難道是嚴斥少主——不可違背倫常？」

「想必是如此。只是這少主，心智早已為激情所盲。即便沒如此，遭下屬訓斥，況且還是循理說教，當然要心生不悅。唉，或許是認為自己的斷袖之癖為疋田所鄙視。」
「那麼——可就因此斥其無禮，一刀斬下？」
「這應是不至於。遭斬的是被視為情敵的岩見不是？你們說這少主是不是無法無天？對疋田，就這麼從意圖染指轉為怒不可抑。換作常人，碰上少主舉止如此荒唐，理應向其父申訴不是？」
「至少該將此事公諸於世。」
但疋田卻沒這麼做，林藏說道：
「眼見主子如此荒唐，這傻子竟也不願背棄，擔心若是張揚出去，恐使少主顏面掃地，便試圖說服少主，此等行止有違倫常。」
「武士們還真是死腦筋呀。」
「的確是死腦筋。也不知是為了盡忠、還是保全武家體面，到頭來，竟換來一場恩將仇報。」
「恩將仇報——就這麼被嫁禍成母藩公敵？」
「真是愚蠢。」
又市對這樁差事已是幹勁全失。
哪管是藩主還是少主，男色還是女色，一個胡亂猜忌的混帳東西，因誤解而殺害無辜，整件事兒就是如此荒誕。
遇害者平白受到牽連，當然堪憐。

這——可是個賠上性命的大損失。但依照常理，尚可懲罰這因誤解錯殺無辜的混帳東西，以法理彌補遇害者之損失。雖然人死不能復生，這損失終究無法獲得真正補償，但多少也算是盡了人事。

——但這回……

別說是懲罰，兇手不僅逍遙法外，還依然一派威風。

而為了保護這兇手——

遇害者之親族，竟被迫奪取一平白遭嫁禍者的性命。

而為了迴避這場無謂的殺戮——

竟得賠上更多條性命。

那分明遭受最大損失的親族，也將於決鬥中殞命。這回設的，就是這麼一場局。兄長之死，加上一己之死，對岩見而言，這絕對是個毫不划算的大損失。

「咱們這算哪門子的損料屋？」

又市感覺自己活像個鬧脾氣的孩兒，一把無處宣洩的怒火在心中油然而升。

我怎不知你這麼愛發脾氣？長耳緩緩起身說道：

「雖知你是個不懂事的毛頭小子，這麼愛發脾氣，可就真活像個娃兒了。」

長耳的，可想到了什麼主意？林藏問道。

「哪這麼容易？這回若是稍有疏忽，包准要出人命。而那一帶既沒有山，也不可能以火藥將他們給炸飛——」

「你這禿子，怎麼老打這種嚇人的主意？可別連自己的命也給賠上了。」

「哼。」

長耳蹭了蹭耳朵說道：

「我正打算連同自己也給炸飛哩。」

「也太嚇人了罷？唉，不過這回的差事實在麻煩，不難體會你想乾脆來個玉石俱焚什麼的。」

倒是，林藏這下似乎想起了什麼，迅速挪到長耳面前說道：

「糟老頭子，這件事或許可讓阿又來辦。又不是要廝殺什麼的，或許無須弄得如此鋪張。是否可能在事前先來點兒小手段什麼的？」

「事前？」

「為山崎大爺帶路時，我已掌握了那夥幫手和那男色少主的行蹤，就連一行人寄宿何處都知道。」

林藏自懷中掏出一張紙頭。

「哪管是需要帶路還是獻計，我這賣吉祥貨的林藏可是樣樣神通。但那位大爺卻要我什麼忙也別幫。你認為那傢伙隻身一人是否真辦得來？」

何須擔心？仲藏回答道：

「這下對方想必已折損四人。不是斷了腳筋，就是斷了骨頭——而且全都傷在眨眼間，讓人以為是傷於偶然。」

「但那夥幫手可是個個武藝高強。而咱們那傢伙別說是一副寒酸相，就連把刀也沒有。」

「只有傻子才帶刀。」

又市自原本的正坐改成了盤腿，說道：

「倒是，姓林的，你見著那好男色的少主了麼？」

「當然見著了，看來根本是弱不禁風。」

林藏瞇眼說道。

這神情，表明他根本沒把對手放在眼裡。

「弱不禁風？意即——這傢伙只會虛張聲勢？」

「的確愛虛張聲勢，不過眾藩士對其似乎是嗤之以鼻。論權位雖是高高在上，但無人與其交好，當然是滿心怨氣，住居還是主屋外之小屋。表面上雖常裹包頰頭巾，試著讓自己看來威武些，但充其量只和尋常的御家人差不了多少。不過，我是不太懂得憑衣著辨識武士的層級就是了。」

「川津藩並不是個富庶的藩。」

有這種沒出息的兒子，擺在大名行列（註17）中哪可能稱頭？長耳以略帶揶揄的口吻說著，接地圖摺了回去。

「不行。還是想不出個法子。」

「老頭子，我看你就別太傷神了。就隨便張羅一場罷，只要稍稍把人給嚇得一愣一愣的，剩下的就交給那位大爺處理。不是說他身手不凡？」

「武藝再高強有什麼用？屆時那兒滿是看熱鬧的傢伙，除了有捕快警戒外，四周還圍有竹籬哩。」

「那麼，只消讓眾人朝其他方向望一望，不就得了？」

「竹籬該如何挪開？」

「只要動點兒手腳，讓它容易塌下就成了。反正這東西是在事前造的。屆時只要弄出一陣大聲響，趁大夥兒朝那頭張望時，一口氣將它給推倒。如此一來，看熱鬧的人群便會湧入場內，再乘這混亂……」

好個點子，長耳模仿林藏的口吻說道：

「小子，原來你偶爾也會出些好主意。那麼，噢……」

仲藏再度攤開地圖，指著說道：

「對了，這兒有片森林。決鬥場是此處，只消在這頭弄出點聲響——不，光是聲響恐怕不夠，得引人側目夠久才成。看來還得在這片森林上頭弄出個什麼——」

「會是什麼？」

「如今哪有時間再造出個什麼大東西。手頭有什麼就用什麼——」

註17：江戶幕府為削弱藩國勢力，為弱化其財政、扣留人質、並嚴防藩國造反，定有「參勤交代」之規定。各藩大名均得赴江戶執政一段時日，再返回己藩領土。往返時大名須攜帶多名隨從，依規定組成動輒數千人規模的大名行列，耗費人力與財力成本甚鉅。原為一年一回，幕府末期改為三年一回，每回百日。

要用那蛤蟆？又市問道。

「先以巨蛙懾人——再乘隙殺人？怎麼又是個騙孩兒的把戲？那原本無須送命的五名幫手，和那姓岩見的窩囊武士，都得隨這無聊的把戲命喪黃泉？真是不值——」

著實不值，又市再次感嘆道。

【肆】

南町奉行所定町迴同心志方兵吾，聽見於本所舉行之決鬥有怪事發生的傳聞，乃決鬥二日後，即正月十日的事兒。

傳聞內容至為荒誕。

仇人武士被逼入絕境，於決鬥中使喚妖術——於堂堂正正決勝負的決鬥中使用妖魔之術，可謂卑劣至極，簡直就是個前所未聞的惡棍。此一傳聞，於街坊間傳得甚囂塵上。

捎來這傳聞的，是擔任岡引之愛宕萬三。

由於想不透這妖術究竟是什麼樣的東西，志方便向萬三詢問。是，萬三先是恭敬回應，旋即苦笑道：

「別說是大爺，小的也感到難以置信。」

「本官並未問你相信與否。欲知的是此一坊間傳聞之全貌。惜本官孤陋寡聞，對妖術一無所知，即便聽聞降魔或障眼之術等諸多解釋，亦是無從想像。可是什麼類似兒雷也變幻術的東西？」

「是的，正如大人所言。」

「正如本官所言？難不成，此人化成了一隻碩大無朋的蛤蟆？」

老實說，正是如此，萬三回答道。

「果真是——幻化成蛤蟆？」

絕無可能。

「稟告大人，此乃街坊傳言，故僅聽信五成便可。該場決鬥之仇人為一浪人，名曰疋田，身高足有六尺，滿面鬍鬚，據傳生得貌似鍾馗。似乎是個可與石川五右衛門（註18）並提之不法惡徒。復仇者則為一名曰岩見之俊俏武士。兩人樣貌之懸殊，猶如牛若丸對上弁慶（註19）。」

萬三幹起活來頗有兩下子，惟饒舌這點著實教人困擾。通常得耗上好些時間，方能自其言語中聽出要點。志方本欲催其儘速切入正題，但仍決定耐住性子聽下去。

「只可惜……」

這復仇者沒有牛若丸般的身手，萬三語帶嘲諷地說道：

註18：活躍在安土桃山時代的俠盜，以劫富濟貧的義舉著稱。後因竊走豊臣秀吉之寶物「千鳥香爐」被捕，遭處釜煎之刑而死。

註19：牛若丸為源義經之乳名。弁慶為平安時代末期之武僧，殺人如麻，曾立誓要奪取千把刀劍，奪第一千把時在京都五条橋與牛若丸相遇，敗於牛若丸手下，遂認牛若丸為主。後助義經打赢不少戰役，後義經功高震主而受其兄迫害，被迫四處躲藏，亦由弁慶一路相護。最終捨命護主，身中萬箭而死。

「這牛若丸劍術奇差，別說是烏天狗，只怕就連隻烏鴉也打不過。決鬥將由何方勝出，早已是一目瞭然。這麼個復仇者，別說是無從斬敵雪恥，想必自己還得命喪仇人之手。或許眼見情勢如此，疋田即便早已為本所所捕，依然是一派悠哉，一無所懼。」

「一派悠哉？」

「是的，悠哉得有如上酒館作樂之逍遙耆老。」

據實以報，別吹噓得像你親眼見過似的，志方斥責道，但傳聞就是描述得如此活靈活現，萬三回道：

「總之，想必此人必是架勢不凡，看似若有哪個不知好歹的小子放馬過來，只消手指一捻就能使其斃命。孰知那復仇者志在必得，為報一箭之仇，竟自母藩遣來幫手，共差出……一名、兩名、三名——」

「本官聽聞共九名。」

一共遣來了九名幫手。

怎麼看，這人數都是多得異常。或許的確是我弱敵強，但再怎麼說，十對一絕算不上是堂堂決鬥。志方原本對此納悶不已——聽聞經過，方知兩方實力原來是如此懸殊。

但思及至此，志方又開始質疑了。

萬三常將話說得誇張，更何況今回所述，又是從流言蜚語聽來的。就連信個一半，只怕都要嫌多。

再怎麼想，九人實在是過多。

一下來了九人，這仇人哪能招架？萬三說道：

「哪管武藝如何高強，以一擋十也是毫無勝算。唉，話本故事什麼的雖常有好漢快刀斬敵十人、甚至二十人之情節，畢竟不過是虛構杜撰。大人說是不是？」

志方從未與人搏命比劃。但想到得一次擊倒十名拔刀劍客，現實中的確是毫無可能。

「唉，小的不比大爺，就連見個老婆子拿菜刀都要害怕。若是見人拔刀威嚇，只怕要嚇得屁滾尿流了。這傢伙雖是武藝高強，面對十人也是毫無勝算。原本以為僅有小伙子一名，準備輕鬆取勝，這下發現敵眾我寡，當然是要嚇破膽了。」

萬三嘴叼十手、比出打手印的架勢說道：

「因此，就如此這般……」

「又不是在作戲，豈有可能——？」

可是大爺，當時的確有怪異聲響傳出哩，萬三說道：

「據說周遭霎時響起一陣大鼓般的隆隆聲響，在場眾人全都聽見了。噢，不僅是在場者，就連兩國，不，甚至番町一帶都有人聽見，似乎是響徹了全江戶的大街小巷哩。」

「本官怎沒聽見？」

倘若番町聽得見，八丁堀哪有聽不見的道理。別說是在奉行所內，倘若當時正在城內巡梭，理應聽得更清楚才是。

你也聽見了？志方問道。似乎也聽見了，萬三回答。

「似乎？」

「是的。如今回想，當時似乎是聽見了。噢，就連下引（註20）千太也聽見了，直說活像有人在放煙花哩。」

且慢，志方打岔道：

「煙花與大鼓——聲響哪可能相同？」

「同樣都是隆隆作響不是？小的當時人在築地，聽見的的確是煙花般的聲響。但仔細想想於此時節，況且還是晨間，哪可能有誰施放煙花？絕對是有誰擊鼓施妖術。」

「妖術……」

這著實教人難以採信。或許的確曾有什麼震天巨響，但要說是妖術，還真難以信服。

「這下，好戲開始了。」

也不知是為何，萬三先是一番左顧右盼，接著將十手朝後腰一插，敞開雙臂說道：

「有隻這麼大的蛤蟆現身。」

「那東西——真是隻蛤蟆？」

「是的，的確是隻蛤蟆，況且還不是隻普通的蛤蟆。若只是闖進了隻大蛤蟆，理應不至於教十名劍客停止比劃。生得再大，畢竟不過是隻蛙，只消一踢或是一踩就給擺平了。但這隻蛙卻有座小山那麼大。」

「有座小山那麼大？」

「是隻比牛、比馬都來得大，高約一丈的巨蛙。況且，還渾身冒出毒煙，張著血盆大口呱呱鳴叫。」

「荒——荒唐。這等無稽之言，就連傻子聽了，只怕也是一笑置之。」

絕無可能有這種事兒，志方說道。

是的，的確是絕無可能，萬三擦拭著十手說道。

「聽來的確是荒唐之至。」

「明知荒唐，還如此向本官稟報？」

「方才不也說了，小的也不信哪。不過大爺，當時可是有不少人在場圍觀哩。在場看熱鬧的就不必說了，就連深川那頭也有人瞧見了那巨蛙，甚至連河對岸的淺草也有人看見哩。」

看來必定是碩大無朋呀，萬三仰面說道：

「大爺，小的認為官府若是放任不管，似乎不妥，方才向大爺稟報此事。」

「放任不管？」

「遇妖言惑眾者必得嚴加查辦，大爺不是常把這句話掛在嘴上？」

「當然得查辦。」

「那麼，此事不也該嚴加查辦？若是放任不管，本所七大奇案——可就要添上這樁巨蛙大鬧決鬥場，成為八大奇案了。」

「就連你都說這流言蜚語該查辦了。」

小的不過是據實稟報，萬三說道：

註20：受岡引統轄的非正規執法人員。

「故此，大爺，至少也該去探探實情究竟為何吧。這可是一場官府為其頒發書狀許可的決鬥哪。」

雖不知安的是什麼心，但萬三這席話也有幾分道理。這的確是奉行所頒佈書狀，經過查證比對方才舉行的正式決鬥，理應是留下了些紀錄。

不對——

官府的紀錄，不過是徒具形式。

上頭載的——頂多是時刻、場所、勝敗。至今未曾見過任何紀錄，載有諸如巨蛙現形一類荒誕無稽之事。

萬三出外巡視之後，志方又思索了好一會兒，終於還是耐不住性子，前去造訪本所方之詰所（註21）。

抵達時，詰所內僅有一名年輕同心。

見志方表明身分後，同心似乎吃了一驚。想必是擔心自己是否出了什麼疏失。

志方只得委婉表示，自己不過是前來詢問一樁私事。

此同心是名新手，名曰田代。

田代連忙沏茶招待，遞上茶後便開口問道：

「那麼，請問大人欲詢問些什麼？」

「乃是關於前日舉行之川津藩士決鬥一事。」

是否真有巨蛙現形這種事兒，實在無法劈頭就問。

不得已，志方只得先確認那仇人的傳聞是否屬實：
「本官有聞，那姓疋田的仇人是個擎天巨漢——」
田代兩眼圓睜地回答：
「不，絕非什麼巨漢。雖算不上矮小，也僅約五尺六寸——體格大抵與志方相當。」
「可有蓄鬚？」
「噢？」
這下田代雙眼睜得更圓了：
「獲川津藩通報將之拘捕到案時，月代與鬍渣子是沒剃乾淨。後經比對確認身分——事實上，一開始就認定必是此人無誤，但還是得與町方紀錄略事比對，確認無誤後，便告知將有仇家前來決鬥，大概是有了一死的覺悟，此人立刻要求一副白衣裝，並請求齋戒沐浴，此時便將鬍鬚給剃了乾淨——」
敢問大人為何詢問這些？田代神色不安地問道。
「這……本官不過是對……噢，對幫手的人數感到質疑。據說幫手高達九名——如此人數並不尋常，理應無法獲得官府認可，本官好奇其中或有什麼隱情。」
「噢。其實在下也為此大感驚訝。但決定者為該藩藩主，批准者又是奉行，在下也不便過問什麼。」

註21：江戶時代，供官職人員臨時宿泊或待命之用的住所。此處指同心駐守值勤處，相當於今之警察署。

的確不便過問。

「正是為此，本官方才好奇這仇人武藝究竟是多高強。根據街坊傳聞，此人是名長相兇惡的巨漢——」

「其實，是因復仇者武藝過低。」

話一說完，田代立刻摀住了嘴。

「噢，請大人見諒，在下不過是……」

「別放心上。無須拘謹，本官今回的詢問，絕非為了公務，你大可坦率陳述。那位——姓岩見的武士，武藝真有這麼弱？」

「這——」

應說自架勢判斷，並不高強——大概是擔心再度失言，田代依舊以手摀嘴，躊躇了半晌方才如此回答。

「是架勢給人如此觀感？」

「噢，不僅是架勢，不論怎麼看，都看得出劍術必不高強。不過，時下也沒多少劍術高強的武士——噢，在下似乎不該說這種話？」

「直說無妨。本官也同樣沒拔過幾回刀，更沒與人正式比劃過。」

雖然如此，護刀與琢磨劍術倒是從不怠惰。

志方就是這麼樣個人。

田代有氣無力地望著志方，為他再添了一杯茶說道：

「總之，若要論其劍術強弱，應是後者無誤。話雖如此，此事於其母藩甚受矚目，據說此乃川津藩首次決鬥……」

「因此——得顧及顏面？」

「這……看來其中應是有種種顧慮。看來疋田的確是個高人，想必是為防有個萬一，經過審慎計議，方才決定差出如此人數才是。」

疋田真是如此高強？志方問道。氣魄的確是不小，田代回答：

「當時，疋田就被拘禁於本詰所——內側那房間。畢竟從無前例，不知該如何處置。此處並非牢獄，也無法將其囚於唐丸籠（註22）。大人亦知本所方僅有同心二名，名義上須和與力一同輪值——」

但從未見任何與力前來，田代說道。

「據說此人當時一派悠閒？」

「也不知該說是悠閒，還是嚴肅。除用膳、如廁外，多於此處潛心靜坐。」

年輕同心伸指一比。

指尖另一頭，是塊陳舊的楊楊米。

且坐姿總是堅毅英挺，田代說道。

「靜心等候死期到來？」

註22：護送囚犯用的駕籠。

「想必是如此。此人雖看似志清節高，但似乎並非如此達觀。據傳乃因擔憂其盜用公款遭人舉發，故於斬殺對其盤查之上司後脫藩遁逃。不過，看來完全不像如此卑劣之人——」

噢，在下又失言了，田代再次搗嘴致歉。

還真是個老實人。

「那麼——這場十對一的古怪決鬥，過程又是如何？」

這才是志方最想探聽的。

田代費力地嘆了一口氣。

「事實上是六對一。自品川宿的客棧前往川津藩之江戶屋敷途中，有四名幫手負了傷。」

「是遇上了什麼糾紛麼？」

「不。這幾名，似乎是教倒塌的木材給壓斷了腿骨。因此，當日僅餘五名幫手抵達決鬥會場。雖然五名也算多了——」

此外，尚有那名見證人，田代再次嘆了口氣說道。

「據說——那名見證人，乃是自母藩專程趕來的？」

「是的。但關於此人身分，本所是一概不知，就連個介紹也沒有。僅口頭呈報將有此人到場，姓名、身分卻隻字未提，僅要求接待此人時，務必待之以禮。」

「原來如此。光是連派遣見證人這一特例舉措，動機便已是費人疑猜——連個名也不願報上，便更教人難以理解了。」

「噢，那不過是個特例——與其說是特例，或許稱之為例外更為恰當。雖有口頭呈報，但未曾呈交任何書狀，故此見證人並非官派公差，就連旅途中亦是極力隱密。看來此人不同於其他九名，並無表明姓名身分之義務。」

的確是如此。

至於這見證人……言及至此，田代一時打住，並嘆了第三口氣。

接下來——

便開始敘述起這場光怪陸離，教人難以置信的決鬥經過。

當日五時，決鬥於本所方詰所旁之日枝神社境內舉行。

雖為仇人，但疋田伊織卻著一身白衣到場，於本所方同心二名、與力一騎、小廝四名之警護下正坐場內，靜待時候到臨。

決鬥場外圍有竹籬，由八名小廝警護。

五時前，已有五十餘名圍觀者群集現場。

距決鬥開始尚有四半刻（**註23**）前，復仇者岩見平七、五名幫手，以及一名見證人皆亦抵達現場。

六名復仇者進入竹籬中，見證人則立於稍遠處之鎮守之森（**註24**）入口處。田代解釋該處正好無人圍觀，能清楚觀覽決鬥。

註23：昔日本採中國之時制，一刻為二小時，四半刻指四分之一刻，乃三十分鐘。

註24：圍繞神社四周的森林，被視為神明聚集之處。

田代亦表示當時天候甚寒。志方記得當日天雖大晴，但決鬥乃於拂曉時分舉行，想必現場仍是寒氣逼人。

時候一到，與力宣佈決鬥開始，復仇者岩見便依例報上姓名。

殺兄仇敵疋田伊織，吾將在此與汝一決勝負——

想必當時還說了這麼番話。

接下來，五名幫手亦依序報上姓名。

本所方與力也翻開事前記有五名幫手姓名的帳冊，逐一確認。

其實，這些舉措根本是毫無必要。

決鬥看似規矩繁瑣，事實上，其中有不少不被正式遵行。除某些特定地區嚴禁決鬥外，執法上其實出人意料的和緩。

但如今，為不共戴天之仇決鬥被視為美德，就連百姓或莊稼漢都可能為仇一決生死，故也不乏因拒絕報仇而受罰之例。

總之，對決鬥畢竟僅止於獎勵性質，規矩的執行上才會如此和緩。

五人依序報上姓名得花點兒時間。被迫佇立寒風中，教田代冷得雙腿直打顫。

就在第五名報完名，決鬥即將展開時。

「當時，突然傳出一陣隆隆聲響。」

「隆隆聲響？是什麼樣的聲響？」

「噢，這該如何形容……頗似隅田川的煙花那震耳欲聾的聲響。活像有誰在施放那叫二尺玉

（註25）還是什麼的似的。」
「果真是煙花聲？」
「大人也聽說了？」
「不——」
志方不敢坦承自己聽說過當時傳出一陣大鼓聲。大人聽人說是大鼓聲吧？田代苦笑道，想必已知道外頭流傳些什麼。
「看來大家都認為那是大鼓聲。不過，那聲響不似戲班子的大鼓聲，而是與祭典上的大鼓聲較為近似。聽來轟隆轟隆的，活像射擊大筒（註26）時的聲響。此時，其中一名幫手脫口說出了虛空太鼓這個字眼。」
「虛空太鼓——這是什麼東西？」
這下田代笑得更是開懷了：
「該如何說呢——據說是神鬼一類的東西，似乎是出沒於周防一帶的妖怪。大概是類似咱們傳說中的——狸貓馬鹿囃子（註27）什麼的。」

註25：日本傳統煙火以寸、尺標示大小。二尺玉直徑約六〇．六公分，可炸出直徑約五百公尺的煙火。
註26：大砲之古稱。
註27：馬鹿囃子為東京一帶的祭典中，於山車或舞台上以鼓、笛、鉦等演奏的樂曲。深夜裡，特別是月圓之夜，自遠處傳來的馬鹿囃子聲響，稱為狸囃子。江戶時代的本所（今東京都墨田區）曾有名曰馬鹿囃子（ばかばやし）的怪談，名列本所七大不可思議之一，與「分福茶釜」、「八百八狸物語」並稱「日本三大狸傳說」。

「類似狸囃子？意即這虛空太鼓指的是——分明無人擊鼓，卻傳出陣陣鼓聲？」

正如大人所言，田代朝大腿上拍了一記，接著說道：

「防州一帶似有傳言，古時曾有個神樂（註28）班子遭遇船難，不斷擊鼓意圖求援，但終因無援而命喪黃泉，其魂至今仍擊鼓不輟。」

難怪那幫手會當這是鼓聲。

這與萬三的說法頗有出入。

與其說是加油添醋，不如說是遭萬三曲解。

不不，實情絕非如此，田代說道。

「什麼事兒絕非如此？本官一句話兒都還沒說哩。」

「噢，大人該不會是認為，決鬥中竟還能憶起這遠古傳說般的鬼怪故事，這幫手還真是有閒情逸致——是不是？」

是沒如此質疑，但若要這麼想，也是無可厚非。

但實情絕非如此，田代再次強調，並解釋道：

「當時確有天搖地動之巨響，在場群眾亦為之動搖。圍觀者、吾等官府、復仇者與眾幫手、甚至原本處之泰然的仇人均大為驚慌，有的甚至為這古怪聲響給嚇得失聲驚呼——」

尤其時值新年，周遭本是一片寧靜，田代說道：

「那聲響——乃自鎮守之森那頭傳出，約五六響過後，森林上方……」

據說森林上方——冒出了什麼古怪東西。

本所方的田代一夥人——包括仇人在內——均面向森林那頭而立，因此看得是一清二楚。現身的，竟然是隻巨蛙。

「巨蛙——？」

「沒錯，怎麼看都是隻巨蛙。在下也親眼瞧見了。如今回想，又深感難以置信，不禁懷疑在下當時是不是看花了。」

若是較森林中的樹木還要龐大——

那麼，就不僅是數寸數尺，而是身長數丈的龐然大物了。世上真有如此巨大的蛙？

「不是幻覺？」

「不，那東西確有實體，絕非幻燈或海市蜃樓般的幻影，就連林中樹木都為之晃動。那東西，是撥開枝椏鑽出來的。」

「且慢。」

這蛤蟆……

「難道就是那仇人疋田……」

藉妖術召喚來的——？

不不，田代揮手回答：

「那……那蛤蟆並非……這下還真不知該如何形容——在下有把握斷言，那絕非疋田唸了些

註28：神社祭祀時演奏的音樂。於宮中演奏者稱為御神樂，民間演奏者稱為里神樂。

什麼咒，或施了些什麼法給變出來的。總而言之，世上是否真有如此巨大的蛙，抑或那是狸貓還是什麼給變出來的——在下亦知這說法無稽，總之是完全無從判斷。話雖如此……」

當時那頭的確冒出了這麼個東西，田代望向志方背後的紙門說道。

那頭——是一片遼闊森林。

志方試著想像那比森林更為巨大的蛤蟆生得是什麼模樣，但終究是徒然。

「畢竟此處舉行決鬥已是史無前例，還初次目擊那麼一隻巨妖——」

這也是理所當然，志方回道。

若是自己碰上，想必也不知該如何因應。

眼見繼怪聲後，又有個龐然怪物現身，決鬥場外的人群頓時陷入一片混亂。圍觀者原本大多背對大蛤蟆現身的鎮守之森，這下有的逃，有的給嚇傻，有的欲一睹妖怪的真面目，盡數同時騷動起來，結果硬生生將竹籬給壓塌，圍觀者就這麼倒成一團，將負責戒護的小廝們一同擠進了決鬥場中。

原本佇立仇人身旁的本所方與力同心，連忙同小廝一同起身收拾亂局。

畢竟驚慌失措的五十餘名烏合之眾，悉數湧入了舉刀對峙的七名武士之中。

「當時直覺，千萬不能讓任何人傷著。畢竟情勢已是一觸即發，一番廝殺已是箭在弦上，除了仇人與復仇者，其餘五人均已拔刀出鞘——」

但亂局哪能這麼容易收拾。

大蛤蟆仍傲然聳立於蔚藍天際下，彷彿在嘲笑地上的一團混亂。

「就在此時。」

距鎮守之森最近者——即頭裹包頰頭巾的川津藩見證人，突然以較復仇者報上姓名時更為驚人的大嗓門怒吼一陣。

當然——是朝著林中那隻大蛤蟆。

「大膽妖物，膽敢擾亂決鬥這盡忠孝之舉，瞧我如何治你——如此一陣高喊後，這見證人旋即縱身入林。當時吾等忙於將百姓驅向一旁，根本無人有暇追隨其後。」

「那麼，這見證人後來如何了？」

這……田代拍了拍自己的額頭說道：

「在下也不知該如何形容。」

「別賣關子。」

那見證人，自此一去，便未復返，田代回答道。

「什麼？未復返？難道至今仍未歸返？」

「別說是仍未歸返，整個人等同消失無蹤一般。想必那位見證人，必是果敢揮刀斬向那妖物。」

「那妖物又如何了？」

「旋即與見證人一同失去蹤影。如此碩大無朋，卻在轉瞬間消失無蹤。事後諸與力曾入林檢視，就連一絲痕跡也沒找著。當然，亦不見任何步出林外之跡象。畢竟如此龐然巨軀，若移動了任誰都見得著。怎麼看都是憑空消失。」

「姑且不深究那妖物消失無蹤——不，這當然需追究，惟在此暫時按下不談。但就連那見證人也失去蹤影，豈不是事態嚴重？可曾向奉行所稟報此事？」

「並未稟報。」

「何未稟報？那見證人——不是個身分尊貴的人物？」

畢竟此人身分不明，田代在一番抱頭苦思後回答：

「就連姓名也是無從知曉。有此見證人一事，諸幫手堅持絕不可對外張揚，向川津藩之江戶屋敷探聽，亦探不出個究竟。」

「豈可能探不出個究竟——派遣見證人一事，不就是川津藩自個兒要求的？」

「是的。該藩於通達中表示，派遣此人一事務必保密，要求吾等竭力配合。」

「原來如此。此人此行——必須隱匿。」

「是的。因此吾等不僅未將此人記錄於書面上，亦未向町奉行所稟報此事。」

「這——」

究竟是為了什麼？

「噢，當然，吾等曾向川津藩稟報此事之經由，然該藩仍未有任何回應。眼見如此，本所方——雖自稱本所方，實不過是個奉行所，哪能採取任何行動？此乃該藩之內務，非本町官府所能管轄。若是出手，便成了越權。因此，亦曾考慮透過奉行，向目付（註29）提出諮詢。」

這豈不是辦過了頭？志方說道：

「首先，奉行必要大感困擾——尤其若這見證人身分尊貴，或許便非得向大目付稟報不可

──不，即便如此，大目付大人想必也是無可奈何不是？」
沒錯，田代一臉困窘地說道：
「唉，怎麼看都不似有任何陰謀，畢竟冒出了個妖怪。」
「正是如此。不過──」
若僅是冒出了個妖怪，或許還能斥之為無稽之談。但若有人喪命，可就不得等閒視之了。
「汝等是否判定──此人已為那蛤蟆所害？」
「不，吾等之判定正好相反。」
「正好相反？」
「吾等將之視為──該見證人驅除了那蛤蟆。」
「驅除了那蛤蟆──？」
原來也能這麼解釋。
畢竟那蛤蟆就此消失無蹤，的確也能說成是遭到驅除不是？田代說道：
「承蒙此人果敢入林驅除蛤蟆，決鬥方能安然實行。吾等也只能如此解釋不是？」
的確是如此。
妖怪於轉瞬間消失於無形。

註29：幕府派駐於大名、名門、或朝廷中，負責監視旗本、御家人是否有怠職之情事、或有謀反意圖的官職。多由大目付或家老所轄，轄下尚有徒目付、小人目付等職。

當時無人入林搜尋該見證人。有鑑於當時的紛亂，這也是理所當然。

包含田代在內的兩名同心，將喧譁不已的圍觀者聚於一處，小廝們也將竹籬重新立起。

「就在那轉瞬之間。」

「還發生了什麼事兒？」

不就是那場決鬥？田代一臉尷尬地轉頭望向志方說道：

「當時重要的是決鬥，雖有蛤蟆現身，也不過是個干擾。」

田代所言的確有理。決鬥是主，妖怪蛤蟆現身不過是從。志方為掩飾尷尬，刻意咳了一聲：

「重要的是決鬥——沒錯，蛤蟆一事的確是離題。那麼，那仇人結果如何？」

順利遭復仇者斬殺，田代說道。

「於、於如此亂局中？」

或許這亂局反而奏了功，這年輕同心苦笑道：

「自上至下，眾人見有妖怪現身，均是驚駭不已，唯有復仇者岩見殿下一人絲毫不為所動。岩見殿下彷彿是既沒瞧見那蛤蟆、亦未聽見虛空太鼓，眼中似乎除了仇人，無法容下任何事物。設身處地想想，這感覺的確不難體會。這畢竟是場決鬥，眾人亦已報上姓名。事前，岩見殿下恐怕是極為緊張。畢竟——如此形容，還請大人包涵——此人武藝甚弱。至於仇人疋田，則是眼見怪事發生，心生狼狽而不克防禦，教岩見殿下得以憑對等功力制敵。」

決鬥中，疋田伊織終於命喪岩見平七刀下。

這本所方同心說道。

【伍】

喂阿又，讀著了麼？——只見阿睦手持讀賣（註30），一路閃躲著醉客快步跑來。又市不由得皺起了眉頭，原本就難喝的酒，這下可要變得更難喝了。

平時，阿睦對流言的嗜好就教人不敢恭維。

今日更是無心領教。

少在這兒嚷嚷，給我滾一邊兒去，又市不耐煩地揮手趕人。別把人當狗兒趕成不成？阿睦噘嘴說道，在又市身旁坐了下來。

看來人反而是趕不成了。

「瞧瞧這幅畫。真有這麼大的蛤蟆？」

「都這麼寫了，想必是有罷。」

有是有，只不過皮膚下其實空無一物。

——那東西。

不過是長耳造出來的行頭。

真是教人難以置信呀，阿睦兩眼直盯著畫說道：

註30：瓦版之別稱，亦指販售瓦版的小販。

「據說還像陣煙般來，又像陣煙般去，這難道不驚人？記得老家越後，相傳也有大蛤蟆出沒。據說可達三疊大，渾身長瘤，但也沒聽說能如此來無影、去無蹤哪。」

「少瞎唬人了。妳老家不是會津？要扯謊也該有個分寸罷。」

瞧你今兒個心情似乎不好哪，阿睦先是手搭又市肩頭，旋即整副身子都湊了過來。

又市將她一把推開。

「是不好，非常不好。所以不想嗅到妳那一身白粉味。少纏著我，給我滾遠點兒。」

萬萬想不到，那騙孩兒的把戲竟也能奏效。

那張脹起來能塞滿整座戲台的大蛤蟆皮球，於事前先被掛在鎮守之森的樹尖上。聽見林藏與角助點燃火藥炸出的隆隆鼓聲這信號，潛身樹上的長耳再以風箱將之吹脹。

不僅是一場以原本派不上用場的大道具趕鴨子上架湊合成的把戲，情節還如此荒誕。

未料竟獲絕大奇效。或許是受人在目睹過於荒誕的光景時，可能失去判斷使然。

由於是只內側空無一物的皮囊，萎縮起來也十分容易。僅需算好時機在上頭開個孔，一隻大蛤蟆就能在轉瞬間縮至一副被套兒的大小。

真是無稽至極，又市說道：

「哪可能有這麼大的蛤蟆。」

「方才你才說真的有哩。」

「我說沒有，就是沒有。」

又市一把將阿睦推得老遠。

碰觸到阿睦肩頭時殘留掌心的柔軟感觸，教又市感到一股莫名的嫌惡。給我滾一邊去，又市轉身背對阿睦咒罵道。

視線自茶碗移向酒館門外時，又市在繩暖簾的縫隙間瞥見了山崎的身影。

山崎也正望著又市。目光交會時，山崎露出了一臉微笑。

真是教人毛骨悚然。

「喂，阿睦，求妳行行好，上別處去罷。光是聽見妳的嗓音就夠教我頭疼了。這壺酒送妳，快給我滾——」

也沒回頭看阿睦一眼，又市朝背後遞出了茶碗。誰希罕你這臭酒？阿睦起身說道：

「用喝剩的濁酒就想打發人家走？當老娘阿睦是什麼了？你這混帳禿子，可別狗眼看人低呀。」

阿睦連珠炮似的在又市背後不住痛罵，並一腳踢開椅子離去。又市將原本遞出去的濁酒一飲而盡，待阿睦那潑辣的嗓音遠去後，山崎便走到了又市面前。

「沒打擾到你罷？」

「沒的事兒。還該感謝大爺助我脫困哩。」

那姑娘生得挺標緻不是？山崎先是回頭朝門外望了一眼，接著便在又市面前坐了下來。

「可是個嚇人的婆娘？」

「再怎麼也沒大爺嚇人。」

這男人——的確嚇人。

長耳所言果然不假，山崎的劍術甚是高強，在又市所見過的劍客中，想必無人能出其右。當時。

他竟背著眾人，來了一陣快刀斬亂麻。

山崎寅之助有如一張迎風飄動的碎布，毫無抵抗地鑽向對手懷中。

直到觸上兇器的瞬間，他柔軟的身手與親切的笑容都絲毫未改。

山崎似乎是利用對手手中的武器，將對手給制服的。

兇器就在犧牲者自己手上。

——不須使的氣力，就不該使。

原來這還真有道理。

根本無須特地持著沉甸甸的大刀威嚇人。

「大爺可真是不簡單哪。」

又市目不轉睛地凝視著山崎說道。

笑容下潛藏一股殺氣。不，或許這男人就連一絲殺氣也沒有，便能取人性命。

真正不簡單的，是你才是，山崎說道。

「我是哪兒——不簡單了？」

「噢。我和大總管原本的計畫，的確不夠周延。你一番修改過後的，才真正划算。你比誰都適合吃損料屋這口飯哩。」

「划算——？」

這種差事，哪有什麼划算不划算可言？

不，或許此事的確該以划算與否來論斷。當然不簡單，山崎將酒壺遞向又市說道：

「拜你妙計之賜——咱們方能不辜負委託人所託，供仇人保住一命。」

沒錯，疋田並未喪命。

讀賣瓦版上刊載的——其實並非真相。

又市說什麼也無法接受。

毫無罪責——反而是損失最鉅的委託人，竟得藉捨己之命成全大局，怎麼想都不對勁。更何況或許還得拖累五名幫手共赴黃泉。

而仇人疋田本是清白，也無須為此償命。

話雖如此，為保住疋田一人的生路，卻得賠上六條命，怎麼想都是不划算。

又市為此絞盡腦汁，在聆聽林藏的敘述，並幫助長耳準備行頭時，終於想出一則良策。

趕緊同阿甲商量。

阿甲也決定改採又市的提議。

雖然時間所剩無多，計策還是作了大幅更動。

長耳負責的行頭過於巨大，如今要改也是無從。畢竟即使不改，都要趕不及竣工了。原本計畫中把這大蛤蟆朝決鬥場旁的森林上掛、以火藥炸出巨響以造成混亂、並在竹籬上動些手腳，這些都未作更動。

唯獨。

角色換了。

又市與山崎乘著夜色潛入川津藩江戶屋敷，綁架了該名見證人，即繼任藩主川津盛行。

山崎的身手的確是超乎想像的矯健。

整場綁架進行得十分順利。

自藩邸劫走少主——聽來像一場暴戾之舉。事實上，這回的差事並沒有多困難。繼任藩主此回祕密入城，表面上人並不在江戶。而林藏的一番查訪，也探出了這少主並不受藩士們愛戴的消息。此外——

他也沒什麼身手。

雖是殺害岩見之兄的真兇，但川津盛行的武藝並不高強。

對山崎而言，擒拿他就如制服一個小娃兒般輕而易舉。

至此，大致上還算順利。

但接下來的，可就是場大賭局了。

又市——將假扮成盛行。

兩人體格大同小異。只消換上衣裳、披上貼頰圍巾，自遠處觀之理應是難以辨識。但若碰上與盛行熟識者，或許一眼便要遭其識破。

只是——現身的時刻甚早。值此時節，清晨六時天色依然昏暗。話雖如此，抵達本所時或許已是個大晴天了。只不過……

幸好五名幫手不僅無一望向又市，就連四目相接都力圖避免。

繼任藩主果然為眾人所嫌惡，就連藩邸也未派人隨侍。

途中步行時，又市力圖與五名幫手保持距離。

掛在腰上的大小雙刀。

佩戴起來沉甸甸的。

又市這才知道，刀原來有這麼重。

這——根本不是什麼武士之魂，不過是殺人兇器罷了。純粹是為取人性命而打造的沉重鐵塊。若非如此……

倘若光憑佩刀便能證明自己是個武士——又市這下不就成了個武士？

山崎所言果然不假——

這東西不過是個飾物。

決鬥場給佈置得活像個掛著草蓆的戲臺子。

跑龍套的戲子們照本宣科地報上姓名後，煙火開炸，大道具應聲出場。

圍觀者——個個惶恐不已。

正月裡的江戶城一片寧靜，讓煙花聽來甚是響亮。

一片清冷寒空，將大蛤蟆的身影襯托得甚是清晰。

又市高聲吶喊，快步奔入林中。

這見證人非得自此處抽身不可。

竹籬倒場，圍觀者湧入，現場陷入一片混亂，捕快們也被推離仇人身旁。

乘這短暫的縫隙。

山崎藏身人群中，靜悄悄地奔向疋田，使勁一撞將之撞暈，拖向拜殿一旁。拜殿下方，堆有事先準備的乾草。

乾草堆下藏的，便是失去神智、並被換上一身白衣的川津盛行——即實為真兇的繼任藩主。

疋田一到，這少主便被拖上決鬥場，此時山崎間不容髮地——

揮刀將其顏面劈成兩半，讓人無從辨識容貌。

事前，岩見已被告知此一計畫。自拜殿下頭拖出的盛行乃真正的殺兄仇人，故應由岩見親自手刃之。不同於疋田，盛行與岩見同樣不諳劍法，而且此時還失去了神智。任岩見刀法再怎麼拙劣，依理也能輕易誅之。

不過，岩見並無一刀兩斷之功力，說不定就連對方的命也取不了。話雖如此，也不能先代其下刀。盛行非得當場由岩見以自己手上的刀誅殺不可。

但山崎的刀法的確了得。

一見岩見走近，山崎便以迅雷不及掩耳的速度取過其刀，為其誅殺了真正的殺兄仇人。

飛濺的鮮血染紅了岩見的白衣，山崎身上則幾乎沒沾上半滴血，迅速自現場銷聲匿跡。

大爺果真了得，又市說道：

「瞧大爺當時的身手，活像是為了殺人而生似的。」

「哼。」

說什麼傻話？山崎以不客氣的口吻說道，並為茶碗斟上了酒。

「為一己所為感到不齒，再怎麼貶低我也是徒然。你說的沒錯，我就是靠傷人混飯吃的，說穿了根本是個劊子手。世間大概沒幾行比這低賤。」

你說我低不低賤？山崎兩眼盯著又市問道。

「我——可不是個好藐視人的人。」

是麼？山崎說道，隨即將茶碗中的酒一飲而盡。

「盡管藐視我無妨。我知道自己吃這行飯，也只有遭人藐視的份兒。不過阿又，再齷齪、再操勞的差事，有時的確能助人彌補損失。為人承擔沉重、難捱、悲戚的損失——這種令人厭惡的差事，可沒幾個人願意承接。」

「這說法的確有理。不過大爺，這仍是詭辯。不就是劊子手的開脫之辭？」

「沒錯，的確是教人難以容忍的詭辯。故此……」

盡管藐視我罷，話畢，山崎露出一臉笑容。

並在茶碗中斟滿了酒。

「我不也說過，這種事兒根本無關勝負。若要以勝負論之，我絕對是個輸家。只要有違正義，一切便都成了謊言。奪人性命，是哪門子的正義？話雖如此，若是心生同情，就什麼事兒也辦不成。就連死於自己刀下的，當然也要教自己同情。我所幹的……」

「不過是門差事——是不是？」

沒錯，不過是門差事，山崎吊兒郎當地回答。

接下來，這浪人又啜飲了一口酒。

「只不過，我並不是衝著喜歡而幹這等野蠻差事的。人若能少死一個，就該少死一個。想必阿甲也認同這點，因此才採納了你的妙計。托你那妙計的福，那被迫尋仇的委託人及被拖累的幫手們才得以保住小命。喪命的，就這麼從六個減成了一個。」

「但……」

——還是有個人丟了性命。

「這也是無可奈何，只能說那傢伙是自作自受了。起初是岩見之兄一人遇害，這回喪命的也是一人。而這個人，正是殺害岩見之兄的真兇。」

算起來是划算，山崎一把將酒壺搶了過去。

大概是眼看又市不曾遞出茶碗。

「也算是——以因果報應做了個了結？」

「你還是不服？」

「沒錯。這麼說或許有點兒冒犯大爺，但小的仍然不服。」

難道沒個法子，能不失一命便完滿收拾？

到頭來，又市還是感到遺憾。

「那少主——的確是個心術不正、愚昧昏庸的混帳東西。莫名其妙地殺了個人，因此導致多人不幸，讓多人深惡痛絕，為此又得多死幾個人——逼得大家得參加這場毫無根據的假決鬥。即便如此，那姓岩見的武士與其仇人疋田，原本就知悉實情。是不是？」

「想必是知道。」

「分明知道，卻從沒動過殺了那少主的念頭。是不是？」
「沒錯。」
「岩見與疋田——均有一死的覺悟。而……」
而你正是救了他們倆的恩人，山崎說道。
「我哪兒救了人？再如何絞盡腦汁，設下的局還是得有一人送命。」
「又市。」
山崎厲聲一喝。
這一喝——還真是驚動四座。此事畢竟不宜張揚，山崎旋即恢復原本的沉穩語調低聲說道：
「沒有一樁損料差事是教人心服的。幹這行經手的不是貨物或銀兩，而是人。與人扯上關係的差事往往是說不清個道理的。顧此便要失彼，總有一方得遭蒙損失。反正世間本非絕對公平，咱們只能就這麼把日子給過下去。人就是如此可憐，你說是不是？」
「沒錯。」
「還真是可憐。」
山崎恢復原本的嚴肅神情，眼帶悲戚地凝視著喝乾了的茶碗。
「他們倆之所以沒打算殺了川津盛行報仇，乃是礙於自己的武士身分。下剋上萬不可為，殺害繼任藩主這種念頭，壓根兒不可能出現在他們倆的腦袋瓜裡。」
「難道不懷絲毫怨恨？」
「凡是人，怨恨想必是免不了。但哪管是血海深仇抑或椎心傷痛，弒主這種念頭想必是起不了。畢竟他們倆均為——愚昧的武士。故此——」

難道武士皆如此愚昧？

「並非空有恨意便能殺人。正如你說的，只要有殺了人便算失敗。不過阿又，這回你並非殺人幫兇，就當作是幫了兩個傻武士的忙罷。」

「這——」

這也是詭辯，山崎說道，但這下不知何故，卻開懷地笑了起來：

「的確是個開脫之辭，但倘若這番話就將你點醒，我可就要對不起阿甲了。該讓你再天真一段時日才是。」

——天真？

托你這天真的福，咱們這回才得以竟全功哩，話畢，山崎高聲大笑，並扯開嗓門吩咐掌櫃上酒。

「我說阿又呀，想必你對此事已有不少定見，但關於其前後緣由，我還得再略作補述。」

「難不成還有什麼內情？」

這——還真是不想聽。

就甭鬧彆扭了，山崎在又市的茶碗中斟了點酒說道：

「首先，是關於那川津盛行。表面上由於保密，此人抵達江戶一事無人知曉。再者，若是向幕府稟報此人慘遭大蛤蟆吞噬，有誰會採信？故十之八九只能以病死處之。對川津藩而言，其實是正中下懷。」

「正中下懷？」

自己的繼任少主命喪刀下——不，消失無蹤——哪可能是正中下懷？

「那少主，其實是川津藩的一大煩惱。不論藩主或家臣，似乎都期望由次男忠行侯繼位。」

「可是因——？」

與斷袖之癖毫無關係，曾任鳥見役的山崎苦笑道：

「純粹是出於其為人。一個窩囊的武士，並不代表就是個窩囊的人。但一個窩囊的人，絕對當不了一個好武士。可惜如今的藩主篤信朱子學，說什麼也不願輕易廢嫡，只能試圖匡正盛行的個性。為矯正盛行那好以嫉妒、怨恨、奸計凌辱他人，甚至可能將之殺害的性子，藩主及家老可謂煞費苦心。但苦口婆心的勸戒，只會使其更感厭煩。這下可好，就連江戶家老都不願同他攀談。說來是既無情又諷刺，如今換來如此結果，大家反而認為——是皆大歡喜。」

「死了個兒子——怎會是皆大歡喜？」

世間真有父母如此無情？

完全是出於扭曲，山崎說道：

「武士這行的倫理，若非奠基於這些歪理上，是無法成立的。唉，或許如此的不僅只是武士，但執著於扭曲而失去常理，絕對會造成差錯的。」

「但這不代表他們就統統該死。」

「沒錯。的確沒有窩囊就該死，或不如人就該死的道理。同理，惡人就該死這道理也並不成立。總之再壞的混帳東西，死了理應也有人哀悼。但這傢伙——卻無人為其哀悼。」

你說可不可憐？山崎繼續說道：

「方才我也說過這是自作自受，但不代表他就罪該萬死。死了無人致哀，反而皆大歡喜，只能說——是此人咎由自取。無人為其決定人生，而是此人自個兒的選擇。或許身為一介武士、淪為一個惡人、生為一名男子，不得不遵守的規矩可謂形形色色，但或許為數稀少，在扭曲的武家中，仍不乏光明磊落的漢子。」

惟光明磊落，至難度日，曾任鳥見的山崎說道。不難想見，又市回答。

此外——山崎繼續說道，並向又市勸酒。

又市幾乎一點兒也沒喝。

「順利成事的岩見平七——也就是委託人。」

於事後脫藩了，山崎說道。

「脫、脫藩——？」

「不再當藩士，成了個浪人。」

「何必如此？返鄉不就成個英雄了？」

「想必是參透顏面、名譽根本是毫無意義罷。事實上，阿又，疋田之所以不為盛行的誘惑所動——乃是因其已情鍾他人。」

「情鍾他人？難、難道…………？」

「是個男人。」

「那麼，那少主的臆測——」

「沒錯，那惡意的臆測，其實猜中了一半。疋田有個同為男人的對象，只不過是將這對象給猜錯了。」
「還真是糊塗——是否正是因此，才無法就此罷手？」
「當然無法罷手，畢竟人是錯殺了。總之關於色道，那少主應該也是略有嗅覺。不——識錯情敵殺錯人，事情當然是沒妥善收拾。」
至於對象是何許人，山崎語帶感歎地說道：
「與疋田私通的並非其兄岩見左門，而是其弟平七。」
「那麼，他們倆——」
因此被迫成了復仇者與仇人？
沒錯，山崎說道：
「那少主該嫉妒的，其實是岩見平七本人。意即——」
「本該死於其刀下的，其實正是這樁差事的委託人？」
原來如此。
「其兄——完全是給錯殺了，歸咎其因，其實是平七本人。想必是出於內疚，平七才會一心尋死罷。至於疋田，也無心同岩見廝殺。畢竟兩人——」
早已互有情愫，山崎繼續說道：
「殺兄之仇已無須追究。平七脫藩後，便與疋田相偕銷聲匿跡，畢竟表面上，疋田已於決鬥中身亡，總不能公然返鄉。想必是打算赴遠處寧靜度日，為其兄與少主悼念菩提罷。」

「是麼？但——」

「如何？阿又，這回咱們幹的——的確不是什麼光彩的差事，但托你那計策的福——」

損失是補平了，這武藝高強的浪人語氣和藹地說道。

這下，又市不知該如何回應。

總之，就別再苦惱了，山崎解開坐姿說道：

「倒是阿又，蛤蟆這道具，你選得可真巧。」

「巧——怎麼說？」

「蛤蟆這東西令人嫌惡，正好符合這差事的需要。」

「符合需要？不過是個趕鴨子上架的選擇罷了。」

「川津藩地處周防一帶。該地相傳有高逾八尺、口吐虹色毒氣的大蛤蟆。蟲鳥一觸及這毒氣，便於頃刻間喪命，為此蛤蟆所食。這蛤蟆每逢夏日——連蛇都吃哩。」

「蛙——也能吞蛇？」

「有道是窮鼠齧狸。不就和下剋上同樣道理？」

話畢，山崎放聲大笑。

雖純屬偶然，又市也不由得為這巧合笑了起來。

二口女

昔有繼母挾怨
拒餵繼子以食
致其飢餓而死
此繼母自身產子後
後頸竟生一口
進食時盤髮成蛇
夾食入此口
數日無餵食
則痛苦難當
可見繼母善嫉
足不可取

繪本百物語・桃山人夜話卷第貳／第壹拾柒

【壹】

還真是椿難應付的差事呀，角助說道。

角助是根岸町損料屋——閻魔屋裡的小掌櫃。

損料屋從事的是出租物品，並依物品減損程度收取損料的生意，論性質或許與租賃舖相當，但閻魔屋可有些不同。

私底下，閻魔屋還幹些與其他同行不同的生意。

閻魔屋就連客人的損失也代為承擔。

況且，閻魔屋代遭蒙損失的客人擔下的還不是普通的損失，而是以金錢無法彌補的損失。當然，也從中收取與損失相應的費用。

擔下後，客人的損失，就成了閻魔屋的損失。

為此，閻魔屋克盡職責地為客人填補損失。遭蒙損失者僅需向閻魔屋支付損料，便得以彌補這金錢無法彌補的損失。

承擔的損失可謂形形色色，其中亦不乏不宜為人所知——即有違法理者。當然，此類損失須支付的損料並不便宜。

又是椿野蠻差事——？又市問道。

此處是一家位於根津權現前（註1）的茶館。

若是如此，可還輕鬆多了，角助將本欲吃下的丸子串（註2）置回盤中說道。

「輕鬆多了？」

當然是輕鬆多了，角助重申道。野蠻差事指的，就是挾暴力——有時甚至不惜取人性命——以填補損失的差事。

「野蠻差事無須動什麼腦筋。倘若需要高人，咱們店家也養了幾個，況且還有長耳這名大將哩。」

沒錯，閻魔屋旗下的確不乏高人。

例如過年時曾一同共事的山崎，就是個手無寸鐵都能取人性命的高手。

長耳指的則是一名曰仲藏的玩具販子，有著一身善於打造道具行頭的高超本領。須堂堂正正決勝負時或許派不上用場，但碰上得要點手段的差事時，可就不可或缺了。

「總而言之……」

又市啜飲了一口茶。

這天冷得直教人難受。

「該不會是要殺了哪個地痞流氓，還是要整一整哪個作威作福的旗本罷？」

「當然不是。」

角助再次將丸子送向嘴前。

「若是這類差事，目標如此明顯，可就容易多了。哪管是尋仇洩憤、還是詐欺竊取，都還算是容易的差事。凡是看得出多了什麼或少了什麼的，大抵都不難辦。只消去除多餘的、補上不足的便成。若有任何損失，也是不難填補。不過……」

「不過什麼？角助，你這混帳東西怎麼老愛把話說得不乾不脆的？我雖是武州（註3）出身，性子卻是比江戶人還要急。若是招待我喝幾杯酒也就罷了，這下咱們可是在風吹日曬的攤子上吃丸子。若是沒什麼損料差事要交代，我可要回去了。不戴上頭巾做點兒生意，我可要餓肚皮了——」

又市以販賣雙六營生。

但又市才一起身，角助便一把攫住他撩起的衣襬。

「急個什麼勁兒？瞧你們這些個年輕小夥子，總是這麼沉不住氣。」

「你以為自己長我幾歲？不過是生得一臉老氣橫秋罷了。那麼，有話就快說，有屁就快放。」

有人在盯著咱們瞧哩，角助悄聲說道。

以餘光往旁一瞄，果然看到茶館的老太婆正一臉狐疑地望向這頭。

「甭擔心，這老太婆耳朵不靈光，即便落雷打在身旁，照樣能呼呼大睡。好吧，阿角，這回來找我商量，想問的究竟是差事該如何辦，還是該承接與否？至少先把這給說清楚。」

註1：位於今東京都文京區根津，東京十大神社之一，為江戶時代規模最大的神社。

註2：串以木籤的糯米糰子。

註3：武藏國，日本古代的令制國之一，又稱武州。武藏國的領域大約包含現在東京都（不含東京都的外島）及埼玉縣、神奈川縣的東北部。

「這，也是個問題。」

「喂，凡是受託的差事我一定照辦，至於是否該承接，可就沒我的事兒，是你們那頭的責任不是？是否承接全由我決定，一旦承接，就竭盡全力把事兒辦妥，你們不過是為咱們賣命的小棋子，對任何差事均不得抱怨分毫——你們那嚇人的大總管不是常這麼說？」

差事已經接下了，角助說道：

「正是因已經接下了，才會如此困擾。」

「接下了？那麼硬著頭皮辦妥不就得了？大總管是怎麼吩咐的？」

「就是大總管差我來找你商量的。」

「找我商量？商量些什麼？」

這我比你還想知道，角助皺著眉頭回答：

「大總管只表示——這回的既非害命強奪，亦非哄騙巧取，如此麻煩的差事，就數又市最是拿手。」

「喂，未免太高估我了罷。不，也不是高估，這分明是推責。我不過是個雇人，哪做得了什麼主？」

又市一臉不悅，再度在紅氈毯上盤腿坐了下來。

「話是沒錯。不過阿又，老是嫌不該有人喪命，得多動點腦筋的，不正是你自己？與其不動腦筋糊塗蠻幹，不如交給我這能言善道，辦起事來有一套的小股潛，保證能圓滿收拾——可記得老愛如此自誇的是什麼人？」

「還用說？不正是我？」

沒錯。

不論是為了什麼緣故，又市對取人性命都是極端厭惡。哪管其中有任何理由、任何大義名分、或任何愛憎——只要佈的局裡必得有人送命，又市幹起活來就怎麼也提不起勁。但這既不是為了什麼節操矜持，也不是出於善心，不過是感覺如此做法未免流於簡易粗糙。

當然，有時還真是別無選擇。

自己不過是個不法之徒，再怎麼講節操，對於自己幹的活原本就見不得光這點，他也是心知肚明。

即便如此，害命終究是不得已的最後手段。

——天真。

大總管阿甲與山崎都如此形容過自己。

又市自個兒也感覺，或許這天真的矜持，不過是對自己從事這或許為世間最低賤的行業的垂死掙扎。

你們不都說我天真？又市說道：

「每回見到我都是滿口天真、天真的，活像把我當隻小雞似的。」

「瞧你這小夥子，還真是愛鬧彆扭。好罷，你若是無意，我就去找那賣吉祥貨的商量吧。先告辭了。」

「且慢。」

這下輪到又市求角助留步了。

「你真打算找那京都來的混帳東西？包准教他給大敲竹槓。」

「唉呀，你這話說得可真狠。阿又，那賣削掛的林藏不是你的搭檔，不，你的弟兄麼？」

誰是他弟兄了？又市狠狠地詛咒道。

又市與吉祥貨販子林藏結識於大坂。兩人結夥在京都招搖撞騙了一段時日，由於出了點紕漏，只得雙雙淪落到江戶。算來兩人的確是搭檔，但又市自認兩人不過是一丘之貉，可從沒認他作弟兄。

在京都時，林藏曾有靄舟林藏這諢名。

靄舟意為亡者操駕之幽冥船舟，相傳此舟自大津琵琶湖現身，一路攀上比叡山。起這諢名似乎就是借用這典故，比喻自己的花言巧語功夫了得，吹噓起來猶如陸上行舟。

林藏是個藉阿諛逢迎度日餬口的不法之徒，至於又市，有的則是小股潛這不雅的諢名。總之兩人是物以類聚，但這點更是教又市不服。

他哪成得了事兒？又市說道：

「找上那混帳東西，包准成個燙手山芋。不出兩句話就滿口錢呀財的，實在煩人。那傢伙老是得意洋洋地自稱靄舟，但有誰這麼稱呼他了？喚他作破舟林藏還差不多。同樣是出自大坂，大黑傘要比他可靠得多了。」

教你形容得可真是不堪哪，本欲起身離去，這下角助又坐了下來。

「不過，阿又。若你不願談，除了找林藏商量，我也是別無他法。別忘了這樁差事，咱們已

經接下了。」

「你這對耳朵可真不靈光呀，角助。我哪說過不願談？不過是嫌你話說得不得要領罷了。」

只怪此事難說分明，角助拉攏起衣襟說道：

「我都試著將如此難說分明的事兒解釋清楚了，你也少打點兒岔用心聆聽。雖然我也知道這不是什麼好事兒，背後原委還頗教人心疼。」

「那又如何？」

況且，其中也無損失——角助說道。

「若無損失，此事與損料屋何干？這種差事打一開始就不該接下，回絕了吧。」

「不，應說損失確實是有，只是無從填補。不，這麼說似乎也不大妥，其實咱們不出頭，損失也能填補。不，似乎也不能這麼說……」

「少這麼磨磨蹭蹭的成不成？」

「菊坂町那條大街——」

角助指向那方角說道：

「那條大街對頭住有一旗本，名曰西川俊政。此人石高（註4）不甚出眾，算不上什麼大官，但家系堪屬名門，為人嚴謹正直，行事亦是一絲不苟，從未有任何惡名。這回的委託人，即為其妻阿縫夫人。」

註4：石高為統計大名或武士從領地內所得之收入或俸祿的單位。

「是他老婆委託的？」

「沒錯。阿縫夫人乃其後室，原妻名曰阿靜夫人，已於五年前之秋病逝。」

「病逝——？」

「似乎是產後體衰，產下娃兒後便臥病在床，不出一年便告辭世。」

「有產下娃兒？」

「是的。產有一子，名喚正太郎。喪母後，娃兒暫由俊政大人之母——名曰阿清夫人的嚴厲祖母代為照料。不過……」

「此人又娶了個後室？」

沒錯沒錯，角助頷首說道：

「旁人極力勸說娃兒亟需母親照料。想必不論出身武家、商家抑或農家，凡是娃兒都該有個娘。俊政大人雖本無此意，但仍為眾人所說服，在距阿靜夫人辭世兩年半後的前年春天迎娶了阿縫夫人。」

梅開二度，時節還真是湊巧呀，角助突然來了一句岔題的閒話。

「這和梅開不開有何關係？」

快把話給說下去，又市催促道。

「至此為止，此事尚未有任何損失。但據傳這武士，對這樁親事似乎頗為猶豫——其中似有什麼難言之隱。」

又市對近似詐欺的媒妁亦頗為擅長。不時以粲花般的口舌將徐娘半老還未出嫁的老姑娘給嫁

出去，或竭盡手段為娶不到妻的傢伙娶個老婆進門。

此類詐欺媒妁中，不少是為了覬覦財產地位而幹的投機勾當，但又市玩弄的技倆可是略有不同。又市最擅長的，就是助人抹消不宜張揚的隱情。

他懂得如何為人遮掩傷悲過往或不堪內幕，以順利牽成紅線。

「是有哪兒不討人喜歡麼？那名叫阿縫的後室。」

若是為此，又市那套技倆便派得上用場了。

沒這回事兒，角助揮手否定道：

「唉，想必俊政大人應是對原妻心懷愧疚罷。噢，也不知是愧疚，還是難忘舊情。據說兩人曾是一對鶼鰈情深的鴛鴦夫妻。但娶進門後，發現這阿縫夫人竟是性情良善、勤勉持家，器量過人。娘家雖不過是個不甚顯眼的小普請組（註5），但毫不違逆、安分守己、勤而不怠，簡直就是個無可挑剔的天賜良妻——」

「這不是好事一樁？」

「看似是好事一樁。」

至此為止，的確是好事兒，角助略事停頓，啜飲了一口茶後繼續說道：

「婆媳相處亦甚為融洽。如此一來，當然又要為家門添丁了。進門一年後，阿縫夫人便產下一子，去年春天產下次子正次郎——即正太郎之異母弟。」

註5：指石高低於三千石，無官職的旗本、御家人。

「喂，該不會——是為了爭家產罷？若是這位夫人試圖將原妻所生之子踩在下頭，好讓自己懷胎十月生下的娃兒繼承家產，這種差事我可不碰。」

「並非如此，家產歸誰，已沒什麼好爭的了。」

「已沒什麼好爭的？」

「長子正太郎，已於去年夏日夭折。」

據說死時年僅五歲，角助含糊其詞地說道。

「是麼？」

又市霎時啞口無言。總不能回角助一句節哀順變罷？

「是因病，還是意外？」

「表面上——是因病。」

「什麼叫表面上？難不成是教人給殺了的？」

這就無從得知了——角助別開臉說道。

「無從得知？這點可是非得查個分明才行呀。」

「的確得查個分明。不過，怎麼查也沒個頭緒。著實教人難以置信。」

「怎麼說？」

「這……」

角助似是欲言又止，就此閉上了嘴。

「把話給說清楚呀。你要我用心聆聽，我不都奉陪了？聽到這頭，的確聽不出箇中有任何損失。就連委託這樁差事的夫人，似乎也未遭婆婆欺凌，夫婿亦未有虧待。這下唯一啟人疑竇的，不就剩那原妻之子的死因了？」

「無一處啟人疑竇，表面上無人有任何嫌疑。話雖如此，問題就出在的確有人有嫌疑。」

「什麼人？」

「不就是委託人阿縫夫人？」

「這不就奇了？連委託人自個兒都這麼說，那麼就有些問題了罷。難不成你認為委託人的自白教人質疑？」

角助轉頭面向又市回道：

「沒錯。」

「那就更不該接下這樁差事了。就連委託人自個兒都撒謊，這差事還有什麼好辦的？難道你們連代人圓謊都要承接？難道只要有銀兩可收就放下原則？唉，我也沒啥資格裝體面，也知道當然是圖利至上，欺瞞世人也是咱們的差事之一。但——倘若是委託人自個兒撒的謊，不就等於連同你們也受騙了？」

稍安勿躁，角助蹙眉說道：

「依阿縫夫人的說法，正太郎這娃兒是餓死的。況且還不是普通的餓死，而是教人給折磨死的。」

「教人給折磨死的？」

「沒錯。阿縫夫人表示——是她自個兒將娃兒給折磨死的。」

「意即，是教她給殺害的？」
這番話——聽得又市驚訝不已。
「這是什麼意思？難不成她是坦承自個兒殺害了繼子？」
「若依她所言，正是如此。」
「而你——認為她這供述是謊言？」
「所以我想說的，是這番供述不能全盤採信。不論橫看還是豎看，阿縫夫人看來都不像是會殺害娃兒的兇手。」
「這、這是你自個兒的判斷罷？人不可貌相呀。即便如此——」
喂，角助，又市仍想打破砂鍋問到底。
「怎了？」
「倘若這女人說的是真的，究竟會是什麼用意？這種事兒為何要找上損料屋？難不成是要咱們幫她把證據給抹除？」
「有什麼好抹除的？根本沒人察覺。」
不過是坦承自個兒的罪狀罷了，角助說道。
「若要償罪，理應恭恭敬敬地上衙門自白才是，找你們這古怪的店家懺悔哪有什麼用？既然將一切都給供出來了，表示她既後悔，也有了覺悟。即便是武家之妻，殺害娃兒應該也得定罪吧？」
「若是蓄意將娃兒給折磨死，應該也是得償罪的。」

「那麼……」

「因此，阿縫夫人才會倍感困擾。首先，不僅是夫婿，婆婆與其他家人均不知情。實情至今無任何人察覺。」

「真可能無人察覺？」

喪命的是住在自己家中的娃兒，餓死前必經一段衰弱時期，家人豈會看不出？

「他人的家務事，總是難為外人所察覺，武家尤其是如此。」

「即便如此……」

應也偶有外人出入才是。

至少婆婆應是常在家中。

「總而言之，倘若娃兒遭折磨致死確是事實，的確至今仍無人察覺。若是東窗事發，早就萬事休矣。正因無人知情，阿縫夫人方能平安度日至今——」

「那麼，這是怎麼著？無法忍受良心的苛責？那就該上官府自首才是。」

「向官府坦承自己殺了繼子，你認為後果將是如何？」

「還會如何？當然是被論罪。」

「若被論罪——雖不知武家可能遭處何種刑罰，或許若非死罪，便是流刑，總之必然遭論罪。但如此一來，對夫人百般信任的夫婿、善待夫人如己出的婆婆、以及對夫人景仰順服的僱傭們可會高興？是會誇她真是個正直的婦人、還是將她視為殺子仇人？阿縫夫人還有個襁褓中的娃兒，雖說兩個娃兒非同母所生，但知道實情後，這家人可會善待殺了自己兒子的婦人產下的娃

兒？」

「這罪應是不及娃兒。」

「娃兒當然無罪，這點道理武士應也知曉。只不過——待這娃兒長大成人，哪天問起自己生母的下落，家人該作何解釋？該向他明說你娘殺了你哥哥，已遭國法懲處？」

「這——」

「這實情，只怕再想隱瞞也是隱瞞不得。家人或許能避而不談，但外人的口風哪守得了多緊？想打聽絕對探得出真相。即便無意究明真相，一家人真能毫無隔閡地將這娃兒扶養成人？」

或許真是如此。

「況且，或許阿縫夫人的愧疚可藉償罪彌補，但一家人可沒這麼簡單。出了個罪人，對家門清譽不可能毫無損傷。」

「何必拘泥於體面？」

「阿又，事情可沒這麼簡單。咱們蒙羞大可一笑置之，但武士可是得靠體面吃飯的。武家一旦蒙羞，不僅可能得償命，甚至可能是滅門或切腹哩。」

「這……」

這下又市也無話可說了。看來即便忍得再辛苦，或許終生隱瞞下去方為上策。但角助也說了，長此以往，對阿縫夫人將是一輩子的折磨。

「看來——這是個心境的問題。」

「因此可說是不願隱瞞便無從解決。若欲解決，便得如你所說，上衙門伏法。但如此解決

——可就有損失了。」

「難道——現況無任何損失？」

「當然沒有任何損失。不，即便有損失，只要繼續隱瞞，也能自動彌補。但真該繼續將此事隱瞞下去？」

角助抱頭深思道。

【貳】

有人殺了繼子？長耳露出一嘴巨齒說道：

「看來又是一樁麻煩差事。爹娘兒女什麼的，我對這類差事可不擅長。」

「瞧你生得這副模樣，當然是註定與爹娘兒女無緣。若是生下同你一樣長相的子女，想必世世代代都要對你這祖宗怨恨不已。不不，生下你這傢伙，想必對你爹娘便已是一樁災難了。別說是爹娘生下你時給嚇得魂飛魄散，只怕就連產婆瞧見你這張臉孔，都給嚇得魂歸西天了罷？」

給我閉嘴，這下長耳的一副巨齒露得更是猙獰：

「我出生時，可是個人見人愛的娃兒哩。據說生得一臉潔淨無瑕，就連產婆見了都不住膜拜。幼少時常被人誤認為女娃兒，誇我將來不是成個男戲子，便會是個男扮女裝的戲子。唉，後來也不知是出了什麼差錯，長大成人就成了這副德行。不過，畢竟是漸漸變醜的，想必是沒讓爹娘多吃驚。」

以唱戲般的誇張口吻說完後，仲藏便高聲大笑了起來。

「有什麼好笑的？你這臭禿子，給我認真聽好。」

「還不都得怪你愛揶揄人？總而言之，有個稚嫩幼子夭折，著實教人心疼——而且這位委託人，看來似已無退路。」

「你認為她已無退路？」

「沒錯。唉，這位阿縫夫人，似乎這輩子就僅有繼續隱瞞，勿讓夫婿兒子察知，將殺害繼子的真相帶進墓中一途。唉，擔罪而活，或許較伏法受罰更是煎熬，但這也是因果報應，自作自受。若對遇害之繼子心懷愧疚，也就只能拿這充當懲罰了。」

真得如此？又市雙手抱胸地應道。

「難不成有其他法子？」

「這我也不知道。但我——長耳的，我不懂親情是什麼東西。我娘在我還小時，就隨情夫不知去向。我爹則是個成天喝得爛醉又不肯幹活的窩囊廢。一次也沒感激過他們倆將我給生到這世上，怨倒是不知怨過幾回。但即便如此，我竟沒恨過、也沒詛咒過我爹早點上西天。」

這是理所當然，長耳說道：

「畢竟是同一血脈的父子。」

「我想問的，正是這與血脈究竟有什麼關係。」

「什麼意思？」

長耳一臉納悶地問道。

「每每想到自己和那臭老頭也算血脈相連我就作嘔，至於我娘，別說是長相，就連生得是圓的還方的也不曉得。」

「即便如此，你也沒詛咒過他倆早點上西天不是？」

「是沒有。不過這可不是為了血脈相連什麼的。證據是每當我想到爹娘，既沒半點兒懷念，也沒半點兒思念。我爹死時雖沒詛咒過他活該什麼的，但也沒感到絲毫悲痛或寂寞。想來我還真是沒血沒淚呀。」

「這難道不是因為——他是你生父？」

「沒的事兒。若他是個外人，或許我還較容易感激他的養育之恩。若無血緣關係，也就無從恨起。總而言之，我之所以沒打從心底怨恨這糟老頭，並不是為了什麼血脈相連，不過是看在和他畢竟有點兒緣分的份上。」

「緣分？」

「至少他也同我過了幾年日子，讓我知道他是個如假包換的窩囊廢。這傢伙哪懂得怎麼把小鬼頭拉拔長大？就連自個兒的日子都過不下去了。同情他都來不及，哪來的力氣恨他？」

緣分？仲藏聳了聳肩，蜷起碩大的身軀說道：

「誰說有緣分就無從生恨了？」

「那還用說。對一個人是好是惡，都得有緣分。相憎或相戀，都得先相識。之所以從沒把我娘當一回事，反而是因為和她沒緣分。從沒認識過，想怨她也不成。」

「原來如此。那麼，你想說的是什麼？」

「我想說的……」

又市朝地板上一躺。

此處是仲藏位於淺草之外的住處。

「不過是憎恨究竟是個什麼樣的東西。人與人相處，不是藐視便是景仰。但遭藐視便要動怒的，唯有藐視他人者。瞧不起人的一旦被人瞧不起，便要動氣。相反的，景仰他人者一旦教人景仰，反而要駭怕。想示好卻突然挨頓揍，當然教人生氣，但若冒著可能得挨揍的覺悟，卻見對方示好，可就沒什麼好動怒的了。」

小股潛，你到底想說些什麼？仲藏叼起菸桿問道：

「虐待繼子這種事時有所聞，但一個不懂事的小鬼頭，真有人能恨到將他給殺了？」

「當然可能。沒人愛非親生的娃兒，即便將娃兒抱來摸摸腦袋疼惜，教娃兒的小腳給踢個一記，也要火冒三丈罷。」

這只能怪你自個兒生得醜，又市揶揄道：

「但——真會恨到痛下毒手？」

「沒人會殺害別家的娃兒，或許得將娃兒視為己出才做得到。」

「我倒認為視同己出，反而更下不了手。」

「這——似乎也有理。」

「是不？血脈是否相連，根本沒什麼關係。」

有道理。長耳拉長語尾說道，雙手朝胸口一抱：

「如此看來，血緣什麼的或許沒多少關係。愛之愈深，恨之愈烈，骨肉相殘，本就非罕見之事，何況世間亦不乏屠害親生子女的爹娘。反之，也不乏對養子養女疼愛有加的父母。總之，看來情況是因人而異。」

「並非因人而異。」

或許是鬼迷心竅罷？又市回道。

「我——是如此認為。這與血緣應是無啥關係。真要殺人時，哪還分什麼親生子女還是他人子女。懷胎十月之苦、樣貌相似之情，遇上這種時候，悉數要給拋得一乾二淨。」

「意思是，這阿縫夫人——也遇上了這種時候？」

「正好相反。」

又市——對此依然質疑：

「怎麼看都是鬼迷心竅。」

「難道是認為，咱們該相信角助那傢伙的直覺？」

我可不相信什麼直覺，又市回答：

「不過是再怎麼也無法信服。娃兒大家都寵，但桀驁不馴的娃兒誰都不寵。我兒時便是如此。不過，做娘的真可能不寵娃兒？」

「這……」

長耳蹭了蹭耳朵，點燃一管菸說道：

「我和親娘沒什麼緣分。」

但也不記得親娘對我有哪裡不寵。話畢，長耳將火使勁拋入菸盆中，接著又開口說道：

「也不知武家會是什麼情形。也算不上繼母，但代我娘照顧我的人可就沒多寵我了。不過，過繼給人家時，我已有十二歲了。」

「瞧你這副龐然巨軀，十二歲時大概就生得像頭熊了罷？但魂歸西天的正太郎年僅五歲哩。哪管是五歲還是四歲，疼惜娃兒畢竟是人之常情。雖說或許他正是個桀驁不馴的娃兒，也或許阿縫夫人對他沒多疼惜。但即便如此……」

「怎麼著？」

別忘了阿縫夫人才剛生了個娃兒，又市起身說道：

「有了個自己生的娃兒，身旁又有個人家生的五歲娃兒——不，即便是別人生的，畢竟兩個都是自己的娃兒，真可能憑血脈有無相連，就判哪個生，哪個死？」

我也弄不懂，被又市這麼一問，長耳感嘆一聲說道：

「兩相比較，認為自己生的娃兒最是可愛，想必是人之常情罷。」

「她自個兒生的娃兒可還沒長到可比較的年紀。」

「噢——？」

「長耳的，娃兒可是才剛出生，看起來還像條蟲哩。待多長個幾歲有個人形了，或許還能做個比較。比出個差距了，自己會獨厚其中一個，疏遠另外一個。如此一來——」

便難保不鬼迷心竅了。

甚至可能化身痛下毒手的厲鬼。

人，不就是這麼回事兒？

不過……

「照料甫出世的娃兒，可是很累人的。不同於長屋那些個生一窩子娃兒的人家，這家人貴為旗本，宅邸內或許聘有女僕、奶媽、保姆什麼的，並將娃兒委由這些僕傭看顧。但若是如此，豈可能將自己生下的娃兒交由奶媽照顧，自己則照料原妻遺留的娃兒？」

「這——理應無此可能。」

「你說是不是？禿子，你想想，這委託人可是宣稱自己虐待了正太郎，將他給活活餓死。若就此判斷，不就表示娃兒的照料與餵食，都是委託人自個兒打理的？」

「的確是如此。」

「那不就表示娃兒一生下——立刻又開始幹活？委託人沒說活兒是委由他人代辦，而是自個兒來的。」

殺害繼子這種事兒，想必無法委他人之手。即便是下女或僕傭，聽到須殺害將繼承主公衣缽的長子這種命令，想必也是難從。總之，下女謀害少主這種事，理應是絕無可能，更遑論婆婆忍心下此毒手。如此看來，必是本人所為無誤。

「農家的婦人一產下娃兒，當天就得下田幹活。難道武家之妻也是一產下娃兒，就得立刻下廚？」

「這種規矩——想必是沒有。」

「是不是？倘若咱們這委託人是個受虐待的媳婦兒，或許還說得通。但既受婆婆疼愛，又為下人所景仰，這麼個討人喜歡的媳婦兒，為何剛產下娃兒便得看顧原妻之子？西川家原先的媳婦兒，不就是因產後體衰才辭世的？這回哪可能不細心呵護？」

的確有理，長耳端正了坐姿說道：

「如此聽來，其中必是有什麼蹊蹺。」

「蹊蹺——那還用說？當然有蹊蹺，我可是完全無法信服。自己產下了娃兒，便看繼子礙眼，將他給凌虐殺害——這種事兒的確是時有聽聞。但我認為咱們極可能是遭這種稀鬆平常的情節蠱惑，因此看漏了些什麼。」

「看漏了些什麼——」

那不就代表大總管也看漏了些什麼？長耳喃喃自語地說道。

「大總管也——？」

閻魔屋的阿甲——

一個看不出年紀的損料屋老闆娘。

她可不是隻普通的母狐狸，長耳說道。

「我生得這副塊頭、這副長相，平時沒什麼人好怕的，但就是不知該如何對付這個婆娘。阿甲大場面見得可多了，可不是會看漏了什麼的天真姑娘。」

「這我當然知道。」

因此……

「就是因此，那婆娘才將問題拋上我這兒來的罷。」

「拋上你這兒來——」

——沒錯，拋上我這兒來。

想必——是要我用這對天真的眼睛仔細瞧瞧罷。

哼，長耳先是一聲嗤鼻，接著便朝矮桌伸手，拾起一塊小東西。

原本還以為是個小玩具，但看來竟是團鬆鬆軟軟、有如洋菜般軟綿綿的東西。這是什麼東西？又市問道。是個傷口，長耳短促地回答。

「傷口？這是哪門子的傷口？這回的雖然沒什麼臭味，看來還是同前回的東西一樣古怪。」

裡頭摻了許多材料，仲藏說道，並將這團怪東西朝額頭上一貼。

「先像這樣貼上去，再打上一層白粉。如此一來，不仔細瞧，便看不出額頭上貼了東西。」

「都打了一層粉，當然看不出貼有什麼東西。反正戲子都得上妝不是？登台時，每個妝都上得看不出原本是個什麼人。為了讓遠處的觀客也能瞧個清楚，他們都得勾臉譜、描眼線什麼的。就連原本生得一臉扁平的，也能給扮得漂亮搶眼。是不是？」

「是沒錯，但像我這種天生獨特的面底，可就是上什麼妝也沒用了。」

看來你倒還挺了解自己的哩，又市揶揄道，那還用說？只見這大漢精神抖擻地回答：

「難道不知我帶著這張臉活了多少年歲？唉，這就先不談了。這塊我仲藏大人特製的傷口，就是像這樣——」

仲藏以指頭朝貼上額頭的東西一按。

這團怪東西便從正中央裂了開來，裂縫中被塗成一片鮮紅。

「如何？看來像不像額頭被敲破了？其實這東西裡頭藏有一只小袋，伸指一壓，便能將袋內的血糊擠出來。」

「你這死禿子，怎麼又做了這麼個噁心東西？難道是扮亡魂時用的？」

瞧你在胡說些什麼，仲藏自額頭上撥下這只假傷口說道：

「扮亡魂哪需要這種東西。」

「不需要麼？」

「當然不需要。亡魂都已經死了，哪可能還鮮血直流？妖魔鬼怪並非人世間的東西，不可能有血可流。」

「亡魂不會流血？總覺得曾看過這樣的畫還是什麼的，難不成是我記錯了？」

想必是記錯了，仲藏一對小眼緊盯著又市說道：

「看來你是與無殘繪（註6）什麼的混淆了罷。那是另外一種東西，用來滿足嗜血的偏好，但亡魂可就不同了。世間根本沒亡魂這種東西，倘若宣稱看見畜生成精是出於錯覺，那麼人化成鬼也是謊言。倒是看見死人化成鬼這類傳聞，近日仍不時聽說——」

「的確常聽說，聽得我都要一肚子火了。那已不單是疑心生暗鬼可以解釋了，錯覺也該有個限度。」

沒錯，亡魂的傳聞，悉數是出於錯覺，仲藏說道：

「既然純屬錯覺，目擊者認為自己看見的是什麼，就取決於自己的心境了。」

「或許正是如此。」

「因此……」

長耳蹭了蹭耳朵說道：

「戲子扮亡魂，基本上是什麼妝也不上的。既然扮的是不在人世的亡者，世間法則便無法通用。如此一來，既沒有喜怒哀樂，也無法以言語思緒與人相通。不過是魔由心生者將一己心境反映於眼中所見，錯覺自己看見亡者生前面影罷了。」

「取決於目擊者自己的心境？」

「沒錯。因此亡魂非得扮成怎麼形容都成，卻又怎麼也無法形容不可。若見扮的亡魂乃含恨或含冤而死，就演得哭哭啼啼的，不僅代表這戲子僅有三流功力，也代表撰寫這腳本的戲班子作家實在窩囊。扮亡魂求的，並非投觀客所好。粉施得一臉蒼白、身子某處爛了塌了、紮起衣襬如漏斗狀，這些個手段並非為了迎合觀客，不過是為了表示此人非人。從前的戲子，可是連這些個手段也不耍哩。總之，亡魂身分該憑演技詮釋，用不上這種血糊假傷——」

「知道了知道了。那麼，這行頭該用在什麼地方？」

「用在武打戲上。阿又，活人挨刀可就該濺血了，但在戲台上總不能真砍下去。戲台上的武打戲，總是不見半滴血。」

「有哪齣戲真濺血了？」

「所以才該張羅不是？比方說，有人被一刀劈死。倘若被砍在右側，死前總會轉個身讓觀客

註6：幕末至明治初期，以歌舞伎或戲班子演出的殘酷故事為主題印製的浮世繪。

看個仔細。試想，此時額頭上若淌下一道血，會是什麼模樣？白粉臉上一道紅，看起來可是分外搶眼，想必觀客都要看得樂不可支了。」

「觀客只會作嘔罷。」

「會麼？」

恐怕要把人給嚇得紛紛離席哩，又市說道：

「用不著流什麼血，大家也老早知道演的是什麼情節。看戲不就是這麼一回事兒？改以這種不雅的方式作戲，只怕要把觀客們氣得火冒三丈，說不定有些還真以為鬧人命了，嚇得連滾帶爬逃出去哩。再者，倘若你這血淋淋的玩意兒真受到矚目，難道不怕奉行所以蠱惑人心之名前來取締？」

「你認為不行？」

沒想到長耳這回這麼輕易就放棄了。

原本料定可能要激起一場激烈爭辯，又市這下完全撲了個空。

你今兒個怎這麼平心靜氣？又市問道。因為我也是這麼想，長耳回答。

「你也是這麼想？那還造出這種東西做什麼？」

「唉，上回用的那蛤蟆，充其量不過是傳統行頭的改良品，雖然壯觀好用，對情節或作戲的法子根本毫無影響。但這東西可就不同了，憑它包准能完全改變作戲的方式。如此一來，戲子鬥劍也非得鬥得更逼真不可。不過，正如你說的——這東西實在是不雅。」

看來真是不行，長耳自言自語似地感嘆道：

「或許是閻魔屋的差事幹太多了。」

「損料差事也算不雅？」

「當然不雅。常得裝腔作勢，況且老得投觀客所好。」

「的確沒錯。」

「倒是——阿又，那阿縫夫人究竟在打什麼主意？欲認罪悔改，卻又無從償罪，豈不是根本無路可走？角助所言不假，至今為止，任何人都沒損失，反而是將真相公諸於世，損失方會露見。原本以為兒子是病死的，這下發現竟然是受虐致死，夫君哪平得了心、靜得了氣？婆婆就更不必說了，大家想必都要恨死這個惡媳婦。不過，話雖如此，家中又還有個次子，還得顧及武家的體面。這下還真是左右為難。」

「的確是左右為難。」

「通常，打這兒開始才算是損料差事。夫君的愛子、婆婆的愛孫遇害而死，這可是個非同小可的損失哩。」

說得一點兒也沒錯，又市應和道：

「所以呀，委託人若是婆婆還是老公，還容易理解。代咱們報殺子之仇——這才是常情。若是如此，咱們也不愁找不到法子。」

「且慢且慢。即使如此，咱們還是要無計可施，因為情況根本沒半點兒不同。次子仍在，家門體面也仍須顧及，有哪兒不同了？」

「不——當然不同。」

「是麼？好罷，娃兒的仇是不難報。只要除掉這媳婦兒，體面便得以保全——不過，這可不像你會考慮的點子。」

「你可真了解，這等下流手段的確不投我所好。倘若委託人是老公，不就代表這媳婦兒在裝傻了？」

「想必是如此。」

「那麼，只要媳婦兒好好認罪、虔心悔改，或許便可使大家心服；根本無須公然定罪，便能在家中解決。雖然難保事後一家能毫無疙瘩和善相處，但只要這媳婦兒打從心底悔改，仍可能有大好前景，抑或雙方可達成諒解平順離異，總之還有幾條路可走。只是……」

如今這情況……

「先是——媳婦兒有心悔改，但悔改後，又不得不擔心夫君與婆婆的心境。這，可真是一點法子也沒有。」

所以我才想知道，你究竟有什麼主意不是？長耳以急促的口吻說道。

他這焦慮，實不難理解。

「這委託人，是來委託阿甲代為辦些什麼？」

「——幫忙想個法子。」

「想個法子？」

「每每思及自己施虐致死的娃兒，便徹夜難眠。不僅無顏面對家人，欲伏法償罪，亦不知該如何為之。望能真心悔過，虔心憑弔娃兒在天之靈，但又不知該如何向夫君與婆婆坦承此罪，如

此以往，根本是無計可施。故望阿甲能代為想個法子。」
「哪有什麼法子？」
聞言，仲藏高聲大吼：
「如此委託，根本是無理取鬧。阿又，完全不值為此事絞盡腦汁。我看就由你親自登門勸說，以小股潛的舌燦蓮花為此事做個了斷罷。」
「這——要如何做個了斷？」
「就勸這媳婦兒——繼續忍耐下去，並告知她除此之外，別無他法可償罪。不，該說除了為一己之罪所苦、終生飽受折騰，別無他法可告慰可憐娃兒的在天之靈。還說什麼徹夜難眠？她連無辜娃兒的命都敢殘害，這麼點兒折騰哪夠償罪？」
「正是為此……」
我才得在事前……
稍事調查。
哼，少用這來搪塞，長耳說道，接著先是沉默了半晌，才又開口說道：
「看來——你心中仍有質疑。但阿又，倘若這阿縫夫人果真未吐實，會是為了什麼緣故？為何非得撒這種謊不可？而且為何得找損料屋來行騙？這我可是怎麼也想不透。真相根本還未為人所覺，總不至於——需要包庇某人罷？」
「所以，我才吩咐那賣吉祥貨的先就此稍事調查。」
「那吊兒郎當的傢伙哪查得了什麼？」

「你說誰吊兒郎當了？」

門還沒開，便傳來這麼一句。

粗陋的門喀喀作響地給推了開來，只見林藏就站在門外。

「這是在搞什麼鬼？天寒地凍的，我忙著在外四處奔走，孰料你們倆竟然窩在屋內烤火取暖、說人閒話。你們究竟還有沒有心肝？」

「提起你這從頭到腳沒一處可誇的傢伙，除了閒話，哪還能說些什麼？」

「你哪來資格說這種話？」

「別佇在那兒嘮嘮叨叨的，快給我進屋裡。」

難不成想將我們倆給凍死？長耳說道。

這溫度的確能將人給凍死。這屋子不僅造工粗陋，屋內還沒什麼可生火的行頭，一旦冷下來便難再回暖。光靠一只小火缽，根本於事無補。

快被凍死的是我不是？好歹也該為我溫點兒酒罷，賣削掛的林藏發著牢騷關上門，一在座敷正中央坐下，又一把將長耳抱在懷裡的火缽搶了過來。

「這兒別說是酒，連醋或開水也端不出來。除了與其他民宅有段距離、也寬敞些外，根本一無可取。或許適合商量奸計，若想取個暖，根本連門兒都沒有。倒是，情況如何了？託你探聽的那件事兒，可探著了什麼眉目？」

「阿又，你這是在急個什麼勁兒？難不成是對我的能耐有所質疑？唉，但年老早過完，我那些個討吉祥的行頭還真是賣不出去。總之，消息是探著了。」

好罷，林藏搓搓手，聳了個肩說道：

「首先，那委託人阿縫夫人——可是個大好人哩。」

「喂。」

又市挺直了原本慵慵懶懶的身子問道：

「這干咱們什麼事兒？」

「哪會不相干？這可是則重要的大消息哩。這阿縫夫人是個窮御家人（註7）的千金，父親是個石高只稱得上聊勝於無的小普請。嫁過去的西川家即使不是什麼顯要，但瘦死的駱駝畢竟比馬大，至少也是個二百石的旗本。或許咱們看不出這兩家有何不同，但對武士而言可是門不當、戶不對，依常理絕不可能結為姻親。這樁親事之所以能成事，也是看在大家對阿縫夫人讚譽有加的份上。」

「難道是不遜於小町（註8）的國色天香？」

不不，林藏猛搖手回答。

「難道不是？」

「並非如此。其實也算不上什麼國色天香，雖不是什麼醜八怪，但長相也絕對稱不上標緻。

註7：江戶時期，與旗本同為將軍直屬之家臣、武士，地位較低。

註8：指小野小町，約八〇九年～九〇一年，為日本平安時代早期著名的女和歌歌人。相傳容貌美麗絕倫，故後世常以小町形容絕代美女。

大家誇的，多半是她的好性情，諸如勤勉持家、毫無怨言、孝順公婆、為人正直什麼的。」

又市原本老將她想像成一個趾高氣昂的武家妻女，看來實情並非如此。

「如何？不都說這是則重要的大消息了？阿縫夫人並不是個會撒謊的奸人，倘若真有意圖欺騙咱們，想必——」

「想必是有什麼理由，況且還是個說來話長的理由？」

長耳把話接下去說道。切勿草率定論，林藏回答。

「草率定論？」

「是要你別急著論斷。瞧你們這些江戶人，性子急的像什麼似的。總之閉上嘴仔細聽我解釋。總之，只要記得阿縫夫人是個正直勤勉的大好人，這樁親事方能成事就得了。此外……」

林藏豎起指頭，壓低嗓音說道：

「那名曰正太郎的娃兒，也的確是遭施虐致死的。」

「你怎知道？」

「同大夫探聽來的。」

「大夫？」

又市探出了身子問道。

「沒錯。為西川家把脈的，是個名曰西田尾扇的庸醫。這傢伙，其實是個貪婪無度的臭老頭兒。」

「你直接同他問來的？」

「當然不是。我哪會傻得留下什麼線索？若他是此事的主謀，我豈可能全身而退？」

的確有理。

有些大夫甚至不惜下毒害命。

「總之，雖然是個小大夫，但西田這傢伙竟然存了不少銀兩，住的也是碩大華宅，手下還有成群弟子男僕。我就是從那夥人中打聽來的。據說——那娃兒甚是堪憐，死時渾身是傷，死因則是身體衰弱，幾乎是活活餓死的。」

的確堪憐，仲藏喃喃說道：

「記得——不是才五歲還是什麼的？」

「有個男僕說看了直教人同情，他連淚都流下來了。總之，阿又，這阿縫夫人的說辭可是真的，大抵都不是謊言。」

「且慢，姓林的。」

又市伸手打岔道：

「意即，西川家中的人——知道娃兒是遭虐致死的？」

「並不知道。」

「為何不知道？」

「西田似受囑咐不得聲張。」

「受誰囑咐？」

「應該是婆婆罷。」

「婆婆？為何是婆婆？」

還不是為了保全武家的體面？長耳說道。應非如此，林藏旋即否定道。

「並非如此？」

「這……要說完全不是為了這個，或許多少有些。但這並非主要原因。這婆婆命西田緘口，並非為了保全家門體面，而是為了包庇媳婦兒。」

「為了保護媳婦兒？倘若真如你所說，這媳婦兒可是犯了殺害婆婆愛孫、夫君承家長子的不共戴天之仇哩。」

「是如此沒錯。」

「當然沒錯。我問的是這婆婆為何要包庇仇人？」

「阿又，你還真是個傻子。」

林藏縮了縮鼻子，兩眼朝又市緊盯了起來。

「為、為何說我是傻子？」

「人情這東西哪裡這麼簡單？你想想，這婆婆可是對媳婦兒甚是鍾意。明知門不當戶不對，還是硬將這房媳婦兒娶過門的，其實是這婆婆。噢，或許夫君自個兒也有意，但沒有婆婆的許可，親事也絕無可能談得成。別說是談，媒妁連想提這門親事，也是門兒都沒有。此外，這名曰俊政的夫君，也是個教人難以置信的孝子。老母若是不答應，絕對是恭敬從命。正是因婆婆看得合眼，才得以娶阿縫夫人過門。」

「但──」

「別忘了，這媳婦兒不僅教婆婆疼愛有加，教夫君甚是合意，連下女小廝對其也是至為景仰。況且——還產下了個兒子。」

「這與此事有何關係？」

「瞧你說什麼傻話？這當然是大有關係。這阿縫夫人——除了這唯一一回過錯，可是個無懈可擊的媳婦兒呀。」

「即便僅犯了一回——這已是個無可彌補的過錯不是？」

殺人之罪——可是非同小可。

「是沒錯。娃兒都已經死了。不過，阿又，這並不能改變什麼。即便是揪出阿縫夫人罪愆，對其休妻、量刑——難道就能換回死去的娃兒？難道還能再覓得一個更好的媳婦兒？難道有辦法扶養嗷嗷待哺的娃兒？」

這——的確不無道理。

就這點而言，報仇的確是個愚蠢之舉，這道理又市並不是不懂。但雖懂，又市也知道仇恨常是無法泯滅的。人畢竟愚蠢，有時就是會為非理法的執念所縛，無法理性判斷損益。

再者。

「這道理——說不通不是麼？」

道理？——林藏一臉納悶地說道：

「喂，阿又，我從沒想到有朝一日會從你嘴裡聽到這個字眼。你這傢伙哪懂得講什麼道理？」

說什麼廢話？又市回答：

「我可不是在說我自己講道理，而是指那老太婆的決定。」

「喂，你仔細想想。家門的清譽、武家的體面——一聽見這些個大道理，咱們這種人便要斥為無稽，但即便是商人或莊稼漢，不也都得講究這些？倘若店家毀了商譽，把客官都給嚇跑，哪還做得了生意？同理，莊稼漢壞了村內規矩，遭鄰里斷絕往來，日子哪還過下去？武家也是同樣道理。並不是在抬舉武家，但這些傢伙可是天天活在罷免官位或廢除家門的威脅下。更糟的是，武士可受不了這種打擊。即便尚有娃兒嗷嗷待哺，一家也可能就此淪落街頭。即便道理說得通，還是有損無利。」

林藏說的有理，長耳說道：

「世間人情冷如冰。從上到下，都視他人不幸為樂子。武士本就是靠體面吃飯的，絕非憑一己好惡挑險路走。倘若真能放下對已逝娃兒的思念——或許依這道理行事方為妥當。」

「為了還活著的孫子，放下死了的孫子？」

這種事哪可能這麼容易辦到？又市面壁嘀咕道。

原來——是這麼回事。

「因此。」

似乎是察覺到了什麼，林藏將指頭貼在薄薄的嘴唇上說道：

「因此，這媳婦兒的為人，才是最該考量的不是？倘若這阿縫夫人平日是個素行不良、性子彆扭、人見人怕的惡媳婦兒，想必無人會輕易放下。這麼個混帳東西，萬萬不可饒恕——想必大家都要如此認為。不僅如此，還可能鬧上媳婦兒娘家，開誠布公向官府提訴，鬧到自己顏面掃地也不足惜。因此，正如你所說，這道理才說得過去。之所以沒這麼做——」

不就是阿縫夫人已被視為重要家人麼？林藏感嘆一句，繼續說道：

「自家子女犯了過錯，力圖包庇也是情有可原。你們倆想想，她面對的並非什麼仇人，而是愛子的媳婦兒、愛孫的娘，何況一家對阿縫夫人還視為己出，甚是疼愛。兩相權衡，一家將選擇哪一頭，根本是不辯自明。」

「那麼——總而言之，咱們這委託人將娃兒折磨致死一事，只有那婆婆知道實情？」

「沒錯，其他家人俱是渾然不察。且已為婆婆所知悉一事——阿縫夫人本人亦不知情。」

林藏如此總結道。

【參】

怎麼又是椿麻煩差事？個頭矮小的老人不住蹭著自己的下巴說道。

倘若下顎蓄鬚，這會是個自然的動作，但老人的下巴卻是一片光溜溜的。

這下又市造訪的，是久瀨棠庵位於下谷（註9）的草庵——雖然不過是一戶長屋。

久瀨棠庵自稱是個曾為儒學者的本草學者，但真正身分則無人知曉。雖然此人博學多聞，看

註9：東京都舊區，位於今台東區西部。一九四七年與淺草區併為台東區。

來的確有學者的架勢，但總教人無法參透他究竟是靠什麼樣的差事維生。

總之，此人雖身世成謎，但也和又市及長耳同樣為閻魔屋幹活。

「好罷。兩位要老夫幫些什麼忙？」

「你不是個學者？角助曾言只要不是正經事兒，你什麼都清楚。故此——想向你借點兒知識。」

呵呵呵，棠庵以女人般高尖的嗓音笑道：

「向老夫借知識？」

「否則還有什麼好借的？瞧你這地方，看來和咱們一樣一貧如洗，還生得這副寒酸德行。既沒有怪力武藝，也沒有萬貫家財，看得咱們反而都想借你點兒東西了。」

「這話說得一點兒也沒錯。」

「說得沒錯？」

「老夫是靠這個餬口的。」

老人伸出食指，朝自己的太陽穴上敲了敲。

「靠腦袋——？」

「沒錯。誠如你所言，老夫從未舉過比筆更重的東西，幾乎要連兩腿該如何跑也給忘了，飯菜也吃不了多少，平時盡可能維持不動。」

「聽來活像條魚乾似的。」

「的確像條魚乾。動得多了，消耗也多。消耗多了，就得多補些什麼。少了就得補足，若不

補足，遲早消耗殆盡。此乃世間常理。人不都是餓了就得吃？」

「因此，你盡可能維持肚子不餓？」

你這傢伙未免也太滑稽了罷，又市高聲大笑道。

「總而言之，天地萬物大抵皆循此道理而成立。例如水往低處流，黑夜無日照。萬物皆是用了減損，存了增多。正因用了要減損，方有損料產生。」

「這不是廢話？」

「不過，有兩種東西是違反這道理的。」

話畢，棠庵睜大了雙眼。

接著又朝太陽穴上敲了敲。

「就是此處。」

接著又指向胸口。

「以及此處。」

「你指的是什麼東西？」

「知，與情──」

「情──？」

「沒錯。容老夫打個比方；存貨入倉，只要有進無出，終將被完全填滿，無法容納更多貨物，哪管倉庫再怎麼大，都是同樣道理。但知識再如何蓄積，也不至於填滿。再怎麼學習，腦袋也不會膨脹。累積新知，能夠永無限制。此外，亦是再如何使用，也不至於減少。倘若使用過度將使知識減少，賢者的腦袋豈不是馬上要空無一物？」

「你們這些學者還真是麻煩。」

「的確麻煩。至於此處。」

棠庵再次指向胸口說道：

「慾望、執念一類東西，同樣毫無際限。此外，情愛亦是如此。親子之情、夫妻之情、物慾、財慾、名慾，反之則有恨、怨、嫉、妒，可謂永無止境。既可能無限膨脹，亦可能無故消弭。」

「人豈能以道理論斷？」

「的確不能。硬是以理道斷，必將有所扭曲，總會有哪兒不對頭。而人，便是對此佯裝視而不見，或行妥適壓抑，方能安穩度日。對此類情況，老夫極不拿手。」

「極不拿手？」

「意即，老夫常時避免碰觸人情、脾氣、心境什麼的，僅以此處面對。」

棠庵指向額頭，繼續說道：

「因此，今見又市先生登門造訪，談起西川家之事，老夫本人亦是倍感迷惘。倘若先生欲詢問的，是那阿縫夫人、或名曰阿清夫人的婆婆之心境，老夫自是無從回答。為何有如此言動、如何使眾人心服——此類問題，要如何回答都成。然而，欲得出看似有理的解釋雖是輕而易舉，但卻無一可妥善證明。凡是心境問題，往往連當事人自身亦無法論斷。就連自己也無從理解，解釋當然可能時時生變。故此，先生您……」

即便是紅的，也能輕而易舉將之說成白的，老人說道。

「是沒錯。」

又市最擅長的技倆——便是舌燦蓮花以說服他人。

「為人所欺，指的不正是不知分辨所聞虛實，便對其深信不疑？」

「若被看出虛實，哪還騙得了人？」

「人心本就曖昧難清。自己作何想法、有何感覺、執著於自我、深信自個兒是什麼樣的人——這類話人人都說，實不過是自我欺騙，悉數實為錯覺。不過是絲毫不察自己所言非實，故未察覺自己受騙而已。今回，兩位想必也是代委託人行騙。總之，兩位今回行騙，必是有所目的。」

想必——的確是如此。

「行騙並非老夫所長。」

棠庵說道。

「真是如此？瞧你上回不是才將幾個商人及同心騙得團團轉的？還信口瞎說，羅織了那段寢肥還是什麼東西的——」

當時棠庵的確煞有介事地編出一段說法，硬是將長耳佈置的幼稚機關說成了真有其事。僅憑一張嘴，便讓一夥人聽得心服口服。

「那椿——的確是真有其事。」

「真有其事？」

「老夫並非信口雌黃，不過是陳述一己所知。老夫當時所陳，悉數是諸國口傳、筆述之見聞。至於如何論斷虛實、如何看待解釋，就端看聽者個人判斷了。」

「真、真是真有其事？」

怎麼聽都像無稽之談。

不僅是荒誕無稽，且未免過於巧合。

當然是真有其事，棠庵回答。

「聽來如此荒誕——豈可能真有其事？」

「正確說來，應說是一度被信為真有其事。某些地域傳說其事屬實，有些人認為其事屬實。然若理解天地萬物之理，便可辨明實為荒誕無稽。」

——原來他自個兒也不信。

「意即，這並非你自個兒羅織的無稽之談？」

「沒錯。若純為老夫所羅織，外人只消一番羅列檢視，純屬虛構便不辯自明。此類陳述之真偽，僅需略事調查，便能輕易辨明。如此一來，老夫不僅無法以此餬口，更失去身為學者之資格，甚至可能得面對國法制裁。毫無依據信口雌黃，終將使老夫信譽盡失。此類言說，或能投講釋師（註10）、戲作者（註11）所好，但繪草紙（註12）或舞台戲碼，可無法視為證據。聽似無稽卻有史料佐證者，老夫這等學者方能述之。而既是出自學者之口，便較能取信於人。」

原來如此——

他的招數原來得這麼用，又市恍然大悟。

「那麼——」

可願意把這知識借給咱們？又市問道。

「老夫稍早亦曾言及，知識借了也不會短少。只要有銀兩當酬勞，需要多少老夫都樂於出借。好罷，兩位需要的，是什麼樣的知識？」

話畢，棠庵再度蹭起下巴來。

真希望他長了鬍子。

「且慢。」

「怎了？可是想起了什麼？」

「兩位方才提及的西田——可是西田尾扇？」

「噢？你是指為那一家醫病的大夫？沒錯，就這名字。你聽說過這號人物？」

「此人——是個庸醫。」

「大夫有哪個不是庸醫？」

「絕無此事。切勿一竿子打翻一條船。此人醫術尚稱高明。」

「是麼？這種傢伙，不都和陰陽師、咒術師一個樣？個個陰陽怪氣的。」

註10：江戶時代，以朗讀對戰故事小說、或議論時事等娛樂聽眾的表演藝人。

註11：江戶時代後期之白話文學作家。

註12：江戶時代出版物之一種，以繪畫為中心，佐以假名撰寫的文字敘述。早期多為兒童讀物，後來逐漸演變成流行或滑稽的成人讀物。亦作草雙紙或繪本。

「不。老夫方才亦曾言及，人之精神難以理論斷，但身軀可就不同。若有哪兒不舒服，必有不舒服的理由。只要將此理由除去，病情便不至於惡化。至於蘭學（註13），則是將不舒服之部位去除。因此，大夫診治並非毫無療效。不過，若理由為精神方面，便須假咒術之力，方能收效。」

「原來如此——」

聽來和木匠沒什麼兩樣，又市說道。沒錯，老人回答：

「因此，坊間庸醫，不是知識不足，便是技量不足，總有一方略有欠缺。若非因不諳此病而無法診治，便是技量不足而無從醫之。即便如此，仍自稱能治癒此病者，便是庸醫。」

「尾扇也是有所欠缺？可是醫術不夠高明？」

「此人醫術高明，知識甚豐。但獨缺人情。」

「人情——」

「即認為大夫有義務醫好病患、減輕其痛楚的同情與悲憫之情。事實上，身為大夫最重要的，就屬這點。若以此為動機，有助於增長知識、琢磨醫術。」

「分明說自己對人情極不拿手，這下怎說得像你很懂人情似的？」

「當然懂，也明白自己缺了這個。」

因此，老夫才無法成為大夫，棠庵說道：

「老夫——總無法壓抑求知慾望，無法設身處地為病患著想。相形之下，尾扇則是以財慾填補人情短少之空缺，方能以行醫為業。」

「他是個利慾薰心的傢伙？」

是個守財奴，棠庵蹙眉說道：

「尾扇生性見錢眼開，故絕不為窮人診治。即便習性如此，卻甚重視名譽。故此，即便家徒四壁，若是武家，其便欲入門診之。之所以愛財如命，想必亦非愛慕奢華、或物慾薰心使然，不過是錯覺權力、名譽均可以金錢購之。或許——此人對武士身分甚是嚮往也說不定。」

「原來如此。意即，婆婆支付的遮口費用，正投其所好——？」

再怎麼說，旗本家中耆老主動低頭，甚至還奉上銀兩苦苦懇求。若西田真是這麼個習性，當然要樂不可支。

「此乃人命相關之祕事，依老夫所見，西田索求的數目理應不小——倒是……」

棠庵突然擺出一臉納悶神色。

「怎了？」

「噢，又市先生那操京都方言之同夥……」

「可是指姓林的？」

「此事——可是此人向尾扇本人打聽來的？」

「不，是同小廝還是男僕什麼的探聽來的。據說，此人雇用了為數不少的僕傭。」

「這可就奇怪了。」

註13：即西方學術，由於當時皆自荷蘭傳入，故此名之。

棠庵說道。

「有哪兒不對勁？」

「風聲走漏了。」

「有哪兒——走漏了？這些傢伙不都是尾扇的手下？」

「手下？又市先生，尾扇並非盜賊之流，而是個大夫。有的只是弟子男僕，而非手下。此人如此利慾薰心，對弟子或僕傭理應是毫不信任。」

「噢？」

「此人就連對妻室亦甚是提防，常時將財庫鑰匙掛於頸上，連就寢時亦不離身。生性如此，豈可能將此等有利可圖之事告知下人？兩位不妨想想，西川俊政無論如何，也是個旗本，石高必不下於二百石。而尾扇——碰巧抓住了這旗本的把柄。」

「意即，不可能僅討個一回遮口費便善罷甘休，非得來個物盡其用不可？」

「不不。勒索強取，絕非能反覆使用之手段，尤其武士並不似扮相般富裕。話雖如此，利用價值卻不可輕忽。即便討不了幾個子兒，派得上用場的地方可是多不勝數，例如委其為自己與大家牽線結識什麼的，大抵都能成事。不過，欲提出此類要求，必得遵守嚴守祕密之前提。」

「不不——且慢。診斷娃兒死因時，同在現場的弟子不都親耳聽見真相了？」

「並無他人在場。」

「無他人在場？」

「一如和尚，大夫乃可自由出入達官家中之特殊行業。地位如尾扇者，出外診治時或有小廝

代為攜行道具，但把脈時並不容許小廝一同入內，而是命其於門外待命。即便是弟子，亦是無從進房，僅可靜候於門外。商家或許尚有可能，但武家可不是簡簡單單便能深入。」

「這——」

若是如此，如今這情況，又是怎麼一回事？

「依老夫所見——想必是尾扇門下某一弟子洩了密。至於究竟是在外竊聽得來，抑或察覺事態有異而於事後查出，就不得而知了。」

「沒錯。」

「且慢。你所說的究竟是指——？」

意即，勒索者除尾扇之外，極可能另有他人，棠庵說道：

「自又市先生之同夥不費吹灰之力便能探知看來，真相應是如此無誤。不同於尾扇，弟子或小廝僅需賺得蠅頭小利，便可滿足。由於心狹志低，不僅不如尾扇小心謹慎，也極易洩漏口風。」

「不過——這些傢伙有樣學樣地學主子勒索，究竟——」

目標是什麼人？又市納悶地說道。

「依老夫所見，目標可能有三。首先，是要求封口的始作俑者，婆婆阿清夫人；其二，是最可能因家門蒙羞而受害的夫君，俊政大人；其三——便是阿縫夫人本人。」

「最可能的——會是其中哪個？」

「這……」

棠庵蹭了蹭光滑無鬚的下巴回答道：

「第一位，阿清夫人，乃雇主尾扇之目標，這夥人理應避之。欲勒索，便得讓阿清夫人曉得自己知曉這祕密。如此一來，阿清夫人當然認為尾扇已將祕密外洩，尾扇也將因此失去勒索之機——當然，一己所為亦將為尾扇所察。若欲恐嚇取財之事為尾扇所知，自是不妙。故應不可能是阿清夫人。至於夫君——想必也無此可能。」

「怎說？」

「畢竟區區一介小廝，毫無可能面見旗本。此外，俊政大人對實情毫不知悉，理應不可能接受小廝這番說法。甚至怒斥勒索者欺官、當場將之手刃，亦是合於理法。即便不至於如此，俊政大人想必也將先同阿清夫人確認此說之真偽。如此一來，仍是同樣結果，不，甚至將更形險惡。」

「如此說來——」

便僅剩此案委託人一個。

棠庵蹙著甚是稀疏的雙眉說道：

「如此推論——答案似乎是如此。首先，阿縫夫人對阿清夫人懇求封口一事並不知情。亦即，對阿清夫人知道實情——亦是絲毫不察。」

林藏曾如此言及。

「如此隱情，尾扇家中竟有人知曉，著實教人詫異。此乃家中私事，依老夫所見——應是尾扇同阿縫夫人聽取祕情時，碰巧為此人所聽聞。總之，假定阿縫夫人不知婆婆要求封口，娃兒乃死於阿縫夫人之手一事亦屬實情，那麼兩位認為，此事可作何推測？」

「能推測出什麼？」

「噢，倘若此一罪行真是由阿縫夫人所犯下，既知實情，卻似乎未試圖守密封口，想必代表……」

「原來如此。」

——代表阿縫夫人認為，實情尚無人知悉。

棠庵頷首道：

「眼見無人調查究責，想必阿縫夫人以為，大夫於檢視遺體時未察覺娃兒乃遭蓄意虐死。如此一來——」

「原來如此。有心人只消透露祕密早為一己所知——欲勒索便是輕而易舉。尤其以阿縫夫人為對象，更有如探囊取物。」

「沒錯。自己遭勒索一事，阿縫夫人當然無膽向以阿清夫人為首之家人透露，亦無法與家人諮商。而此人之脅迫行徑——亦不為尾扇所察。」

「原來如此。挾同一手段，尾扇可向婆婆、其門下之勒索者則可向咱們的委託人脅迫勒索——」

「想必正是為此——才前來委託吾等不是？」

「有理——」

不過……

「若是如此——依常理，應是委託咱們代為對付那勒索的傢伙才是。」

依常理，多是如此。

這……棠庵再度思索了起來。

「或許是因自己確有遭人勒索之把柄，故難以如此言明。對自己犯的罪絕口不提，僅委託他人代為解決勒索，想必就連自己也難以說服；畢竟阿縫夫人似乎是位善人。此外，若是如此委託，阿甲夫人也絕無可能承接。」

的確有理。

「但如此以往——終將身陷萬劫不復之境。」

「怎麼說？」

「老夫稍早亦曾言及，人心之欲永無止境。有膽勒索他人者，一度嚐到甜頭，往後欲罷也是不能。」

一點兒也沒錯。

又市曾見過的這類傢伙，可謂多不勝數。

「——即便對一己所犯之罪有再多悔恨，若是順從惡徒脅迫，不論財力或精神，都將陷入萬劫不復之境。這點道理，就連娃兒也懂。為求避免，必得將一己罪行公諸於世。如此一來，自己的娃兒、夫君、婆婆，恐全家都將被逼上絕路。想必——阿縫夫人正是為此困擾不已，僅能委託吾等這不能登大雅之堂的行業代為料理。」

「原來——除了難耐良心苛責，或許還有這個理由。」

若真是如此——這啟人疑竇的委託方式，便不至於無法理解。

這樁差事之所以啟人疑竇，正是因此理應為一己之罪悔恨不已——同時還是個大善人的委託人，言行間總教人感覺似有隱瞞。

怎麼看都不相稱。

即便有著深深懺悔，似乎仍試圖隱瞞些什麼——

——倘若實情真如棠庵這番推想……

那麼，這委託人便是撒了謊。但撒謊的目的，並非為了營造對自己有利之局面。

遭人勒索也是自作自受，故也僅能默默承受，但委託人之目的，乃迴避更多勒索將於未來造成的不幸——不僅是一己，亦將禍及親人之不幸。意即，此人欲藉這番委託，一肩扛下或將殃及他人之災厄。

的確——比起將銀兩交付勒索者，交給損料屋或許要好得多。

——不過……

這可真是樁困難差事。相形之下，強迫勒索者罷手要來得容易得多。但僅是如此，並無法將委託人之苦惱連根拔除。

——若是如此。

此番純屬假想，棠庵說道：

「畢竟，就連是否真是遭人勒索尚無法確定。方才所言，純屬老夫腦海中所作之一番臆測，毫無任何佐證。若無佐證，聽來再有道理的言說也不過是虛構。身為一介學者，實不應僅憑此指點兩位如何行事。若不進一步查明——」

「我這就去查。」

又市起身說道。

【肆】

一個暖暖冬日午後，擔任岡引的愛宕萬三前來造訪正在市內巡視的南町奉行所定町迴同心志方兵吾。

眼見平日總是滔滔不絕的萬三，這回卻是一副悶悶不樂的模樣，志方也不由得憂心了起來。面帶這種神情時，萬三捎來的通常不會是什麼好消息。

怎麼了？被如此一問，萬三便要求志方能否前往番屋一趟。

萬三表示——有個身分不明的傷者被送到了自己這頭。由於情況甚是難解，教人不知該如何處理，只得將其遷往番屋。

小的實不知該如何裁定，萬三雙頰不住顫抖地說道。

「情況甚是難解——萬三，這究竟是怎麼一回事？首先，若是具身分不明的屍首，尚不難理解，但這下卻是個傷者。難道是昏倒路旁，毫無意識？」

「並非昏倒路旁，是個傷者。」

「傷者理應還有意識，只需問出身分姓名不就得了？聽取後，便可將之遣至該遣之處。難不

成——有什麼難言之隱？」

難道是有誰欲取其性命什麼的——志方不禁納悶。若是如此，可就草率不得了。

「並非如此。」

「那就給本官說個清楚。是怎麼一回事？」

「是。想必大爺也到過根津信行寺。那兒不是有段陡峭的石階？」

「本官知道。記得該石階綿延甚長。」

「那女子——依小的推測，似是武家之妻室或千金，看來似乎是自那石階上跌落。」

「自石階上——跌落？」

那石階，少說也有五十階。

「是的。總之，也不知是自哪一階跌下的，正好摔在石階下頭的石子路上，一個碰巧路過的雙六販子見狀，連忙上前相救。雖然獲救，但這女子腦袋遭受重擊，額頭都裂了開來，一張臉血流如注。」

「傷得如此嚴重——」

竟然還救得活？志方說道，萬三則是語帶含糊地回答：

「沒錯，見此女滿臉鮮血，路旁茶店的老太婆和寺內的小和尚全都趕了過來，先將她給抬進了寺廟裡。眾人發現此女雖是血流如注，但性命不至堪虞。至此為止，尚屬順利——」

志方心中湧現一股不祥的預感。看來——似乎是樁麻煩事兒。

「此女就連自個兒的出身、身分，都給忘得一乾二淨。不過自其打扮看來，似是正前去掃墓。」

「若是前去掃墓，便代表是個親人葬於寺內墓園的施主。若是施主，住持理應認得才是。」

「然住持亦表示不識此女。不過，也或許是顏面腫脹，難以辨認所致。」

「顏面腫脹？」

可是撞傷了額頭哩，萬三蹙眉說道：

「胳臂及兩腿僅有跌打小傷，但顏面可就——總之，大爺親眼見了，便會明白。」

——壓根兒不想看人這副模樣。

「傷得連顏面都難以辨認？聽來的確麻煩——」

「沒錯。唉，廟方法師也甚是無情。即便認不出是該寺施主，至少也該體現佛祖慈悲。誰知不過照護三日，便表示寺內無法繼續收留。」

「這……若是就這麼住下不走，當然困擾，但區區三日便要攆人，未免也過於性急。畢竟，此女傷勢十分嚴重不是？」

這——萬三略顯畏縮地說道：

「其實——此女食量甚是驚人。」

「食量驚人？」

「據和尚所言，此女飯吃得相當多。一大早就要吃個三五碗的，其他時候更不消說。長此以往，只怕寺內米倉都將見底，只得將之勸離，便吩咐當初救助此女的雙六販子將人帶走。」

「這販子——也一直留駐寺內？」

「大爺，世間哪來這種閒人？此人乃一雙六販子，是個有一頓沒一頓的窮人。光是出手相救，已屬仁至義盡。總之，廟方似是考慮有朝此女憶起過往，或要向恩人致謝，故曾向此雙六販子詢問其住處。唉，這雙六販子或許也是貪圖謝禮才救了人，豈料竟沒能如願。」

「真正原因，就是為此——？」

「想必——就是為此罷。總之，那雙六販子的住處，是一距小的住處不遠的簡陋長屋，根本不可能收留外人，尤其是個傷者，更何況還得應付那驚人食量，怎麼看都是毫無餘力，只得將人送到我這頭來。」

「那麼，由你來收留不就得了？」

呿，萬三以十手敲敲自己脖子說道：

「大爺別說笑話。小的這兒已有祖母、老媽、娃兒共五名，還得身兼二差，自個兒都拮据得自身難保了。」

這志方也能理解。除了某些特定的地回（註14），岡引的日子大多過得甚為貧苦。

「那麼，萬三。即便得由你收留，想必日子也不至於過長。即便此女傷得再重，若有如此食慾，想必不出幾天便可痊癒。如此一來——」

傷就是好不了呀，萬三以哭喪的語氣說道。

註14：今指往來於城鄉之間銷售貨品維生的商人。但江戶時代特指被剝奪戶籍的無宿人，多以四處兜售香具或經營博奕營生。因其浪跡天涯的性質，常為負責維持治安之奉行所等機關吸收為線民或雜役。亦作「地迴」。

「傷好不了？」

「沒錯。雖然站是站得起來，疼痛似乎也不嚴重，但額頭的傷就是怎麼也好不了。傷口反而裂得愈來愈大。一吩咐此女盡快憶起自己究竟是什麼人，好自理生活，卻怎麼也想不起來，尤其額頭上還頂著斗大的傷口，教人哪狠得下心送客？她現在這模樣，入夜後若有誰撞見了，包准要被嚇得魂飛魄散。這麼說或許刻薄了點兒，但此女如今的模樣，活像個駭人的鬼怪似的。活像──額頭上又開了張嘴。」

哪可能如此誇張？志方回道。不過是據實以報，萬三回答：

「那傷真的好不了，傷口還一天大過一天。」

「這──豈有可能？」

但就是真的碰上了，萬三說道：

「而且還會一張一合，活像要答話似的，這保證是千真萬確。眼見如此，小的不禁納悶，該不會是上頭那張嘴也要吃東西罷？」

不可怪力亂神，志方怒斥道：

「世間哪可能有這等奇事？」

「唉，小的原先也是如此認為。」

「既然如此認為，便是事實。傷口無法痊癒，應是因廟方治療欠周，讓什麼髒東西給跑了進去所致，或許傷口裡都化膿了。看來若放任其持續惡化，只怕此女性命堪虞，宜急速送醫診治。只消請個大夫來瞧瞧，不就得了？」

「這小的當然知道。說來或許有失厚道，但小的何嘗不想盡快送走這個瘟神？只不過，不僅傷口古怪，此女食量亦不尋常，怎麼看都不像個女人家吃得完的份量。故小的判斷，普通大夫大概也不知該如何診治。因此便請來——大爺應該也記得，去年調查睦美屋一案時，在場之本草學者——」

當然記得。

由於該案過程逸離常軌，撰寫調書時，志方曾多方聽取意見。

「記得該人——名曰久瀨？」

「沒錯，正是棠庵先生。想必近鄰的密醫註定束手無策，小的便邀了此人前來診治。」

「那位學者與你熟識？」

「哪有可能？小的不過是個瞎起鬨的，那位先生可是學識淵博，熟知不少奇聞軼事。打那回起，小的便不時造訪那位先生。」

「噢。瞎起鬨的，有時也立得了大功。那麼，該學者如何論定？」

「這可就——」

在大街上拐了個彎，番屋旋即映入眼簾。大爺請止步，萬三喊住了繼續走著的志方。

「怎麼了？自身番（註15）不就在那頭？還要等什麼？」

「噢。在見到該女之前——有件事兒得先告知大爺。」

「什麼事兒？可是——久瀨棠庵的診治結果？」

「是的。或許傷者不在場時，較適於研議此事。但小的著實不知該如何解釋，只得邀其前來志方一跟著走進小巷中，立刻見到棠庵佇立於一株毫無生趣的柳樹下。先生，我將大爺給請來了，萬三說道。

沒錯，萬三回道，並領著志方走向番屋旁的溝渠。

「邀來的，可就是久瀨棠庵？」

「正是此處。」

「此處指的是？」

此處。」

棠庵深深低頭致意。

「志方大人。上回承蒙大人關照，特此致謝。」

「先生多禮了，該致謝的應是本官——稍早已經聽聞萬三略述事由，不過……」

此疾名曰頭腦唇（註16），棠庵說道。

「頭腦唇——意即腦門上長了第二張嘴？」

「正是此意。」

「這、這究竟……」

真有人生得出第二張嘴？

況且——世間真有這等怪病？

「此疾乃人面瘡之一種。人面瘡屬業病，據傳乃行止不正招徠之惡報，自古醫書便有記載，乃一貨真價實之疾病。不僅限於近世之吾國，此病自古便見諸於唐土。」

「病——不是傷？」

「此疾多以傷為發病契機。由於患病者多為性帶貪婪、邪險、暴虐、荒淫者，故世間視其為業病。」

「意即罹患此病者，多為心術不正之惡人？」

「多見於心術不正、卻不屬兇惡之徒，即惡性內蘊而不外顯者。舉例而言，如無故對世間一切厭煩不已，不知不覺步入邪險者、雖不表露但貪念甚深，僅欲放蕩度日者——總之，此類心性人皆有之，但某些人較常人更是強烈。大人說是不是？」

的確不乏此類人。

就連在奉行所內被視為食古不化的志方，自身亦不時起類似邪念。

諸如此類，即為病因，棠庵一臉嚴肅地說道：

「此類性情，平日深藏心中。此等念頭毫不值得褒獎，故愈是剛正者藏得愈深。俗話說物極必反，愈是壓抑，便愈易反彈。沸水生蒸汽，若過於強烈，甚至可能將鐵瓶重蓋噴得老遠。事前壓抑得愈強，噴出時便可能噴得愈遠——」

「棠庵——這道理本官也明白。敢問，這與那頭腦唇有何關係？」

註15：江戶時代於江戶、大坂等城市之百姓居住區設立的番所。由當地百姓管理，負責轄區內之滅火及維持治安，功能相當於今日之派出所。

註16：頭腦唇讀音為「ふたくち」，音同「二口」。

惡念可能自傷口噴出，棠庵回答。

「什麼樣的惡念？」

「此疾生於膝或肩者，稱為人面瘡，亦作人面疽。萬治年間，曾有某膝生一口者至江戶就醫之記載。據載此人原為一莊稼漢，某日因爭執毆打其父，過程中跌傷膝蓋，後於傷口生一惡瘡，據傳——此瘡不時討食果腹，若未能進食便痛苦難當——」

「膝、膝蓋上的傷口，也能說話？」

「沒錯。說的即是深藏心中之欲念。問及因何與父相爭，此莊稼漢端出諸多理由狡辯開脫，但其心性深藏貪念，此貪念將膝傷幻化為口，不僅能言語，還能……」

「不僅能言語，這傷——還能進食？」

傷口竟能言語、進食？如此荒誕無稽，豈足採信？

「此人面瘡之說，著實令人難以置信。但先生所言即便屬實——如此怪病，必屬罕見。何況今回之傷乃於額上，與此說不盡相同。」

「正是因此，現於頸部以上者並不以人面瘡稱之——」

而稱之為頭腦唇，棠庵回答道。

「額、額頭上也生得出一張嘴？」

「當然生得出。又因其生於頭上，故較生於四肢上者更擅言語。」

「更、更擅言語？」

聞言——志方驚訝得兩眼圓睜。

並朝萬三瞄了一眼。

只見萬三默默不語，一臉彷彿飲下苦茶的神情。

「本官從未聽聞額、額上也能生此怪瘡——難道真有此類案例？」

這——老學究先是苦思半晌，接著突然雙手一拍。

「果、果真是有？」

「沒錯。下總國曾有類似記載。某位居於千葉鄉之鄉士，一朝迎娶一後妻。」

「後妻——此人可是再婚？」

「是的，其原妻業已亡故，遺一幼子。此後妻持家甚是勤勉，故鄉士將此婚事視為天賜良緣。孰料此後妻產子時，原妻遺留之子竟突然亡故。娃兒死後七七四十九日——此事看似或有因果關聯——該鄉士於屋外劈柴。還請大人想像，劈柴是副什麼樣的動作。」

「劈柴——？」

聞言，志方便老老實實地想像了起來。他這人就是如此古板。

「鄉士舉斧欲劈時，其妻碰巧打後方走過。」

老人擺出了個劈斧的姿勢，繼續說道：

「也不知是何故，鄉士對其妻在後竟渾然不察，舉起斧頭時，便這麼砍上了其妻的後腦勺，當然將妻子腦袋給砍破了，頓時血流如注。常人若遭此傷，往往一擊便可致命，但也不知是怎的，其妻竟然保住了性命。不過——」

「不過——傷口卻遲遲無法痊癒？」

正如大人所言，老人低下頭說道：

「傷口遲遲無法痊癒，到頭來，外翻的皮化為唇，露出的骨化為齒，脹出的肉則化為舌——」

志方試著想像這會是什麼模樣——不禁為之抱頭打顫。

想必是十分駭人。

教人避之唯恐不及。

「果、果真生成了一張嘴？」

「是的，看來猶如腦袋前後各生了一張嘴，故人以二口稱呼此疾。這張嘴，每逢某一刻便激痛難耐，止痛的唯一方法，便是餵之以食。只要送食入口，便能和緩疼痛——」

「這張嘴可是生在後腦勺上，豈能進食？」

「老夫推測，此應非實際進食。畢竟不論餵食多少，均無法填飽患者之腹。看來不論是人面瘡還是頭腦唇，進入傷口之食物應未入胃，而是於傷口內部溶解吸收。此一反應似有一時緩和疼痛之效，可謂以食代藥，但純屬權宜之計。」

「噢——」

雖然這番說明如此有條理，志方仍深感難以置信。

後來——棠庵稍稍提高嗓門說道：

「鄉士一家持續以此療法對應，後來……」

「如、如何了？」

「竟聽見傷口開始低聲言語。只消豎耳傾聽，便能聽見傷口不斷呢喃——一時失手殺害原妻之子，妾身之過，妾身之過——」

「原妻遺子——是這後妻殺的？」

「沒錯。虐待繼子——乃人之常情。其人忙著疼惜自己的娃兒，疏於照料原妻遺子，怠於餵食，導致娃兒飢餓而死。此即這後妻長年隱瞞之實情。」

難、難道是冤魂作祟？萬三說道：

「慘、慘死娃兒的冤魂，透、透過那張嘴——？」

「應非如此。」

棠庵斬釘截鐵地回答：

「萬三大爺至少是個持十手的捕快，竟輕信冤魂之流的愚昧邪說，難道不怕惹得志方大人動怒？」

志方大人，您說是不是？眼見對話的矛頭轉向了自己，志方連忙佯裝咳了一聲。

其實，就連志方自個兒也思及如此推論。萬三一臉不安地數度轉頭望向志方，並朝向棠庵問道：

「先生，難、難道並非冤魂作祟？」

「世間並無冤魂。」

「沒有麼？」

死者冤魂之說，純屬迷信，棠庵毅然說道：

「至於老夫方才所述之頭腦唇，則屬疾病。一如稍早所言，此疾乃深藏心中之邪念，藉碰巧形成之傷口宣洩而出。深藏心中，連一己也不察之祕密，對軀體產生影響、變化、乃至操弄，脫口暴露一己之罪孽。」

「自己暴露出自身罪業？」

「正是。」

就此點而言，此疾確屬業病——老人說道：

「志方大人，頭腦唇為病非傷，乃一以傷為契機發作之疾病。傷口之所以不癒，乃病因起於腦使然，等同於有又一人——藏身患者心中。這又一人，即密告者，亦為暴露連一己也不察之祕密、或暗藏心中之罪業之心中陰影。傷之所以化為口形，不過是此疾之外在症狀。」

故此疾乃一心影之病，棠庵說道。

「噢。若是如此——如何才能治癒？」

「想必得促其吐露纏身祕密。若病因為隱蔽之罪業，將之公諸於世，便可去影除病。方才老夫亦曾提及，餵之以食，不過為一時止痛的權宜之計。」

「噢——原來如此。那麼……」

志方望向番屋的屋牆。

大人，萬三誠惶誠恐地說道：

「情況便是如此。小的認為，大人面見此女前，對此疾應作稍事了解。」

「噢，本官已有些許了解。不過……」

志方絲毫不解，自己為何非得面見這婦人不可。

「此女現在何處？」

「目前正於屋後座敷休憩。其實並無休憩之必要，不過那額頭……」

「傷勢如此嚴重？」

萬三皺起一張臉，以難以聽見的音量嘀咕著些什麼。

「事到如今，本官已不至於受驚。有話就說罷。」

「是。那張嘴，竟能蠕動。」

「嘴能蠕動——可、可是指其能言語？」

說了些什麼是沒聽見，萬三連忙否定道：

「但看它一張一合的，似乎是想說些什麼——此外，此女食量如此之大，或許確是因傷口疼痛難耐，須餵之以食所致。若是如此，便證明先生所言果然不假。」

原來之所以將志方領到番屋來，正是為此。

志方再次凝望番屋屋牆，說道：

「倘若真如棠庵所言，此婦罹患此名曰二口之病——則表示其必是心懷一己亦無可釋懷之惡念，或曾做出不當行止、犯下難恕之罪——」

可有遣小廝陪同？志方問道。當然，萬三回答：

「正是為此，方將此婦遷至番屋。同時還喚來雙六販子又市一同照料。若僅有一名小廝……」

只怕要給嚇破了膽。

不過……

「不過，萬三。即便本官面會此婦，還是起不了什麼作用。不知此婦身分為何，僅知是名武家妻女——咱們町迴對商家固然熟悉，武家妻女卻認不得幾個。」

一如其名，定町迴同心的差事，便是巡守市內。由於受町奉行之管轄，除非偶爾接受請托時得以進出藩邸，和武家並無任何關係。

「本官就連組內同儕之妻女長相都記不清楚。若不知此女身分為何、來自何處，本官也是愛莫能助。」

若此事——棠庵開口說道：

「老夫昨日曾於萬三大爺住處見過此女。感覺——似乎曾在哪兒見過此人。」

「見過此人？」

志方回過頭來，定睛凝視起棠庵。

「言下之意，是先生曾見過此女？」

「是的。雖印象薄弱，如今又面相大變，實難確證。但總覺得似乎曾在哪兒見過。老夫雖年邁糊塗，仍絞盡腦汁努力回想……」

「那麼，可憶起了什麼？」

「是的。徹夜回想，終得憶起。此女——乃受深川萬年橋旁之大夫西田尾扇診治之患者。」

「西田——尾扇？」

小的這就前去打聽，話畢，愛宕萬三便飛也似的跑了出去。

即便以最速腳程，自此處奔赴深川，回來少說也得等個四半刻。即便今日天候稍暖，畢竟仍處嚴寒時節，總不能任憑老人家佇立路邊商談過久，但又無法先行返回奉行所。這下逼得志方只得下定決心，先進番屋瞧瞧再說。

何況棠庵亦促其同行，還真是想走也走不得。不——該說就連這邀約也無法推辭。

步出小巷，穿過番屋正門的大木門，沿著矮牆繞過，志方不由得做了個深呼吸。

才踏上砂利敷一步，志方便聽見一陣怪異的聲響。

快步奔入屋內，來到式台前，只見兩名臉色蒼白的小廝，一臉惶恐地並肩而立。

「出——出了什麼事兒？瞧你們倆嚇成這副德行，是把這兒當什麼地方了？」

「大、大人，您來得正好。」

兩人說道——滿嘴牙還不住打顫。

「什麼叫來得正好？你們倆擋在此處，教我怎麼進去？這究竟是怎麼一回事？」

志方隔著小廝的肩頭朝屋內望去。

心中——湧現一股不祥的預感。

那東西說話了——其中一名小廝說道。

「什麼？你方才說了什麼？」

「對、對不住，大人！」

開口說話的小廝迅速閃向一旁，一股腦兒地在土間下跪，不住磕頭。

「沒什麼好道歉的。好好把話給說清楚。」

志方朝屋內踏一步，望向另一名看來較為鎮定的小廝。其實，對是否該直接入內，他仍有幾分躊躇。

「此人方才說了什麼？發生了什麼事兒？」

「是、是的大人。萬、萬三大爺帶來的那婦人，額頭上的傷，竟然——」

「竟然開口言語，是麼？」

隨志方步入土間的棠庵問道：

「想必傷口是開口說了些什麼。」

「沒、沒錯。方才此婦看似痛苦難耐，後來，此處竟然——」

小廝指著自己的額頭說道：

「竟然像隻鯉魚的嘴似的……」

「快說！是不是那傷口說了什麼話？」

志方如此怒斥，嚇得另一名小廝先是一聲悲鳴，旋即又像洩了氣似的跌坐下去。

看來那傷口——

果真開口說了話。

究竟發生了什麼事兒？切莫慌張！志方推開兩名小廝踏上座敷，走向同樣縮在屋內一隅的店番與大家（註17）命令道。但最為慌張的，恐怕正是志方自己。

只見一名婦人躺在屋內板間（註18）的地板上。

婦人身旁蹲著一名膚色白皙、身穿彩衣的削瘦年輕男子。只見他身子彎得很低，卻抬起頭來，目不轉睛地朝婦人額頭凝視。

——想必此人便是那雙六販子。

志方走向板間。

婦人背向志方，身子幾乎是動也不動。

「喂——究竟是……」

「噓。」

男子以食指抵唇示意。

「究、究竟是怎麼了？」

「這張嘴——」

這張嘴開口說話了，男子先是低聲回答。接著又睜大雙眼抬起頭來，一看見志方，突然高聲喊道：

「這、這張嘴開口說話了！」

「什、什麼——？」

註17：大家又作家主、家守、差配，負責統領店番與人伕各二名，按月輪流值勤，主要負責於轄區內傳達政令、身分調查、調度打火人伕、火災警備、打更、與治安維持等勤務。

註18：鋪有木板的房間。

志方在座敷跪下，雙手撐地，將腦袋朝板間那頭探了出去。男子先是蹦跳似的飛快起身，旋即又倒下身子，拉著志方說道：

「大、大人，此、此婦的……」

「想必你便是救助此婦之雙六販子。此、此婦怎麼了——？」

「傷、傷口說話了！」

「你聽見了？說、說了些什麼？」

「是、是的，說妾、妾身乃……」

「妾、妾身乃什麼？」

「妾身乃菊坂町旗本西川俊政之妻阿縫——」

「什麼？」

果真報上了姓名？被志方如此一問，雙六販子不住點頭。志方轉頭望向大家與店番，質問汝等是否也聽見了，兩人同樣不住頷首，但畢竟屈居屋內一隅，沒聽清楚究竟說了些什麼。志方再度向男子問道：

「除、除此之外，還說了些什麼？」

「是、是的。還說自己殺、殺害了繼子什麼的——」

「此話當真？」

志方攫起男子的衣領，激烈地搖動著說道：

「真這麼說？」

「是、是的。雖然音量細如蚊鳴，但確實說了——深悔此罪、願償己過，還因此慘遭惡徒勒索——」

「這、這……」

志方鬆手放開了男子，望向佇立一旁的棠庵。只見這老學究二度頷首。

男子整了整衣襟並端正坐姿，渾身打顫地接著說道：

「還說——勒、勒索妾身之惡徒，名曰宗八，及醫者陸之十助——」

「此二人，為西田尾扇之弟子與下人。」

話畢，棠庵抬頭望向志方。

「——此事當真？」

志方挺起身軀，轉身朝仍在土間不住顫抖的兩名小廝命令道：

「你，盡速前往西川大人屋敷查證此事。你，緊隨萬三前往西田尾扇宅邸，盡速帶回宗八、十助兩人。」

小廝們回聲遵命，旋即奔出屋外，飛也似的前去執行。

雙六販子目送兩人離去後，接著便哇的一聲驚呼，飛快朝土間逃去。志方則朝躺臥板間的婦人望去。

只見婦人發出陣陣痛苦呻吟，顏面有一小部份朝著志方。

額頭果然開了個口。

【伍】

真是教人羨慕呀，阿睦說道。

阿睦正看向一名由下女陪同、一身威嚴地走在大街上的武家妻女。只見同行的下女畢恭畢敬地捧著一只包袱，看來若非出門購物，便是外出送禮。

這婦人——正是西川縫。

阿縫親切地同下女交談，下女也毫無顧忌地回話。與其說是主僕，看來毋寧像對姊妹。

「真希望自己也能過過這種日子。」

「妳是指哪個？那下女麼？」

即便是下女——看來似乎也不壞。想必沒幾個婦人，能如阿縫這般親切和藹、毫無隔閡地與下人相處。這絕不是下人教阿縫給寵壞了，而是自己幹起活來甚至比下人還要勤快，眼見主人如此，下人自然也不敢怠惰。

因此，西川家內的氣氛總是一片和樂。

說什麼傻話？當然是當那夫人，阿睦說道：

「你瞧她那身行頭，衣裳上的花紋是多麼好看。真巴不得能穿上那樣的衣裳，儀態萬千地在大街上漫步呀。」

別傻了，又市揶揄道。

「我哪兒傻了？」

「難道不傻？像妳這種吊兒郎當的臭婆娘，哪當得上武家夫人？別說是當個一天，就連半刻只怕也撐不住。到頭來不是哭哭啼啼地投河自盡，就是教老公給斬了扔進井裡。」

「你這張嘴還真是惡毒。」

阿睦鼓著雙頰生起了悶氣。

此處是根津權現的茶館——也就是當時角助向又市交代西川家這樁差事的地方。至於為何大白天的就和阿睦窩在這兒吃丸子，就連又市自個兒也想不透。

「哪兒惡毒了？我說的可都是實話。」

「瞧你這口氣，活像對武家內是什麼模樣有多清楚似的。武家宅邸可不是你這種雙六販子混得進去的。想空口說白話，也別瞎猜得太過火。」

「裡頭的模樣，我當然清楚。」

他與阿縫相處了十日。

阿睦伸長頸子嗤鼻說道：

「況且，你瞧瞧這位夫人，衣裳上那張臉蛋根本配不上她一身行頭。這麼個醜八怪，哪有什麼好神氣的？我生得可要比她標緻太多了。」

人家哪兒神氣了？又市回道。

阿縫如農家姑娘般任勞任怨，長相也的確是毫無驚艷之處。就臉蛋與衣裳搭不上這點，阿睦所言的確不假。但阿縫與生俱來的認真與開朗，要彌補不甚出眾的容貌根本是綽綽有餘。

「若是神氣點兒，或許看來還能美些哩。」
的確是如此。
「想必是命太好，不需要神氣罷？」
「武家也有武家的苦哩。」
又市喃喃說道：
「別說得像妳對這些人有多了解似的。我說阿睦呀，像妳這種成天只懂得詐騙他人、遊手好閒、飲酒作樂的惡婆娘，當然不知武家也有武家的苦。這夫人走起路來或許有說有笑的，背後可滿滿是叫天天不應、叫地地不靈的苦楚哩。」
真希罕呀，瞧你這下竟然為武家抬轎，阿睦兩眼圓睜地說道：
「總是將他們罵得像殺親仇人似的。你平時不是最厭惡這等人？」
「厭惡呀，當然厭惡。要逼我當武士，我保證是寧死不從，也不願和這些心性扭曲的傢伙打交道。」
「你這不是前後不一致麼？瞧你這小股潛，到頭來也不過是學娃兒鬧彆扭。怎麼性子轉得比四季還快？」
「少囉唆。」
又市說道，啜飲了一口茶。
只見阿縫漸行漸遠的背影轉過街角，自他的視界裡消失。
——想必早把我給忘了罷。

從此再也不會碰頭了，又市心想。

又市這張臉——對阿縫來說，只會喚起一場災厄的回憶。

——即便這回撒了個瞞天大謊。

又市切身感受到自己是何其技窮。不論是橫著看、豎著看，自己在這樁差事裡，都沒施展任何值得誇獎的身手。

這回設的，不過是一場賭局。

雖然親手籌劃了一切，但又市在事前並沒有絕對的把握。

即便已作過一番仔細探查，但仍有太多東西無法預測。誠如棠庵所言，人心是再想釐清也無從捉摸的。

只不過。

又市自認為已謹慎循線釐清了真相——但也僅止於自認。

真的僅止於如此自認。

棠庵的推論大抵正確——但即便正確，仍有某部分錯得離譜——這是又市事後僅有的感觸。

畢竟一切均無從證明。

況且，這回所設的局，怎麼看都是思慮欠周。

阿縫的確遭人勒索。

勒索者正是西田尾扇之弟子宗八，與下人十助。一夥人根據林藏的調查結果鎖定嫌疑者，再循西田的行事之道進一步探查，兩人的惡行很快便浮上了檯面。既然雇主都是這副德行，弟子和

下人也正經不到哪兒去，沒什麼戒心，毫不團結，況且還都沒什麼口德。

不過費點兒口舌稍事籠絡，宗八與十助便開始誇耀起自己的惡舉。看來這兩個傢伙的口風原本就不緊。

宗八與十助似乎在陪同尾扇前往西川家時，便嗅到了此事有幾分不尋常。

西川家遣人來到尾扇宅邸，早已過了亥刻時分。不過，患病本不分晝夜，當時尚未有任何人起疑，大家都以為不過是有人患了什麼急症。由於當時正好由十助應門，便趕緊拎起行頭隨主子一同動身。看在是個旗本之託的份上，尾扇並沒有任何埋怨。

來自西川家的折助對情況似乎也是一無所知，據說一路上未發一語。

抵達屋敷時，一行人不是由正門，而是自側門被請入宅邸。

果然如棠庵所言，十助奉命在門外靜候。十助原本以為，之所以得自後門進入屋敷，是因時值深夜，得避免打擾其他家人。但似乎也沒瞧見任何人醒著。

這種時候請來大夫，應是有人患了急症，依理應喧鬧些才是——

下人不禁起疑。

至於宗八，則是偕尾扇一同入內。

但兩人竟被領到了主屋外的小屋中。況且，僅有這棟小屋點著燈，主屋竟是一片靜寂——

又教棠庵給說中了，宗八奉命於走廊上等候差遣。

但也開始起了疑心的宗八，豈可能安分靜候。

他朝屋內窺探，豎耳傾聽。

自沒闔攏的紙門細縫間，他瞧見房內正中央一床被褥上，躺著一個瘦弱的娃兒。
胳臂與雙腿都瘦得彷彿一折就斷，而且血痕、刮傷、血瘀隨處可見。
這娃兒——已沒有絲毫氣息，遠遠就看得出他業已死去。
被褥邊坐著一名有幾分面熟的婦人。
是個神情嚴峻的老婦——
此人就是阿清。
宗八屏息聆聽，將阿清與尾扇倆的對話一字不漏地聽進了耳裡。
阿清詢問是否可能使這娃兒甦生，尾扇回答已是回天乏術，並告知阿清娃兒死於飢餓，再加上身上留有嚴重施虐痕跡，可斷言應是受虐致死。阿清先是沉默良久，最後才向尾扇低頭，要求此事萬萬不得張揚。
——還支付了四份切餅（註19）哩。
宗八表示。四份切餅——即百兩黃金。
據說阿清嚴詞下令。
不論對家人抑或外人，皆不可透露此事。
步出門外的尾扇，吩咐宗八和十助忘了今晚之事。

註19：原文作「切り餅」，為切成方形的糯米年糕。由於長方形的銀幣包起來看似切餅，故常以此俗稱銀幣，後來多被誤用以形容二十五兩一包的小判，即金幣。

這哪可能忘得了？

發現這椿繼子謀殺案的兩人，便瞞著尾扇找上阿縫，試圖勒索。

一回討了十兩，勒索了兩回，共討得二十兩，這個性輕薄的大夫弟子炫耀道。

——只消再搖搖這株搖錢樹，還討得了更多哩。

宗八如此笑道。

真是惹人欽羨呀——又市強忍著巴不得將這傢伙痛揍一頓的怒氣，隨口應道。

接下來。

又市便前去找阿縫。

一報上閻魔屋的名號，阿縫便毫不猶疑地出門面會，並以幾可以恭敬過頭形容的懇切態度道出了許多細節。然而態度雖懇切，敘述內容卻完全不得要領，儘管聆聽良久，又市依然聽不出半點真相。

既然聽不出真相——

又市頓時有所警覺，因此心生一計。

看來向委託人阿縫詢問真相，似乎有違阿縫本人的意志。況且以脅迫逼勒索者封口，此時似乎也不再有多大意義。當然，還是得擺脫這班傢伙的勒索，但光是懲罰這兩名惡徒，依然無法完滿解決此事。

既然如此……

又市先向棠庵不厭其煩地打聽了許多或許用得著的故事。接著又配合相中的戲碼——即名曰頭腦唇之怪病——找來長耳代製道具，再以那派不上什麼用場的假傷口為底子，造了個可開可闔的傷口。

不過是個騙孩兒的把戲。

哪管造得再精巧，只消就近端詳，就連傻子都辨得出真假，更不可能瞞得過大夫的眼睛。

但除此之外，又市已是無計可施。

此外——又市還請求阿縫本人也幫個忙。

佯裝跌落石階，撞傷腦袋，忘了一切——並暫時不返回屋敷。

聽聞此請求，阿縫甚是驚訝，想必完全無法想像究竟為何得演這齣戲。

屆時碰上任何人問話，都別回答，只須依小的指示將戲給演下去——

——保證必可補平損失。

又市如此斷言。

即便完全摸不透理由，阿縫仍答應配合又市所設的局。或許對阿縫而言，這下除了死馬當活馬醫，已是別無他法。

——其實當時就連半點保證也拿不出。

看來自己這張嘴還真是厲害，又市不禁笑了起來。

「怎麼了？」

阿睦朝又市背後使勁一拍，問道：

「好不容易能在大太陽下同我幽會一場，你竟這麼吊兒郎當的。原本還在納悶你怎麼靜下來了，突然又自顧自的笑了起來，不怕把人家給嚇壞麼？」

「嚇壞人家的是妳罷？此外，別淨說這種肉麻話，有誰同妳幽會了？真要同妳幽會，我還寧可討個醜八怪回家當老婆。這頓就算我請客，吃完快給我滾，別讓人大白天的就得忍受妳這身白粉味兒。」

還真是嘴硬不認輸呀，阿睦站了起來，鼓著腮幫子瞪向又市說道。

「嘴若不夠硬，哪敢奢望靠小股潛這行混飯吃？總之快給我滾。」

又市活像在趕狗似的揮手說道。

阿睦憤然轉過身去，朝與阿縫相反方向快步離去。

「人趕得可真刻薄呀。」

阿睦人才剛走，角助立刻現身。

不——其實正是感覺到角助來了，又市才刻意將阿睦給攆走的。

「我就是討厭這些娘兒們，看了就教人消沉。」

我倒認為她生得還算標緻，角助隨口評了一句，便在又市身旁坐了下來。煩人的娘兒們，生得標緻又有何用？又市抱怨道。

「算了算了。倒是阿又。」

你這回又大顯身手了，角助說道。

「真沒料到真相竟是如此。」

「的確教人難過。就連我自個兒都要瞧不起自己。」

這可是實話。

「唉——」

這等真相，還真是做夢也料不到，角助先點了份丸子，接著又反覆如此說道。

「想不到——」

的確想不到。

「想不到真兇——竟然是那婆婆。」

沒錯。

持續向年幼的正太郎施虐，連個飯也不給吃，將之逼上死路的——

竟然是他自己的祖母阿清。

不僅如此。以虐待、脅迫、將前一個媳婦兒逼上死路的，也是阿清。

後妻將繼子虐待致死的推論——不過是宗八與十助自作聰明的誤解。

「只不過——我還真是參不透。對阿清而言，死去的娃兒並非繼子，而是自個兒的親孫子，怎會不疼惜？」

想必是不至於不疼惜，又市說道。

「既然疼惜，怎下得了這種毒手？」

「這與疼不疼——應是毫無關係。」

「難道是中了什麼邪？」

——並非如此。

「這與親孫還是繼子毫無關係，亦非中了什麼邪才下此毒手。死了的是個年幼的娃兒，而非一個教人憎、惹人怨的惡徒。那婆婆對自個兒的孫子應是既沒什麼仇恨，也沒刻意嫌棄。」

「是麼？但……」

「別忘了那婆婆是在深夜時分請來大夫的——」

這戶人家可不是農家或商家，而是個官拜旗本的武家。

外人對此事毫無所知，即便有心探究，也是無從。哪管孩兒是受虐致死還是慘遭手刃，欲掩飾根本是易如反掌，只消向上頭謊稱病死不就得了？

即便如此……

阿清卻專程請來了大夫。

根據宗八敘述，阿清曾執拗地要求尾扇，若是瀕死便極力搶救，若已死亡便使之復生。雖不知是出於驚惶抑或後悔，至少證明阿清曾試圖挽回無從挽回之過錯。

一旦發現業已無從挽回，阿清便下了決心極力掩蔽。但目的似非為了掩飾自己犯下的罪行。而是為了——自個兒的兒子、媳婦兒及孫子著想。

阿清對正太郎應是毫無恨意。

「毫無恨意卻粗暴待之，毫不嫌惡卻持續凌虐——甚至因此奪了孩兒的性命，即使原本並無意下此毒手，情況大概就是這麼回事兒。想必這婆婆——」

自個兒也是飽受折磨，最後這句尚未出口，便教又市給吞了回去。

「倒是這婆婆，對阿縫似乎是疼愛有加。」

後來——

獲報阿縫人在番屋接受保護，阿清大為驚慌，也沒命任何人陪同，便隻身來到了番屋。

這老婆婆推開番屋木門時的神情——又市註定是永生難忘。

當時，西田尾扇與宗八、十助業已抵達番屋。曾與兩人見過面的又市，以頭巾掩面，蜷身蹲坐板間一隅。由於事前便盤算著要將眾人齊聚一堂，又市打一開始便沒隱瞞自己這雙六販子的身分。幹這行的，大多繫有頭巾。

又市就近觀察起阿清的神色。

看來阿清對媳婦兒的安危的確掛心。

——果真不假。

又市如此直覺。阿縫失蹤至今已近十日，這段時日這老婦是如何憂慮難安——全寫在那一瞬間的神情上。

一認出阿縫，阿清便快步跑了過去。

志方卻朝她肩頭一按，促其止步。

若非志方出手阻止，只怕這欺騙娃兒的把戲將遭阿清一眼識破。雖然在尾扇抵達前，假傷便由棠庵以手遮掩——

紮在阿縫額上的繃帶，也掩住了阿縫的五官。

阿縫顯然是狼狽不堪。

想必是阿清的嗓音挑起了她的情緒，只見其肩頭不住顫抖。

眼見阿縫如此難安，又市不禁打起寒顫。若是阿縫不小心說溜了嘴——這場拙劣的局便要宣告失敗。倘若理應忘了一切的媳婦兒，一聽見婆婆的嗓音便要洩底，一切努力都將付諸流水。或許是察覺了又市的擔憂，一旁的棠庵連忙抱住阿縫的肩頭。阿清則是兩眼緊盯著阿縫。

放手。毫無疑問，此人便是老身之媳婦兒阿縫，阿清激烈抗拒。夫人止步，此婦患有罕見奇病，志方勸阻道。

一聽見媳婦兒患了病，阿清立刻渾身僵直，靜止不動。

這下志方又救了又市一回。

病？這可奇了，老身怎聽說是自石階跌落負了傷？——阿清詫異地問道，接著便望向站在後頭的萬三。沒錯，萬三畏畏縮縮地說道：

——的確是負了傷。但——

志方環視眾人，接著才再度開口，以嚴肅的口吻說道：

——但此婦同時也患了名曰頭腦唇之奇病——

眾人頓時陷入一陣混亂，幸得志方制止，大家方才恢復平靜。

若是少了志方這同心，這回的局只怕要成不了事兒。

儘管有再多事例佐證，頭腦唇這奇病畢竟仍屬無稽之談。雖如棠庵所言——此類傳言曾於某時期、某地域廣為人所流傳，但要問是否真可採信，想必答案也是否。光憑來路不明的老學究與雙六販子費盡唇舌解釋，根本無法說服任何人。但若是由個同心在番屋內陳述，可就要多出幾分說服力了。

若少了這個，便無法佈置出這場唬得過貪欲過人的密醫以及背負了旗本家門名望的老婦人的巧局。

這回甚至連同岡引萬三也給拖下了水。這多少為這場局添了些許風險，幸好萬三是個生性極易上鉤的好角色。

由於事先已聽取棠庵一番解釋，志方得以清楚陳述這頭腦唇究竟是何方妖物。想必志方兵吾這人生性嚴肅認真、一絲不苟，故敘述過程間將荒誕箇所逐一釋疑，反而能使其視無稽之談為真。

聽著志方的解釋，西田尾扇臉上的神情益形古怪。依棠庵所言，身為大夫的尾扇的確深諳醫術，理應不至於採信志方這番說法。但略察言觀色，便不難想像尾扇似乎多少聽說過頭腦唇這傳說。而尾扇聽過這說法一事，棠庵老早曉得。

——如此說來。

那娃兒該不會是——？

尾扇屏著氣息喃喃說道，看來業已中了一行人的計。聽到尾扇這兩句話，待志方的解釋告一段落，棠庵立刻接著補述道：

——如您所見，此婦業已忘卻一切過往。

——不過。

——潛藏內心深處之悔意，使傷幻化為口，藉此出聲言語。

——根據此傷所言，此婦曾將繼子虐待致死，並為此罪業後悔不已。

——不知所言何意？

將繼子虐待致死——

一聽見這句，宗八與十助立刻不約而同地面面相覷。志方警覺兩人似是心中有鬼，間不容髮地質問兩人是否曾犯下勒索之罪。眼見一已動搖為同心所看破，兩名惡棍也只能從實招來，渾身無力地倒坐土間，將自己的所作所為全盤托出。

兩人的自白，教尾扇甚是愕然。

看來尾扇對弟子與下人的背信，果真是絲毫不察。

不過——

眼見事態如此發展，最慌張的不是別人，竟是阿清。

——一派胡言！

阿清如此大喊。

接下來，這老婦先向尾扇來頓斥責。

你膽敢違背與老身所立之約，且竟還誤解得如此荒唐——

聞言，尾扇慌忙試圖辯解。

接著阿清又將矛頭轉向宗八及十助，厲聲譴責兩人的惡行。最後，才轉頭面向棠庵與志方辯駁道：

——兩位所言聽似有理，但阿縫所患絕非此奇病。

——阿縫並未殺害娃兒。

——絕無為此遭人勒索之理。

——老身這媳婦兒，心中絕無分毫惡念。

阿清厲聲說道，激動得連頭髮都晃動成一片凌亂。

但棠庵心平氣和地回答道：

——老夫人，請容老夫解釋。

——此疾隨傷發作。負傷不過是個契機。

——真正病因，乃暗藏內心深處、連一己也不察之惡念。

——若真如老夫人所言，此婦純屬清白，未犯殺害娃兒之罪。

——碰上這兩人勒索，對未犯之罪，理應一笑置之。

——但此婦卻依兩人所言支付銀兩。

——即便並非真兇。

——或許內心深處亦曾懷凌虐、殺害繼子之念。

——即便僅是微乎其微——

仍算是有此糾結。

故於此婦心底，殺害繼子一事，可謂形同事實。

誤會，誤會！阿清激動地辯解道。

老身這媳婦兒是清白的，老身這媳婦兒是清白的——

絕無此事。老身這媳婦兒絕無可能犯罪。

錯不了，必是如此，棠庵厲聲說道：

——有罪無罪，已不容辯駁。

——此傷業已化為頭腦唇，即是明證。

阿清不知所措地望向志方。志方則是一臉苦悶地頷首肯定。畢竟志方也瞧見了那一開一闔的傷口——也就是那騙孩兒的道具。

患此病者，必是苦痛難當，棠庵說道：

必將經歷劇烈痛楚。

任由心中另一自我嚴詞苛責。

欲治此病——

唯有消去糾結一途，棠庵說道。

聞言，原本一臉驚惶的阿清先是沉思半晌，接著便端正了坐姿。

看來老身也只能吐實了，阿清兩眼毅然凝視著阿縫說道。

在眾目睽睽下。

阿清兩眼凝視著阿縫。

阿縫，阿清朝自己的媳婦兒喊道：

若汝心中真有糾結，原因必是——

老婦正襟危坐地說道：

——殺害正太郎之真兇，實為老身。

話才說完。

阿縫突然高聲吶喊，一把推開棠庵，站起身來。

接下來——

「老實說，我這蠢貨完全想不出該如何迫使真兇吐實。還真多虧那老頭幫了大忙。」

「那老學究還真是個天生戲子。有時根本看不出他是作戲還是認真。」

角助笑道。

的確是如此。

阿縫起身時，棠庵以手朝其額上一遮，以迅雷不及掩耳的速度，將那假傷連同繃帶一併剝除。活像演了鬧劇一場，這駭人奇病頭腦唇，瞬間便宣告痊癒。

「不過。」

角助兩手抱胸地納悶道：

「我還是參不透。阿縫夫人一身清白，未犯任何罪業，她本人理應比誰都要清楚。即便如此，為自己沒犯的罪遭人勒索——為何還要支付銀兩打發？」

「這……」

「我稍稍想了想，或許阿縫夫人早已發現婆婆實為真兇。只消稍加釐清，便知下女僕傭們壓根兒辦不到這種事兒，自然就屬婆婆最是可疑。為何知情後仍刻意包庇，甚至甘心攬下不實之冤——」

「我倒認為——或許並非如此。」

這點的確教人納悶。

「說不定這女人，本身就是個二口女。」

此言何意？角助蹙眉問道。

「或許這女人發現自己內心深處，的確藏有某些個灰暗、汙穢的念頭。」

「灰暗、汙穢的念頭——？」

「之所以應勒索支付銀兩，或許是相信自己亦有可能有此犯行。眼見兩名惡棍如此指控，到頭來——這女人在不知不覺間，錯覺行兇者的確可能是自己。」

「不知不覺間如此錯覺——？」

人真可能這麼傻？嘴還來不及闔上——

「不，的確有此可能。」

角助接著又喃喃自語般地說道。

「總而言之，雖然難以相信人可能錯亂到分不清自己是否曾下毒手的地步——但若是發現即便自己做了也沒什麼好驚訝的，可就真的難說了。愈是對娃兒的死心懷愧疚，遇上不實之冤的勒索，便愈是難以拒絕——或許阿縫夫人的心境，便是這般。」

有理，又市說道：

「勒索之徒的貪婪永無止境。一旦乖乖支付，往後就什麼道理也說不通了。先給了銀兩，再辯駁自己並未犯罪，誰要相信？」

「當然沒人要相信。想必——阿縫夫人也未作任何辯駁。」

「阿縫夫人雖是個開朗認真的婦人，但人總不可能完全表裡如一。一副身軀生有兩張嘴，的確是個折騰。總之，另一張嘴，已教那婆婆給挪到自個兒身上了——」

阿清為一己罪業深感愧疚，為此出家。

事到如今，追究罪責已毫無意義。

阿清與亡故的前媳婦兒似乎總是處不來。若不是媳婦兒死了，恐怕就要輪到阿清夫人死了——周遭均如此傳言，看來關係的確是十分惡劣。

即便如此——

這關係惡劣，也並非出於什麼理由。對此，阿清自己十分清楚，也已深切自省。

或許正是為此，阿清才強迫自己一改本性，對阿縫疼愛有加。反之——又將那難以壓抑的胸中惡念，施加於原媳婦之遺子正太郎身上。

凡是人，均有二口，又市說道：

「欲筆直行於中道——根本是難於登天。」

話畢，又市便模仿起棠庵，不住蹭著自己的下巴。

〈上集　完〉

【主要参考文献】

絵本百物語　桃山人　金花堂／一八四一年
旅と伝説　岩崎美術社／一九七六～一九七八年
日本庶民生活史料集成　三一書房／一九六八～一九八四年
叢書江戸文庫　高田衛・原道生責任編輯　国書刊行会／一九八七～一九九二年
燕石十種　岩本活東子編　森銑三・野間光辰・朝倉治彦監修　中央公論社／一九八〇～一九八二年
未刊随筆百種　三田村鳶魚編　中央公論社／一九七六～一九七八年
日本随筆大成　日本随筆大成編輯部編　吉川弘文館／一九七五～一九七九年
耳嚢　根岸鎮衛著・長谷川強校注　岩波文庫／一九九一年
国史大辭典　国史大辞典編集委員会編　吉川弘文館／一九七九～二〇〇二年
新日本古典文學大系　岩波書店／一九八九～二〇〇三年
新潮日本古典集成　新潮社／一九七六～一九八八年
竹原春泉　絵本百物語　多田克己編　国書刊行会／一九九七年

KADOKAWA 文學放映所 028

巷説百物語

發售中　**定價：360元**

京極夏彦◎著
蕭志強◎譯

喜愛搜集怪談的百介邂逅了幾位神祕人物：浪跡天涯的修行者、美麗聰黠的山貓迴、來歷不明的中年商人。大家聊起江戶坊間的鬼怪傳説，洗豆妖、舞首、柳女……這些形姿怪異的妖怪，是源自人間的善惡因果，抑或是對世人的詛咒？

KADOKAWA 文學放映所044

續巷說百物語〈上〉

定價：280元　發售中

京極夏彥◎著
劉名揚◎譯

嗜奇聞怪談如命的山岡百介，聽聞一罪大惡極之兇犯屢於用刑後屢屢死而復生，這回已是第三度遭獄門之刑。出於好奇，前去參觀此人首級的百介於刑場巧遇山貓迴阿銀。卻見阿銀朝首級喃喃問道：「還要再活過來一次麼」……!?

國家圖書館出版品預行編目資料

前巷說百物語／京極夏彥作；劉名揚譯. --
初版. --臺北市：臺灣國際角川, 2012.10
冊；　公分. --（文學放映所；63-64）
譯自：前巷說百物語
ISBN 978-986-287-904-7（上冊：平裝）. --
ISBN 978-986-287-905-4（下冊：平裝）

861.57　　101015481

文學放映所063

前巷說百物語〈上〉

原書名＊前巷說百物語

作　者＊京極夏彥
譯　者＊劉名揚

2012年9月29日　初版第1刷發行

發 行 人＊塚本進
總　　監＊施性吉
總 編 輯＊呂慧君
主　　編＊李維莉
美術副總編＊黃珮君
美術主編＊許景舜
印　　務＊李明修（主任）、張加恩、黎宇凡、張則蝶

發 行 所＊台灣國際角川書店股份有限公司
地　　址＊105 台北市光復北路11巷44號5樓
電　　話＊(02)2747-2433
傳　　真＊(02)2747-2558
網　　址＊http://www.kadokawa.com.tw
劃撥帳戶＊台灣國際角川書店股份有限公司
劃撥帳號＊19487412
製　　版＊尚騰製版印刷有限公司
I S B N ＊978-986-287-904-7

香港總代理
角川洲立出版（亞洲）有限公司
地　　址＊香港新界葵涌大連排道200號偉倫中心第二期20樓前座
電　　話＊(852)3653-2804

法律顧問＊寰瀛法律事務所

靈魂的羽毛

拉比的女兒 下

作者——蕾蕾亞拿
插畫——蛇皮

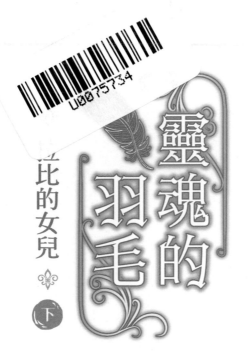

目錄

第二章

第1節　黑市絲歐客Ⅰ

公園的時鐘剛過十一點半，威廉攤著四肢躺在河道邊，大口喘氣的同時，把浸濕的毛巾敷在發燙的臉上，為操過頭的羽化特訓劃下休止符。

賽特傳授他一種鍛鍊羽化的方法，就是到森林或原野直線奔跑，並且盡可能翻越路徑上任何障礙物，藉此逼自己把靈氣推到正確的部位，做到高超的攀爬、跳躍與翻滾著陸等技巧。

威廉試過一次後，覺得沒有挑戰性，強度根本不夠，這樣下去完全不可能拉近與亞拿的差距。於是心一橫，把奔跑的路線改在城市的屋頂上。如此一來，不僅有建築物的高低落差，還有摔下大街小巷的風險，那才有特訓的價值。

他足足跑了兩個小時，整體而言表現還不錯。一共踏破了十多片屋瓦、踢裂三面牆、扯斷兩根曬衣架，還從三樓飛身到一樓，接住一個被自己踢下的花盆，身手乾淨俐落，就跟亞拿一樣——他自豪著。

這時，兩個腳步聲從遠方走過來，然後在他的身旁駐足。其中一人用爽朗的口吻說道：「看哪，這位騎士中暑了，不如我們把他丟進水裡涼快一下？」

威廉揭開眼前的毛巾，看見兩名女性。較高的那位——也就是說話的那人——戴著眼鏡，棕色長髮隨興披散，身穿樸素的裝束；較矮的那位也有副深色眼鏡，嘴上叼著煙管，頭髮全盤在髒兮兮的頭巾裡，穿衣風格跟旁邊那位差不多。

他愣了半晌才認出來，高的是莎拉，矮的是亞拿。公主殿下精神奕奕的，就跟平時一樣；而亞拿的臉色跟她的頭巾一樣難看，血氣隨著煙管的煙冉冉上騰，整個人就像一缸快炸開的鍋爐。

見這異邦人撇著頭不想理人，只好問一旁的知情者，或者說，是造成如此局面的加害者：「她怎麼啦？第一次看到她氣到不說話。」

莎拉看了看亞拿，接著露出有些尷尬的笑容。「簡單說呢，她要找的人剛好出遠門，所以對我氣得要命，暫時不要惹她比較好，不然你可能要用好幾噸的高級甜點才能保住小命。」

「對了，看到這身行頭了嗎？」戴假髮的公主又說著，並且用手掌依序攤向自己與亞拿。「我叫莉莎，她叫凱特，只要我們穿成這樣就這麼稱呼我們，明白嗎？」

威廉似懂非懂地應聲，不過下一刻也大略猜到原因了，一個是微服出巡，一個是城裡不歡迎的人，當然得偽裝一下。

突然間，亞拿像發現什麼似的，朝公園的另一頭走去，步伐有點急，就像掠食者尾隨獵物。威廉跟莎拉對看一眼，確認對方都沒有頭緒，便立刻跟上去。

亞拿進入樹園區，找到一顆長在步道中間的小樹。雖然說是「小樹」，那也只是因為它比圍籬內的樹都矮小，目測最高的枝葉不過兩公尺而已，卻擁有成年樹木的紋理與枝幹。

更詭異的是，它直接從石磚之間拔地而出，就像是這一、兩天突然衝出來的，因為管事的園丁不可能沒發現亂長的小樹苗。

她在樹木的主幹上端詳了一會兒，然後指著比自己高一點的木紋說：「你們看這裡。」

兩人順著手指的方向看過去，驚見一塊非常怪異的紋理，輪廓與曲線有著人類的雙眼、鼻子、嘴巴等特徵，再被樹幹的生長方向推擠成扭曲的模樣。不管怎麼看都是人類的臉，要試著想像成別的東西都沒辦法。

確定兩人都瞪大眼睛後，亞拿才公布答案：「它就是『黑血樹』，這位可憐人已經離開世界了。然後你們看好哦，這樣才是最好的處理方式。」

說著，她叼起煙管，讓雙手空出來。先用右手輕輕撫觸樹幹，隨後釋放出可觀的羽毛量，突然間，她的左手以迅雷不及掩耳的速度貫進樹枝裡，拉出一條瘋狂蠕動的黑色條狀物——

仔細一看，居然是條小蛇，眼睛閃爍著冷冽的紅光。

亞拿氣定神閒，沒有絲毫畏懼。她掐緊指節，身體四周立刻颳起一陣旋風，把所有羽毛吹到遠方，三人的衣服、頭髮也被掃得亂七八糟。

於此同時，小蛇被金色的火焰吞噬，要不了多久就化為灰燼，被風送去肉眼看不見的地方。

她攤開毫髮無傷的手掌，亮出一枚被鏽蝕殆盡的硬幣說：「這應該就是這次的『種子』了，雖然每次都不一樣，但原理都是一樣的，持有者被它的惡氣完全侵蝕時就會變成樹。以後你們看到這種樹，釋放羽化就能把蛇逼出來，牠一定會想逃走，所以必須趕快抓住牠，免得更多人變成樹。」

「那顆果實在哪裡？」莎拉急躁的語氣就像在尋仇。

亞拿在樹蔭裡找了一下，果真摘出一顆黝黑的玩意兒，隨後遞給莎拉。

不過公主才剛接到手中，那鬼東西就已經被火焰溶成爛泥，噁心的漿水流得滿手都是，然後一坨一坨滴到地上。

「它跟種子一樣，碰到羽毛就會燒起來，只是不會完全消失，而是變成髒東西汙染土地。」亞拿說完便轉過頭，繼續享受自己的煙管。

威廉看著這異邦人悠悠然然呼出煙霧，這才發現，之前嚇人的血氣早就消失了，取而代之的，是一、兩根潔白的羽毛，乘著微風曼妙飛舞——

他不確定該怎麼理解眼前的狀況。光是要讓靈魂保持羽化狀態就耗盡了心神，更不用說如果有「流血」了，短時間內能不能重新飄出一根羽毛都是個問題。

然而，亞拿前一刻的血氣幾乎能衝到兩層樓那麼高，但是發現黑血樹後，不僅瞬間就「止血」，還釋放出強大的羽化，把她認定的壞東西給燒了。

靈魂會散發出什麼，跟心思意念有很直接的關係。威廉真的很想知道，這女騙子變換心境為什麼可以像翻書一樣快？是因為菸草的效果，或是對黑血樹的仇恨可以轉移她的注意力，還是說，這就是賽特所謂的「善良」？

「善良的人常常會不小心把自己捲進麻煩的事裡，就算再不願意，他們最終總是會選擇奮不顧身幫助別人，然後綻放出大量的羽毛——」

莎拉清掉手中的泥水，收拾好心情後，再度漾起清爽的微笑，並且向亞拿道謝。不過對方似乎不知道自己為什麼被人感激，傻愣了半晌才用嗯喔聲回應。

黑血樹的事告一段落，威廉受命帶亞拿跟莎拉抄近路去預定的目的地。三人掠過幾條巷弄與街道，很快就來到喬治傑森大街，再從小巷子繞到科洛波爾商會的後門。

亞拿敲門三下，門上的小窗立刻被拉開，不過沒有任何人答話。她將一枚花樣別緻的硬幣送進小窗，威廉憑藉眼力，瞥見上頭的圖案似乎是「樹木被荊棘纏繞著」。

下一刻，厚實的門閂作響，大門隨後打開一個只夠一人通過的縫隙，三人趕緊魚貫進入屋內。當最後一個人越過門楣，等在門後的人立刻將門帶上，門閂也拉得迅速又確實。

這裡看起來是一間小倉庫，裡頭堆滿成捆的麻布袋與貨箱。應門的人高大魁梧，留著粗獷的鬍子，襯衫繃出肌肉的線條，腰間的匕首沒有在隱晦的。

對方打量了威廉跟莎拉一番，特別在威廉的佩劍上多停留一會兒，接著將硬幣還給亞拿，問候道：「凱特小姐，多日不見近來可好？這兩位是？」

「都是盟友。」亞拿依序指向兩人，首先是莎拉。「她是莉莎，貴族裝成平民。」然後是威廉，不過她頓了一下，應該是在想介紹詞。「他是威廉，衛隊的隊員，連裝都沒裝。」

雖然這話只是陳述事實而已，但聽起來就像是在調侃，讓威廉不是很舒服。

「那麼，想買些什麼？目前貨幣只收瑪拉克跟琥珀葉。」壯漢嚴肅的表情沒有改變，感覺得出來仍然提防著除了亞拿以外的訪客，不過說話方式是有稍微溫柔一丁點。

「我們要去絲歐客，想見『阿尼恩』。」亞拿坦誠以告。

聞言，壯漢緊鎖的眉頭終於舒開了，合理推測，去黑市與他需要警惕的潛在威脅並沒有直接關係。對方引領三人離開倉庫，穿過一段空蕩蕩的走廊，在眾多房門之間，找到其中一個停下腳步。

「我們到了。」說著，壯漢推開門，將頭探進去說了幾句異邦語言。威廉猜應該就是薩瑟瑞語，因為語感聽起來跟亞拿說過的很相似。

送他們進去後，壯漢就離開了。這房間極其簡樸，什麼都沒有，只有一張普通的辦公桌，以及一名戴著面具的人。

那人坐在辦公桌對面，面具是木頭材質，只罩住耳朵前方的面容；它的臉色蒼白，瞇著雙眼；留著八字山羊鬍，嘴巴彎得跟弦月一樣翹，看起來比黛歐先生開心。不過笑臉有時候可能比哭臉更不好惹。

「哈囉！」面具人的聲音極為低沉，一聽就知道是吸了幻聲氣體。「沒錯！我就是阿尼恩，你們的引路人，一共三人要進入絲歐客嗎？」

亞拿向莎拉交換眼色後，便回以肯定的答案。

「好的，你們知道的，沒錯！給我你們的定位身分，作為擬態的依據。」阿尼恩說著，一本巨大的名冊簿已經攤在桌上。

威廉不懂那是什麼意思，正想發問時，阿尼恩已經補充：「沒錯！就是在商會間足夠響亮的身分，證明自己有資格進入絲歐客。」

「底波拉的凱特。」、「普爾節盜賊團的團長伊絲勒。」亞拿跟莎拉先後回答。

阿尼恩立刻快速翻閱名冊簿，書頁發出清脆的拍打聲，然後按住某一頁，俐落撕下並遞給亞拿。「沒錯！妳這次叫做米格魯。」

接著他又繼續拍搧書頁，找到另一頁，依樣撕下來遞給莎拉。「沒錯！妳這次叫做蒼孔雀。」

最後他望向沒有報上名號的威廉。「你呢？」

威廉無助地用眼神向兩個女人求助，但她們倆卻一副等著看好戲的模樣，沒打算伸出任何援手。他只好硬著頭皮擠出跟商會沾得上邊的頭銜：「我、我是——旅宿公會的會員跟旅店繼承人，威廉・懷赫爾，這個可以嗎？」

「錯誤。」面具人斷然回絕，並把雙手拱在書頁上。「沒錯！如果沒有其他更響亮的稱號，可以提供與商會累計交易達一百瑪拉克的交易證明。」

威廉眼前一陣昏花，一百瑪拉克！把所能想像最昂貴的商品都盤點一遍，全部加起來都沒有一百瑪拉克。入市門檻就那麼高，這座黑市的規模到底有多龐大？

看著眼前三個「特別的存在」，威廉認清自己是高攀不起那個世界的。正當他想自請退出時，莎拉總算笑完了，先一步對面具人說道：「阿尼恩，這位其實是我的侍從。我聽說，一個人是可以帶一名隨行人的，那人就算不達身分資格也可以擬態，進去後不能說話也不可以交易，只能幫忙背負商品，應該沒錯吧？」

「沒錯！那麼——」面具人從抽屜取出另一本冊本，它的體積略小一點。他撕下其中一頁，遞給莎拉。「他這次叫做巴巴里猿。」

隨後阿尼恩將冊本全部疊到一旁，將手重新拱回桌上，鄭重說道：「沒錯！雖然凱特已經是絲歐客的常客，但三位是第一次透過本阿尼恩入場，因此本席有義務告知基本規矩，免得壞了大家的興致。」

「沒錯！第一，進入絲歐客後，各位將不再使用真實身分，如果參加需要報上名號的交易場合，只需使用本席擬態後的匿名，自曝家門後果自行負責。第二，絲歐客只接受『琥珀葉』交易，需自行留意該貨幣的特性與使用方式，大意受騙自行負責。第三，請依照本席的安排出入絲歐客，車票可見方才的隱匿單，自曝行蹤後果自行負責。」

說到這裡，面具人從抽屜取出一個小木盒，走到威廉面前，遞上一顆白色藥丸。

「現在吃下去，巴巴里猿。」

這舉動把威廉嚇著，他沒接下藥丸，而是向莎拉與亞拿投以求助的神情。

「快吃，猴子。」莎拉催促。

亞拿也勸道：「沒毒啦，我吃過。」

既然都這麼說了，威廉才百般無奈地將藥丸一口吞下，當苦澀的口感醺上味蕾。他撇見亞拿臉上的表情，這下可真的後悔了，因為對方正漾起不太妙的笑容。

確認威廉聽話後，阿尼恩回到座位，上半身完全潛到桌面下，拉了某個機關，正後方的地板立刻開出一口四四方方的地洞。

威廉伸長脖子往裡頭瞧，除了幾階被燈光照亮的石階之外，什麼也看不見。

「下去吧。」面具人手裡拿著一盞燃燈。

石階螺旋向下，阿尼恩走在前頭，帶領三人深入地底。轉了四、五圈後，他們來到一座如房間大小的地窖，它的各個角落長著螢光菇，淡淡的螢光不足以照亮整座空間，只能幫附近的箱子抹上朦朧的輪廓。

阿尼恩走到牆邊，點起一根火柴，投進石牆上的溝槽。溝槽內燃起明亮的火光，並且像流水一般，沿著環狀渠道快速竄流地窖一圈。火光抵達溝槽終點的同時，整座地窖也跟著明亮起來，兩旁堆放整齊的木箱被照得清清楚楚，包括對面的門扉。

面具人從左邊的箱子內取出三件黑色大袍子，再從右邊的箱子取出三個跟他自己一樣的面具，接著依序交給他們三人。

最後他站回石階，說道：「沒錯！無法藏進長袍內的東西必須留下，我會替你們保管。穿戴好後就能進入對面那扇門了，大約一刻鐘後會有人來接你們，將隱匿單交給對方看就行了。沒錯！祝你們購物愉快。」說完他便轉身往上走。

威廉將寬鬆的袍子套上，再用它的兜帽把頭髮一起遮起來。看著自己的面具，覺得有哪裡不對勁，似乎少了什麼……

「威廉你看！」亞拿在身後呼喚道，他應聲回過頭，與一張慘白的笑臉鼻頭貼鼻頭——

他嚇得跌坐地上，驚魂未定看著被逗樂的亞拿。不過真正讓他久久不能自己的，不是那張該死的面具，而是他赫然發現，自己的喉嚨竟然發不出聲音了！

威廉慌張地比手畫腳，試圖告訴兩個女人自己身上發生的事，只見那兩人仍然嘻皮笑臉，把他當成默劇演員。

「好了好了，冷靜點。」莎拉戴上面具。「那顆叫『撒迦利亞喜糖』，吃下去後，聲帶大約會有六、七個小時無法發出聲音，跟你的面具很匹配呢！」

威廉這才恍然大悟，看回手中的面具，整張臉果然怪在嘴部，鼻子以下平整又光滑，沒有嘴巴。

「走吧，我們得在你恢復聲音前逛完，否則連我都要遭殃了。」莎拉說著，拉開地窖彼端的門，陳舊的門軸發出刺耳噪音——

門外是一片漆黑，猶如被惡魔盤據的領域，唯一光明的地方，只有地窖燈火探頭的範圍。同時，潺潺的流水聲傳進他們耳裡，推測應該是某段地下水道。

三人走出地窖，不過威廉在門楣下就駐足，並用手按住門板。因為衛隊訓練他，一旦踏進「敵暗我明」的處境，警覺性必須拉到極致，確保後路之外，也預備應對任何最糟的狀況。

他們用貧乏的視野環顧四周，腳前就是石磚鋪成的水道，左右兩端被黑暗完全吞噬，若有任何敵人從那裡突襲，連亞拿也無法全身而退吧。威廉竊想著。

等待期間，亞拿不時會找威廉說話，多半是問他問題。從有沒有偷過東西問到有沒有掀過別人的裙子，並補上一句：「不說話就當你默認囉！」非常幼稚。

啞巴的威廉終於被亞拿惹惱，抓住對方的腦袋準備送上一記頭槌。而這瘋婆子當然不會乖乖受死，她也跟著後縮頭頸，用力迎向威廉的額頭——

兩張面具撞在一起，木頭聲響徹整條水道。

「兩個傻瓜別玩了，有人來了。」莎拉對蹲在地上的兩人說道。

威廉與亞拿揉著額頭，看向水道上游，盡頭處果真出現一盞火光，順著水流朝他們行駛而來。

隨後，一艘小船在他們面前停下。船夫站在船頭，穿戴相同的面具與長袍，手裡拄著一根長桿，頂部裝有鐵鉤。

對方什麼話都沒說，將一隻手伸進袍子內，再伸出來時，食指戴著一枚會發光的戒指，隨後平攤手掌，示意向三人討取某樣東西。

亞拿將隱匿單遞到船夫面前，對方用發光的食指撫過想確認的內容，確認沒問題後，便指示亞拿上船。莎拉與威廉見狀，也依序交出自己的隱匿單，接著被允許踏進船板。

船夫收起長桿，往水底撐兩下，讓小船重新啟航。

航行期間亞拿與莎拉完全沒有交談，而是靜靜盯著航道的盡頭。威廉知道城市底下分布著各種水道，有些是用來引流乾淨的泉水，有些則是將廢水排出城外，卻萬萬沒想到，商會居然暗地利用它當作交通工具。

他在心裡盤點所有已知的水道路線，試著推演當下所在的方位。就在此時，船夫將長桿抽離水面，把鐵鉤那端伸向天花板，隨即勾到一條鐵鏈。他使勁一扯，前方本該急轉九十度的彎道，旋即開闢出一條可以直行的叉路，小船便順勢進入新航線。

本以為只是換到另一條地下水道而已，卻發現一旁的景色瞬間驟變，平整的石磚水道變成坑坑巴巴的礦坑通道。

一陣劇烈顛簸後，水聲消失了，取而代之的是金屬車輪在軌道上疾駛的聲音。威廉不敢相信自己的耳朵，他回望船尾，水沒見到半滴，倒是礦車的軌道連綿奔向視野盡頭

——

也就是說，小船離開河道後，要不是有礦車準確接住它，就是船體本身有輪子，可以直接在軌道上繼續奔馳。而他也終於明白，阿尼恩稱之為「車票」的意思。

看著這條彷彿沒有盡頭的坑道，雖然知道第一代國王是靠開採銀礦致富的，但只聽說主要礦脈在森達姆山以及附近的山區，想不到連城市腳底下都曾是國王的寶庫。

小船順著軌道拐了幾個彎，速度慢下來的同時，它滑行到一扇陳舊的老木門前。船夫用長桿勾住牆上的鐵環，讓小船完全停下。

這位面具人依然沒說半句話，僅以手勢將三名乘客請下船。等船上只剩他一人後，便又用長桿推撐地面，將小船跟自己送進黑暗的隧道中。

此時，木門朝內緩緩開啟，昏黃的燭光從門縫流出來。亞拿當自己家廚房似的，門一推就大大方方走進去，莎拉與威廉緊跟在後。

這裡看起來不像賣東西的地方，而是又一個秘密小房間，正確來說，更像一條小廊廳。

整個空間瀰漫著淡淡霧氣，一名面具人站在廳室中央，身旁擺放一組桌椅與燃燈。他雙手交疊放在腹前，等待著三人。

威廉觀察到，面具人的桌上擺著一個玻璃量杯，杯身畫有密密麻麻的刻度，裡頭裝了半杯與光源顏色相似的液體。

這位面具人跟船夫一樣，向他們伸出討取東西的手勢，不同的是，他會開口說話：

「出示你們的隱匿單，請。」聲音也是經過扭曲的。

對方把三張紙都過目後，指向桌上的量杯：「支付入市費，一點二五舍克勒，請。」

亞拿走到桌邊，掏出一顆雞蛋大小的石頭。它的外型有菱有角，跟頁岩很像，呈半透明的琥珀色，在燃燈的照射下，反映剔透的光澤。

綜觀這些特徵，應該就是之前提到的「琥珀葉」了，不過現在說的舍克……又是什麼？

困惑之際，面具人掀開燃燈的上蓋。亞拿將琥珀葉一角懸在火焰上方燻烤，直到受熱的部位變成白色，便改放到量杯的邊緣。

她接過面具人遞來的小刀，將白色的部分一點一點削進杯裡。隨著漣漪一圈圈撥開，量杯的水位一格格往上爬——

正當女孩聚精會神削石頭的時候，莎拉的臉悄悄湊到威廉耳邊，用被改變的聲音解說道：「『舍克勒』是錫安大陸的重量單位，琥珀葉用它計價，一單位等於十一公克，目前行情差不多價值八瑪拉克。」

三人的入場費居然就要十瑪拉克，這座市集究竟都賣些什麼？

氣體。

「好了。」亞拿將小刀還給面具人。她的聲音也變尖了，看來眼前的霧氣就是幻聲

面具人拎起量杯，檢查液體與刻度間的距離，以及由沉澱物產生的小泡泡，然後滿意地點點頭。「我會為各位準備離開的車班，請依照單上的時間到指定的門。」

對方用鑰匙幫他們打開身後的金屬門，隨著鐵板鏗鏘作響，安靜的小房間灌進人潮活動的氣息。三人正式踏進絲歐客的領域——

第2節　黑市絲歐客Ⅱ

熟悉的街市榮景立時撲面而來，狹窄的通道中淹滿了面具人。視野雖然稱不上明亮，但也不至於昏暗，照明方式與阿尼恩的地窖如出一轍，光線不足的地方會掛上燃燈。

通道的頂部高低不一，但都足夠讓個頭高大的人通過。兩側連綿著一窟一窟的小洞穴，一個洞穴就是一家攤販。老闆與店員坐在裡頭，商品全在他們唾手可得的位置，人們用著變調的聲線談判交易，熱鬧程度幾乎不亞於地面上的銅月。

三人站在入口處躊躇好一陣子，左右兩邊的通道都延伸到好遠，而中間又有許多岔路可走，一時間根本無法掌握方向感。

莎拉在一旁的書報堆中找到一份店鋪地圖，便拉著亞拿一起研究如何順利找到所有要買的東西。

威廉在一旁待著，眼珠子與脖子不停轉向不同地方，一刻都沒有停下來，這座由廢棄礦坑改建成的地下市集，不管什麼角落都令他驚奇。

地下商人幾乎什麼都賣。從最普通的珠寶、首飾、藝術品，到被視為高級別管制品的火藥武器，都大大方方攤在地上任人挑選。有人正用天秤秤量神秘的粉末，以他對犯罪行為的知識，那十之八九就是毒品了。

還有個攤位內堆滿大大小小的籠子，裡頭關著各種珍奇異獸，例如長著六條腿的螢光蜥蜴、鳥喙上長彎刀的鸚鵡，以及一隻露出疣豬獠牙的大陸龜。全是被浮空世界列為禁止盜獵的「非魔獸珍貴物種」。相較之下，一旁的魔獸水晶小販顯得一點都不特別了。

每個攤販都有接琥珀葉的量杯與烤具，平時藏在身後或是能上鎖的箱子裡，只有在交易談成的時候才會拿出來給客人削石頭。

他發現不遠處有個攤位，裡頭什麼商品都沒有擺，只有一個人坐在那裡。一名客人走到他面前，交談幾句話後，客人掏出一張某人的肖像畫，他們又交談幾句，攤位裡的人點點頭，收下那張畫像，並且從身後拎出量杯——

威廉的臉突然被亞拿將扭向自己，她告誡道：「那是職業殺手，剛才他的血氣已經往這邊飄來了。在這種地方，就算別人不知道你的真實身分也別亂看，會惹禍上身的。」

莎拉也過來拍拍他的肩膀。「我們走吧，人很多要跟緊一點，記得隨時維持自己的靈氣，這是我們之間最快的辨識方式。」

亞拿攤著地圖帶頭，三人在四通八達的通道間快步穿梭。地面上的市集概念在絲歐客是行不通的，這裡不會依照店鋪的屬性分區，亦如食材商旁邊正在處理廢棄毒物、密醫旁邊正在交易人體器官。

威廉猜，那些位置應該是先搶先贏，隔壁是誰根本沒得挑，而這裡的人似乎一點也不介意。

深入核心的同時也發現更多有趣的東西。例如說，原來並不是每個洞窟都一樣大，有些是好幾個小洞窟打通連接起來；有些長得像是一條隧道，可以直接看到對面的通道；也有洞窟又寬又深，可以放巨大的貨物或是加工器具，就像剛才逗留的木材商那樣。

莎拉買了一根照她指示加工的木杖，長度比亞拿的短很多，大約只有一百二十公分，木心幾乎被挖空。瞧亞拿又削了好幾片石屑，想必是非常稀有的木材，現在變成公主殿下的手杖。

還有一間詭異的煉金工房，裡頭堆滿五顏六色的瓶瓶罐罐，以及一個大鍋爐與火窯。店員忙進忙出調製各種玩意兒，從藥品到不知做什麼用途的合成物都有，光是站在店外就熱得要命。

正當莎拉和老闆談生意的時候，威廉看見另一組客人進到店鋪裡，同樣是三人一組，其中一人的面具也沒有嘴巴。

他們與店員一陣交談後，將一瓶藥水遞給侍從，要求對方喝下去。那人起先直搖頭，但在雇主的威逼下，只好把瓶子送進面具底下，一口氣飲盡。

一開始沒什麼反應，隨後便抱著肚子，大坨大坨的穢物不斷從面具以及長袍下方傾瀉出來。嚇得雇主們拔腿就跑，店員趕緊把侍從推出店外。

看到這一幕，亞拿立刻把臉轉向威廉，拿起老闆剛才試調的藥水瓶，遞到他的面前。儘管有面具隔著，但威廉敢賭一百萬瑪拉克，這女人現在的笑容一定比她的面具還陰險！

就在惡臭即將瀰漫整間店鋪之時，莎拉也把生意談得差不多了，向老闆下訂單與結帳後便帶著兩人離開，表示稍晚會再回來取貨。

接著，他們來到一家專門處理大體的店鋪。儘管洞裡種滿香草，依然掩蓋不了令人反胃的腥味，威廉差一點就把午餐吐出來了。

莎拉與老闆交談後，帶上亞拿，三個人窩進一道布簾後面，留威廉在外頭，觀摩一位面具人鋸斷屍體的大腿骨。幾分鐘後那三個人終於走出來，一樣只是簽下單據與削石頭，什麼東西都沒帶走。想到之後還得回來一趟，喉頭又是一陣乾嘔。

接下來，他們光顧的店鋪就單純多了，有傭兵公會、獵人公會、鐵匠鋪、賣火槍的武器店，以及兜售各種新奇道具的小攤販。隨著亞拿的琥珀葉漸漸被量杯蠶食，威廉肩上的背袋越來越大包。

已經不記得拐過多少岔路、跨越多少街區，他們終於把該逛的店鋪逛完，該取件的商品取回，距離表定搭車的時間還有兩小時左右。最後一站，他們來到一家專門精工裝備的店鋪。

莎拉把所有「材料」放到一張長桌上，有那根幾乎被挖空的手杖、合成皮繩、幾把火槍，以及一些意義不明的金屬零件，最後將一張草圖攤在工匠眼前——

看起來是一把武器的設計藍圖：以手杖為主體，合成皮繩繫在中空的木管內，透過一連串複雜的機關，可以像弩槍一樣把東西發射出去，只不過沒有弓臂，外型倒跟軍部用的長型火槍十分相似。

一個小時過去了，莎拉與工匠兩人已經把散亂的零件拼成一個完整的東西。目前正在反覆測試機關的運作狀況，只要覺得不順暢就會拆開來檢查，已經不知道重複這程序幾回了。

亞拿則窩在角落，頭靠在工具箱與牆壁之間打瞌睡。威廉可以輕易想像，在面具後面，她的嘴巴肯定張開開的，還掛著一條口水。

看著兩個發明家全神貫注地將手杖上的金屬環拉了又放、拉了又放，威廉終於感到有點膩了，再繼續看下去，也要跟亞拿一樣昏迷了吧。他決定趁現在人潮稀疏的時候，利用最後一點時間到附近看看有什麼新奇的事物。

隔壁是位占卜師，大如西瓜的水晶球供在盤腿之間，沒什麼人停下來找他問事，這應該是目前看來最寧靜的店鋪。下一間是做賭場的，有些賭具他認得，有些則是有看沒有懂，例如某賭客接連拿到一樣的牌型，前一回合還惱羞捶桌子，下一回卻突然歡呼叫好。

此時，他注意到賭場對面的一條小巷子。它深入在兩家店鋪中間，窄得只夠一個人通過，並且使用大量梁柱強化結構，不像礦坑舊有的通道，而是黑市的人另外挖的。

有個人從裡頭走出來，身後拖著一陣突兀的歡呼聲，聽起來是一群人一起喧嘩，類似秀場會有的聲音。正想上前查看時，腦中閃過亞拿說『別亂看』的聲音。

話是這麼說，但他真的很想知道，究竟是什麼生意比賭場還歡樂，只瞄一眼而已應該還好，剛才好幾個路過的人也那麼做呀。權衡之下，他決定站遠遠地往巷內探頭，發現一扇沒關好的門，只在距離巷口四、五步的地方。

房內暈滿紅色的燭光，一群面具人坐在地上，臉全朝同一個方向，還沒看清楚他們正在觀賞什麼的時候，他們又拍手歡呼了。威廉慢慢挪動腳步，讓視野一點一點投向舞台——

一名女子披頭散髮，身上沒有任何衣物，從手臂到大腿，沐浴著條條血痕。此時一名面具人走到她身邊，手拿一根粗大的棒狀物，粗暴地翻轉她的身體，讓她背對觀眾，然後一隻手臂環扣住女子的腰際，接著用力一提，使臀部對觀眾翹起……

威廉趕緊撇過頭，不敢繼續看下去，隨後察覺有道視線正盯著自己。

「小子，看免費的呀？」一個碩大的身影站在面前，幾乎遮去半邊光源。

威廉連賠不是的話都無法說，只能舉起投降的手勢，同時步伐往後踩，想趕緊退回精工舖。

但是那高個並不領情，一手將他擰回去，並把他的面具當門在敲。「叩叩叩！有人在家嗎？你家的小鬼在白嫖哦，叩叩叩！」

此時，木頭綻裂的聲音倏地響起，直覺是從臉前傳來的，威廉立刻把面具實實按在臉上。

惡霸揪起他的衣領，只剩腳尖能碰到地板，凶狠地說：「小朋友，你現在有兩個選擇，切石頭，或者，來跟我們的蜜糖跳支舞。」

在威廉眼裡，對方的惡意彷彿化做數條幽淵的觸手，穿過笑臉面具，慢慢伸進他的眼窩，闖入胸腔，輕輕逗弄怦跳如雷的心臟——

「等一等！他是我的財產，懲罰他之前必須先問過我，這是規定！」這話悍然而至，瞥見莎拉側影的同時，一根手杖架在惡霸的手腕上。

下一刻，對方的手果真鬆開了，但他的雙腳已經癱軟無力，只能跪倒在地。

威廉俯著身子，死命用手按住一分為二的面具，同時餘光瞄到四周都是鞋子，似乎被對方的人團團包圍了。就算莎拉為自己出頭，面具損毀的事實並沒有改變，再這樣下去，真面目一定會曝光。

他覺得自己好窩囊，堂堂一個衛隊騎士在這裡居然毫無尊嚴，還落得一副投降認錯的姿態，向一群敗類乞憐……

這時，一個身影來到他面前，雙手拉著一張大黑布，把他們兩人罩住的同時，也將他的臉摟進懷裡——

亞拿將一小捆布捲遞到他眼前，說道：「來，這是跟工匠借的黏膠布，我幫你擋著，快把面具修好吧。」

此刻，威廉的淚珠已經在面具上滴答作響。他不確定自己是被陛下的可靠觸動，還是被亞拿的溫柔感動，亦或者只是被自己的窩囊氣哭。無論是哪個，他都瞧不起現在的自己。

惡霸說道：「好吧，拿拐杖的。妳的小乖乖偷看了紅房，照規矩，他至少得支付一次遊樂費。否則，他也要成為我們的娛樂，懂了嗎？」

「好，需要切多少舍克勒？」

「那就要看妳抽到什麼號碼了。」對方說著，從斗篷裡掏出一小疊卡牌。「今天的遊戲是『加法減法』。抽一張牌，黑字是加法，紅字是減法，卡牌的數字後面加一個零就是遊樂費，也代表妳送給蜜糖的甜度。」

「甜度？」

「當然啊，蜜糖要夠甜，才會討人喜歡，你們說是吧？」旁邊的紅房客人們都捧場地笑了，惡霸繼續解釋：「抽到加法，就要在蜜糖身上增加東西，反之，要減少東西。而如果讓我們覺得妳欺騙蜜糖的味蕾——妳就得用自己的身體補足那個甜度才行。」客人們又笑了。

「我明白了，開始吧。」莎拉伸手要抽牌。

強勢進取的舉動反倒讓惡霸縮了一下，便又補充道：「我再提醒妳一下好了，這些是最後的牌，加法只有一張，而且數字都不小。」說完，才遞上鋪成扇形的卡牌。

威廉察覺莎拉身上傳來一股氣勢，定睛一看，發現她肩膀至頭頂散發著強烈的靈氣，並飄出幾根羽毛，整個人彷彿在發光。

莎拉沒選眼前的牌，而是冷不防地伸進對方的袖子裡，取走被藏起來的那張牌。

「減法五，應該是目前最小的數字吧，謝謝你特別把它找出來。」

對方頓時語塞，這反應威廉看過，酒吧的老千被掀底牌時都會這樣。「好、好吧，妳要送蜜糖什麼？先告訴妳，剛才抽到減法四的人帶走她的左耳。」

「她的左手掌。」莎拉立刻給出答案，並且轉身向亞拿要琥珀葉。

威廉的背脊寒透了，看一眼的代價是五十舍克勒與一個陌生人的手掌。更令他毛骨悚然的是，如果這種惡意淵藪的紅房不只有一間，那麼這座絲歐客……不，是全世界的絲歐客，每天每時每刻，到底有多少「蜜糖」正在被凌辱？

此時，房間內傳來女子淒厲的慘叫聲。他心碎了，平時都是他在保護平民百姓，今天公主為了保護他，活生生剁下某人的手掌。身為騎士的自己，不僅無能，還害了人。

紅房的面具人收了款，將「禮物」交給莎拉後就回去了。事情總算解決，他們回到精工店鋪，把東西全帶上手，便往指定出口移動。

威廉不禁回望剛才發生衝突的地方，附近的面具人們繼續做著自己的事。贏錢的繼續高聲歡呼、買賣的認真議價，彷彿什麼事都沒發生過。

所有人都知道有一個人正在被虐待，等一下可能就會死，聽說最高的數字是十，減法五已經斷掌了，減法十還能切什麼？但對他們來說，這一切就如同平凡到毫不稀奇，茶餘飯後都懶得提的小事。

之前認知到的渺小，指的是到過最高的山、最低的谷，甚至是潛到浮空世界之下，才體認到自己的物理體積小如豆丁、學識只有羊皮紙那般單薄。而今天認知到的渺小，是在衣冠楚楚的禽獸面前，自己的生死跟螻蟻一樣平等。

原來，「渺小」還有這種滋味。

三人在市井間穿梭，威廉的頭低低的，除了亞拿的衣角外什麼都不敢看。走了好一段路，他們找到隱匿單上指示的門牌，進入後不意外又是一座廊廳，一名面具人已經在裡頭等著。

他一一收走了隱匿單，為三人打開通往外面的小門。莎拉將蜜糖的手掌當作小費送給面具人，對方似乎很高興，發出一連串怪異的呵呵聲。

他們乘上一輛靠巨大蜥蜴拉動的礦車。牠的腿雖然短短的，但在船夫的肉塊誘惑下，腳程快得顛覆想像，拖著車廂在坑道中奔馳。

過沒多久，巨蜥帶他們回到地下水道，粗壯的尾巴在水裡優雅搖擺。當一扇木門出現在水道旁，船夫割斷食物的繫繩，讓牠品嚐到勞動的獎賞。

船夫用鑰匙幫他們開門，商會的地窖再度出現在眼前，不過從陳設與格局看得出來，這裡並不是之前那座地窖。

三人脫下面具與長袍，爬上一段旋梯，來到一座陌生的倉庫，透過這裡的接待人才知道，這裡是另一條街的商會。他們正式回到光明的世界，每個人的聲音也恢復正常。

回科洛波爾商會的路上，紅通通的夕陽幫街道染上暖暖的金黃色，商家與客人催促著彼此，完成最後一筆交易就要收工休息了。

莎拉與亞拿依舊打打鬧鬧的，非常有精神。她們倆沒有再提起紅房的事，也沒有為此責備威廉一句，更沒有刻意冷落他——這讓他非常不舒服。

「妳們為什麼不罵我！」威廉對兩人的背影喊道，只見她們一臉茫然地看向自己，才把醞釀許久的話一次吐露出來：「我擅自脫隊看了紅房，捅出婁子還得靠妳們才得救，不但讓妳花了多餘的錢，還髒了妳的手。對……因為我的關係，讓妳不得不剁別人的手。我這麼沒用，妳們為什麼不罵我？是覺得反正我就這點程度而已，說再多也沒用嗎？」

莎拉將手杖從地上拉起來，瞬間握住杖尾，用杖頭捅向威廉的肚腹。宛如一記銳利的刺拳，令他抱著肚子踉蹌幾步。

「這下是教訓你用否定自己的方式自憐。」她的語氣相當平和，甚至有點溫柔：「養成習慣的話，你就真的會變成自己說的那種人了。」

聞言，威廉傻住了，搶先說出別人心底的話，一直是他保護自己的方式，如此一來，猜對就有心理準備，猜錯也沒損失。在以前，一般人都會被他震懾得啞口無言，然而莎拉卻不吃這套，一句「自憐」就把他藏好好的逆鱗掀在陽光之下。

「身為王儲，手早就注定不是乾淨的。」莎拉將手杖拄在身前，雙手交疊在頂端。

「沒錯，你沒有記取提醒所以闖了禍。但是我們都知道，絲歐客本來就是那樣的地方，任何無理的狀況都有可能發生，所以我才跟亞拿買下一整塊琥珀葉，預備因應各種麻煩。很遺憾的，在那種情況我救不了蜜糖，但我救得了你，那就值得了。」

威廉羞愧地低下頭，同時感覺嘴巴有點酸酸的，如果不閉緊一點，啜泣聲就要跑出來了。「我、我不會再讓妳們這樣救我，絕對不會。」他用衣袖粗魯地搓揉眼眶。

莎拉回以淡淡的微笑，接著轉眼望向天邊的晚霞，溫柔地微語：「有大事要發生了，快讓自己變得更強壯吧。」

第3節　雛鷹

絲歐客探險後的隔天，太陽才剛爬上山陵線，威廉已經把鄰居的屋頂都踩過一輪了。

今天是休假日的最後一天，他決定把一整天的時間都耗在練習羽化上，想藉此忘掉昨天的恥辱。儘管如此，惡霸說的那些話不時還是會浮出腦海，提醒他自己有多沒用。

「可惡！」威廉的後腳蹬出血氣，屋瓦應聲碎裂，整個人直接橫越一條街，朝一面石牆直直飛去——

他立刻從回憶中抽離，意識到自己偏離了預定路線，本來應該要跳到一旁較矮的房屋，而不是這座越來越大的瞭望塔。

情急之際，他將手腳伸向前方，想在接觸牆面的瞬間往側邊拍擊，迫使身體改變衝撞的方向，這樣就能落向一旁的屋簷，抓住任何東西讓自己平安落地。

下一毫秒四肢摸到目標，立刻使勁往身體左邊推，但右手手指卻直接挖進石磚裡

——

「咦？」威廉看向四根嵌進牆壁裡的指頭，以及渺渺溢出的血霧。

身體持續朝著預定的方向位移，手指不但沒有折斷，還挖出一大塊石頭，然後拋到街上。自己則因此失去平衡，眼前一片天旋地轉。

正當他試圖做出反應，手腕已經被一隻巨大的手抓住，身體順著慣性盪了個弧線後，被拉進瞭望塔的陰影之下。

這裡是瞭望塔下方的庫房屋頂，高聳的建築物隔絕破曉的陽光，使這區域像熄了燈似的，任何東西都只有灰灰的輪廓。

確定雙腳扎扎實實踏在屋瓦上，威廉鬆了一大口氣，一面按著快跳出來的心臟，同時向救命恩人——巨大的——雙腳道謝。

他心頭一驚，這幾天遇到大個子都沒什麼好事。慢慢抬起頭，在昏暗的視野中，試圖看清楚這回又是何方神聖——

對方穿著跟亞拿一樣的涼鞋，土色的長袍從腳踝一直包到頸部，掀開的兜帽中，竟然是位灰髮蒼蒼、滿臉皺紋，左眼被白布巾包覆的老太太。

「Shalom！見面了，白髮少年，終於。」老太太打招呼。

威廉皺起半邊眉毛，愣了半晌才接話：「我、我們之前認識嗎？」他敢賭上自己的名譽，對方是此生以來見過最高的老太太。

獨眼長者笑了笑說：「提過你，拿拿，跟我，昨晚。」

「拿拿？妳是指亞拿嗎？」順著語意推敲也只能是那傢伙了，而眼前這人應該就是她之前提到的「拉比」了。

對方瞇起眼睛，展現更加親切的一面。接著靠著牆坐下來，一手輕拍自己身邊的位置說：「聊天吧，陪我，坐，請。」

這人說話把主詞、名詞、動詞全放在奇怪的順序。雖然不至於聽不懂，但需要自己梳理一下才能明白意思，非常麻煩。

猶豫之際，威廉瞄到老太太皺摺的袍子縫隙中，露出一柄疑似匕首的握把。比他的手腕還要粗，拔出來肯定比衛隊的佩劍還大支。

他不禁嚥下一抹口水，立刻坐到牆邊，但刻意保持大約一個臂展的距離。如果對方真的要動手，還是砍得到他，至少反應時間會多那麼一點——

老太太倏地挪動臀部，直接坐到他旁邊，一隻大手還摟住他的肩膀。

「可愛嗎，徒兒，我的，你覺得？」

「咦？」威廉瞪大眼睛，看見老太太笑得慈祥，再瞅向對方山羊造型的刀柄，隨後腦中浮現亞拿捉弄人後的表情。「可、可愛呀，有時候啦……」

老太太似乎非常滿意，臉上的笑容更彎翹了。威廉的臉頰則是一陣滾燙，趕緊撇過頭，覺得自己像是掉進陷阱的兔子。

這時他靈光一閃，既然都聊到亞拿了，不如順勢聊聊她所擁有的東西。於是重新看向對方的眼睛，問道：「要怎麼跟亞拿一樣強，妳能教我嗎？」

聽到請求，這位長輩沒有立刻回答，而是將臉轉向前方，沉默了好一陣子。

威廉注意到對方的笑容並沒有消失，雖然不敢百分之百肯定，但冥冥之中感覺得出來，老太太正慎重思考著。是猶豫嗎？還是不知道怎麼拒絕？但是話都說出口了，不能就此退縮，除了持續遞上真摯的眼神外，「拜託」一詞已經準備在喉頭。

過了一會兒，老太太的臉終於轉回來，神情略有歉意地說：「教你，沒資格，我。」

「資格？」聽到敏感的字眼，內心的壁壘築得像膝蓋反射一樣快。不過這次他有立刻止住怒氣，冷靜思考那些破碎字詞間的關係後，情緒才漸漸退去，而困惑隨之而生。

「妳怎麼可能沒資格？妳不是亞拿的老師嗎？」

老太太回以淺淺的微笑，但嘴角很快又沉下。「是羽化吧，想學的。你奔跑，在房屋上，我看見。」

威廉立刻給予肯定的答覆，只見對方將掌心拱成碗狀，舉在他們兩人中間。

隨後，微風徐徐颳起，一枚擁有羽毛輪廓的灰暗光體悄悄現形，第二根、第三根緊接在後。它們都順著風流，在老太太的手上翩翩舞動，而威廉也馬上察覺不太尋常的地方。

不管是亞拿還是莎拉，甚至是自己偶爾飄出的羽毛，就算在多麼陰暗的地方，或多或少都會散發出不會被黑暗吞噬的白色光輝。但是老太太的羽毛顏色卻非常幽暗，僅能藉由一點反光，在瞭望塔的陰影下若隱若現。

他的目光追上其中一根羽毛，發現它所散發的微光，是仿若吸飽液體的光澤，並且隨著飛舞軌跡，拖曳出長長的血痕——

老太太淡然說道：「血腥，我的羽毛，教你，我沒資格。」說完便握起拳頭，讓羽毛消失。

「為、為什麼，為什麼妳羽毛會流血？」那情景深深烙印在威廉心底，震撼的感覺讓他想起第一次看見魔獸的時候。

「太多人，我殺死。」老太太輕撫自己的胸口。「染進靈魂，人的血。分不開了，血氣跟羽毛，如今。」

威廉記得很清楚，賽特不斷申明血氣跟羽化是不可能同時存在的，要求他避免再外溢出血氣。亞拿也把血氣跟羽化分得很開，儘管常常不小心「噴血」，還是會很快就讓靈態白回來。

然而，眼前卻出現一個血淋淋的例子，老太太的血氣跟羽化居然是融為一體的，可說完全否定了賽特、亞拿甚至是莎拉先前的指教。同時也印證了，血氣的威力加上羽化的靈活，是有機會辦到的——那就是強悍該有的樣貌！

「您絕對有資格！」威廉跳起來大聲疾呼：「請教我怎麼把血氣跟羽化融合在一起！」

看著威廉興奮的模樣，老太太愣了好一陣子，然後苦笑幾聲，接著再度招手，邀請他回到身邊坐好。

長者仰起頭，嘴裡喃喃說了幾個異邦單詞，彷彿正在腦中草擬著什麼。「第二年，撒馬利亞戰爭，聖樹曆275……2年。激烈、混亂、殘忍，硝煙、焦鐵、屍體，敵人跟……盟友。」

威廉明白老太太試圖形容戰爭有多殘酷壯烈，但那只是在堆砌單字而已，完全沒有渲染力。不過有發現她每個音節越說越慢、越拖越長，看來是慢慢沉浸到那段回憶裡了。

「月亮只有一半，某夜晚。我與盟友們，隊伍，三支，在馬可樓——」

「擬定作戰策略？」威廉忍不住插嘴，老太太說故事的節奏實在太慢了。

「不，吃烤羊排。」老太太苦笑。「很香，很好吃。嚐嚐，務必，拿拿招待，日後。」

或許是感受到威廉已經不太耐煩了，於是她從自己的回憶中抽離，改用更清楚的方式述說那段故事。然而，她構築語句的習慣一時間真的很難改過來，這讓威廉費了不少心神才完全理解故事的全貌——

某場戰役告一段落，我與三支提巴反抗軍小隊，在一座名為「馬可樓」的建築裡休息。就如剛才所說，我們聚集在頂樓，吃著烤羊排、喝著葡萄酒，有些人累得直接睡倒，過著一如既往的戰地生活。

無意間，一名隊員發現自己的羊排上出現一根羽毛，起先他不以為意拍掉。但從那刻起，隊員們開始接二連三表示自己看見羽毛，很快的，房間裡所有人都發現羽毛的存在，因為它們灑得滿地都是。

正當我們困惑摸不著頭緒的時候，一個人指向天花板大聲驚呼。其他人紛紛抬起頭，才發現，頭頂上淹滿了羽毛，看不見任何一寸天花板原有的構造。

並且彷彿有隻看不見的手，正在慢慢攪拌它們，使它們像池水一樣，順著時針的方向流動著。羽毛越轉越快，中心處開始向天空凹陷，變成一口巨大的漩渦，渦束又大又深，直直捲向天際。

就在一行人只顧著瞠目結舌的時候，又有一個人驚叫了，他指著原本該被稱為牆壁的地方，表示自己看見了舌頭，我們才發現，大夥兒已經深陷渦管之中。狂風襲捲整座房間，所有夠輕的東西凌空飛舞，同時，零星羽毛開始著火，火苗立刻點燃整管漩渦，化做猛烈的火焰管柱。

隨後，所有人也看見所謂的「舌頭」，雖然說是舌頭，但並不是認知中的肉質條狀物體。而是在看見一搓火團的瞬間，腦中立刻聽到它藉由抖動發出的話語，靈活的感覺就像舌頭一樣。

大家都非常害怕，有人杵在原地發抖，有人雙腳癱軟站不起來，有人開始向亞多乃祈禱，也有人不甘願什麼都不做，於是舉起刀劍，想把地板打穿逃出去。

而當那人將血氣散出體外時，那些血霧變成熊熊火焰，同時，在他附近的人，直到我們所有人，也不由自主外溢出血氣，並且跟著焚燒起來。那火焰並不燙，身上的衣服也沒有焦，倒是每個人腳上的鞋子都被燒成灰燼。

血霧被火焰吞噬殆盡的瞬間，我們身上綻放出大量的羽毛，奇怪的是，疲倦跟害怕的感覺都消失了，溫暖的氣流隨之湧現。

有人覺得自己擁有移山的力量，有人能感知自己體內每一條肌肉跟神經，有人能看見未來的事，有人讀懂剛才舌頭說的話，有人則是控制不了自己一直哭泣。

從那晚開始，我們獲得羽化的能力與知識。然而，我們並不真的明白「它」是什麼，以及可以發揮到什麼程度，只是直覺地用在戰場上。儘管它沒辦法直接擊殺敵人，卻可以大幅提升身體素質、擴大感官極限，使敵人很難對付我們，方便我們換成血氣殺死對方。

我們當中較厲害的人，都能靠它以一抵千，宰制腳掌所踏之地。如此幾年後，我們的羽毛漸漸被人血染成紅色，血氣跟羽化之間的界線也變得越來越模糊，或者說，我們已經分不清楚，發揮出來的本領，到底是血氣還是羽化。

這麼說吧，羽化被我們降格了。它就像是聖樹脂，原本應該作為點亮全人類文明的燃料，我們卻只想著製造「聖火」，剪除千萬生靈。日子一久，我們連將樹脂灌進燃燈的方法都忘了。

當我們終於弄懂羽化究竟是什麼的時候，戰爭也結束了。原來，它是比我們想像更美妙的東西，如果妥善運用它的特性，那場戰爭說不定很快就能有好的結果。但一切都太遲了，而我們這代人也都進不了流奶與蜜之地。

故事說完，老太太將笑容饋贈給嘴巴忘記闔上的小聽眾。

威廉感到驚訝，並不是因為這故事有多麼離奇，而是萬萬沒想到，這位偉大的長者居然用一大段神話傳說，企圖打發掉他的請求。

他能明白，對方想勸戒羽化跟血氣分開比較好。但他根本不在乎什麼比較好，只要能變更強大就行，騎士的使命本來就是保護王國、打敗敵人。況且，類似的概念莎拉跟賽特早就告訴他了，根本不需要再多聽一段寓言故事。

莫非，老太太是在暗示他，想要同時施展血氣跟羽化，只要殺夠多人就行了？

老太太彷彿看透威廉的心思，將手輕輕放在他頭上。「不一樣，心意，不一樣，時代，亞多乃。更耀眼，值得，你跟拿拿。」

溫柔的嗓音化作暖流，在他的心頭拂了一下，澎湃的情緒立刻平靜下來。

接著，長者從外袍內取出一條繩狀物，然後拉住威廉的手，將那東西塞進他的手心裡。粗糙乾澀的大手幫他闔上手指，同時用僅剩的眼睛投以炙熱的目光。「收下吧，老鷹爪子。力量，勇敢，擁有，你會。」

威廉將禮物舉向天空。黑色的彎鉤快跟他的手掌一樣大，不說還以為是什麼魔獸的爪子，可想見這隻老鷹生前的體型有多嚇人。

爪根嵌著一枚精緻的金屬環，隱約發現上頭刻有細細的文字，但光線不足，他就沒有端詳了。一條細長的皮製編繩穿過金屬環，讓人可以掛在脖子上。

論造型的話，這玩意兒在市集隨便找都有四、五條。但是長者會如此鄭重地送給自己，想必對她而言，這條項鍊在意義上肯定是無價的吧。

「哈斯特，狩獵，在山上，我。」老太太揚起自豪的神情。

那名字威廉在書上看過，是浮空世界體型最大的老鷹。展開翅膀最寬可以達到五公尺，性情兇猛，會捕食任何能擒取上天的動物，小摩亞是牠的最愛，有時甚至連人類都是獵物。

老太太側過頭，望向被陽光照亮的街景，悠悠說道：「甜美、天真、直率、衝動，時常。孤單，很害怕。」接著她又把臉轉回來，看向威廉。「身邊的人，她重視，非常、非常。照顧她，幫助我，日子，我不在。」

威廉終於等到老太太把單字一個一個說完，狐疑的眉頭隨之擰起。「那傢伙哪需要別人照顧？」他在心裡吐槽著。況且，這種類似託孤的話應該要對公主說才對，她們現在那麼要好。

於是，他把亞拿正在王宮逍遙的境遇告訴對方，只見老太太又露出親切的笑容，什麼也沒多說。

隨後，長者蹣跚地站起身，穩住腳步時還不忘用手幫脊椎挺一把。

「再會，老鷹少年。」她說完，便走到屋簷邊緣，頭也不回地跳進防火巷。

等到碩大的身影遁入屋簷下，威廉才回神，發現自己想要的東西沒問到，反而得到一條沒什麼用的項鍊。此時心頭揪了一下，手中這玩意，該不會就是「照顧亞拿」的委託金吧？

他連滾帶爬到屋簷邊，對著正要化進黑暗的背影喊道：「亞拿的老師！妳告訴我一句就好，怎麼樣才能把羽化變強大？」這真的是最卑微的請求了，至少讓他知道可以朝什麼方向特訓。

「心，」老太太的聲音從暗巷中傳出來，並且越來越小聲：「守護它。其他東西，次之——」

「搞什麼啊……」又是令人一頭霧水的寓言，威廉握緊拳頭，正想遷怒屋瓦之時，銳爪刺痛了皮肉。

他攤開手掌，瞅著黝黑的鷹爪，暮光慢慢灑落在它身上，反射出優雅的色澤。「勇敢、力量，是嗎？」

將項鍊收進口袋後，也跟著跳進防火巷，不過沒有走進暗巷深處，而是踏進光明的街道。

走在熙熙攘攘的街上，不知道為什麼，老太太的請求——照顧亞拿——不斷在腦海裡來回飄盪，讓他無法好好思考「守護自己的內心」到底是什麼意思。

沒注意究竟走了多久時間，當他意識過來，發現自己已經來到家門前，隔著窗子，看見露西正在裡頭忙著。再抬頭看看懸掛在頭頂的招牌，「懷赫爾旅宿」這幾個字正閃閃發光呢，不枉費他銅月前才重新上過漆。

回想起來，打從那自私的男人離家後，跟母親兩人相依為命也有十四年了。如果十三歲時沒有經歷那件事，他應該只會繼續當個「小老闆」，陪伴露西平平淡淡地經營旅店吧。

糟糕，都怪「照顧」一詞揮之不去，把雪藏在心靈深處的記憶挖了出來，帶他回到五歲的那一天——

天才剛亮，外頭的陽光還很混濁。父親揹著輕便的布包，拖著虛情假意的步伐，走到大門口，準備拉下門把時，不經意與他對上眼。

第4節　從誓言劃出的劍圍

「小威？」父親露出訝異的神情。那也是當然的，畢竟昨晚才跟母親轟轟烈烈大吵一架，怎麼敢奢望有人願意出來送自己。

男人放開門把，走到男孩面前，叩下膝蓋，想把對方一把摟進懷裡，卻被兩隻小手推了一下。

父親難掩失落，但也苦笑著欣然接受。他說道：「對不起，小威，爸爸為了……唉，就像昨晚說的那樣，爸爸必須去一趟……」

威廉沒有說話。

「我保證，事情一結束我就——」

「不要！」威廉大吼。

「小威，我知道——」

「我不要！」他不想聽對方解釋。

了。

「小威……」

「我不要我不要我不要！」伴隨猛烈地跺腳，這真的是他所知道最凶狠的表達方式

父親終於閉上嘴巴，而威廉的臉已經又紅又腫，連滑下來的眼淚都是燙的。這時，男人用孩子無法反應的速度，一把將男孩抓進自己的胸膛，任憑小手怎麼左推右打就是不肯鬆手。

「我會寫信回來，好好照顧自己……」父親沉默了許久，才終於把剩下的話說完：「也替我照顧媽媽。」

說完不負責任的話，男人立刻拋下男孩，頭也不回地離開了。木門關上的那一刻，孩子的哭聲點亮整間屋子——

從那天起，家裡少了一個聲音，讓人好不習慣。不過旅店照常營運著，只是大大小小的雜事全落到母親身上。

她得一個人打掃、換床單、搬貨物、招呼客人、幫水槽打水，等客人跟威廉都睡了以後還要作帳。這些辛苦威廉都收在眼底，當他開始有些力氣後，便學著從最小的事幫忙起。

他並不認為自己是履行父親的託付，畢竟根本就沒有答應對方。倒是他已經對自己偷偷許下承諾，如果有生之年還能遇到那個敗類，一定會把對方揍得滿地找牙。

十三歲的某天，他從市集採買完食材，乘著輕快的步伐，兜在返家的路上。

當他經過一間賣水果的店鋪時，老闆娘熱情地招手，邀請他到自己的店鋪前。威廉認識這位女士，她與母親的交情還不錯，時常關心他們的生活近況。

「小威，幫媽媽買東西嗎？真能幹呢！」說著，老闆娘從店裡提出一籃水果，塞進威廉手裡。「來！送你們吃，都是當季盛產的高級貨，幫我向媽媽問好哦！」

威廉謝過老闆娘的同時，隔壁店鋪的老闆也探出頭來。「唷？這不是懷赫爾家的乖孩子嗎？來，叔叔這條魚送你！」才接下魚尾巴，又有另一位賣蔬菜的老闆過來，放了一大把時蔬塞進他的籃子。

這些街坊鄰居都知道家裡發生的事，除了同情母親的遭遇外，也對她堅強的態度大表讚賞。一些關係較好的老闆，心情好時會送這個送那個，對母子倆十分照顧。

父親的名聲在他們口中自然就不怎麼好聽了，威廉頭幾個認識的咒罵詞彙，就是在他們談及父親時學到的。不過他後來才知道，關於父親離家出走的事，特別是那些更為負面的點綴，都是從舅舅——比爾——傳出去的。母親身為當事人之一，倒很少向外人提及這事。

捧著滿手禮物，耳朵塞滿表揚的語句，在回程的一刻鐘裡，威廉覺得自己是世界上最幸福的人。

他興奮地打開旅店大門，迫不及待跟母親分享剛剛得到的喜悅，卻發現舅舅坐在吧檯前，母親正在為其包紮手臂。

「舅舅的店被搶了，還好傷口沒很深。」母親的語氣很鎮定，但聽得出來是不想讓他跟著慌張。

「他媽的！」舅舅可沒那麼冷靜，開口時牙齦都露出來了。「一群不事生產的廢物，他們一定是隔壁街同行的混帳買來的打手，對！一定是這樣，嫉妒我上週標到大訂單！」

母親靜靜聽著舅舅咆哮，臉上露出莞爾，彷彿那些台詞已經聽了數十遍了。最後她將繃帶繫緊，讓弟弟的話癆病在驚叫中收尾。

「看你挺有精神的，錢的事小，人沒事最重要。」母親將急救物品收回小箱子，並對著威廉說：「小威，辛苦囉，你好像帶回不少東西呢！」

威廉把東西擱上吧檯，區分購買清單與禮物的同時，將它們的來歷一件一件說給母親聽。

老闆娘認真聆聽著，一邊將禮物跟人名寫進筆記本。這是她的習慣，紀錄所有對自己有恩惠的人事物，這樣就知道來日要報答誰了。

舅舅的氣還沒有消，在一旁喝著悶酒。突然間，他把酒杯重重地按上桌板，對威廉提議道：「對了，不如你去報考衛隊騎士吧！」不甩母親瞅起責備的目光，自顧自繼續說：「你想想，當上隊員後，不只薪水多，又不用每天當班，還可以隨身帶武器，壞人就不敢隨便亂來了！」

「還有生命危險。」母親毫不客氣吐槽：「你想要免費的守衛，居然把腦筋動到姪子的人生上。」

「怎麼這麼說呢？衛隊會教他戰鬥的技巧，這種才能是一生受用的。」舅舅非但不放棄，還越說越起勁：「看看我，什麼都不會，就只會賣東西，遇到小癟三光顧就只有挨刀的份。再說，騎士是很帥氣的職業吧，別人看到他多半都會尊敬他。小威也是這麼認為的，對吧？」

「那只是表面上的！」母親大聲反駁，隨後輕輕嘆口氣，對威廉說：「小威，你可以自己決定，決定後就不要後悔哦，好嗎？」

然而，威廉只是搖搖頭拒絕道：「我只想跟媽媽一起經營這家店。」這話說得義正詞嚴，不意外換到母親欣慰的笑顏——這才是他想要的。

「那就太好了，至少比某人可靠多了。」舅舅繼續將杯緣送到嘴邊，還刻意忽略母親兇狠的視線。

話題到此休止，舅舅喝完酒，便回自己的店鋪了。威廉則跟著母親忙碌起來，將床單全部重新鋪過，一濕一乾的拖把撫過每一寸地板，再把食材料理到可以立刻下鍋的狀態。

兩人忙得焦頭爛額。傍晚時分，僱請的臨時店員陸續到了，熟練地進入工作崗位。不久之後，屋外傳來鬧哄哄的喧嘩聲，接著大門被豪邁地搧開，一支商隊湧進來，髒兮兮的行囊一顆顆卸在腳邊。他們就是包下整棟旅店三天的客人——行旅商團。

他們費了好一番功夫，總算把每位客人都安頓好。每個人都分配到各自喜歡的床位，需要多一顆枕頭的人有枕頭，並介紹盥洗室的使用方法。

等一切都妥當後，商人們全聚在一樓大廳，大口吃肉暢快喝酒，慶祝白天的商戰勝利。

老闆娘與店員們一刻都閒不下來，為了滿足每一張嘴，在廚房與大廳間忙進忙出的。威廉自然也沒缺席，抹布與餐具不停在手中交替著。

其實，母親早就發現他的體力快要透支了，多次催趕他去休息，但他還是執意要留下來幫忙。是勤勞？還是體貼？這些心情或許都有，只是比起那些，某樣動機可能更加純粹，那就是，他覺得這樣才不會辜負「乖孩子」的頭銜。

此時，位在角落的那一桌傳來玻璃杯被砸碎的聲音，所有人都停下動作與嘴巴，紛紛將目光移向那裡——

「妳哪個字聽不懂？」一名店員被一位中年男人質問著。他是這支商團的副團長，體型微胖，頭頂沒有任何毛髮。裂起誇張的嘴型，彷彿在教小孩子說話：「二、十、桶、酒、十、一、點、前、就、要，這樣懂了嗎？」

老闆娘立刻趕到那裡，擋在副團長與店員之間，面帶營業用的笑容，親切說道：「阿南先生，不好意思，她只是我們的臨時店員。您們要……二十桶酒對嗎？目前店裡沒這麼多，而且可以調貨的酒商也休息了，能不能給我們一天的時間，明天晚上——」

母親的話還沒說完，一名坐在最角落的肥胖男人，哼出一連串讓人不舒服的苦笑聲，說道：「懷赫爾女士，你們已經拒絕我們好多請求了，現在連喝酒的樂趣都要剝奪嗎？我們又不是不付錢！喂，你們剛才要了什麼都被拒絕？哦對對對，每人要三顆枕頭、兩條被子、飲用水三十桶，還有二十名妓女嗎？這就算了吧，我們等等可以自己去花樓找。」

接著從不知道哪裡掏出一捲羊皮紙，攤開來推到老闆娘面前。「妳可能是太忙，忙到都忘記合約內容了，上面明明白白承諾：『旅店應提供客旅完善的食宿服務』，我們提出這麼多需求你們都做不到，這叫人怎麼住得下去呢？我們只好就事論事，來談談違約金的部分了。」

威廉對那份合約的來歷有印象，它是商會與旅宿公會共同制定的公版內容。一般而言，那就只是最低限度的通則，後面還有一小段沒唸出來的是：『任何追加服務由雙方議定後依約履行』。用那規條指控母親違約就只是存心找麻煩。

老闆娘的目光轉向一旁手足無措的店員們。以威廉對母親的了解，那應該是困惑的眼神，困惑店員們居然就這樣默默壓下那麼多不合理的要求，卻都沒有向她求助。

母親重新振作起來，捨去討好別人的笑容，語氣比剛才更堅定：「拉班團長，貴團隊的需求，只要是能力範圍內的部分我們都會盡力滿足。至於能力範圍外的部分，敝寒宿力不勝任，我想，強人所難並不是合約最初訂定的用意，望您諒解。」

聽此，副團長用刻意提高的音量說道：「無法勝任？那早說嘛，何必浪費彼此時間呢？」

團員們像收到指令般，轟然起身，零星的椅背跟杯子隨之落下，在地板砰碰作響。接著，這些人開始往各自的房間簇擁，拿了自己的行囊就走出旅店大門。

「拉班先生，你這是什麼意思！」母親的表情終於不再溫柔。「你們不能這樣說走就走，你們包下三天，接下來都不會有客人，你如果不付錢，我一定會去總會告你們！」

面對老闆娘嚴厲的指控，團長卻洋溢著勝利的笑容，彷彿很滿意自己的傑作。「開心點，懷赫爾女士，既然我們之間的交易無法取得共識，那還是盡早停損比較好。不用擔心，單日的尾款我們會付的，扣抵違約金與幾個杯子的費用，月底的時候總會那邊會寄遠期支票給妳。」

說完，胖子站起身，大口大口灌完最後一杯酒，將杯子隨意扔到地上，便跟著下屬一起朝大門走去。

「遠期支票？臭流氓，你必須付現金否則別想走！」母親想攔住團長，卻被副團長用蠻力推向一旁的桌子，打翻更多杯盤跟食物。

隨後，副團長瞪向不遠處的威廉，嘴角裂起惡魔般的笑容。「丟呀，小子，像個男人一樣。」

威廉回過神，發現右手正舉著一個木製啤酒杯，還不停顫抖著。他的腦袋一團混亂，丟與不丟、丟中與丟不中，各種可能發生的情景化作五顏六色的瀑布，毫秒間沖刷腦殼數百回——

「怎麼？不敢丟？那你舉什麼舉？」那人朝威廉走過來，在母親的求饒聲中，他連人帶衣領被擰起，雙腳離開地面。

「來，砸我，這麼近總不會打不中吧，快，砸啊！」說話的同時，還故意歪著頭頂，方便威廉瞄準。

一顆顆腦袋不斷湊上前，他真的很想把杯子砸下去，但是內心冒出許多鄰居的面孔，以及他們可能會說的話——

「你只是想逞英雄而已吧？衛隊會把你一起逮捕。」

「你只是想證明自己跟父親不一樣吧，懷赫爾家的男人果然都一樣自私。」

「你是想得到別人的稱讚吧，但是你卻丟母親的臉！」

字字句句都拉住他的手，使關節無法移動一毫米。他原本只是想保護母親，但聽到鄰居們的評論後，他已經搞不清楚，這隻手在保護的、能保護的，是這渾球的腦袋，還是威廉・懷赫爾的名聲。

「這裡發生什麼事？」一個雄厚的聲音從門口傳進來，橫掃整座大廳，得到所有人的目光。

走進來的是兩名衛隊騎士，說話的那位佩劍特別華麗：劍鞘頭尾有金銀兩色的金屬雕飾交織，配重球上還鑲有祖母綠，彰顯崇高的官階。

副團長見狀，立刻將威廉安然放下，並且縮回團長身旁。就像調皮後躲到主人背後的小狗。

母親趕緊抱住威廉，厲聲控訴道：「長官，這些外地來的商團，不只一直提出不合理的要求、違約提早退房，還對我的兒子動粗，我要控告他們！把他們全部抓起來！」

「哇哦！老闆娘，別忘了你兒子意圖做的事哦，我只是保護自己而已。看，凶器還拿在手上呢！」副團長表演拙劣的演技時一點都不害臊。

團長挨近騎士身前，搓著雙手，獻上諂媚的笑容說：「大人，我們是來自西方，徘徊在絲綢航道上的行旅商團，在下是團長，敝姓拉班。」

聽聞那番自我介紹，騎士的眼神為之一亮，嚴肅的表情也稍微軟化。「原來是拉班團長，久仰大名了，每年都給城裡帶來不少好貨。順道一提，前年你投宿的旅店就是我老丈人經營的。」

團長的雙手持續交握著。「哦——偉哉亞多乃呀！那可真是太巧了，怪不得我一直有印象，之前投宿過一間十分出色的旅店。都怪我年紀大了，記性越來越差，想不起那家旅店的名字，無奈之下只能先落腳這裡。」

「不過，老闆娘剛才說的那些——」騎士的目光瞅向母親。

此時，團長對著自己的下屬呼喚一個人名，把那人招到自己身旁，刻意提高嗓門吩咐道：「把帳結清，連同損壞物品的費用。」

收到指令，那位看似財務長的人便掏出一本帳冊與錢袋，來到母子身旁的桌子，推開礙事的杯盤，自顧自記起帳來。

母親一臉茫然地看著那人在桌上堆疊錢幣，再看到團長繼續與騎士殷勤搭話，還慢慢往大門挪步。

「等等！就這樣？做了那麼多過分的事情，連一句道歉都沒有？長官，你是在縱容犯罪嗎？」她語帶哽咽問著。

這哭腔與神情再次重擊威廉的心扉，上一次看到母親如此脆弱，是父親離開的前一晚。

騎士停下腳步，以手勢指示自己的搭檔帶團長與其他人出去，自己則留在原地，等待這空間只剩旅店的人以及那個靜靜算錢的。

「懷赫爾夫人，先聲明，我沒有縱放，我不是至少幫妳留下什麼了嗎？」他用眼神帶著母親瞥一眼對方的財務長。「對方是本王國數一數二的大商團，他每周遊列邦一圈，就會直接或間接幫我們的經濟注入新血，是很有本事的商人。我知道妳會覺得很委屈，但是，妳們兩個不在同個量級，起衝突絕對討不到便宜，這已經是最好的結果。」

騎士說完，財務長也算好帳了，將對帳單跟錢幣整整齊齊擺放在桌上。

「懷赫爾女士，這裡是今日的租金尾款以及餐酒費，當然，還有杯盤破損的賠償金，您可以檢查一下有沒有疏漏的部分。如果有疑問，歡迎與商總會聯繫。告辭了。願亞多乃祝福你們。」這人分別向騎士與母親行點頭禮後，便快步離開了。

「弱肉強食，就是不可逆的現實。」執法者義正詞嚴說道：「只要他不改作風，自然會有更強的掠食者料理他，只不過，妳不一定見證得到。」

「料理他？我們只需要一個尊重，不是這幾個臭錢！」母親大手一揮，硬幣與紙張散成亂花，在木板上叮咚作響。

騎士的表情沒受到一絲驚擾，反而勾起一撇微笑。「妳是有得到尊重，只不過被妳拍到地上了。祝你們好夢。」語落，他便邁步離開了。

母親站在原地，視線穿過窗櫺，看著騎士與團長重新會合，笑聲隨即從門縫傳進來。

威廉將硬幣一枚枚撿起來，連同對帳單放在吧檯上。店員們見老闆娘像座雕像一樣站著，你看我我看你，確認彼此的意願，就默默開始動手收拾狼藉的大廳。過了一會兒，母親用掌腹與手背在臉上抹兩下後，也加入清理的行列。

過程中大夥兒都沒有說話，這陣沉默放大了餐具與刷洗的聲音，同時也漫長了內心的感覺。剛才的情景在腦中來回遊蕩，為每個人的靈魂留下長短不一的傷痕。

他們一直忙到午夜。老闆娘支付了工資，並提議疲憊的人可以留下來過夜，等睡飽後再回家。臨時店員們當然是婉拒了，這不難理解，畢竟任誰也不想待在令人尷尬的地方睡覺。

隔天接近正午的時候，威廉掛著惺忪的睡顏走出自己房間，發現吧檯上的錢幣一枚都沒有少，好端端地留在那。這時，大門外傳來叩門的聲音。

拉開木門，一名郵差站在外頭，對方手裡拿著一疊信封，問道：「懷赫爾家？」

「是的。」威廉應答，同時發現郵差微微皺起困惑的表情，便追問是否有什麼不妥的地方。

「嗯……我想，這些應該是你們的。」對方將那疊信封交給威廉，解釋道：「差不多是從幾年開始的吧，每年大概有一封屬名『露西・理斯特』的信，透過旅人或商人送到郵政部，我們不知道要交給誰，所以都先收在保管室裡。最近剛好在整頓保管室，準備銷毀放太久的信件，才被翻出來，一位同仁好像認識老闆娘，所以想說送來看看。總之，如果不是你們的，就丟掉吧。」說完，郵差就到下一戶去了。

「理斯特」是母親的舊姓，所以這些信無疑是母親的。但問題是，到底是誰還會用舊姓找母親呢？

威廉翻閱著手中的信封，上頭的字跡讓他感到有些陌生，卻又有種在哪裡看過的感覺。此時，腦袋裡閃過一種預感，他立刻拆開其中一封信，抽出信紙，直接找信末的筆者署名——

「小威，我不是說過信件都要先給我看過才能拆嗎？」母親的聲音從後方傳來，並且從他手中將信紙抽走。

威廉想在答案揭曉前說出自己的猜測，卻見母親的手已經微微顫抖著，淚光在眼裡打轉，嘴巴抿得扁扁的，嘴角還微微勾起——

他知道自己猜對了，那些信是混帳老爸寫的。

母親接過所有信封，春風滿面地回屋裡去了。看到那抹笑顏，威廉的內心感覺到一絲暖流游過，稍微沖散了昨晚留下的消沉。然而，複雜的心情也慢慢萌芽。

他無法理解，為什麼母親還對那傢伙有期待，收到信還會高興到哭泣。昨晚發生那麼可怕的事都不在身邊，寄一百封信又有什麼用？

此時，威廉看見兩名衛隊隊員迎面走來，劍柄末端的金屬雕飾被日頭點得閃閃發亮——

當他們錯身之際，威廉與其中一位騎士對上眼。那銳利又堅毅的神情彷彿比陽光還炙熱，正氣凜然的氣質撼入心坎裡，憧憬的情感隨之然生。

不過，他的記憶也立刻提醒自己，昨晚那名騎士沒有把壞人抓起來，還跟對方有說有笑的。衛隊騎士果然就跟鄰居的叔叔阿姨說的一樣，越來越腐敗，不能信任。但是……至少他讓對方把錢留下了，而不是幾個月後才能領錢的遠期支票。

想到這裡，威廉不禁問自己，如果換作是自己當騎士，情況是不是就不一樣了呢？有了帥氣的佩劍，母親是不是就不會被欺負了？

我，是不是就不會被欺負了？

看著騎士高大的背影，左手肘不由自主地曲起，模仿他們把手架在劍鞘上的樣子。在典籍中，他們總是威風、帥氣、崇尚武者榮譽，還有英雄羅伊那句響亮的格言——

「劍圍之內，吾至終凝視使命。」

威廉不自覺複誦著。同時，斜眼瞅向手肘下的佩劍，樸素的配重球反射出銀灰的色澤。

六年過去了，不知道小威看見現在的自己，眼眸中是否還能找到那份憧憬呢？

威廉拍了拍劍柄，接著放眼周遭盎然的綠林，以及樹梢上寬闊的藍空。沉浸在兒時的回憶，不知不覺就走到「森達姆山」了。

這裡依舊那麼地溫柔，每每挨近它的胸膛，聆聽它呼吸的聲音，心腸肺腑儼然被洗滌一番，整個人感覺好極了。

他伸展雙臂，再扭轉腰際，享受筋骨被舒開的感覺。接著彎下腰，把雙手伸向地面，赫然發現一隻腳的鞋頭居然是藍色的。

正當他回想自己何時何地踩進藍莓樹叢的時候，眼角餘光捕捉到一道藍色殘影，在另一隻腳綻放藍色的汁液。

威廉立刻起身，順著那玩意飛來的彈道望過去。起先只能看見一大片平凡無奇的樹林，當他瞪得更用力一點，便發現不遠處的樹幹上有兩個人影。

接著，他的眼前只剩下藍色——

第5節　樹屋

憑藉模糊的直覺與視野，威廉箭步躲到一顆樹後面，接著犧牲兩管袖子將臉抹乾淨。

他小心翼翼探出一隻眼睛，觀察敵人還在不在。反覆尋索了一會，發現剛才那兩個身影已經不在樹上了。

再看回手上深藍色的痕跡，似乎真的是藍莓，不是什麼可怕的東西。不知道那兩人是誰，是城裡的小屁孩？還是隱居在山裡的獵人？更令人好奇的是，他們居然有辦法將藍莓射這麼遠，一般的彈弓根本辦不到吧！

這時，聽到兩個腳步聲正在接近，他趕緊把手扶在劍鞘上準備戰鬥——

「嗨！藍靴騎士，藍色瀏海真適合你！」莎拉爽朗打招呼。亞拿伴隨在一旁，手裡拿著塞滿雜糧的麵包，她的表情比昨天正常多了，想必是因為見過拉比的關係。或是得到她念茲在茲的那個東西。

既然惡作劇的傢伙是衛隊的精神領袖——公主殿下，威廉只好把罵人的台詞吞回去，改用表情稍微抗議一下。

不過仔細一看，發現莎拉身後揹著一根手杖，推測應該就是在絲歐客製作的那玩意兒。不過外觀看起來更華麗了，頭尾都箍上了消光的金屬雕飾。

想起莎拉跟精工師傅反覆測試的拉放機關，便忍不住問道：「藍莓就是靠它射過來的嗎？」

莎拉苦笑著。隨後取下手杖，左手扶著杖身，用戴有特製戒指的右手食指，勾住杖身外的金屬拉環，順著軌道拉到手杖彎曲處附近，隱藏在金屬雕飾中的彈艙蓋隨之滑開，扳機也從下方彈出來。

她從口袋取出一顆藍莓，放進彈艙，手指輕輕一撥，把艙蓋闔上，接著將手杖交給威廉。「你試試吧。」

有那麼一瞬間，威廉也想讓公主穿上藍鞋子，只不過理智阻止了他。衛隊隊員都學過長火槍的使用方法，端看這根手杖的設計，概念應該相去不遠。

他佇立挺拔的站姿，左手架穩槍身，右手食指撫在扳機上，右眼視線越過杖尾的準星。摒住呼吸，鎖定五十公尺外的樹果。

藍莓被咻聲送出，不偏不倚將目標染成藍色並且擊落。

威廉睜大眼睛，對手中的神兵利器行注目禮，驚嘆道：「哇哦！又遠又準又安靜，這到底是什麼？」

莎拉接回手杖，漾起得意的笑容說：「偽裝成手杖的彈弓，我稱它為『弩杖』。彈帶是用聖樹的樹皮纖維與其它素材調和成的合成物，彈力跟韌性極佳，才能在這麼狹小的管子裡伸縮自如。只要放得進彈艙，什麼都可以投射。」

看著對方不疾不徐收起扳機與拉環，將它變回優雅的手杖。威廉好奇追問：「這東西只有絲歐客才做得出來嗎？精工街也有很多精密的機關裝置，機械鐘、礦石收音機什麼的。」

「孩子，聖樹樹皮只有在那種規模的黑市才買得到呀。」莎拉說著，瞅了一旁的亞拿一眼，翹起戲謔的嘴角。「你覺得，這傢伙會同意我們去拔聖樹的樹皮嗎？就算你成功收買她好了，還得連雙廳一起收買呢，那些大人物的面子跟慾望可不便宜哦。」

「想拔就拔呀，不關我的事。」亞拿相當不以為然，繼續啃著手中的麵包。

這就讓威廉感到有些驚奇了，他一直都以為，「亞伯拉罕」是每個薩瑟瑞人心中神聖不可侵犯的寶物。

順著話題，他指向亞拿的木杖問：「這根該不會也改造了吧？之前也看過她把它當成彈弓來用。」

「她說呀——」莎拉戲仿亞拿說話的方式：「『射擊？用丟的不就好了嗎？』天生就是打架的料呢，真令人羨慕！」說話的同時，手還失禮地在對方頭上摸蹭一陣，直到被狠瞪才收手。

聽到這番豪言，威廉的內心不太好受，「技不如人」感覺非常強烈。如果是別人說這種話，他能篤定那是在吹牛，但今天是亞拿，相信她最少都能做到七、八成。

或許是基於倔強的個性，也可能是想眼見為憑，甚或這些都只是藉口，他就單純想知道亞拿的羽化能做到什麼地步。無論是什麼動機，他向亞拿提議了「十步決鬥」，也就是兩人背對背走完十步，然後轉身攻擊對方。

亞拿聽了，挑起單邊眉毛，附帶一個狐疑用的語助詞。

倒是莎拉非常感興趣，將一顆藍莓塞進亞拿手裡。「來吧來吧！我正想看看這武器跟羽化的差距。」

這話刺得威廉的耳朵有點痛痛的，因為說得好像他必輸似的。不過也許就是事實，畢竟對方是亞拿嘛，所以情緒很快就忍過了，並將弩杖再次接到手裡。

威廉幫武器上好膛，亞拿偷偷舔了藍莓一口。見兩人都準備就緒，公主宣告決鬥開始。

他挺起胸膛，確保每一步都抖擻有力，才不辜負衛隊的威嚴，同時提醒自己，不要去想像身後那傢伙走得多隨便，免得手感被影響。

第十步落地，威廉以蹬腳加快轉身速度，杖身早舉在身前，準星直射亞拿的胸口……人居然消失了！

他立刻把眼睛抽離準星，擴大視野範圍，隨即捕捉到一抹殘影，像風一樣朝自己撲來。

眼球跟不上，就憑直覺預判對方的軌跡，杖頭直接甩過去扣下食指。

地上沒有染色，而那傢伙已經來到面前——

「哦嗚！」威廉感覺嘴裡一陣酸，接著乾咳連連，吐出好幾口藍莓渣。「嘔……不是說好用丟的嗎？妳怎麼可以用塞的？」對方犯規，他是不可能認輸的。

「藍褲爵士，褲子不錯。」莎拉走過來將武器回收。

威廉在右大腿發現藍莓炸開的痕跡，接著對亞拿投以懷疑的神情，彷彿這樣就能看出對方是什麼時候把它送來的。

亞拿當然也知道他在想什麼，便指向兩人起步的位置說：「我跑到那位置就扔出藍莓了。然後，嘴巴那顆是你自己的。」

威廉瞪大猙獰的眼睛，血霧隨之冒出。莎拉趕緊用手杖隔開兩人，然後責備亞拿：「有丟中就好了，幹嘛做多餘的事呢？」

再對威廉問道：「對了，你要不要來看我們的樹屋？我們可是忙了一整個晚上呢！」

「樹屋，是王室的行宮嗎？」他知道公主想幫兩人轉移注意力，如果繼續糾結這種小事的話，會顯得自己跟對方一樣幼稚。瀟灑地將嘴角一擦，展現拿得起放得下的騎士風度。

兩個女生走在前頭，領威廉走進山區更深處，大致就是她們剛才偷偷射藍莓的方向。

穿過一片樹林後，三人來到一棵橡樹前。它比周遭的樹木高大一些，主幹應該需要四、五個成年人才環抱得住，枝葉長得十分茂盛，看不出來上頭有什麼屋子。

莎拉將樹根附近的草皮掀起來，就跟掀地毯一樣。下面是一窪淺淺的地坑，堆放了一些物資。不過都還沒看清楚裡頭有什麼，公主已經取出一綑帶鐵鉤的繩索。

她讓鉤子在身旁劃出圓圈，接著把它拋到樹上。確定成功掛住什麼後，指著尾端懸空的金屬環，對威廉說：「來，用力踩上來吧！」

聽到指令，威廉下意識覺得有詐，立刻看向一旁的亞拿，只見對方忙著清理煙管中的灰燼，對繩索的事一點興趣都沒有的樣子。再把目光轉回莎拉時，剛好對上一雙不耐煩的眼白。

莎拉抓住繩索，接著用全身的力量重踩金屬環，滑輪運作的聲音旋即從頭頂傳來，同時把她快速拉上去。

亞拿將煙管收進斗篷的暗袋裡，對威廉說：「商會的工人光是把氣動機裝上去就花了兩個多小時，你們的王女花錢真是一點都不手軟呢。」

「怎麼不直接抓著繩子爬上去就好了？」

「她說這樣比較快，而且比較省力。」

這時金屬環又垂下來，上面的人喊道：「下樹的時候還能迅速把繩索回收，為了勝利，該花就花不必省。」

威廉也利用繩索飛上樹，衝勁消逝的同時，一塊木檯子穩穩接住他的雙腳。

驚嘆之餘，看見莎拉正扭轉一盞燃燈的油筏，將火光調整在足夠辨識物品的大小。

環視這座隱藏在枝葉裡的哨塔：它搭建在一根粗壯的枝幹上，再用其他枝幹與繩索穩固它的結構；沒有所謂的牆板，只有及腰的護欄，上頭是用樹葉編成的屋頂；四周堆放著麻布袋與木箱，使原本就不大的空間顯得更小了。

對樹屋著迷了半晌，他猛然想起亞拿還在樹下，慌慌張張轉向機具的同時，思考要怎麼跟莎拉一樣把繩索放下去——

「怎麼了，找廁所嗎？」亞拿已經站在他身後，就跟貓一樣安靜地出現。

「妳……我……該死，早該想起妳不是正常人！」

「真沒禮貌，年紀輕輕就一頭白髮才不是正常人！」

「你們兩個可不可以成熟一點像個正常人？好了，我們進入正題。」莎拉的態度驟變，與其說變嚴肅，倒不如說變了一個人。

她坐到一包麻布袋上，兩隻手臂在膝蓋上搭成拱橋。渾然天成的氣勢彷彿掐住威廉的心臟，使倒抽的空氣卡在咽喉，一時間嚥下不去。

威廉立刻認出那並不是殺氣，沒有血霧也沒有羽毛飄出來，靈魂卻像被扎扎實實地重擊。

「聖會廳，或者說，就是六聖王都，為了擴張自己的軍力，要把我們全都種進土裡。」莎拉把臉轉到側邊，雖然眼前只有樹葉，但威廉馬上就發現那正是都城所在的方向。

「我們當前有兩件事要處理，聖會廳的騎士團跟祭司廳的武僧。騎士團最快今晚就會抵達北門，對付他們的計策我已經打點好了，剩下只需要執行而已。」

「而武僧的部分，雖然他們的目標只有亞拿師徒倆，但如果讓這些怪物在城裡打起來就是場災難，最糟的狀況是被城外的聖會廳發現，這樣他們就有藉口攻進城裡。」

「所以，我們必須在事情鬧大前把她們師徒倆送走。由於沒有任何組織敢明著幫她們，只能靠我們幾個人加上一些計策，設法拖住那些武僧的腳踝。」

說到這裡，公主終於把目光轉回來，對威廉問道：「懷赫爾騎士，為了家園，你願意助我一臂之力嗎？」

聽此，他沒有立刻回答，而是先與莎拉對望，再看向一旁又想吸菸草的異邦人，腦中閃過露西在吧檯小酌的背影——

威廉說：「我那個混帳老爸拋妻棄子後，母親沒有選擇回故鄉，而是一直待在城裡，每年收著信，癡癡等著那傢伙回來。我不指望他會兌現承諾，但我希望能盡自己一切所能，讓母親能繼續擦拭他倆一起釘製的吧檯，然後洋溢滿心期待的笑容，做著未來某天那王八蛋推開家門的美夢。」

語落，威廉發現兩個女人正瞪大眼睛，瞅著他的頭頂上方，神情彷彿在瞻仰什麼絕世奇景。他也忍不住抬起頭，不過什麼都沒看見。

王女彎起眼眸，嘴角翹成親切的弧度。「很感人呢！靈態也很漂亮，謝謝你，騎士先生。」

「真的？我說了很多髒話耶，應該是大噴血吧，怎麼可能羽化？」威廉壓抑眉開眼笑的慾望。

莎拉苦笑幾聲，站起身的同時從背後拿出一支望遠鏡。「天使怎麼會拒絕為美麗的靈魂拍動翅膀呢？」

威廉聽了，旋即看向正在幫斗缽塞菸草的女人，對方也看過來，然後對他拉眼袋吐舌頭。

「走吧，到樹冠去，向新成員介紹一下我們的傑作！」說著，莎拉走到樹木的主幹前，利用嵌在樹上的梯子往上爬。

威廉緊跟在後，亞拿則是點燃煙管才姍姍跟上。

他才剛探出樹葉，坐在樹枝上的莎拉便說道：「開戰的時候，武僧的目標不是亞拿就是亞拿的拉比。他們人數少說有十來個，要甩開他們並不容易，就算成功翻出城牆，她們師徒倆十之八九也會在近郊被追上。所以我花了一點時間加上幾塊高級蛋糕，終於說服傻妞利用陷阱牽制她們的敵人。」

「才不是因為蛋糕的關係！」下方傳來抗議聲。

莎拉把望遠鏡交給威廉，接著手指向遠方的樹林。「來，看那棵樹，最高的那棵。」

他在一旁的樹枝找了個立足點，順著莎拉提示的方向，將眼睛對上目鏡——在一片綠意盎然中找到一棵與樹屋差不多大的樹木，乍看之下沒有什麼特別的，就是一棵再普通不過的大樹。

「那棵樹就是我們的秘密武器之一，只要把武僧引到那棵樹下，我們就能讓那些人哭笑不得。」

接著公主又引導威廉看向右邊不遠的水塘，問道：「喏，有沒有發現什麼？」

威廉尋索了一會兒，終於在岸邊發現幾條突兀的泥巴堆，再仔細一看，目睹牠們動起來的模樣——

「是絲歐客的大蜥蜴，居然這麼多隻！」他驚呼。

「沒錯，薩奧連滄蜥，我跟走私販買了二十隻，今天中午剛送到，牠們也是我們的秘密武器，負責突襲對方。你再看那邊。」說著，莎拉幫他把鏡筒移向左邊，對準遠方山壁的地貌。

「那裡有座廢棄的礦坑，如果武僧仍然窮追不捨，我們在裡頭布置了最後手段，一定可以擺脫他們，不過風險挺高的，能不用就不要用。」

威廉將眼睛移開鏡筒，看了看一旁吐煙的女人，彷彿這一切都只是別人一廂情願，跟她沒關係。他問道：「就算知道有那些陷阱，我還是不知道具體要怎麼做，扮成誘餌把他們引過去？」

莎拉回答：「沒錯，需要有誘餌把他們騙過去，但是我們兩個都不夠格，一下子就會被追上並且殺掉。所以這工作只能靠她們自己，我們能做的，就是趁他們不注意時強迫他們放棄追逐。不要一副沒收到宴會邀請函的表情，事實就是事實，每個人把自己的工作做好才能打勝仗。」

等威廉把失禮的態度收好後，對方才繼續說：「昨天晚上，她的拉比突然出現在我房間的窗檯。告訴我們，武僧已經發現她只是幌子，亞拿才是真正的尋寶人，那些人現在就埋伏在城外，只要察覺到風吹草動就會衝進城裡抓人。所以我們決議分頭行動，她的拉比繼續混淆他們，我們兩個則是把握時間，讓傻妞拿到東西後可以跑得一帆風順。」

「等等，妳還沒把東西給她？」威廉非常驚訝。亞拿居然到現在都還沒翻臉，他不禁好奇，那片蛋糕到底有多好吃？

「對，沒被這對師徒倆吊起來肯定是亞多乃保佑了。」莎拉看向亞拿，用苦笑接住兇狠狠的瞪眼。「遺物的持有人預計今天晚上回城。我用自己的腦袋掛保證，午夜前一定讓她們拿到東西，也就是說，今晚必定會跟武僧打起來。白髮騎士，你最好開始暖身了，尤其是羽化的部分，它可以幫你在血氣的刀下活久一點。」

原來是她的拉比來坐鎮了，怪不得亞拿能這麼安分。威廉將望遠鏡還給莎拉，隨口說道：「今天早上她也有來找我，第一次看見那麼高大的老太太，刀又大把，真是嚇死我了。」

亞拿旋即轉過頭來，眼睛睜得又大又圓。「她有跟你說什麼嗎？」

威廉的腦中瞬間閃過底波拉的託付，不過他立刻就將它塞回記憶深處，然後從口袋掏出鷹爪項鍊，秀給兩個女人看。「她把這個送給我，還說我會有力量跟勇氣。」

本來以為又要被她們調侃了，但吸煙管的女人卻是瞇起眼睛，送來溫柔的笑容說：

「我也這麼覺得，它很適合你哦！」

聽到對方這麼說，威廉感覺臉頰燙起來，趕緊別過頭，不敢再看亞拿一眼。「對、對了，妳們有找過賽特嗎？他也是知情的人不是嗎？」

「他是誰？」莎拉問。

「一名騎籍的衛隊隊員，就是他把遺物的情報交給亞拿的，還有教我羽化的基礎知識。」

莎拉想了一下才回道：「一般而言，我是不會跟沒交談過的人合作的，但是情況危急，你們覺得他可以信任就找他一起來吧。」

三人在樹上待了好一段時間，一起享用精緻乾糧，以及酒精濃度稀得跟果汁一樣的葡萄酒。

他們隨興地暢談，從嚴肅的異邦局勢聊到輕鬆的鄉野軼聞。而公主殿下不愧是走跳過各種社交場合的大人物，總是能在語境中穿插恰到好處的幽默感。大部分的時候都能讓人自在地莞爾，有時則是讓人不確定自己可不可以笑——笑了感覺會得罪亞多乃，不笑又會憋壞身體。

不過亞拿似乎就沒有這種優雅的顧慮，想笑就笑，不想笑就叼起煙管。而她的眼睛從頭到尾都是半闔著，感覺起來不是沒精神，更像是愜意得不假掩飾。

不知不覺地，天邊已經染上淡淡的橙色。莎拉扶著樹枝踏回主幹的梯子，往下爬的同時說道：「好了，我先回王宮一趟，幫妳看看狐狸回來了沒。你們倆要好好相處哦，不要再玩撞腦袋的遊戲，已經夠傻了。」

威廉看著公主慢慢離去的身影，問亞拿：「妳不一起去嗎，拿到東西不就可以立刻出發了？」

對方只是繼續望著夕陽，半晌後才取下煙管說：「不用啦，你們現在國難當頭，王宮裡外都是人，不方便跟著回去。而且我們已經設計好幾套交貨的方式，大小姐只要守信用就沒問題了。」

「再說了——」亞拿對著威廉露出詭詐的笑容。「總得有人陪陪沒辦法參加舞會的『仙杜威拉』嘛。」

「妳這幼稚鬼，是不是很想知道我的鞋子穿幾吋的？」威廉伸手想要抓住亞拿，對方卻帶著調皮的笑聲跳到另一根枝頭。

莎拉聽著上方的嬉鬧聲，便能輕易想像倆傻活潑的模樣，她不禁回想起小時候，自己也是這樣跟妹妹在花園玩耍呢。

記憶中的兩人玩著玩著，妹妹的笑聲慢慢消逝，她回頭查看，發現妹妹容貌也漸漸變得模糊。

「朵卡絲……」她不住微語——

第6節　惠師與導師

七年前，聖地曆987年，夏季。

在華美的長廊上，一個微微駝背的身影正慢慢行步著，他推開書房的門，進入被昏暗所吞沒的空間。

進門後他沿著牆櫃走，越過放花瓶的小邊桌，來到兩大片窗簾前。抓著布幔雙臂一展，陽光旋即闖進來，把一切都點亮，並讓某人發出惺忪的呻吟，從大書桌的書堆中傳來。

將光明放進來的人是王宮總管——福克斯・恩菲爾德。「午安，公主殿下。今天天氣真不錯，建議您休息一下，好好泡個澡，出去外頭透透氣。老夫也好請僕人來打掃一下，順便讓她們沾沾您釀造三天的書香之氣。」

莎拉將頭上的書本取下。「不行呀……《風險評估與賽局理論的策略及反思》的研究報告還寫不到一半，根本沒有心情出去放風。」

總管拿起堆在一旁的筆記紙，手梳著自己的長鬚說：「也是呢，連機械動力學也研究到一半，趕經濟學論文的同時還分一半的心力給物理學，費曼老師知道了一定會很欣慰。」

「別鬧了！待會他又送一堆裝置跟手稿過來。」莎拉搶回筆記紙，塞進抽屜裡。「只是剛好想到有趣的點子，順手記下來而已。」

老者笑了笑，話鋒一轉，提起另一個話題：「對了，朵卡絲公主最近總往貧民區跑，還翹了不少課，她的教師不太高興呢。」

「父王知道嗎？」

「『跟她母后年輕時一個樣。』陛下這麼說。」總管挑起單邊的白眉毛，問道：「妳想不想去看看她，順便來個……市場調查？」

莎拉將書用力闔上，苦笑著問：「老福，你就這麼想攆我出去？」

「微臣怎麼敢呢？但我知道誰想。」總管謹慎地左右瞻望，然後手指捏著鼻樑，靠近莎拉的耳邊，用氣音說：「是圖書館的館長，別說是我說的。」

聽此，她這才乖乖放下書本，回房好好梳洗一番。沉靜後想了想，出門走走確實是不錯的建議，窩在書房三天都快長香菇了，順便了解一下妹妹最近都在忙些什麼。

她找了兩名衛隊的菁英與自己同行。三人都換上市井小民的裝扮，並戴上假髮與兜帽，讓門衛長確認後才從小側門離開王宮。

他們依照僕人與衛兵提供的線索，找到貧民區中的一座廢棄穀倉。為了不驚動裡頭的人，三個人先爬上隔壁的樓房，利用望遠鏡觀察房內的情況。

穀倉裡聚集了許多人，每個人都低著頭，雙手非常忙碌的樣子，不知道在做什麼。三人探尋了好一段時間，在有限的視野中，都沒發現疑似朵卡絲的身影。這讓莎拉有點焦急了。

「不行，這樣不能確定她就在裡面，說不定我們在浪費時間。」莎拉說完，不顧護衛反對，便逕自爬下屋子，朝穀倉的正門跑去。

她小心翼翼摸到大門板邊，透過門縫往裡頭仔細瞻望。

然而，面孔還沒確認幾張，一堵高大的身影出現在她的身旁，肩上還扛著一大綑竹子，用異邦口音的問候：「哈哈！妳也是來幫忙的吧？不必害羞，直接進去就可以了！」

這名異邦人擁有一頭平平的白髮與鬍渣，滿臉都是皺紋，五官深邃，使得眼睛幾乎藏在陰影裡。目測他的身高大約有一百九十公分，體格偏瘦但不至於弱不禁風，卻也讓他看起來有點像街邊的燈柱。

她一時間想不到該做何反應，這高大的老人卻自作主張拉起她的手，要把她帶進穀倉。

護衛們恰巧也來到正門，見到此景，兩人旋即箭步上前，手伸進衣襟裡——

莎拉立刻用手勢示意護衛們別動武，認為可以再觀察一下。兩人先是一愣，隨後選擇聽命，在後頭跟著，但手仍放在身前，隨時都能抽出武器的位置。

進入穀倉後，她終於知道這些人在做什麼了，原來是在編織竹籃子。大概有二、三十人，絕大多數都是老弱婦孺，以及身體有些殘缺的中年男子。他們的分工非常有秩序，有人負責把竹子削成條狀，有人負責編織，最後有人負責檢查品質。

異邦老人將她帶到一個角落，對一名疑似領袖的人說道：「哈哈！小安，看哪，又有幫手加入我們！」

莎拉立刻與那個「小安」對上眼——

「姊？妳怎麼會來這裡？」小安驚呼，周遭的工人也停下手邊的工作，紛紛將好奇的目光投過來。

這女孩就是席爾薇王的小女兒——朵卡絲・安妮・席爾薇，年紀比莎拉小三歲。髮色與瞳色都與莎拉相同，留著像小男生的髮型。對學習政治事務非常不拿手也不感興趣，但若談到幫助社會底層的人民，便展現出高度熱忱與活力。

事情發展至此，莎拉只好順著小安的話回道：「當、當然是來幫妳的呀！怕妳忙到忘記回家，老爸會擔心。」

同時，坐在朵卡絲身旁的婦人向莎拉與護衛們探頭，並使了個眼色，暗示自己也是王宮的人，護衛們這才稍微放鬆警戒。

「哈？原來是姊姊呀，有妳幫忙，肯定能趕上交貨日的！」說完，異邦老人瞅向一旁的護衛。「那麼，這兩位紳士是誰？妳們的朋友嗎？」

「沒、沒錯！」莎拉走到兩名護衛的身後，拍了拍兩顆厚實的肩膀說：「他們是我們的鄰居，身體很強壯，是來幫忙切竹子的。」

「哈哈！太好了，那麼這些就交給你們囉！」老人開心地將竹捆塞給他們。

接到竹子的瞬間，兩人的身體猛然一沉，費了一番功夫才穩住膝蓋。顯然的，老人比看起來硬朗多了。

如此順勢而為，莎拉一行人加入編竹籃的行列。起初他們還笨手笨腳的，但照著做一段時間後，勉強能跟上大夥的節奏。而她也終於知道朵卡絲這一個月來在忙什麼。

北方農作物的採收季就快要到了。朵卡絲幫貧民們牽上一個賺錢的機會，一名大農莊的主人願意一次買下兩千個竹籃，但他們必須趕在下週商隊發車前交貨。於是她帶著一群需要工作的人，日夜趕工就為了拿下這筆生意。

莎拉覺得這錢賺得很沒有效率，但朵卡絲倒覺得非常有意義，因為可以讓貧民區的人學習分工合作，一起爭取一份較大的酬勞。

至於這個異邦老人，是朵卡絲去年為貧窮家庭送食物的時候，偶然認識的。他的名字叫班納巴，是從錫安大陸來的薩瑟瑞人。長年遊走在各個王國之間，腳程快得有點不可思議，聽說他上禮拜還在西方的「達・納金王都」呢。懂一點醫術，會幫窮人免費治病。

據稱已經一百多歲了，莎拉是不太相信，但更讓她匪夷所思的是，朵卡絲居然敬稱對方為老師，這就讓她對此人難以放下戒心了。

◆◇◆

聖地曆987年，秋季，時逢「銀月」。

一日晚宴後，莎拉在長廊上疾步著，毫不在乎儀態與身上的晚禮服搭不搭。她撞開自己的房門，髮髻一扯、鞋一踢，縱身撲上床，把臉埋進枕頭裡。

侍女們憂心極了，但都只敢躲在門外觀望，任誰都沒膽進房間，陪伴一隻羞憤的母獅子。

朵卡絲也趕到房門口，把侍女們全都打發走，並幫莎拉將房門帶上，然後慢慢坐到床邊。

「走開。」莎拉對著枕頭說話。

「會的，等妳好一點以後。」朵卡絲身體一仰，躺在姊姊身旁。

兩人就這樣靜靜躺著，任憑時間悄悄鑽出窗外，被風帶往只有天使知道的地方。

今天下午的時候，莎拉受父王的交付，與一家跨國商會進行貿易協商。他們很擅長礦藏開發與經營，背後的大金主是鄰國的爵士，合約談成的話利益會很優渥，這些都是她在預備時就知道的事。

商談一開始很順利，直到莎拉發現合約中暗藏不太公平的分潤條款。在商貿談判時，各自提出對自己有利的條件本來就很正常，若覺不妥，只需要禮貌提出異議並要求重擬即可。

但差錯就出在這。莎拉見對方態度強硬，沒有絲毫退讓的意思，因此也跟著強硬起來，甚至脫口講出不合宜的話。這可讓對方抓到了話柄，不僅順勢放棄協商，還可以把談判破裂的鍋甩給「失禮的席爾薇大小姐」。

國王為此事重重責備了莎拉，不全然是因為她把交易搞砸了，畢竟本來就不指望新手可以一次就搞定。他氣的是莎拉在最基本的事——禮儀——上闖禍，交易可以重談，但人格形象可是會被刻在墓碑上的。

被父親教訓就算了，晚宴的時候，幾個大臣與貴族竟把這事當成笑話在說。當然，他們說得很隱諱，但身為當事人，同時又知道當中幾個人本來就不太喜歡自己，以至於那些笑話跟笑聲掠過耳梢時，宛如能割人的寒風——

「妳知道嗎？我真的很羨慕妳。」朵卡絲的聲音闖進意識流中，將莎拉強行拉了出來。「人長得漂亮頭腦又好，可以靠聰明才智把事情辦得好好的。不像我，不夠聰明，只能靠勤勞解決問題。」

「把事情辦好？妳在開玩笑嗎？」莎拉的頭依然埋在枕頭裡。

朵卡絲側過身面向莎拉，笑著回道：「如果我要開玩笑，我會說，多虧妳的壞脾氣，幫我們躲過一份爛合約，真是謝謝妳囉！」

聞言，莎拉的眼睛終於離開枕頭，並且用指節輕叩妹妹的頭。隨後，她也翻正身子，跟朵卡絲一起呆呆望著天花板上的精緻浮雕。

儘管內心的挫折感並沒有消失，但不知怎麼回事，心情舒暢了許多。胸口感到一席暖意，就好像有隻看不見的手，溫柔地撫在自己的心上。她還偷瞄朵卡絲一眼，確認對方的手沒有伸過來。

「老師說，」朵卡絲悠悠說著：「姊姊的靈魂擁有『導師』的職份，能夠看透事情背後的真相，然後引導人們走向正確的道路。我也是這麼相信的，所以我對姊姊有信心，未來一定可以把王國帶到更美好的地方。」

「導師？是建議我去書院教書？」莎拉並不排斥當學者，或說，她曾經的確這麼遙想過。但如此一來，王位繼承人就是個大問題，因為朵卡絲不想接也不敢接，傳統的作法是物色堂表兄弟姐妹來備位。賢不賢明是一回事，站在家族的立場，這就形同把家業交給外人，父王肯定不會同意。

「不，不是指那件事。」朵卡絲解釋道：「老師說的那種職份，是每個人與生俱來的特質。神之子麥祈升天後，讓亞多乃栽種一顆樹苗在我們的靈魂深處，然後被妳的個性、習慣、歷練、才華、潛能滋養長大，發掘並擅用它的特性，它就能幫妳做到許多看似不可能的事。」

「我可不記得自己身體裡有種一棵樹。」莎拉看向朵卡絲，臉上揪起嫌惡的表情。「妳真的相信那種鬼話？傻妞，妳坦白跟我說，那個人是不是邪教的巫師？」

受到如此指控，朵卡絲的臉非但沒有垮下來，還露出苦苦的笑意。那表情在莎拉看來，並不是單純的無言以對，彷彿是用著海量的心胸，包容自己疑神疑鬼的習慣。同時，原本憤怒的情緒就像被潑了一桶洗澡水，想繼續生氣都沒辦法，還感到很溫暖。

接著，朵卡絲將手舉向空中，食指跟拇指輕輕捏在一起，似乎正想像著抓捏葉柄的感覺。「放心，老師不是邪教的巫師。只是個四海為家的智者，喜歡跟任何人交朋友，也喜歡幫助任何人。我跟著他，可以學到很多宮廷教師沒辦法教我的事，我很開心。」

莎拉看著朵卡絲莞爾的側顏，想起前陣子總管老福提到的事。這一年來，原本做什麼事都畏畏縮縮的女孩，竟然為了去貧民區，膽敢放王宮教師鴿子，還跑去找各類行會的會長，幫窮人交換謀生資源，整個人也越來越有活力。如此積極進取的妹妹，她還真沒見過。

如果一定要幫這副蛻變追溯契機，那麼肯定非認識異邦老人莫屬了，只不過在靈魂裡種樹什麼的，還是太扯了……

這時，朵卡絲的臉轉過來，瞇著眼眸說道：「對不起呀，我對靈魂的事情也是一知半解，只好把老師的話照樣說一遍。不如，下次妳親自去問他吧，如果他說的真的是鬼話，妳一眼就能看穿了！」

「好啊。」莎拉詫異自己居然脫口答應了。愣了半晌，心想這樣也好，如果發現對方只是個江湖術士，立刻就能下令把他轟出城。

順著剛才職份的話題，莎拉隨口問道：「妳老師看過我一次就說我是導師，那妳呢？妳是什麼？」

「惠師，很擅長陪伴憂傷的人。」朵卡絲揚起自豪的笑容，同時，莎拉的眼角餘光瞥見一枚羽毛輕盈飄過——

—•—•—

▬**銀月**▬　專為法定貿易團體開設的貿易月。凡是於六聖王都境內立案的各式商會，皆可以極為優惠的關稅進行貿易。當中不乏由各王國的貴族、仕紳，甚至是親王所關照的商團，汲汲營營為著下個季度的「金月」開路或布局。

第7節　導師與先知

次年，聖地曆988年，秋末冬初之際。

貧民區爆發致命的怪病。患者除了發高燒上吐下瀉外，眼球還會充血，全身的皮膚紅腫潰爛，壞死的部位會先發黑後脫落，幾週內就會死亡。同時，它的傳染性極高，只要吸入患者散發出來的瘴氣就會被感染，要不了幾天，疫情已經蔓延到周圍的街區。

父王立即派遣專門處理瘟疫的「烏鴉大夫」和衛隊前往疫區。吩咐盡快找到病源並根治，若無法短時間內控制，就要將那區域完全封鎖起來，讓該區域以外的地方維持正常運作，甚至要像什麼都沒發生過。畢竟，兩個月後就是「金月」了，可不能驚嚇到即將到訪的外賓們。

衛隊劃出管制區，所有對外通道都設有哨口。僅讓有配戴鳥嘴面具的人員進出，民生物資統一由衛隊運入。

耗費三、五天的時間，他們在該區域的水井中，發現疑似魔獸屍水殘留的痕跡。推測屍水應該是源於西北方的山區，因為那裡常有魔獸出沒，經由雨水跟河水，流入這附近的地下水道，再被人飲用所致。

經過一番研究與打聽，從一名異邦商人口中得知，五年前他的家鄉也發現這種病，奪走了三分之一的生命。所幸成功調製出解藥，才解決那次危機，並命其名為「血死病」。

獲此情報，父王一方面派遣斥候帶回解藥的配方，另一方面召集各大商會的會長，委請他們派遣商隊與傭兵，前往各地蒐購所需藥材。

之所以不動用王國的人丁與快馬，想當然耳是完完全全的政治考量。若讓金月的貴賓發現席爾薇城正大動作尋覓藥品，必定會聯想到城裡發生嚴重大事。這不僅會造成恐慌，間接影響明後年的商貿關係，更甚者，還可能讓競爭者趁虛而入。

好消息是，斥候很快就為烏鴉大夫帶回配方，藥材也在一週後陸續就位，可以開始著手研製。隨著水道重新整治以及解藥發揮功效，疫情終於得到控制，管制區的範圍也越縮越小，街道與人民漸漸回歸正常的生活。

然而壞消息是，朵卡絲被感染了，在解藥快用完的時候。

盤問侍從跟衛兵後才知道，原來在管制期間，偶爾會在夜晚的長廊或花園發現她的身影。追問為何獨自離開房間，只會得到「失眠、肚子餓」之類的答案，接著得花好一番唇舌才將她哄回房間。

莎拉推斷，朵卡絲應該是趁夜深人靜的時候偷偷潛入貧民區，幫助一些被「烏鴉」忽略的人。天曉得她去了多少次，到這個節骨眼才被感染。

朵卡絲被送到王宮外特別搭建的治療屋，由烏鴉大夫與衛隊二十四小時輪流照料。為了徹底消弭王宮也淪陷的風險，不只是平時的貼身侍從，就連國王跟莎拉都不可以接近那裡。

眼看療程已經走了一半，當大夫宣告解藥不夠用時，父女倆的心情墜到了冰點。他們透過各種管道，質問凡參與過這場「採藥行動」的人，大夫、衛隊、商會會長，甚至是幫忙跑腿的傭兵，真的連一片葉子都不剩？還是有誰偷囤貨？能不能再派快船去鄰邦收購？

很遺憾的，解藥真的連一滴都不剩。鄰近邦國的藥材都已經被搜刮殆盡，若要到更遠的地方取貨，肯定會趕不上朵卡絲的療程。而且更弔詭的是，原本作為備用的存貨居然憑空消失，沒有任何動用記錄。

同時，莎拉偶然聽到一則流傳在大夫與衛隊間的小道消息。就是位於貧民區深處，有個被認定沒救的重症區，到管制尾聲時，居然有半數患者「奇蹟式」康復了。

就在萬念俱灰之際，得知一名貴族——瓦吉拉伯爵——名下的商隊正準備返回都城。傭兵透露，由於地處較遠，該邦國還有些許藥草存量，若搭乘快船，也許就能趕上療程。

於是她向伯爵提出交涉。祭出極其高額的報酬與關稅優惠，再加上一份快船的船票，委請他的商隊用最快的速度多帶一箱藥材回來。

如此優渥的待遇，伯爵當然是爽快答應了，立刻放出兩隻最快的報信鳥——速信隼，確保部下們收到消息。

除了這位伯爵之外，她也陸續拜訪了其他貴族或仕紳。用盡各種好處，請託他們即將從遠方回程的商隊，在貨物中加減塞點藥材。

首隻速信隼出發後的第四天，是伯爵商隊預計抵達的日子。莎拉在大門口來回踱步，目光不時瞄向道路的盡頭，彷彿這樣能幫山陵線外的馬匹跑快一點。

約莫一個時辰後，兩匹快馬拖著沙塵出現在視野中。莎拉立刻認出他們，是守在波波賽港等著取貨的斥候。然而，當馬蹄聲逐漸清晰，她便從兩人臉上的表情發覺事態不太對勁——

「他們說，飛船遇上強烈的暴風雨，許多貨箱掉出船外……」、「不管我們怎麼找，都、都沒找到裝藥材的箱子。」兩名斥候的臉色慘白，似乎預期了自己即將失去腦袋。

莎拉不願意相信耳朵所聽到的，按捺住滾燙的情緒，又等了大半天，等到西方的天色化成橘紅色，才看見商隊人馬的身影，悠悠哉哉地晃到城門口。

她推開試圖解釋的領隊，逕自跳上馬車車廂，在裡頭翻箱倒櫃起來，上前制止的商人全都被她從尾門踢出去。

沒有、沒有、沒有，除了一堆保存精美的瓷器跟玻璃藝品外，什麼都沒有！

她抓起一口瓷甕走到尾門邊，同時盡可能抑制住腦中沒有建設性的穢字。指尖對準領隊的眉心，扯開喉嚨吼道：「為什麼？為什麼這些東西都完好無缺？箱子連受潮的痕跡都沒有，你們遇到的是哪門子鬼暴風雨？」

「公……」、「公主殿下——」遠處一道聲嘶力竭的聲音壓過領隊要說的話，赫見伯爵甩著臃腫的身軀，從城門另一側慢慢跑過來，身旁還跟著兩名體格剽悍的侍從。

這名胖貴族向莎拉行了個漂亮的扶手禮，並拙劣地將諂媚與哀慟兩種表情扭在一起，說道：「非常對不起！我不知道這些蠢蛋竟然把那麼重要的貨物放在最外側，繩索又沒綁好，強風一來，那箱貨就滑出去了！」

莎拉高高舉起瓷甕，正遲疑要砸在哪個人臉上時，伯爵旋即號令他的侍從：「來人！把這個笨領隊抓起來！居然犯這麼愚蠢的錯誤，即刻正法！」

兩名侍從立刻一人一胳膊，將領隊架走。這個被當場入罪的人先是錯愕，接著噴出大把鼻涕與眼淚，口裡不斷敬稱主人的名諱，奢求對方的憐憫。隨著身影被拖入城門內，哭嚎的聲音才逐漸消逝。

莎拉愣在原地，面對眼前發生的一切還理不出思路，直到伯爵悄悄爬上車廂，小心翼翼接過瓷甕時，她才回過神。

她的視線惡狠狠射進伯爵的瞳孔。「你以為這樣就結束了？這支商隊跟貨物此時此刻全數扣押，那名領隊由我親自盤問，在事情調查清楚前，我跟你沒完沒了！」

「當、當然了，悉聽尊便，悉聽尊便……」伯爵諂笑著，並將甕放回箱中。

當前已經進入金月的預備期，儘管父王與大臣們仍掛念著朵卡絲，但駝在背上的工作量實在令他們分身乏術。因此，繼續尋覓藥材的任務便全權交到莎拉手中。

而莎拉也不負眾望，在伯爵之後的輸運計畫都很順利。藥材一小搓一小搓送進朵卡絲的治療屋，並祈禱這些努力足夠彌補被耽誤的療程。

至於伯爵商隊的運輸失誤，比對了各方的天候報告，當日該航線上確實有出現暴風雨的現象，但有沒有猛烈到能吹翻上頭的載貨，連異邦船員都只給出曖昧不明的答案。

而其中的關鍵人物，也就是那名領隊，只有他能供出「藥材究竟有沒有上船」。然而在盤問的前一天，他被人發現上吊在哨所之中。

幾週後，金月總算如期落幕，明後年的貿易齒輪將繼續依約運行。

當父女倆把最後一位貴賓送上馬車，便回房換下瑰麗的禮服，披上黑色的禮袍，是時候送別朵卡絲了。

◆◇◆

隔年，聖地曆９８９年，春季初。

位於貧民區某個廢棄的穀倉內，也就是當初朵卡絲編織竹籃的那棟建築物。裡頭有一幢高大的身影盤腿坐著，身披深色大斗篷，駝著背脊低著頭，似乎正在翻閱什麼東西——

一支火槍抵住那人的後腦杓。

「你的學生死了，在你丟下她雲遊四海的這段期間。」莎拉的語氣冰冷。「從地下水道潛入貧民區，這餿主意是你教她的？」

那人選擇沉默，只是慢慢轉動身子，最後讓自己的眉心停在槍口前。他還是沒說話，卻有淚珠從深邃的眼窩流出來。

莎拉將槍管用力一頂，切齒控訴：「虛偽的眼淚你自己留著吧。那傻妞這麼相信你，相信你教她的一切，最後連命都丟了。認識你之前，她頂多發發麵包、發發善款，但認識你之後，開始嚮往自己可以跟你一樣，整天跟貧民混在一起。告訴我，偽君子，到目前為止有幾個學生死在你的惑言之下？說啊！」

「……已經數不清楚了。」話一落，槍口移向他的腹部，槍聲頓時響徹整座穀倉。

班納巴向後踉蹌幾步，一手摀著被攻擊的位置，另一隻手中的東西應聲落在腳邊。

「打頭太便宜你了，聽說血死病會先破壞肝臟，我一定要讓你嘗嘗朵卡絲的痛苦後再讓你死。」莎拉宣告著，瞥了一眼地上的物體，問道：「那是什麼？」

「……小安最喜歡的故事書。」班納巴回答，隨後慢慢回到盤腿的姿勢，手仍摀在被槍擊的部位。

莎拉糾起眉頭。她可從沒印象妹妹提起自己特別喜歡什麼故事，基於對眼前這人的好惡，她更願意相信那只是胡謅之詞。雖然是這麼想，但仍不住追問：「是什麼故事，《快樂王子》？」

「……不，是薩瑟瑞人的歷史故事，《皇后伊絲勒》。」班納巴將空出來的手伸向書本，但不是取回自己手中，而是往莎拉腳前推一點點。

老者每次開口前的噤聲都令她煩躁，而最該死的就是，她其實明白對方為何有那一段緘默，還不就是貼心地壓抑自己那不合時宜的口癖：『哈哈』。如果剛才那口癖一出來，她的理智很可能會瞬間斷裂，然後直接讓對方的腦袋開花。

「那故事在說什麼？」莎拉幫火槍重新上膛。

「……大陸浮空以前，錫安有段被異族統治的日子，一名薩瑟瑞女子被國王選為王妃，她運用智慧解救同胞免於被屠殺的命運。」班納巴頓了一會，接著用輕柔的口吻道：「小安說，每次在讀故事的時候，都會情不自禁把伊絲勒想像成妳的模樣，擁有氣宇軒昂的神情，說話時渾然天成的自信，還有美貌——」

「住口，給我住口，不要再說了！」莎拉不惜失態都要制止對方繼續開口。

因為面前這說話帶有異邦口音的老人，在她淚光氾濫的視野中，輪廓開始幻化成朵卡絲的形影，連聲線也變得細柔。如果不趕緊打住，接下來很可能就會聽見熟悉的聲音，說出老人沒說完的台詞。

她的心裡再清楚不過，班納巴轉述的那些，著著實實都是朵卡絲會說的話，也是最真實的意念。極度思念的人正被極度憎恨的人扮演著，再也沒有比這更令人反胃的事。

莎拉一手舉著槍管，另一手不停在眼眶邊來回搓抹，直到眼睛又痛又腫時，朵卡絲的幻象才完全消失。

此時，班納巴慢慢將摀住肚腹的手伸向莎拉，食指與中指微微分開之際，一顆彈丸從指縫間掉落。

莎拉瞪大眼睛，看著彈丸滾到書本旁邊，再瞅向對方毫髮無傷的腹部，一股寒意從背脊涼到頭皮。「你、你到底是什麼人？」

「哈哈……我的稱號挺多的，異端分子、通緝犯、提巴組織的殘黨、攪亂天下的人。或者，妳叫我偽君子就可以了。」班納巴維持一樣的坐姿，但將雙手掌心朝上，擺在交錯的腳踝附近，讓莎拉能清楚看見。示意自己手中沒有任何武器，也沒有任何敵意。

「提巴、攪亂天下的人……我聽過這稱號，你們是雙廳的敵人。」莎拉微語著，腳步不由自主往後挪了半步。

「席爾薇未來的君王啊，我知道妳會害怕，但是不用擔心，我不會傷害妳。如果再開一槍能讓妳安心一點，就——」

莎拉扣下扳機，巨響再度撼動穀倉。

班納巴將後仰的腦袋擺正，接著鬆開額頭前的拳頭，讓彈丸滾落，並奉上含有歉意的苦笑。「只是我還是會接住。哈哈……不過還是必須勸告妳，不要再開槍了，會嚇壞附近的婦孺的。」

徒手接彈丸這種事，就算多看幾次也不會習慣，但至少不會像第一次看到時那麼驚訝。

莎拉放下火槍，試圖讓表情保持鎮定，問道：「你是殺不死的，對嗎？」

不得不說，多補一槍後心情果真輕鬆不少。或許是怒氣得到宣洩，也可能是體認到自己對這個超人類已經無計可施，下一刻被殺掉也不奇怪，想到這裡，心境反倒開闊起來。

「哈哈，死得了，只是時候還沒到。」老者的手回到腳踝邊，說道：「席爾薇未來的君王啊，小安的事情我很遺憾，也知道自己沒資格祈求寬恕。作為補償，我想告訴妳，我從何而來，要往哪裡去，如此一來，妳就會知道這個世界發生了什麼事，也就會知道，要把王國帶向哪裡。」

「世界發生的事？不就是被你們那幫人搞得天翻地覆嗎？」莎拉先是擠了一下眉頭，隨後哼出輕蔑的氣音。「我妹妹聽了你的話就送了命，你怎麼認為我還會想聽你說鬼話？」

「如果我說的是鬼話，妳一眼就能看穿，未來的君王。」班納巴的瞳孔彷彿從陰暗的眼窩中綻放銳光，同時，一陣強風從老者那方撲面而來，拂過她全身——

隨著瀏海慢慢飄回臉頰，莎拉才舒出抽進嘴裡的空氣，並用瞪得不能再大的雙眼掃視老者身後，確認那裡沒有半扇窗戶。

班納巴想必是發現她驚愕的表情遲遲沒有恢復過來，連忙安撫道：「哈……抱歉，我的氣魄嚇著妳了。我的意思是，妳很聰明，又有豐富的學識，一定很快就能分辨我說的話是真是假。」

莎拉回過神，直視對方的眼睛，而對方不閃也不躲，與她四目交會。

前陣子為了斡旋藥材的事，她接過無數雙眼眸，每扇靈魂之窗都有意無意透露自己的慾望。有人想換到更多利益、有人想得到上流階級的人脈，甚至有人一本正經談著合約內容，視線卻極盡所能意淫她的身材。

而面前這個異邦人，雙眸比任何人都清澈，彷彿他最大的想望，就只是坦承自己的來歷。她也從對方的瞳孔中看見了自己，那猙獰的模樣，著實就是個急於遷怒，並且殺人未遂的……狂徒。

此時，腦中閃過朵卡絲的笑顏。她認得那個表情，就是在那天晚上，妹妹自豪著自己擁有「惠師」的職份，並相信姊姊的天賦必定可以為王國帶來幸福——

「導師的職份，是嗎？」莎拉自語著，隨後轉過頭，從二樓的窗戶望向藍天。「不要再叫我未來的君王了，無法讓大臣跟貴族信服的王儲，不夠格稱王。或許，我可以到不認識我的村落，從零開始學習怎麼當一名領袖。」

她將臉轉回來，對班納巴漾起淺淺的微笑：「在聽你的故事之前，偽君子，告訴我，你的夥伴都怎麼稱呼你？」

老者也回敬一抹笑容。「……錫安大陸，厄梅迦的先知。」

◆◇◆

莎拉來到森達姆山的山腳，離開樹林小徑，走向一道攀滿綠蔓的圍籬前。她熟稔地找到暗門，利用鑰匙旋開門栓後，進入王宮的後院。

她走在長廊上，腦中繼續整頓著堆如山高的情報。有以前班納巴給的、這些年從情報販子那買到的，以及這幾天以甜點跟美食向亞拿與底波拉換來的——

無意間，她在轉角處瞥見一個熟悉的身影，便呼喚道：「嗨老福，旅途還順利嗎？」

老福——王宮總管福克斯——應聲回過頭，與莎拉對上眼的同時，也瞅一眼她胸口的項墜。他的眼睛隨即瞇成線，嘴角帶著白鬍鬚微微上揚。「晚安，公主殿下。旅途滿有意思的，認識了非常有趣的人們。」

接著，白色的眉毛展露銳利的眼神，語氣隨之驟變：「老夫從沒見過如此熱情之人。當得知某人家中有薩瑟瑞人正在作客，便眉開眼笑，帶起最精良的兵器與戰馬，也要登門一同作宴。妳說，是不是很有趣呢？」

莎拉聽出老福語意背後的意思，但還沒來得及做出回應，一名侍衛乘著小跑步來到兩人跟前。先向她恭敬地行完扶手禮，接著對老福說道：「福克斯總管，客人已經到了，陛下請您務必前往旁聽。」

「客人？聖會騎士團的團長？」莎拉臆測地問。

「不，是更高層。」老福側目：「祭司廳第六祭司，巴沙・阿斯塔路。」

—・—・—

■**金月**■是國王宴請各國政要的節期，更是攸關王國明後年經貿發展的重要盛事。因此早在一個月前，全城上上下下都動員起來，將路鋪平、柱補強，更在貴賓會經過的大道上貼銀箔，費盡一切心思就為了讓王國看起來富強可期。

第8節　后翼棄兵

侍衛帶莎拉與老福走一段路，從暗門來到迎賓宮殿後方，隔著布幔窺探裡頭的狀況。

父王站在王座前，眾臣佇立於迎賓紅毯左右兩側，他們身後聚滿了軍部的將領，以及各單位的副官與其侍衛們。眾人的目光全匯聚在紅毯中央——祭司廳的祭司——的身上。

祭司擁有薩瑟瑞人的五官，身高約為一百八十公分，瘦得像一隻綠蜥蜴；頭戴白色禮冠，金色冠延的正面鑲有大如鵪鶉蛋的珍珠；身著長長的白禮袍，衣襬幾乎能拖地，整套服裝鏽滿藍色的圖騰；後頸披掛著金色的禮帶，帶子兩端從雙肩垂至腰前，上頭各鑲有六種尊貴的寶石。身邊沒有任何護衛陪同，就只有他一個人而已。

「席爾薇王，為了百姓好，讓聖會騎士團進城吧！」祭司含著笑意勸道，態度看上去非常輕鬆，不太像典型位高權重的人。再者，他的口音比亞拿還輕，就像鮮少在錫安生活的薩瑟瑞人。

「祭司大人，聖會騎士團無進城的必要。」父王斷然拒絕，並解釋道：「我們已確認，被黑斗篷追逐的兩人均隸屬科洛波爾商會的特許商人。因此我們與商會交涉，僱請那兩人出城執行任務，若那兩人真為教團的通緝犯，騎士團於城外部署網羅，便可將其繩之以法。」

此時，祭司的嘴角輕浮翹起。「席爾薇王呀，騎士團之所以願意來席爾薇都城，不單單只是得知有通緝犯而已。或說，跟貴王國真正的危機比起來，那兩個人只是不足掛齒的小事。」

語一落，宮殿隨之掀起一陣譁然，大家交頭接耳，試圖從對方口中理出頭緒。

祭司顯然對大家臉上的表情十分滿意，於是大展雙臂，揚聲宣告：「席爾薇的百姓呀，你們有禍了！亞多乃的憤怒已經臨到席爾薇，祂公義之手將重重擊打這塊土地！但祂同時又有恩慈與憐憫，大先知已經領受贖罪福音的天啟，並交由聖會騎士團傳遍浮空大陸全境，解救眾生免於亞多乃的憤怒！」

「我們到底犯了什麼錯？」一名年輕的大臣脫口質問。

祭司看向那名大臣，撇起單邊嘴角。接著，殿廳另一頭傳來群眾駭然的驚叫聲，將所有人的目光拉扯過去——

大夥看見那附近的人們慌亂地向後退散，甚至有人跌坐在地，連滾帶爬遠離把他嚇壞的東西。同時，一叢綠色的樹冠以極不尋常的生長速度，超越常人的頭頂，聳立於人群中間。

「樹、樹、羅德變成樹啦！」一旁的侍衛驚呼。

祭司指著那顆樹，向所有人激昂布道：「看哪！亞多乃的審判！正如聖典預言的！你們還要繼續硬著頸項不悔改嗎？不需要問你們犯了什麼錯，亞多乃早就受夠人類的罪孽，若不是大先知持守在聖樹園，日日夜夜事奉亞多乃，為人類祈求憐憫，你們早就因為假先知麥祈與其黨羽提巴犯下的罪過，成為『冥海』的養分！」

又說：「大先知年事過高，力量越來越微弱，快要壓抑不住亞多乃的憤怒。在決定繼任者之前，必須借助聖會廳的人力，才能稍微延緩『墮日』的到來。」

他頓了一會，重新與國王對眼。「快敞開城門吧，讓聖會騎士團進來幫你們，不然，它就是你們所有人的下場。」

語畢，祭司甩過身，邁著大步朝殿廳正門走去。左右兩側的人讓出比紅毯更寬闊的路徑，兩名門衛趕緊為他拉開門扉，直到尊貴的身影遠去才恭敬地關上門。

父王跌坐在王座前的台階，同時，莎拉與老福衝出布幔，到他身旁慰問。而他只是緘默，一手扶著額頭，用半隻眼睛瞅向那顆樹。

其他大臣紛紛簇擁上來，一人十句話，讓各種意見全糊在一起。有人建議順從祭司的話，有人願意相信祭司，但對聖會騎士有疑慮，甚至有人提議舉城遷移避難。

眼看眾臣越說越激動，連台下的小官與侍衛也開始用吶喊的方式，試圖讓自己的意見被聽到，整座殿廳鬧得像城外的野市集。

莎拉看著眼前一坨坨躁動扭曲的靈魂。深深感悟到，當活生生的人在眼前變成一顆樹，大家目前真正想要的，並不是國王的決斷、王國的未來，僅僅只是想把恐懼排出體外而已。

這些恐懼源自於未知，不知道為什麼人會變成植物、不知道祭司說的話是不是真的、不知道王國——特別是自己——的未來會變成什麼模樣？

而破解這場「騙術」的知識剛好就在她的腦中。

她取下肩上的手杖，朝一名侍衛的大盾猛敲。鋼板渾厚沉悶的鏗鏘聲頓時連綿大作，直到整座空間只剩她製造的噪音，以及統一的目光才收手。

「各位，失禮了，請冷靜聽我說。」她扔下手杖，稍微舒展酥麻的指節，然後走下台階。「請各位細想一下。堂堂尊貴的祭司廳祭司出巡參訪，聖會廳居然沒有事先發函叮嚀招待，更沒有直屬護衛在身旁戒護，而是幾天前隻身入城，擅自到處閒晃，過往有此先例嗎？」

臣子將士們你看我我看你，有些聽懂道理的人支吾應聲，用低調的方式同意她的看法。

莎拉慢慢移步，讓人們為她開出小徑。「他的出入足跡都有門衛作證，絕非憑空臆測。因此，我大膽推測，那人不是祭司，是個冒牌貨，是異邦異教的巫師，與聖會騎士團的高層串謀，意圖生事。」

此話一出，眾人立時大驚失色。在她附近的人更是踢起亂步，試圖離她越遠越好，彷彿發現當年的血死病患者。不難理解為何有那些反應，畢竟如此指控尊貴的祭司廳，也只有異端邪惡分子敢這麼做，例如提巴那幫人。

「但、但是樹……」一名臣子用顫抖的手指向那顆樹。

莎拉來到它的面前，端視那面露猙獰的木紋，接著將右手伸向樹梢。一開始有些遲疑，嚥下多餘的口水後，把意志力專注在手臂外溢出來的薄霧上，讓它變得更加厚實，並且往指尖推去。

碰觸到樹幹的瞬間，一旁的樹枝溢出一株黑色水滴，並且越拉越長，最後像坨鼻涕一樣落到地上。

本以為那是爛掉的果實，沒想到它化作一條蛇，兩顆獠牙像彎刀一樣，朝莎拉的左腳撲過去。

她反射地縮起腳，手隨即跟上——

「呀！」莎拉抓住細長的身體，將牠從靴子上扯下來。

黑蛇在她手裡激烈掙扎。隨著指節持續施力，羽毛不斷從指縫間噴出，牠的身體冒起零星火苗，並且化成灰燼，消散在空氣中。

莎拉長長地呼出一口氣息，然後環視周圍一張張瞬大眼落下巴的表情。她高舉抓蛇的那隻手，秀出鏽蝕骯髒的硬幣，大聲說道：「這就是證據！被下了詛咒的錢幣，它既能將持有者變成植物，又能變成活生生的毒蛇，這不正符合聖會聽所說，盛行於罕普羅的『酵母巫術』？所以撒馬利亞之戰的時候，六聖王都才會裁決以『聖火』將其滅之？」

說到這裡，她轉身看向負責席爾薇教區的聖司長，以及其身後為數不少的聖職與修士們。投以更加嚴厲的神情，預示自己接下來要說的話不容反駁。

「大家再仔細想想，那人居然提到了聖會廳跟聖典。平心而論，這兩樣東西，都是我們加芙人擅自擷取他們的歷史文獻，用自己的價值觀，穿鑿附會其文化脈絡的產物。曾幾何時，薩瑟瑞人的祭司廳，認可過這個由我們這些異邦人組織而成的政教機關了？連在撒馬利亞之戰時，他們都不屑跟聯軍合作，聯軍只好一廂情願自己找事做。」

一名年輕的修士不服氣地反駁：「我、我們跟他們一樣，都信仰全能的亞多乃呀！」

莎拉瞪向那名修士，論道：「薩瑟瑞人的表親撒馬利亞人也崇拜亞多乃，但他們卻非常樂意用那名字代指所有敵人。」

隨後又將目光掃過所有人。「信與不信對他們而言一點都不重要，祭司廳從來沒有認可過聖會廳，沒有正式否定頂多稱為默許，以便從勢力龐大、樂意巴結他們的我們手中，賺到更多政通人和的好處。三十年前的『揀選者事件』不正是如此，我說的沒錯吧？」說完，她的視線剛好回到聖職那方，平時趾高氣揚的他們紛紛低下頭，不敢再說什麼。

「公、公主殿下——」一名大臣看著她的手，顫抖的聲音除了道出畏懼之外，還挾帶別的意思：「我們都不知道，您還懂得破解巫術呢……」

莎拉輕瞥了其他人的表情，特別是父親的，失望與盼望糾結在一起的模樣，就像一根根針輪流往她的心臟扎。是的，她都明白，堂堂君主的女兒居然與巫術有染，若被聖會廳的高層知道了，還不被綁在木樁上燒死？

儘管他們不會在她的房間內找到任何一張黑魔法卷軸，或是一條毒蛙腿，她也沒有時間長篇大論解釋靈魂羽化是怎麼一回事，況且說了也不一定會相信。

「我不懂巫術，」莎拉正色那位提出疑問的大臣，語氣堅定說：「但我曾結識一名來自錫安的拉比，他提醒我，對抗邪惡的唯一辦法，就是隨時保持對亞多乃的信念。『靠著那賦予我力量的，便凡事都能克服。』不正是聖典教導我們的嗎？」

其實班納巴並沒有教她那麼膚淺的東西，但憑他們的理解程度，這種解釋已經綽綽有餘。為了強化說服力，還特別引用信徒最常掛在嘴邊的格言，讓他們連質疑的勇氣都不敢有。

此時，克里斯上尉從人群中站出來，對著公主以及眾臣說道：「幾天前我遇到一個薩瑟瑞人，當他知道聖會騎士團即將來到都城，他的神情瞬間嚴肅起來，鄭重警告我們，千萬不要讓騎士團進城，我追問他原因，他只回答『騎士團是來種樹的』。我當時並不以為然，直到親眼見證剛才發生的一切，才明白那人所言並非無稽之談——」

莎拉神情肅穆地聽著上尉振振有詞，事實上，她正努力壓抑笑意。她知道克里斯所說的薩瑟瑞人就是亞拿，而他刻意把「陰性受詞」代換成「陽性受詞」，不用多說，肯定是下意識想迴避自己被女人擊敗的事實。儘管現場根本沒人知道。

克里斯繼續說道：「必須一提的是，那名變成樹的士兵，恰恰就是引領祭司進入宮殿的侍衛。因此可合理推測，這突發狀況是被預謀的！祭司將硬幣當作謝禮送給侍衛，待演說被質疑的時候便釋放魔咒，讓人看到恐怖的景象後，不得不屈服他的淫威。聖哉亞多乃！公主殿下的勇氣揭穿了他的把戲，我認為，我們必須相信我們的君主，相信全能的亞多乃，而不是假冒祭司的巫師，以及那些名不正言不順，執意要進城的異邦騎士團！」

他舉起拳頭，一面捶打空氣，一面高呼：「祈願席爾薇蒙恩！祈願席爾薇平安！祈願席爾薇蒙恩！祈願席爾薇平安——」

隨著口號越喊越激昂，人們紛紛收起畏縮的神情與焦躁的碎言。一個個跟著他呼一樣的口號、做一樣的動作。頃刻間，殿廳中的所有靈魂彷彿合而為一，不分彼此，對同一股情緒抖擻共鳴。

莎拉意思意思跟著大家揮了幾下，然後觀察幾位重要官長臉上的表情，如聖司長、內務大臣、軍部的將軍，當然還有父王。除了聖司長外，其他人的眉頭都稍微舒開了，看得出來，假祭司潑上的恐懼已經抖下不少。

她並不反對克里斯把聚光燈搶過去，事實上，她還滿慶幸有這號人物的。他戀棧眾人關注的個性，配上戰士的特質，只要有六成把握的目標，他就會自動抓起戰旗號令部隊跟隨自己。當群眾身處在黑暗中的時候，比起理解如何適應它，他們更習慣不假思索跟隨亮眼的人，即便他只是拿著火把直直往前衝也沒關係。

看來感性面是沒問題了，接下來要解決理性的部分。

公主走到父王面前，恭恭敬敬行了屈膝禮，說道：「父王，我有應對這場『樹災』的作戰方針，請聽我一席拙口諫言。」

此言一出，身後不意外揚起一陣窸窣，父王的表情也十分耐人尋味。倆人交換了對方眼底的顏色後，父王的嘴角揚起只有她才看得見的弧度，隨後便站起身，允道：「說吧，妳的計策。」

莎拉吸飽空氣，確保接下來說的話都能扎實入耳：「首先，軍部的『大盾計劃』不變，同時我們必須處理四件事，第一，『頒布緊急律例』，律例內容如下，封鎖都城，三十六小時內禁止任何人出入。」

「第二，執行『徵收』，」說著，她將硬幣交給父王：「徵收擁有這種圖案——一條蛇咬著自己的尾巴——的硬幣，出動所有軍政單位，逐戶強制擁有者繳出。第三，『伐木』，將著魔的樹連根拔起，搬上馬車運到城門口待命，若發現黑蛇，以火焚之。第四，『阻擋』，派遣使者與部隊，向騎士團交涉，允諾三十六小時內必將潔淨後的『證明』上繳聖會廳。」

語落，她將右手撫在胸前，微微低頭欠身，靜待君王裁示。

父王撫著鬍鬚沉思一陣，隨後點點頭。「好，我明白了，就依照妳的計劃執行。」接著吩咐侍衛準備桌椅紙筆，並把軍部將領及大臣們呼喚至面前，布達道：「我決定採用公主的戰略方針，我們現在來擬定執行細節。莎拉，妳要跟我們一起開會嗎？」

莎拉獻上微笑，婉拒了對方的邀請。「城內的部隊、人馬的指揮調度，父王與眾臣們必定比我熟稔，沒有置喙的餘地，而城裡仍有我可以施力的地方，先告辭了。願席爾薇城於亞多乃眼前蒙恩。」

向諸臣們點頭致意後，撿起地上的手杖，準備從王座後方的暗門離開，父王卻用溫柔的聲音喚住她。

當她應聲回頭，父親高大的身影已經站在面前，將她緊緊摟住，並在耳邊細語：

「我的愛女，我的驕傲，我永遠愛妳。儘管放手去做吧。」

這一抱把莎拉抱傻了，腦袋頓時一片空白。她已經記不太清楚，上一次被父親這樣抱是幾歲的事，只記得十六歲開始學習處理政務起，父女之間彷彿隔上一層朦朧的薄紗。無論何時何地，當下的氣氛是悲傷還是歡愉，他們看見彼此時，都會反射性想起至少一件代辦事項，工作進度也就自然而然成了最熟悉的問候語。

她正想回抱時，父王已經鬆開手，並在額頭輕輕吻一下，便回到眾臣那裡。

莎拉望向一旁的老福，他老人家的眼睛已經瞇成線，嘴角上的白鬍鬚翹得比平時都高，同時將一支捲軸遞給她。

看著手裡陳舊的「古董」，她立刻意會到這是什麼，不過還是忍不住用眼神對老者發問。

只見對方輕輕點個頭，低語道：「老夫想您已經猜到了，老夫正是薩瑟瑞女孩在找的人。不過這只是贗品，您會用到的，去吧，陛下，拯救我們的家園。」

莎拉擦去眼角的淚珠後，眼神變得更加堅毅。

她從暗門離開殿廳，朝著面向森達姆山的長廊急步。幫弩杖裝上信號彈的同時，快速盤點腦中的棋譜——

沒想到亞拿說的始作俑者真的出現了，如果讓師徒倆只是帶著一群武僧離開，根本不能解決王國的危機。亞拿說牠是惡魔的化身，雖然不知道具體上有多強大，但端看牠敢隻身走來走去，肯定是對自己的能力有一定自信。

亞拿也說過，她拉比的主要敵人就是那些祭司，見到了就會直接動手殺牠。祭司一定也知道這一點，但明知師徒倆很可能就在城內，還明目張膽現身，不是自信過頭，就是也想搶班納巴的遺物吧。

因此，為了王國的未來，說什麼都要把師徒倆留在我方陣營，直到威脅被消滅為止！

莎拉抵達長廊，舉起弩杖，對準森達姆山上方的天空。正要扣下扳機之際，眼角餘光瞄到一張熟悉的呆臉，躲在石柱後面看著自己。

「威廉？你怎麼在這裡？」莎拉訝然。

威廉這才離開石柱，表情似乎跟她一樣吃驚。「妳離開後，我向亞拿討教羽化的技巧。她提議偷偷跟蹤妳，因為小心翼翼控制呼吸跟輕手輕腳，可以放大羽毛在身體裡流動的感覺……」

「亞拿呢？她還在山上嗎？」莎拉不禁左右探頭，生怕在某個角落瞧見熟悉的馬尾或裙襬——

威廉搖搖頭。「剛才我們爬上宮殿的窗戶偷看，亞拿看見那個祭司就變得非常亢奮，妳知道……有點像貓咪看見小鳥那樣。祭司離開宮殿後她就追上去了，那人就是狐狸嗎？」

聽此，莎拉暗自鬆一口氣。亞拿不僅沒發現老福就是狐狸，還去追擊對方的首腦，這無疑是當前最完美的開局。

「那個人不是狐狸。」莎拉將信號彈取出彈艙，並用銳利的眼神揪住威廉的目光。「作戰開始，后棋已經衝出去了，我們必須趕緊跟上才行，堡籍騎士。」

第9節　天際線的舞宴

威廉跟在莎拉身後，快步穿過幾條長廊與樓梯，終於抵達公主的閨房。但他在門外躊躇，不好意思入內。

「都什麼時候了還糾結這種小事？」莎拉說著，揪住他的衣領硬拉進去。

房間無比寬敞，可見的空間比旅店的餐廳還大。壁爐沙發一應俱全，床鋪是一般人用的兩倍，窗台前還有一座用白石砌成的浴池。看得平民老百姓一時忘了眨眼睛。

公主走到一面石磚牆前。不知動了什麼機關，牆壁旋即裂出一扇平平整整的暗門，能像開衣櫥一樣輕鬆打開，各種盜賊的道具整整齊齊收納在裡頭。

她將一捆包裹拋給威廉。「把護具穿上，然後過來帶些補給品，記得適量就好，不要妨礙行動，我們等下可是要跟『怪物們』賽跑呢。」

威廉解開包裹，裡面有護肘、護膝、護脛，還有跟盜賊團長一樣的護甲背心，以及幾個隨身皮套。這些裝備竟然比衛隊提供的還要齊全。

才剛把東西都確認過一遍，不遠處的更衣間已經傳出某人著裝的聲音。他本來以為，隻身站在陌生女性的房間已經夠尷尬了，沒想到未來的女王在距離自己不到五公尺的地方脫衣服！光是聽見布料滑過肌膚的聲音，腦袋便逕自想像曼妙的女體與服裝互動的模樣——

「不行！這不是騎士該有的念頭，裝備、快穿裝備！」威廉趕緊背對著更衣間，一邊將背心套上，一邊默背著《騎士錄》的內容：「第一章，素養篇，武者，克己若鍛鋼，肉軀飽經斷腸折打而堅實，意志堅毅能淬火，然，心靈須柔和耐打磨也——」

正當他還在繫緊護脛時，莎拉走出更衣間，「伊絲勒」再度現身，不過這次不是敵人。

她走到一張桌子前，攤開一張地圖，它的中心拓印著席爾薇都城全景，以及方圓兩百公里內的地貌與村鎮。又拿出一個木盒，裡頭充滿君理的棋子，顏色除了傳統的黑白外，還有其他紅黃藍綠等顏色，並有紙卡將它們井然區隔。

取出一枚黑色王棋，放到街道間，說道：「這是假祭司『巴沙』，推測目前還沒出城。」接著拿出一枚紅色后棋，放在黑色王棋旁邊：「這是亞拿，沒意外的話，她正與巴沙纏鬥中。運氣好的話，她可能已經打贏了，若是這樣，這場作戰已經贏一半。」

隨後又拿出兩枚黑色主教，放在紅色后棋後方。「這些是祭司廳的武僧，也就是這陣子追著亞拿的拉比到處跑的那些人。目前不確定他們知不知道祭司是假的，只論立場的話，他們就是忠誠於祭司廳的殺手，如果發現上司被敵人追殺，必定會來支援。所以我們兩人能做的，就是幫亞拿一起對付武僧。」說著，便將一枚白色王棋與一枚白色堡棋放在黑主教之後。

再從盒中翻找出三枚藍色騎士，放在北門外的丘陵地上，兩枚白色主教則放在北門內側。「這些代表聖會騎士團，人數約莫兩百，騎士團效忠聖會廳，隸屬六聖王都。在不與之正面衝突的前提下，軍部跟外交大臣會設法牽制。我們的作戰絕對要盡量遠離北門，如果被聖會廳發現祭司廳被攻擊，他們就有更正當的理由入城。」

接著是紅色主教與綠色堡棋，分別放在城外的西方以及西北方。「保險起見，我還找了兩方的幫手，幫我們轉移騎士團的注意力。」

最後，莎拉將一枚黑色后棋舉在眼前，語氣隨著眉頭一沉：「如果猜得沒錯，對方一定有枚王牌，只是我們還不知道是誰，或是『什麼』，若大意了，勝負是會瞬間翻盤的。以上，有沒有什麼問題？」

聽完戰況分析，威廉看了看代表亞拿的后棋，再瞅向代表自己的堡棋。他完全能理解莎拉選棋的邏輯，畢竟實力差距就是如此明顯，不過內心還是輕輕震了一下，提醒自己沒有服氣過。

威廉別過臉，看著牆角一疊一點都不起眼的小書堆說：「她這麼厲害，當時怎麼不直接衝進宮殿裡幹掉祭司？這樣不就什麼麻煩都沒了？反正她的速度跟鬼神一樣，根本沒人抓得到她。」

「她雖然傻，但並不笨。」莎拉走向剛才的暗門，快速拾取需要的東西。有細繩、刀子、小瓶小罐等等，一樣樣熟練地收進身上各個口袋中。

她繼續說：「一個是被浮空世界尊敬的祭司，另一個是被浮空世界通緝的嫌犯，兩人站在一起，你直覺上比較相信誰？只要亞拿敢在宮殿裡現身，祭司不費吹灰之力就能讓她看起來像是把人變成樹的兇手，社會地位完全不在同一個層級，這就是現實。」

「再說了，就算速度再怎麼快終究只是人類，但她的敵人可不是。大庭廣眾開戰，就算速度略勝一籌，難保牠不會做出可怕的事來。」莎拉將數顆像彈丸的東西塞進手臂上的皮套。

聽了公主的見解，威廉才意識到自己剛才說的話有多膚淺，完全愧對衛隊的訓練。如果腳下的地板也有個暗門，他會很樂意把自己埋進去，不過他選擇更有建設性的作法

——安安靜靜幫口袋塞補給品。

莎拉走到窗邊，用一支小笛子吹出一串鳥叫聲，要不了多久，一隻速信隼飛到窗台上。她將預先寫好的信放進鳥兒胸前的袋子裡，再三確認牠的狀態無虞，便將其送入夜空。

威廉好奇詢問信件的去處。對方解答，那封信是給「綠色堡棋」的，收到信後他們就會展開行動，帶「餞別禮」回來給騎士團。

裝備都上身後，兩人利用一顆長在窗邊的老樹，小心翼翼回到地面。再兜著夜幕，躲過所有侍衛與僕役，穿越只有貴族才知道的暗門，神不知鬼不覺離開王宮。

此時的街道上已集結許多衛隊隊員，舉著宵禁旗，把民眾趕回屋內。為了避免引起不必要的麻煩，他們避開大馬路，只在小巷間移動。

威廉發現莎拉幾乎沒有猶豫地趕路，彷彿早就掌握亞拿人在哪裡。這並不合理，亞拿是突然衝出去的，莎拉不可能知道她往哪去，難不成這也是計劃之一？

莎拉回答：「注意到街上舉大盾的騎士沒？驅逐薩瑟瑞人的『大盾計劃』已經開始了。騎士們會往亞拿戰鬥的方位前進，目標是用包圍的方式限縮那些異邦人的活動範圍，然後慢慢把他們逼到城外。我發現他們正往南方移動，所以推測亞拿就在那個方向，不過她的動作很快，隨時都可能改變位置，有發現異狀立刻跟我說。」

他們穿越好幾條大街小巷，每到一個岔路，威廉就會盡可能把街頭巷尾都掃視一遍，不放過任何風吹草動。

除了正在奔走的騎士外，他還發現幾棵已經扎根的黑血樹。有的長在路邊，引來民眾圍觀，衛隊的人架起長棍驅趕他們；有的長在房子裡，透過窗戶，能看見有人抱著它痛哭失聲。

一棵接著一棵，前一刻還是人類的植物不斷出現在視野角落，驚嚇與哭嚎的聲音也從四面八方傳來。整座城市彷彿正在被屠殺，只不過流在街上的不是血河，而是越來越盎然的綠意——

一股寒意從背脊竄上頭皮，心臟猛烈撞擊胸膛，臉頰上的汗珠都變成冰的。死亡的恐懼終於摸進他的靈魂裡，腦中逕自想像亞拿肚破腸流，空洞的雙眼望著天空；騎士團高舉國王與公主的頭顱；露西與比爾的臉浮出木紋……

冥冥之間，威廉聽見細細的啜泣聲，是從莎拉的後腦勺飄過來的。他不想確認公主是不是在哭，也不會問，如果對方突然把臉轉過來，他也會立刻撇過頭當作什麼都沒發生。

因為他不想看見領袖脆弱的一面。不是不通人情，事實上，他很慶幸自己的女王擁有人性。只不過現在正在作戰，如果領袖比自己還不堅強勇敢，他很有可能會不再信任對方的領導。

此時，一幢巨大的黑影掠過他們的頭頂，然後慢慢搧著蝙蝠翼膜，降落在對街的大屋上。

牠將翅膀收進破爛的斗篷裡，接著用粗壯的手臂，把屋頂像餅乾一樣撕開，並且從裡頭拔出一棵樹開始啃食。行為之原始，就如同正在覓食的動物——

兩人躲在巷口陰影處窺探那頭怪物，默默希望牠真的是草食性的。

威廉用氣音說：「是魔獸，居然趁這時候跑進城裡，衛隊現在根本沒空處理牠吧！」

「不，不像魔獸，你聽過魔獸會穿褲子嗎？」莎拉篤定說道：「牠的前身十之八九是需要衣物蔽體的傢伙，亞拿說過祭司廳的祭司不是人類吧，我猜牠很可能就是祭司的真面目，看來黑血樹是牠的食物來源，這樣一切就說得通了……」

「牠單獨出現在這裡，難不成亞拿輸了？」

「在看到屍體前，都先當作她只是待在薛丁格先生的盒子裡，我們先搞定眼前的事。」莎拉將一顆彈丸安安靜靜送進彈艙。「我們一定殺不死牠，但是亞拿的拉比可以，所以得給牠一個去找女戰神的理由，讓他們去城外開打，然後我們去找亞拿。說不定她正在跟武僧激戰，需要我們幫忙。」

「好，那麼我們要怎麼做？」

莎拉將弩杖交給威廉，接著嚥下一顆幻聲藥，用逐漸粗獷的聲音說：「我去談判，苗頭不對，你就把辣椒彈射進牠的眼窩。」

威廉跟著莎拉從沒關好的窗戶潛入屋子。這棟應該是某間商會的庫房，所以實施宵禁時沒什麼人在這裡，不過還是能在走廊與樓梯間看到一、兩棵樹，猜測是他們的倉管。

兩人用最快的速度爬到三樓，然後將自己隱藏在陰影中，躡手躡腳摸到破屋頂附近的大箱子後面。看見棕熊般的下顎，正津津有味地啃食樹幹，發出啪吱啪吱的聲響。

莎拉拉起面罩站到破洞下方，讓月光把自己照亮；威廉架起弩杖，讓準星游進敵人的腦袋——

「Shalom！尊貴的祭司大人。」莎拉喊道：「在下是，史坦肯廷教區聖會騎士團隨團修士，有條情報要帶給您。」

怪物愣了半晌才發現莎拉。牠將樹幹交給其中一隻手，接著用另一隻手把屋頂挖出更大的洞，讓自己進到屋子裡。牠沒有說話，但是手臂上的青筋比剛才更明顯，紅色的眼睛閃爍著寒光。

威廉感覺手套已經濕透了，眼睛無比乾澀，心跳聲不斷重擊鼓膜。他全憑意志力忍住身體的不適，讓準星維持在對方的眼珠子——

「已知『麥祈的約定』的下落，」

怪物跨出一步。

「在西方森林——」

粗壯的前臂肌明顯脹了一圈；威廉的手指準備施力。

「厄梅迦士師的手中！」莎拉疾呼。

牠停下動作，視線慢慢從莎拉身上移開，像是重新想起重要的事。「厄、梅、迦，士師……」

莎拉指向相應的方位。「沒錯，大人，她就在西方的森林裡，正要離開席爾薇——」

「厄梅迦士師——薩瑟瑞人，的門徒，呼啦啦啦！」怪物扔下手中的樹木，邪惡的翅膀再度展開，幾乎把屋內的月光全遮了。牠猛然往地板一搧，腳下的木板被掀起，巨大的身軀瞬間衝出天花板，消失在夜空之中。

威廉終於能閉上眼睛，並且舒出大大一口氣；莎拉跌坐在地，手摀著心臟，臉色近乎慘白。

「牠真的是祭司嗎？身上的衣服雖然破了，但還是看得出來根本不一樣！」威廉說道。

「對，完全不一樣。」莎拉稍微喘口氣才繼續說：「但是牠絕對是敵人，要不是這幾天都跟『惠師』混在一起，剛才的殺氣一定會讓我當場休克。而且，牠對她拉比的稱號有強烈反應，甚至扔下食物飛去找她，證明他們終將一戰，我們只是幫忙推了一把。」

「如果牠不是祭司，那麼亞拿就還在跟祭司戰鬥對吧？」威廉把弩杖還給莎拉。

她將辣椒彈退出來，收回臂袋裡。「總之，那枚壞棋就交給厄梅迦士師處理了。只要亞拿還沒搞定祭司，武僧一入城，王國會越來越危險。走吧，沒時間休息了。」

◆
◇
◆

在某條昏暗的街道，一個身影撞上一堵牆，石磚發出碎裂的聲音。

「紅龍的海獸，你的身體真噁心，不過也好，這樣我就能盡情出手了。」亞拿跳下房頂，走向跌坐在牆角的巴沙，白色的羽毛像蒸氣一樣冉冉舞空。

巴沙面色猙獰地苦笑，左手抓著右肩，只剩半截的斷臂不停流瀉黑色的液體。「該死，耳聞妳有點本事，但沒想到會強成這副德性……」

「別亂動哦，我幫你把蛇抓出來。」說著，亞拿雙手反握木杖，用尖銳的尾端瞄準巴沙的腹部。

正要刺下去時，巴沙將手擋在身前，哀求說：「等等、等等！聽我說一句就好，一句就好，是為了妳好，真的！」

亞拿擰起眉頭，並且暗自許下承諾，只要前三個字是廢話，一定馬上動手。

見她停手，巴沙旋即裂起邪魅的笑容，問道：「武僧們怎麼有空來找妳呢？妳拉比該不會被幹掉了吧？」

他的話才說完，一抹身影從天而降，落在亞拿身後，同時劃下一道銀色的寒光——

亞拿瞬間轉身，用木杖擋下劈頭而來的斬擊，但手臂一時沒扛住力道，讓凶器一度逼近眉心。

這一偷襲迫使她不得不背部向敵，背脊旋即竄起寒意，一股殺氣扎進肉裡——她抓住武僧的手腕，彈起下半身，以釐米的距離躲過某個從後方來的銳器，再順勢用腿掃過前方敵人的下顎。

對手眼一斜頭一歪，立時撲倒在地，亞拿則輕盈著陸。

巴沙收回匕首。數個身穿黑斗篷的武僧降臨街道，算一算，大約十來個人。

「快來幫大人包紮！」一名武僧向同袍喊道，接著對巴沙說：「大人，我們先幫您包紮，包完趕快躲起來，這個邪惡的異端分子由我們處理！」

祭司沒有讓武僧幫他處理傷口，逕自取過醫藥包，便快步鑽進小巷。

亞拿本想追上去，但武僧們已經圍上來。個個壯碩威武，手裡都握著鋒利的薩瑟瑞月牙彎刀。

她對這群黑斗篷喊道：「你們都沒有發現嗎？那傢伙根本不是——」

一名武僧從側邊衝出，刀背隨之揮過來。她用木杖接住，但對方持續施壓，將她推到牆上。

「冷靜聽我說呀！你們被騙了，那個人不是真的祭司，是亞多乃的仇敵！」亞拿幾乎使了一百二十分的力氣，脖子上的青筋都冒出來了。

「給我閉嘴，提巴的走狗！」武僧的凶色從兜帽下現形，惡狠狠說：「算妳走運，我們的拉比吩咐要盡量活捉妳，但不反對剪除妳一、兩條手腳。乖乖投降吧，亞多乃在上，我們或許可以讓妳選擇要留下哪些部位！」

看來是無法溝通了，亞拿用手肘重擊身後的牆面，石磚應聲裂出一個大洞，兩人一起跌進屋內。她抓準對手反應不及的空隙，以靈巧的翻滾擺脫壓制，同時往對方的下顎送上一杖。

房裡的住戶被突如其來的災難嚇著，尖叫聲隨即響徹整間屋子。

亞拿扔下一顆煙霧彈，乳白色的濃煙瞬間塞滿整間屋子。她趁機從另一頭的窗戶翻出屋外，再借助大貨箱、陽台、能勾木杖的旗杆，利用離心力，把自己甩到更遠的屋頂上。

被武僧們這樣一搞，獵殺海獸的機會泡湯了，而祭司廳的刀確定已經出鞘，聖會廳也在城外虎視眈眈，情況相當不利。雖然有些遺憾，但至少遺物已經是囊中之物——只要莎拉說話算話。

亞拿在高高低低的樓房上狂奔，並且擴張感知能力，隨時捕捉殺意的來向。再仰望頭頂的月亮，辨別出西北方，也就是森達姆山——陷阱——的相對方位。

莎拉的計劃確實很縝密，也非常大膽，武僧們應該會被打得七葷八素吧。不過她總有種預感，就算招數盡出，成功逃脫的機會也只會多個一、兩成。畢竟，那些人自稱「拿細珥」不是說說而已，而是會為了達成目的，真的把礙事的部位「分別出來」。

一道殺意從後方射來，她立刻旋轉上半身，讓一根鐵管從身旁飛過。側眼瞥向後方，一、二、三、四、五、六……大約有半數的敵人出現在視野範圍內，也就是說，還有一半的人潛伏在暗處。

凶器接二連三射過來，有石磚、屋瓦、木棍、花瓶，全是沿路上隨手偷來的東西；她輕盈墊步，翻滾一圈，再接一個單手空翻，最後將自己藏在煙囪後方，讓那些贓物把屋頂砸得亂七八糟。

亞拿又掏出一顆煙霧彈，想再次靠白霧脫身。正要動手時，眼角瞥見一條長長的鎖鏈，以極快的速度由細變粗，往她這裡甩過來——

她立刻平躺，讓鐵鏈削過鼻頭上方的空氣兩次，煙囪隨即被扯成粉碎。於此同時，一名武僧衝破粉塵，將她連人帶杖壓制在屋瓦上，並且按住握有煙霧彈的手腕。

「想都別想，妳這隻賤烏賊！」他凶巴巴道：「不能殺妳真麻煩，浪費時間，不過沒關係，等一下我就把妳的手裝在腿上，腿裝在手——」

亞拿用拇指跟無名指夾住煙霧彈，再以食指、中指將其彈出，不偏不倚射進武僧嘴裡，剛好卡在上下顎之間。

武僧下意識伸手要把它挖出來，她直接用膝蓋幫對方閉嘴，煙霧彈旋即爆開，潔白的雲霧立刻籠罩屋頂。幾名敵人倏地衝進白煙，想在霧茫茫中圍堵準備逃走的她。

其實亞拿跟他們一樣什麼都看不到，但透過天賦異稟的羽化能力，能清楚感知到血淋淋的氣息，以及周圍物體大致的距離，進而找到全身而退的捷徑。

她溜過武僧的腳邊，鑽進防火巷，再潛入隔壁半開的窗子；外圍待命的武僧完全沒有發現。

亞拿趴在床底下，一面安撫快炸開的胸腔，同時放大視覺以外的感官，聆聽外頭氣急敗壞的靈魂；武僧們不懂羽化，為了找她，他們只能分散行動，在窗櫺間來回搜索。

過了一會，房門被推開了，兩個人躡手躡腳走進來。他們手裡拿著棍棒與油燈，笨拙的動作顯示他們根本不擅長打架。

男聲問道：「這裡是二樓耶，窗戶又是關著的，妳確定有人嗎？」

「我不知道……」女聲回答：「隔壁的房客說聽到怪聲，趁這間的房客還沒回來，檢查一下比較好。而且剛才隔壁房子的屋頂鬧哄哄的，不知道發生了什麼事。」

透過燈火，亞拿認出他們是露西跟比爾，原來她好巧不巧地躲進威廉的家了。她並不打算現身，想等兩人出去後再偷偷離開，免得瘋狂的武僧殺進來。

「看來應該是房客太敏感了，我們走吧。」露西準備離開房間，快到門口時，轉頭對比爾說：「對了，你剛才幹嘛跟客人買那枚髒兮兮的金幣？花了那麼多錢。」

「這叫投資懂不懂！聽說衛隊等一下會來徵收，管他理由是什麼，反正就先藏起來，之後一定能抬價轉手！」比爾得意著，並讓金幣在指縫間滾來滾去。

亞拿見狀，立刻滾出床底，擲出瑪拉克硬幣，把比爾的金幣一分為二，噴散到走廊上。同時將靈氣噴濺到更遠的地方，確認武僧的目光不在這裡，接著衝向神情呆滯的露西跟比爾，把兩人撲出房間並且拉上門——

她靠坐在門板上，狼狽地喘氣。露西跟比爾雙雙回過神，用狐疑的表情確認自己沒有認錯人。

「小……」露西才舒出一個字，注意力就跟比爾一起瞅向身旁正在蠕動的「金幣們」——

兩半金幣都褪成黑色，一片長出蛇的頭，一片長出尾巴；它們的身上冒著小火苗，且痛苦掙扎著。過沒多久，蛇的身體便化成灰煙，消失在空氣中，金幣也變成生鏽的模樣。

「用人命換來的髒東西，賣多少錢都不值得。」亞拿說著，發現有些房客探出頭，查看發生了什麼事。

她已經沒心情顧忌他人的目光，對老闆娘姊弟說：「那種金幣不要收集，也不要碰，已經有很多人被牠種在土裡了。」

「土裡？不是，那不重要，妳為什麼會躲在床底下？還慌慌張張的。」露西問道。

比爾則是對著嵌在牆裡的「二十四面額」瑪拉克驚嘆不已。

亞拿本想隨便找個理由蒙混過去。但想了想，事態發展至此已經沒什麼好隱瞞的了，破曉之時還能不能見到彼此，只有亞多乃知道。

於是坦承道：「我是『提巴』的末裔，外頭的祭司廳武僧正在找我。為了不要害到無辜的人，我等一下就會離開席爾薇城。還有，如果聖會騎士團進到城裡，能躲盡量躲，任何值錢的東西都不要回頭拿，不要跟他們對話，也不要收下他們給的任何東西。我只能說這麼多了。告辭了，願你們平安。」

說完，亞拿起身準備離開，卻被露西從後方拉住手。

「妳給我等一下！」老闆娘壓低音量，語氣非常堅定：「我經營旅店二十幾年，最討厭的事就是客人臨時退房，妳的租約還有一個禮拜！」

「妳不會想等我的，我到過的地方都會一團糟。牆上的瑪拉克送給你們，就當作是我的違約金吧，應該很足夠了。」亞拿想把手抽回來，但是對方的手卻握得很緊實。

老闆娘將硬幣從牆上拔下來，塞回她的手裡，並用粗糙的雙手幫她把手闔緊。

「政治的事情我不懂，我只知道，在合約期間，妳就是我的客人，只要旅店還在，我就會等妳回來退房。」說到這裡，露西漾起溫暖的笑容，並用拇指抹了亞拿的臉頰一下，讓自己的手沾上灰塵。「再說了，我兒子難得交了個可愛的朋友，我希望妳平平安安的。」

聞言，亞拿先是瞪大眼睛，然後嘴巴抿得又長又扁，視線隨即被淚水洗得濕濕的。

「Shalom……」她趕緊別過頭，回到剛才的房間，打開窗戶一躍而下——

第10節　狂戰士

飽滿的羽化讓她落地時像貓一樣安靜。

巷口外掠過一批舉著大木盾的衛隊隊員，果然跟商會的情報一樣，大盾計劃已經開始了。要是被他們發現的話，不只要閃躲武僧的刀劍，還得應付海量的盾牌，那將會非常非常非常麻煩。

亞拿躲在成堆的雜物後面，等待適合行動的時機。突然間，她發現一個熟悉的面孔，在街道對面與同僚交談著，仔細一看認出是賽特。他也被徵召來舉盾了。

她撿了幾顆細小的石子，朝賽特的後腦勺扔去。第一顆沒有感覺，第二顆讓對方搔了搔頭，第三顆她灌注些力道，終於成功換到一聲哎呦。

賽特循著痛覺回頭，亞拿趁沒有其他人發現，趕緊向對方招招手，才順利把那位盟友請到身邊。

「原來武僧沒有發現妳，真是太好了！」賽特用氣音說道。

「有啦，我們才剛打過一架。」亞拿也用氣音說話：「衛隊的行動會讓我非常危險，你能幫我製造一點混亂嗎？例如散布假情報，把一些人往反方向帶之類的。」

「妳期待的反方向是哪裡？」

「東南方吧。我現在要去西北方的森達姆山，我們在那裡布置了一些陷阱，幸運的話可以拖慢武僧的行動能力。而且莎拉答應我，她會到山邊跟我會合，然後把狐狸的東西交給我。所以如果可以的話，希望你能幫我們把衛隊調去遠一點的地方。」

「明白！我有個好辦法。」說著，賽特將褲管捲過小腿肚，再從雜物堆中找到一條灰灰白白的布料，用皮帶繫在腰間，讓自己看起來像穿了件長裙，又跟亞拿要了她的斗篷披在身上。

「衛隊不敢得罪商會，所以圍堵行動會盡可能跟妳保持距離。」他拉上兜帽，取了靠在一旁的木竿。「利用這一點，我可以讓他們誤以為我是妳，跟著我到東南方兜圈子，如果能順便騙到幾個武僧就太好了，妳就趁這段時間趕路吧。我們的身高差不多，只是我的肩膀稍微寬了一點，不過不要緊，我相信月光不會背叛我們。」

亞拿聽了，臉色不禁垮下來，她是希望被幫助沒錯，但沒想到對方願意幫到這種地步。審視賽特身上的靈氣，儘管很旺盛，但並沒有厚實到足以應付猛獸獠牙的程度。

「騙到武僧？你跟他們交過手嗎？」

「沒有，我也不覺得自己能甩掉他們。」賽特一點都不逞強。「但是我非常樂意助妳們一臂之力，這樣才能報答班納巴先生的恩情。」

「你們這些席爾薇人真是……」亞拿抱住賽特，對方先是愣了一下，隨後也把手輕輕撫觸到她的背上。「謝謝你，但是被他們盯上的話，你會死的。你幫我把衛隊支開就好了，武僧我自己能搞定。」

兩人分開時，賽特順便取走亞拿的草帽，學她掛在身後的模樣。「東西先借放在我這囉！祈願再次相遇時能親手還給妳。哦對了，希望到時不要再抱我了，那讓我不太舒服。」

說完，他便衝出巷口，在街上左右張望後，又急急忙忙鑽進另一條巷子。如此招搖果真引來一大群衛隊隊員，在吆喝與鼓譟聲中，往賽特消失的方向追去。

亞拿抹掉眼角的淚珠，原本消沉的靈魂宛如篝火復燃，羽毛在小巷中絢麗飛舞。她的腳程化作一陣風，拂過大街小道，躍上一座高樓。

放眼掃視武僧們的所在位置，大多都分散在四周樓房的屋頂上。已經有幾個人與她對上眼，並且拔腿朝這裡狂奔。

「來吧，第二回合開始。」亞拿自語著。約略算一算人數，親眼看見的，加上背後感知到的，大約是六、七個人，應該還有幾個藏在死角裡。

這時她瞥見一名落單的武僧，正在遠處的屋頂上查看腳下的防火巷，是目前唯一還沒發現她的人。亞拿露出俏皮的小虎牙，隨即往那人的方向衝去。

房子一棟接一棟飛躍，其他武僧在後頭追趕著，儘管他們的身手不俗，但完全無法追上靈態飽滿的她。

當亞拿踏上那棟屋子時，該名武僧也終於察覺到了。那人慌慌張張地抓住彎刀的握柄，但刀還沒拔出來，她已經位移到對方身後。

木杖架住倒楣鬼的喉嚨，另一手抽出自己的小刀，直接貫穿這人的刀鞘與刀身，將兩者串在一起。

其他武僧陸續趕到，刀刃在月色下反射寒光。亞拿環視每一張面孔，再感知埋伏在暗巷的傢伙，確定一共有九個人。感覺比上一回合少了一、兩個。

他們有人警告她，只要敢讓夥伴呼吸困難，必定會砍下她的腦袋，也有人故意調侃夥伴太弱，居然會被提巴的軟腳蝦挾持。

她再瞄向街道，已經有幾組衛隊隊員開始集結，用大盾把通道堵起來。人數沒有預期多，也發現他們的動作不夠俐落，有些遲疑又有點三心二意的樣子。合理推測是賽特的戰術奏效了，由於城市另一頭也傳來發現目標的消息，所以他們現在非常困惑吧。

武僧們一步步逼近，暗處的殺氣也不斷射來。亞拿判斷城裡的敵人應該都在這裡，是時候收網了。

她掏出一條兩端都是鐵鉤的皮繩。一端勾住武僧的皮帶，接著整個人向後躺，把武僧一起拖進防火巷，下墜的瞬間讓另一端鉤子扎入屋簷。兩人的體重將皮繩拉得誇張長，從四樓直直垂降到一樓。

當其他武僧也跟著跳進巷子，亞拿拔出武僧刀鞘上的小刀，割斷對方的皮帶，讓人質摔到地面，皮繩瞬間收縮，把抓著皮帶的她彈向夜空——

她化作一道流星，飛過大半座城市，降落在一座高塔的頂端。森達姆山就在前方不遠的地方。

「趁他們還在路上，來看看拿細珥武僧都帶了些什麼吧！」亞拿開始翻搜皮帶上大大小小的收納袋。

裡頭有飛刀、鎖鏈、炸彈，以及一些五顏六色的藥品，跟商會傭兵帶的東西差不多。由於拿細珥戒律的關係，他們用的東西都是自己土法製作的。刀械的問題還算小，頂多不好用而已，藥品就必須三思了，天曉得他們會不會把大先知的口水當配方。

她將皮帶連同皮製刀鞘繫在身後，然後穿越空蕩蕩的街區。翻過一道區隔石磚步道與綠地的圍籬，抵達山腳下的小花園。

站在通往山區的斜坡上，回望身後的天際線，可以看見武僧們跳躍的身影。那烈焰般的殺氣，猛得足夠烤牛排了呢！

武僧的腳程很快，應該不久後就會追上。於是她索性放慢腳步，調整呼吸，還順便拉拉筋、扭扭脖子、把馬尾盤成圓圓的造型，最後再吞下止痛藥與興奮劑──「參孫之毛」。說真的，要不是情況危急，她實在不想再吃這鬼東西了。

順著光禿禿的林間小徑來到一顆大樹前。它大約有十幾層樓高，比周遭的樹木都還要茁壯，擁有複雜的枝幹與茂盛的葉芽，更重要的是，上頭藏了許多「驚喜」。

後腳才剛到，敵人的前腳就已經跟上了。兩名武僧一左一右衝到她身後，右邊的彎刀砍向大腿、左邊的鎖鏈甩向後頸──

亞拿向後折腰，以後空翻的身姿鑽過刀與鏈之間。雙腳一落地，立刻用木杖勾鎖鏈者的後腳，使對方的身體顛跌了一下，甩弄中的鏈子頓時失去控制，捲回主人身上。

另一人的彎刀緊接著砍回來，她撩起木杖，朝對方血氣飽滿的手腕敲過去。武僧痛得哀號，武器從手中滑落，亞拿趁機將其奪走，並跳向大樹，順著它的紋理蹬腳，爬上兩、三層樓高的樹幹。

其他武僧隨後趕到，關心同袍之餘，還不忘大聲告誡自己的夥伴：「拉比早說了，提巴教出來的敗類都是一個樣，專門搶走不屬於自己的東西，大家小心點！」

對於對方的羞辱，亞拿本來以為自己已經習慣了，但是直面赤裸裸的惡意，還是有點扛不太住呢。

此時武僧們展開行動，有人守在樹下朝她直射石頭與飛刀；有人跑到樹後面，似乎想從死角奇襲；有人直接踩著樹紋衝上來——

亞拿將彎刀扎進樹幹裡，用木杖把飛來之物一一擊落。再從腰包裡掏出一顆布包，往迎面殺來的武僧臉上砸去，渺渺粉塵頓時瀰漫在那人周圍。

對方起先只是嚇一跳，正要繼續進攻時，他的眼眶突然擠滿淚水，接著如瀑布般傾瀉而出，還不只這樣而已，那人是真的哭了，哭得像個孩子。他一個失足便從樹上跌了下去，靠著強健的身體素質與自保技巧平安著陸，然後蹲在地上繼續哭。

其他武僧們瞪大眼睛，看著哭得無法自己的同伴，再望向展露奸詐笑容的亞拿。

「世俗的東西很有趣吧？我還有很多種哦，不過放心啦，不收你們錢。」她說。

對方的情緒果真被挑起，焰色的靈態比剛才都要猛烈，連躲在樹後面的人都暴露了行蹤。他們掏出身上所有能投擲的武器，飛刀、鎖鏈，甚至是炸藥，一股腦朝亞拿射來。

她拔起腳邊的彎刀，跳向另一根枝幹。腳尖才剛碰到目標，一名武僧從樹幹後面現身，鎖鏈隨即橫掃過來——

亞拿用木杖勾住腳下的木頭，拉著杖身向前撲倒，躲過鐵鞭的同時，離心力也帶她回到原點。

隨後直接跳到對方頭頂上方，把刀捅進樹裡當作梯子，在高位對那名武僧砸下一顆布包。這次的效果是噴嚏打個不停。

「妳這混帳！」武僧們蜂擁而上。每個人都收起飛刀拔出彎刀，刀鋒全轉正面，完全不聽疑似小隊長的同袍在樹下大聲制止。

亞拿見狀，雙腳踩上被當梯子的凶器。抽出身後另一把彎刀的同時，卯盡全身的力量往上跳，速度快到將武僧遠遠拋在下方。就在她逼近樹冠的高度時，揮刀斬斷一條藏在枝葉裡的細繩——

一瞬之間，布包從四面八方射向大樹，把武僧們砸個措手不及，樹冠以下頓時被粉塵完全吞沒——就跟莎拉的計劃一模一樣。

她抓著最高的樹枝，慢慢將刀收回刀鞘，在喘息中觀察腳下的狀況。

要不了多久，霧茫茫中傳來各種人類生理上最原始的反應，有哭聲、咳嗽聲、噴嚏聲，還有豪邁的笑聲，非常熱鬧。但聽久了難免有點同情，畢竟輕易就能感同身受，如果那些症狀暴力地發生在自己身上會有多麼難過。

此時，「參孫之毛」的副作用開始隱隱浮現，腦袋微微暈眩，胸口悶悶痛痛的。隨著體力下滑，感知能力也會跟著愚鈍，當她重新察覺危險時，一顆大如南瓜的石頭已經飛到眼前——

亞拿趕緊鬆手，以毫米之差躲過滅頂之災，樹冠則被轟成木渣。強勁的風壓把她吹下樹頂，危急之際，靠著機敏的反應才驚險勾住一根枝幹。

然而大氣還沒喘一口，便發現武僧們的氣息就在附近。怪的是，咳嗽、噴嚏、大笑之類的聲音少了非常多。

她立刻環顧四周，一隻隻惡狠狠的眼睛在樹幹間閃爍。仔細一看，原來他們都幫自己挖掉一隻眼睛，用劇痛與血淚把粉塵洗出來。

「咳——抓住她！」小隊長喝令。

武僧們一擁而上。她勉強躲過幾個人，但仍不敵對方的人數攻勢，被硬拉下樹，壓制在地上。

壯漢們粗魯地用鎖鏈反綁她的手腳，還大肆翻找她的背包。聽他們混亂的對話，似乎是想找到那些粉塵布包，讓她嚐嚐一樣的滋味。

「都給我安靜，小子們，辦事拖拖拉拉還有心情聊天？」一個粗獷的聲音說道。接著一名高大的男人從樹蔭中走出來，讓銀色的月光照亮半張臉。

他的身高跟拉比差不多，而身材更為壯碩，留著長長的頭髮與濃密的鬍鬚，身後跟著幾名還有兩隻眼睛的武僧。亞拿認出對方就是武僧們的拉比——「約押‧西魯亞」。

約押看了看自己的獨眼部下，再瞥向趴在地上的亞拿。失望地嘆口氣，命令身邊的武僧把俘虜到帶他面前。

亞拿被兩個人架著，武僧的領袖彎下腰，直勾勾盯著她的眼睛。接著冷不防地往她的腦袋搧了一掌，脖子被武僧扶正後又被搧一次。她頓時眼冒金星，有點想吐。

約押說道：「幹得不錯，提巴養的小賤種。竟然能把我的愚徒們耍得團團轉，不愧是厄梅迦士師的門徒，我們對付班納巴時都沒這麼費力。不過還是太天真了，如果彈射的是火藥，我的門徒們少的就不只是一隻眼睛。」

「好了，恭維就說到這裡。」約押用力拉扯亞拿的頭髮。「我已經沒耐心跟妳們師徒倆玩躲貓貓。這幾天妳拉比一直假裝自己掌握所有情報的樣子，帶著我們東奔西跑，到頭來，原來妳才是最接近目標的人。說！『麥祈的約定』在哪裡？只要說出來，我可以指著亞多乃起誓饒妳不死。」

就在此時，三、四顆球體與一條血淋淋的大鳥腿落到他們之間。球體如期爆開，白色煙霧再次將武僧們吞噬——

這回武僧們很快就做出反應；有人跳到樹上，有人衝出白霧，其他人則是留在原地，倆倆背靠背戒備。挾持亞拿的兩人把手勾得更牢固，並摀住她的嘴。約押拔出彎刀，釋放出螫人的殺氣。

不過他們很快就發現，被剝奪的不單單只有視覺而已，大家的聲音全都高了八度。煙霧外的同伴喊道：「大家小心，有大蜥蜴！」

話才說完，成群的滄蜥已經衝進煙霧，為了鳥腿扭打成一團。數條大尾巴瘋狂亂甩，武僧們被撞得東倒西歪，亞拿也從被兩人挾持，變成被一個人拎著閃來閃去。

有人試圖宰殺這些野獸，但在迷濛的視野中，根本無法有效攻擊要害，刀傷反倒讓牠們更加狂躁，開始噬咬被血濺到的人。

「上樹，全都上樹！」

「不對，必須把蜥蜴都殺了！」

「誰？是誰亂下命令！」

混亂之中有兩人隔空爭奪領導權，讓武僧們產生混淆，有人因此頓了半刻才往樹上爬，有人則因為遲疑被蜥蜴撲倒。此刻迷霧中充斥著人類的高音與怪獸的低吼，場面更加失控。

突然間，挾持亞拿的武僧被不知道什麼外力擊倒，她也重重摔到地上。不過很快又有另一個人把她扛到肩上，並使盡全力地衝出霧區。

亞拿看著扛舉自己的背影，一樣是黑斗篷，但體格卻比其他武僧都要嬌小。又瞥見旁邊有另一個人一起跑著，手裡拿著莎拉的弩杖，時不時就朝煙霧的方向射擊──

「是你們！」亞拿用尖銳的聲音驚呼。

「安靜，還沒脫離險境！」莎拉說著，又對目標扣下扳機。「我們必須趁他們追上前執行礦坑計劃。」

亞拿知道那是莎拉安排的最後一招，只要用上了，或許可以暫時躲過一劫，但是城外的拉比就會孤立無援……

「等等！我不要躲進礦坑，快給我遺物，我要去找拉比！」她懇求道。

「不可以！」莎拉拒絕：「妳的身體已經到極限了，妳自己很清楚！」語才剛落，一頭龐然大物從後方飛來，砸在他們腳邊，威廉與莎拉都被餘勁震翻在地。定睛一看，發現是頭死蜥蜴，頭顱有道見骨的刀傷。

「快閃開！」亞拿大喊。

威廉跟莎拉聽了，馬上連滾帶爬地遠離跌倒的位置。霎時，一堵巨大的身影從天而降，將地面砸出凹痕。

「原來妳還養了兩隻小老鼠！」約押的彎刀已經舉過頭頂——

莎拉趕緊射出煙霧彈，但凶器並沒有因此改變軌跡，她險以一小片肩甲的代價躲過斬擊，然後順勢翻進一旁的樹叢。

威廉重新把亞拿扛到肩上，正想拔腿逃跑時，雙腿不禁踉蹌了幾步，是靠意志力才勉強穩住身姿。

此時，巨大的黑影已經站在薄薄的白霧後面，而彎刀就舉在身旁——

「威廉快跑！」亞拿掙扎著。但是威廉被強烈的殺意震懾，雙腳彷彿長了樹根，扎進土裡一動也不動。

約押劃下刀影，一個身影衝進煙霧，也削出一道寒光。兩片鋼刃劈出強大的風壓，將濃稠的霧氣吹散一些，更把威廉跟亞拿吹到月色之下。

亞拿立刻嗅出熟悉的氣息，對那朦朧的背影喊道：「拉比！」

莎拉從樹林中跑出來，拉著威廉的胳臂催促：「快跑起來，幾個武僧正朝這裡過來！」

威廉一邊乾咳，一邊重新將亞拿扛起來，繼續往礦坑的方向衝刺。莎拉負責殿後，向追兵投射各種擾亂視聽的彈藥。而無論亞拿如何苦苦哀求，兩人都把解開鎖鏈的請求當耳邊風。

狂奔了一小段路程，他們終於抵達礦坑的入口。正確來說，這只是礦坑的備用通道，因此洞口不大，僅能讓兩個人並肩通行。

進入通道後，威廉手持發光石，帶著亞拿跑在前頭。莎拉一面指示方向，一面沿途掛起好幾條事先準備好的細線。

他們轉了幾個岔路後，闖進一間廢棄的儲藏室，於此同時，外頭已經傳來幾聲陷阱爆破的聲音。

威廉將亞拿放下，然後一連咳了好幾聲，感覺都要把肺咳出來了。莎拉也是大口大口喘著氣，靠在門後面，一邊觀察通道彼端的動靜，一邊將彈藥裝進彈艙。他們的聲線都漸漸恢復成原本的樣子。

「求求你們，快幫我解開……」亞拿哽咽著，眼淚跟鼻涕不斷流下。「我要去幫拉比，她生病了，沒辦法戰鬥太久——拜託……」

參孫之毛的副作用已經正式發作，腦袋又暈又痛，意識也擺盪在清醒與昏迷之間。不過她已經沒有選擇，拉比有難，只要手腳一自由，她絕對毫不猶豫再吞下一顆興奮劑。

「好，我們一定會去幫她。」莎拉走向亞拿，一手伸進上衣的內袋，掏出一根針筒。

亞拿驚覺不妙，卯起全身的力氣掙扎，但還是被對方扎進脖子。

「混蛋……這是什麼？」她猙獰的大眼睛狠狠咬著莎拉。

「幫妳好好休息的東西。」

針筒的藥效很快就發揮作用，巨大的倦意立刻吞噬所有感官，腦袋開始無法思考，眼皮變得沉重無比。

陷入昏迷前，她瞥見兩名武僧出現在門口，威廉跟莎拉立刻上前應戰。

一陣來回後，巨大的爆破聲震撼了四壁。她被短暫驚醒，但很快又隨著石塊與樑木的崩落，輕輕抿起眼眸——

第11節　怪物

匕首在月色下劃出銀白的軌跡，隨後被彎刀強硬擊開，碰出厚實的金屬聲。底波拉與約押各自墊步，退到進可攻退可守的距離。

約押用拇指抹掉從額頭流下的血液，絡腮鬍被興奮的嘴角提起。「不愧為厄梅迦士師，好久沒打得這麼過癮了！」

底波拉沒理他，只是繫緊左手臂上的繃帶，然後稍微舒展一下肩頸，免得等下出手時又沒揮到滿意的角度。

對方繼續說道：「對了，左手那個傷痕是誰送？我不記得我的哪個門徒有本事動妳分毫。」

明知故問，拿細珥武僧的虛偽令她感到反胃。不過她還是沒有搭理，目光瞅著從約押身後冒出來的小武僧們，將一根熟悉的木杖與一包玩意交給他們的拉比。

約押掀開包裹的一角，魚尾紋旋即垂下，接著將那兩樣東西扔到底波拉腳前，包裹裡的斷臂隨之露出來。

他說：「投降吧！交出班納巴的遺物或是自縊在刀下，這樣妳的門徒至少還有一隻手可以過下半輩子。我向亞多乃起過誓的，絕對會替我的拉比報仇，士師！」

底波拉早耳聞對方就是那晚對她叫囂的小伙子，不過一點都不重要。她將那條斷手撿起來，端詳半截上臂上的羽毛刺青後，輕輕放回地上。接著拾起亞拿的木杖，用手慢慢從杖頭撫到杖身，細細回味它的紋理。

「考慮好了沒？」約押問著，四圍的小武僧紛紛掏出彎刀或鎖鏈，一個個擺好架勢並且讓鏈條呼呼作響。

底波拉用木杖隨興一揮，將一旁的岩石劈成兩半，小武僧們不禁縮了半步，但見自己的拉比無所畏懼地佇立，便又紛紛站回來。

她說道：「你們應該不知道吧？這木杖原本就是我的第三隻腳，只是後來鋸短半截送給她當玩具。那女孩承蒙你們照顧了，不過勸你們不要小看她，她可是我的女兒。」

語一落，底波拉一個蹬步就飛到約押面前，木杖緊接往那顆腦門砸去。對方用彎刀硬是扛下，而地面立刻陷成大坑。

兩名小武僧甩出鎖鏈，她空出左手，將鏈條雙雙抓下，同時右手的木杖換個角度繼續牽制約押。瞥見另外幾個小武僧想偷襲，她直接把那兩個玩鎖鏈的小鬼當作鞭子，橫掃他們的同伴。

約押單手抓住木杖，幫彎刀騰出可以施展的空間，但底波拉的左手很快就回來，扣留準備奪命的手腕。

兩人再度近身僵持，不過這次由底波拉開話題：「你們的出手真文雅，我非常好奇，班納巴是怎麼殞命的？」

對方聞言，臉上又眉開眼笑，彷彿對這發問已經恭候多時。他的部下也心有靈犀似的，沒有打斷他們對話，只是趕緊回到之前的陣型。

約押說：「他的確很會躲藏，但是他跟妳的門徒一樣，太天真了。我們在薩奧連某座城市，發現一個他在席爾薇城結識的好友，我們便用那人的命要脅他，沒想到他馬上就範。早知他如此軟弱，我們也不用浪費這麼多時間。」

「那個異邦人還活著嗎？」

「妳覺得呢？」約押這句話就跟暗號一樣，小武僧的殺氣瞬間變銳利，十幾把彎刀隨即殺過來。

底波拉直接推著約押衝刺，讓彎刀們彼此打架。她持續突進，任憑對方的腳在地面刨出兩條長長的線，直到兩人撞上一棵大樹。

她放開木杖，反手拔出腰間的匕首劃出彎月。可惜那男人在最後一毫秒躲開了，一刀兩斷的只有樹木，而她的木杖被對方遺落在腳邊。

約押靠翻滾爭取一點距離，左手臂的袖子被開了一口大洞，鮮血在裡頭流注著。底波拉頭也沒回地，抓住一個想偷襲的小渾球，用刀柄敲昏後，再扔還給緊跟而來的武僧們。

約押見狀，對她揚聲斥責：「厄梅迦士師！我的門徒全是敬虔的拿細珥戰士，任何時候都能為亞多乃的真理奉獻生命，妳虛偽的行為是對他們莫大的羞辱！」

「虛偽？」她撿起木杖，語氣在平靜中含有一點點怒意，指著自己左臂上的繃帶說：「自詡從百姓中分別出來的侍奉者，卻與惡者餵養的怪物同負一軛，比起僅是憐惜幼苗才收力的我，亞多乃在上，誰才是虛偽之人？」

「什麼怪物？」

這時，一堵巨大的黑影從天而降，砸在兩人之間，掀起驚人的聲響與塵埃——

◆◇◆

「真是太驚人了！連廢棄礦坑都可以改造，而且只花了一個晚上就完成。還有那隻逼真的假手，瞧他們興奮的模樣，真的以為我們被壓死了，怪不得妳們那天要去那家噁心的店。這整套計畫到底花了多少錢呀？」威廉興奮著，兩手不停摸索密室的石壁與木樑，活像收到太陽節禮物的小男孩。

「招數盡出，接下來只能看天了。」莎拉清點著彈丸與藥品，再瞄向躺在一旁的亞拿。看女孩開始頻繁變換姿勢，應該差不多要醒了。

「不過值得慶幸的是——」她刻意提高音量：「我們已經步上相對好的劇本，祭司的問題解決了，接下來只要幫助亞拿跟她的拉比順利出境就好。但也會是場硬仗，記得把傷口處理好、補充體力。」

「妳說……祭司被解決了？」亞拿扶著額頭坐起身。

威廉搶著回答：「因為妳的拉比現身啦，所以我們推測祭司已經被她幹掉了！」

「什麼意思？」亞拿的眉頭皺在一塊。

莎拉走到亞拿身邊，遞上一瓶水壺說道：「來，喝點水。身體比較輕鬆一點了吧，我們現在就去找妳的拉比。」

威廉繼續說：「我們在城裡遇到一頭正在吃黑血樹的怪物，牠有穿衣服，不太像是魔獸，猜想牠應該就是祭司的真面目。為了讓妳們對付牠，陛下故意告訴牠遺物已經在妳們手中，牠聽了以後，馬上就往西方森林飛去了。剛才妳的拉比也來到森達姆山，就代表怪物已經被她擺平了吧！或者，牠正在森林裡兜圈子，總之沒有繼續在城裡作亂了。」

「卑鄙的傢伙！」亞拿狠狠揪住莎拉的衣領，把她推到牆上，水壺在封閉的空間滾出清脆的聲音。

「喂，快住手！」白髮騎士趕緊上前，想制止粗魯的異邦人，但被莎拉用眼神勸下。

亞拿的紅色瞳孔在盛怒中更像焚燒的烈火。「我那時為什麼要衝出去找祭司？就是不想讓牠跟拉比碰上！我明明跟妳說過，拉比的羽毛已經不白了，祭司不會怕她，打起來只會兩敗俱傷，我跟妳說過的！」

莎拉被拉離牆面再用力撞一次。「幫我們順利出境？說得真好聽，妳滿腦子只想利用我們幫妳解決問題而已！還有臉提遺物，妳說午夜前會交到我們手中，現在東西呢？」

「對，我就是利用妳們！」莎拉也揪住亞拿的衣領。「我的子民安安穩穩過著日子，我的客人開開心心來做生意，沒來由地捲入妳們薩瑟瑞人間的鬥爭，妳們的祭司還來種那該死的樹！妳有沒有走過每一戶都有哭聲的街道？我的心在淌血，我要妳們把這些破事清理乾淨再走，攪亂天下的人！」

亞拿的嘴只剩緊咬牙關的作用，但拳頭已經砸向莎拉的臉頰。莎拉也不再客氣，直接把亞拿的肚子拉向自己的膝蓋。

一旁的威廉見狀，立刻衝進兩個女人中間，硬是用臉跟身體扛下兩、三拳才將她們推開。

「夠了！有力氣在這裡互毆，還不如出去打武僧！」威廉一手撫著被亞拿抓傷的眼角，另一手按住對方的臂膀。「總之，我們一定會盡全力幫妳跟妳的拉比，把他們趕走後，妳們想怎麼打就怎麼打，可以吧？」

女孩終於安分下來，似乎是被自己的魯莽嚇著。微微顫抖的手想去摸威廉的眼睛，不過伸到一半又逕自彈開，深怕再弄痛對方似的。

那快要傷到眼睛的傷口，光是想像就很痛。威廉卻不慌不忙從暗袋找到藥膏，豪邁地往痛處抹兩下就當沒事。表面上像是耍帥，但看在闖禍的人眼裡，更像在奉勸她們，現在不是為他操心的時候。

想不到白髮騎士在這種時候如此可靠。莎拉自己也恢復冷靜，伸手取過亞拿身上的皮製袋子，然後塞到對方面前。「午夜前就已經掛到妳身上，確認一下是不是妳要的東西。」

女孩遲疑了一下，慢慢打開袋口，取出一支髒髒舊舊的卷軸——

莎拉稍微整理扭曲的領口，也讓表情回到端莊的狀態。「席爾薇以貿易聞名，如果合作夥伴無法再繼續合作，我們也會感到非常遺憾的。所以，妳們朋友的託付我們也沒有怠慢，這次如有招待不周的地方還請多多包涵。為表歉意，由我親自為妳們送行吧！」

亞拿掃過卷軸的內容後，將皮繩繫回去，再小心翼翼收回皮袋裡。然後將臉撇向一邊，不讓任何人看見她的眼睛，嘴裡碎念著：「雖然我覺得那頭怪物不是祭司，但是，如果我的拉比出了什麼意外的話，我會恨妳一輩子……」

三人從密道離開礦坑，讓樹蔭與夜色幫忙隱藏行蹤，往剛才交戰的方位疾步。

趕路的同時，也不忘將各種感官繃到極致，觀察每一棵樹或岩石後面有沒有穿斗篷的人。

過沒多久，他們看見一大塊被掀起的地面，以及倒得亂七八糟的大樹，彷彿被鐵砲轟擊似的。順著瘡痍的景象望向遠方，更多變形的地貌出現在眼前，並且一直延伸到視野盡頭。

繼續向前探尋。無意間，他們發現灌木叢邊躺了一名武僧。走近一看，那人從臉到腹腔就像被鋤頭挖開的泥地，再被炭火燒得焦黑——

威廉先吐了一地穢物，亞拿隨後跟著吐，莎拉本來都有忍住，但聞到味道後，趕緊撇過頭，在手的幫助下好不容易咽回胃袋裡的精華。

「妳拉比下手可真狠毒……」威廉用袖子抹著嘴角。

亞拿反駁：「她才不會做這種事，一定是別人……」

莎拉將摻有火藥的彈丸送進彈艙，說道：「不管是誰幹的，只要跟著戰鬥的痕跡走就會找到答案，然後，把它導向我們想要的結局，走吧。」

他們躲回樹林裡，沿著戰區邊緣移動。掠過幾個大坑、千瘡百孔的林子、人類的屍體與斷肢，最後終於發現亞拿要找的人，以及不願看到的情景——

底波拉原本亞麻色的外袍，左半邊已經染成暗紅色。左手用匕首擋下武僧的彎刀，另一手的木杖勾住一隻巨型蟹螯，接著一腳將其踢斷。

武僧——約押——的彎刀被架開後，另一手的彎刀也順勢揮出，砍下迎面鞭來的章魚觸手。那玩意在地上一陣蠕動後，吸盤內的眼睛一顆顆闔上。

那頭主體像熊的怪物被兩老重創。撐著碩大的身軀踉蹌幾步，獸嚎的同時，斷肢切口湧出濃稠的黑色液體，然後分別塑形成原本的樣子。

亞拿伸手要拔威廉的佩劍，莎拉趕緊抓住她的手，一面扛住對方銳利的殺氣，同時盡量壓低音量說：「冷靜、冷靜，我知道妳著急，但聽我說，妳現在滿身血氣，上場一點優勢也沒有。要幫妳拉比打贏，要不跟我們一起打游擊，不然就想辦法擠出一根羽毛！」

於此同時，底波拉的左手跟著匕首一起捅進怪物的腹腔，再抽出來的時候，手指間多扣了條黑色的蛇。她將蛇捏成兩段，剛才長出來的蟹螯隨即溶解，黑水澆了一地，連同之前被肢解的那隻也跟著消失。

另一側，約押用右手的彎刀貫穿觸手，刀尖刺入怪物的胸腔。正當他準備用左手對付底波拉時，吸盤上的眼球們開始像滾輪一樣旋轉，並且越轉越快，接著一起炸開，大量螢光液體噴向兩老——

武僧的右手臂來不及迴避，被液體大面積侵蝕，健壯的前臂瞬間只剩白骨。底波拉雖然在第一時刻就跳開，但左大腿還是被濺到一點，那部位的衣物立刻與血肉糊成一大塊爛瘡。

莎拉死命拉住亞拿的手，威廉攬住女孩的腰，兩人費了九牛二虎之力才阻止她衝出灌木叢。

底波拉一刀削掉潰爛的皮膚、約押直接將手臂砍斷。怪物則因新的手還沒長出來，無法幫自己處理被廢鐵釘在身上的觸手。

兩老衝上前，一人一刀，從腹部直通背脊，幫怪物的身體開出大洞。大塊頭頓時渾身僵直，翻白的眼珠幾乎要掉出來。一陣搖晃後，往地面躺出好大一聲，還掀起微微震動。

莎拉仔細一看，發現怪物臉上的熊毛脫落了一半，透露出賣靈魂前的面容。威廉也看見了，眼睛瞪得又圓又大，似乎是他認識的人。

亞拿再也等不了，拼了命要掙脫兩人的束縛。莎拉見底波拉已經席地而坐，武僧也只是自顧自拄著彎刀喘氣，沒有追擊的意思，便慢慢鬆開手……

剎那間，她的心臟悍然一振，腦袋裡的思緒變得無比清晰，眼前一切事物宛如蝸牛漫步。完全無法理解它所謂何來，但能確定的是，它彷彿正對著自己疾呼，此時此刻必須轉動眼角餘光，掠過純白羽毛，看向對面的樹林——

莎拉用自己從來無法想像的反應速度，將亞拿撲回樹叢裡，並且阻止她發出聲音。

「祭司，真的是祭司！在對面的樹林，妳再不羽化我們都會死！」

果不其然，祭司——巴沙——從暗處現身，與兩老一同沐浴在月色之下。比起他大方自若的態度，只能蜿蜒行走的下半身更奪人眼目。

「唉呀呀，拉比約押・西魯亞，我們引以為傲的拿細珥武僧居然落得如此狼狽，太丟人了吧！不過不用擔心，接下來我會搞定。」祭司的臉型逐漸變長，並且浮出鱗片。

約押瞪大雙眼，連右手殘廢的時候都沒露出這種表情。「利……利維坦？」

祭司的頭已經完全變成蛇的模樣，瞳孔在瞬膜刷過後變細長，嘴裡吐出蛇信，用沙啞的聲音說：「念在你一番勞苦，這次就不計較，但以後記得加『大人』。好了，厄梅迦士師，妳身懷宿疾又負傷，而我已經補充夠多果實，妳的日子到頭了。老老實實把東西交上來，這樣，我可以考慮幫妳門徒在大先知面前美言幾句。」

底波拉從從容容起身，臉上漾起無憾的笑容。「她不是門徒，是我的女兒。」

巴沙張開血盆大口；底波拉紮足馬步，血色的羽毛如狂風呼嘯。

同一瞬間，莎拉被一股蠻力甩開，想用聲音做最後的慰留，但回過頭時，亞拿的腳已經踩在敵人身上，並將佩劍從嘴巴塞進咽喉。

所有人見狀，無不被那神速震懾，連底波拉都愣在出手的瞬間。

過了半晌，冷血動物的瞬膜再次刷過。伴隨不祥的低吼，細細黑煙從嘴角流出。

亞拿的氣勢立刻由母老虎變成夾起尾巴的小貓咪。她想要逃走，腳卻被巴沙的爪子抓住，而約押的彎刀已經劃到一半——

莎拉朝武僧扣扳機、底波拉抱下亞拿、巴沙的嘴轟出比夜空還黑的火焰。師徒倆以毫米之差躲過凶險，撲進遠處的樹叢。

巴沙將尾巴伸進口中，掏出一根燒焦的廢鐵，而脖子上被約押劃開的刀痕，正以反常的速度癒合。

牠稍微舒展剛長出來的爪子，接著質問約押：「怎麼砍偏了？如果你準一點，她們倆現在已經倒在我的腳前了，沒用的東西！」

約押的右肩冒著火苗，他直接將斗篷撕開扔在地上，展露千錘百鍊的體魄。刀傷、箭傷、燒傷布滿各個角落，被火藥炸爛的肩膀彷彿只是其中一枚勳章。

「真正的祭司在哪裡？」握刀的手微微顫抖著，某個埋藏在內心深處的髒東西正蠢蠢欲動，彷彿迫不及待要提醒他，這種距離真相僅剩咫尺的感覺有多熟悉——

少年的他站在聖所外頭，一陣陣女人的嬌喘聲穿過神聖的布幔，迴盪在耳邊。

『拉比……是您嗎？您在亞多乃聖潔的聖殿裡做什麼？』他在心裡問著。

只要願意，伸手拉開布幔就能知道答案，但是他沒有勇氣。沒勇氣瞥見女性的胴體，也沒勇氣讓眼睛沾染不潔，更沒勇氣見證，那時時刻刻謹守神聖戒律的拉比，正在行被亞多乃看為惡之事……

「腦子被打壞了嗎？我就是祭司。」巴沙沒有遲疑半秒鐘，接著指向那對師徒倆栽跟斗的樹叢，命令道：「好了，廢話少說。她們應該還沒死，再加上有兩個多管閒事的異邦人助陣。快去把她們逼出來，記得別殺了，我喜歡玩弄活的！」

約押不但沒有服從，還從腰包中取出繃帶，將刀柄緊緊繫在掌心裡。「『口中噴火燄，鼻腔冒煙霧，擁有如同羔羊的角，說話像龍……』律書中海獸的形象全印證在你身上。我們拿細珥人以遵行亞多乃嚴苛的戒律為傲，為祂的義殉道是我們畢生追尋的榮耀。我們跟隨的是萬軍之亞多乃，不是冒充冠冕的仇敵，古蛇！」

「愚蠢之徒，本來看你忠心耿耿，還想在大人面前嘉許你。沒想到你跟提巴那群垃圾一樣白癡，看不清現實，那你就去死吧！」

巴沙露出獠牙與利爪、約押立穩架勢。雙方兜著戰吼衝向彼此——

第12節　天使的羽翼

底波拉靠坐在大樹前，鮮血不斷從側腹與指間傾瀉而出。亞拿的臉色被嚇得比老者還蒼白，將背包裡的東西全倒出來，抓了繃帶與藥品跪到拉比身邊。

要止血時想起要先敷藥、要敷藥時想起要先清理傷口。斗大的淚珠掛在雙頰，手腳亂成一團。

相形之下，拉比只是慢條斯理舒著氣息，默默忍受常人都會有的痛覺反應。在旁人看來，她彷彿早就預見這一切，平心靜氣地任由它發生在自己身上。

莎拉將弩杖與彈藥包塞給威廉。上前接過快被亞拿打結的繃帶，放幾顆發光石在底波拉的傷口附近，然後吩咐傻妞先割開附近的衣物，並將正確的藥罐遞給對方。

底波拉一點都不在意自己的傷勢，而是伸出沾滿鮮血的大手，輕輕撫摸亞拿的腦袋瓜，用薩瑟瑞語慈祥地說：「那一劍又快又準，真不愧是我的女兒，可惜血氣擁有了妳，所以傷不了牠的。」

「我、我……嗚嗚嗚……我只是——」亞拿幾乎被哽咽堵成啞巴。同時不停用手抹掉礙事的淚水，才能好好將藥敷在傷口上。

莎拉在一旁靜靜聽著，並且將繃帶整理好，小心翼翼纏繞在底波拉的身上。她以前為了摸清班納巴的底細，有偷偷學一點薩瑟瑞語，雖然時隔多年有些生疏，但還算派得上用場，勉強聽得懂這兩個薩瑟瑞人在說什麼。這位老者說自己的母語時果然比較自在，不會再把動詞、名詞、形容詞放在突兀的位置。

底波拉看了看逐漸變紅的繃帶，便幫自己施打一管藥劑，應該是商會傭兵的應急法寶，然後對亞拿說：「我已經好多了，不過接下來的戰鬥只能靠妳了。去吧，把蛇抓出來，然後我們就能回家了。」

「可是我現在沒辦法，真的沒辦法啦——我感覺不到靈氣的流動，只有血氣……」女孩哭喪著臉，語氣像在撒嬌。

拉比將大手放回亞拿頭上，安撫道：「可憐的拿拿，妳只是太害怕了，所以力量變得微小。不要害怕，我就在這裡，沒有離開，不要害怕——」

陣陣戰鬥的聲音從遠處傳來，從金屬撞擊的頻率越來越少推斷，約押應該撐不了多久。

莎拉瞅向在前線探查的威廉，儘管對方比出暫時安全的手勢，心跳還是沒有慢下來。

她非常清楚，情緒這種東西，不是靠兩、三句話就能平復的，更遑論回到足以正常發揮的狀態。不過拉比的話確實有起到作用，亞拿身上的血色已經變淡不少，只是距離能夠羽化還有一大段色差。

女孩赫然想起身上的皮袋，興奮地掏出遺物，舉到拉比眼前。「對了，拉比妳看！東西已經到手了，不用再打了，我們快逃，好不好？」

聽到這發言，換莎拉「噴血」了。她狠狠瞪向亞拿，而對方當然不覺得自己理虧，有勇氣轉頭接住灼熱的視線，不過嘴巴抿得緊緊的，像是用表情求饒。

底波拉瞇起眼眸，手放到亞拿的肩膀上。「不，拿拿，現在不面對，以後還是得面對。如果我們走了，讓牠吞更多果實，將來會更加艱難。」隨後將臉轉向莎拉。「況且，失去家人朋友是很痛的，如果我們有行善的力量，就不可以推辭。」

語一落，莎拉的靈魂彷彿被某股力量震懾，心臟一度驟停，雙眼昏花了半晌。

不過她很快就恢復正常，甚至感到精神奕奕，身上的靈氣也濃厚了數倍。如果現在將它們匯聚到專注力與手臂關節，有自信連飛行中的蟲子翅膀都能射中。這是她有生以來第一次體驗到，畏懼與平靜同時並存是什麼感覺。

這時，威廉用急切的語調疾呼，看來外頭的戰況已經接近尾聲。

底波拉的眼神變得有些銳利，亞拿趕緊別過頭，只是下巴很快就被拉比的食指端回來。「拿拿，不要再躲了，祂就在這裡，我感覺得到，我相信妳也感覺到了。妳的靈魂像火焰一樣燃燒，是時候了，祂正在等妳回應。」

「為什麼是我！」亞拿的眼眶又潰堤了，而這回看起來既生氣又委屈。「祂、祂不是全能的嗎，為什麼不選妳？妳是厄梅迦士師耶，是最強大的耶！一開始就選妳的話，事情哪會變這樣……」

底波拉用拇指擦去女孩的淚痕，說話的語氣依舊溫柔：「曆法書已經翻到新篇章了。拿拿，祂現在需要的不是屠夫，祂要的是，能用杖挽回羊群的牧羊人。」

亞拿又將臉甩開。賭氣半晌後，自己擦去眼角剩下的淚珠，接著左手握住右手抵在唇前，緊緊閉起雙眼，呼出長長一口氣。

白髮騎士再次呼喊，莎拉掏出煙霧彈與爆藥。

底波拉扶著亞拿的後腦杓，拉近對方的同時自己也撐起身子，讓她們兩人的額頭能碰在一起。

「去吧，我愛的女兒，我所喜悅的……」

此時，海量的羽毛乘著旋風捲出亞拿體外。它們全都散發淡淡光暈，並以她為中心絢麗飛舞；腳下的鞋子被細細的火苗燒成粉末，然後被風帶走。

冥冥之中，莎拉發現亞拿背後有幢幢朦朧的輪廓，幾乎覆蓋了她身後所有空間。仔細一看，原來它並不是模糊一片，而是有具體形象的，還會如呼吸般微微擺動，並且振出零星羽毛——

羽翼，是一對天使的羽翼！

「Sh……Shekinah……」莎拉不禁讚嘆。萬萬沒想到，那傳說中的羽化就在眼前展開，一旁的威廉更是呆住了。

她還有印象，班納巴在傳授靈魂的知識時，有約略提到羽化的「完整樣貌」——須該那(Shekinah)。

感知靈魂、強化本領，甚至是五重職份，全都只是追求完整的過程中，階段性的獎賞。在「須該那」的狀態下，靈氣彷彿取之不盡用之不竭，能隨心所欲施展靈魂的能力，讓人近乎無所不能。

但因為在他們那一代的人中，只有極少數的人親身經歷過，而且因為他們都渾身染血的關係，所以沒人知道它真正的威力。再說了，就算曾經進入過那狀態，之後也沒辦法想用就用，除非得到「祂」的允許……

亞拿拾起拉比身邊的木杖。隨後身姿宛如一陣風，颳過莎拉與威廉，飛向巴沙和約押之間，斬斷正要對武僧痛下殺手的爪子——

巴沙抓著只剩半截的手臂仰天長嚎，接著用尾巴重鞭地面，讓自己與亞拿拉開一點距離。

牠咒罵道：「該死！跟在城裡的時候完全不是一個級別，這又是什麼鬼招數？」

「提巴的……女孩……」約押這話跟血一起吐出來。他雙膝跪在地上，驕傲的肉體沒有背叛他，只是已竭盡了全力，剩下血肉模糊，尚能包覆骨架的皮囊。

就在這時，亞拿突兀地背對敵人。雙手環抱約押的頸項，在對方耳邊微語，且讓白色的裙子上除了拉比的血漬外，也留下「仇人」的。

巴沙見自己被晾在一旁，便將尾巴扎進地面。接著，牠的體魄整整膨脹了一圈，斷掉的手臂竄出五條蛇，連從地裡拔出來的尾巴也變成蛇。每一條都有毒蛇的特徵，一對對獠牙在夜色中閃爍著寒光。

牠一陣詭笑後說道：「經過城裡一戰，我就知道妳不好對付，所以我只好提前採收大量果實，上山前埋進土裡。雖然品質良莠不齊有點可惜，但是只要數量夠多，一樣能為我所用！」

莎拉聽了，腦中閃過這兩天看見的情景——有些黑血樹是長了好一段時間才被發現，有些則是剛扎根，甚至瞥見有人將硬幣拿在手上把玩，它們發作的時間根本無法掌握。再想起巴沙闖入宮殿的時候，有士兵當眾變成樹，在牠的話說到一段落的時候……

她的背脊瞬間涼透，顧不得被發現，從樹叢中站起來，對巴沙大罵：「惡魔！提前採收是什麼意思？」

對方看見她的表情，本來就裂得很開的蛇口，嘴角翹到比眼睛還高。「還在想閒雜人等是誰，原來是公主殿下呀！妳回到城裡就知道了哦，如果妳回得去的話。」

語落，牠的尾巴朝莎拉發射毒液。亞拿瞬身到附近，敲起一塊地面形成土牆，及時擋下攻擊。

不過巴沙似乎早料到亞拿會來幫忙。射出毒液的同時，本體也跟上來，伸長手臂讓數條毒蛇撲向亞拿——

只是紅髮天使機敏得超乎牠的想像，敲完土牆就立刻跳開，並且將撲空的蛇頭全敲在地上。

接著，她閃身到大蛇側邊。腳尖落定的同時杖頭也劃完一道弧線，厚實的蛇皮隨即裂出平整切口，再狠狠往裡頭灌拳，拉出三條小黑蛇。

金色的火焰把牠們燒成灰燼，巴沙手臂上的兩條蛇和尾巴都化成黑水。

威廉驚呼：「沒有刃的木杖比刀還鋒利，我到底看了什麼！」

「不用意外，現在的她只比真正的天使微小一點。」莎拉抹掉眼角的淚漬，讓眼神重新清澈，並從威廉手中取回弩杖。「我們現在該做的，就是不斷干擾巴沙，幫亞拿爭取抓蛇的空間。」

她拉開彈艙，確認裡頭是火力最強的彈丸；白髮騎士從袋子中找出爆藥、毒彈與麻醉鏢，連繩索都平平整整捲在手臂上。看他平常腦袋不太靈光的樣子，實際作戰時反應倒是挺快的。

巴沙捲到樹上，躲在樹枝間張開大嘴，追著亞拿的殘影連續轟了好幾發黑色火焰。而她躲過所有攻擊後，從敵人的死角蹬上樹，用木杖貫穿對方的上下顎，然後一躍而下，將整條蛇扯回地面。

趁怪物爬起來反擊之前，威廉與莎拉從樹後探出頭，一人擲出麻醉鏢，另一人扣下扳機。飛鏢被彈開，而爆藥成功毀掉牠其中一隻眼睛。

這時，大蛇的身體向後縮，腦袋卻被留在原地。亞拿見狀，趕緊抽回木杖跳上樹梢。她前腳才離開，那顆頭顱便釋放出紫色的氣體，半徑兩公尺內的花草瞬間枯死。

巴沙長出新的腦袋，身體慢慢癒合，手臂跟尾巴的毒蛇也恢復原樣，彷彿回到戰鬥前的狀態。牠怒吼：「該死，天殺的該死！我的皮比板甲還硬，妳的力量哪有這麼大？那個長翅膀的能力到底是什麼，大人從來沒提過！」

「那你要投降了嗎？」

「去死！」巴沙射出毒液，讓亞拿腳下的樹枝消失。

紅髮天使再度衝向大蛇，用對方難以追上的速度，依序在牠的太陽穴、咽喉、心臟、腹腔開洞。有時用砍的，有時直接打穿，然後把小黑蛇一隻隻抓出來。

巴沙只能不停扭動身體，並靠黑火與毒蛇群掩護傷口，甚至想襲擊躲在樹叢後的莎拉和威廉。不過全都無濟於事，亞拿的木杖不是讓牠閉嘴炸到自己，就是把伸長到半途的毒蛇們剁下來。

雖然莎拉、威廉的速度跟不上天使與魔鬼，但他們可以等巴沙被擊倒的瞬間，再把爆藥、毒藥扔進傷口，讓亞拿多拉幾條小黑蛇出來。

交手幾回後，牠的身體已經消瘦一大圈，看來體內的果實已經所剩無幾。而牠也逐漸放棄進攻，改採守勢，並且一直往下山的方向靠，看起來是想逃了。

大蛇越跑越快，亞拿緊追在後，儘管每次重創能使牠慢下來，但莎拉和威廉還是追趕得有點吃力。

突然間，一名武僧從一旁衝出來，將莎拉撲倒在地。那張爛臉的嘴巴衝出一條蛇，她驚險撇頭閃過毒牙，然後用弩杖拼死抵抗。

威廉見狀，立刻掄起血羽交雜的拳頭，灌在武僧的太陽穴，將對方打飛到一邊。莎拉隨即補槍，連蛇帶顱一起炸爛。

「我的天，那是什麼鬼東西！」威廉驚呼。

「我猜是牠幫自己布置的援軍，事先放了毒蛇群去寄生屍體。」莎拉起身，卻被腳踝的疼痛拉回地面。「啊——扭到腳了！」

威廉趕緊遞上傷藥與木條，同時觀察附近還有沒有其他屍體。「這下糟了，他們越打越遠，我又不能把妳獨自留在這裡，難保還有更多被寄生的東西……」

「你下過『君理』吧？很簡單，『入堡』！」莎拉說著，直接跨坐到威廉的肩膀上。

「噗哈，太重了啦！」威廉半跪在地上，一時間根本站不起來。

國難當頭，她才沒心思顧及下屬害不害羞。逕自取下騎士手臂上繩索，把自己固定在對方身上。「加油啊，英勇的王宮騎衛隊騎士，驗收羽化成果的時候到了！」

威廉繃緊全身的肌肉，大腿噴出幾根羽毛，在戰吼中將莎拉扛起來。

「太帥了，我們走！」莎拉幫彈艙送上彈丸。

經過之前的戰鬥，她早就觀察到威廉羽化的特性跟亞拿不一樣。騎士的力量與耐力比較卓越，應該是因為接受衛隊培養的關係，所以豪賭對方能背負她的重量。至於能撐多久，那就得看對方的覺悟了。

兩人急起直追，途中莎拉射殺了一、兩具活屍；威廉循著戰鬥的痕跡與聲音疾步，沒過多久便找到巴沙與亞拿。

赫然發現，有幾具活屍正追著紅髮天使跑，但她只是靈巧地閃躲，然後專心對付巴沙，完全沒有理會它們的意思。

「她，呼……她不解決，呼……它們……嗎？」

莎拉臆測道：「想起對方不久前還是活生生的同胞，情感上過不去吧，對它們出手難保不會影響『須該那』。但我沒這困擾，走，我們去把那些東西全轟了！」

由威廉幫忙爭取視野，莎拉一發一發將活屍打爛，巴沙分心之際又被亞拿痛扁一頓。牠的反應越來越遲鈍，蛇臉也逐漸變短——

「我永遠咒詛你們，大人總有一天會讓你們生不如死！」大蛇罵著。發現一旁有個石縫，便將手臂溶進身體，似乎準備鑽進裡頭開溜。

「啊，班納巴的遺物！」亞拿驚呼，而圓筒狀的卷軸已經滾到巴沙身後。

大蛇猛然回頭，眼睛瞪得比月光還亮，手也立刻長回來，向卷軸伸去。不過木杖已經先一步到牠的太陽穴——

響亮的聲音繚繞樹冠之間，壯如牛馬的怪物被紅髮天使揍飛三、五公尺。

牠吃力地爬起來，將骨折的脖子扭正後大聲斥責：「妳媽的死婊子，為了贏不惜使出卑鄙的爛招。」

「對付你剛剛好。」亞拿將卷軸放回袋子，語氣中沒有憐憫：「好了，古蛇，離開那人的身體自己出來。」

聞言，巴沙的眼睛立刻翻白，身體搖搖欲墜，不過很快又翻回來，說道：「嘻嘻，有點難，畢竟他是心甘情願的。」雖然一樣是沙啞的聲線，但音色明顯比之前的低沉。

紅髮天使飛身到大蛇頭頂，將其重重擊倒在地，落地時用杖頭壓制牠的後頸。

「哈……妳連，屍體都不敢，殺。」牠的聲線又變回來，不過下顎受到擠壓，使得說話有些困難。「那、那我知道了，這招如何？」

說完，巴沙鼓起腮幫子，接著噴出一條小蛇，那玩意兒一落地就往樹林裡竄。而大蛇的身體立刻開始腐爛，化成骨骸與黑水，滲進土壤裡。

威廉終於體力不支跪倒在地，莎拉順著重心翻滾下來，漂亮著陸。騎士哀道：「呼哈……牠、牠到底還想幹嘛？我……呼，已經跑不動了！」

亞拿仍在「須該那」的狀態中，羽毛點著微光，羽翼還是那樣漂亮。不過從她臉上的汗珠與倦容就能看出，這位紅髮天使到底還是真真實實的人類。

莎拉清點著手中的彈丸，對亞拿說：「看牠逃走的方向，我猜是要去找妳的拉比，不知道又想做什麼。這裡距離目標大概不到兩百公尺，妳快去，我跟威廉稍後趕到。」

「牠逃不了的，腥臭的氣息到現在還清清楚楚。」亞拿炯炯有神凝視牠離去的方向。「比預期還難纏呢，看來真的吃了很多果實，不過就快結束了。你們累了就休息沒關係，我能抓到牠。」

聽她這麼說，莎拉悲憤的情緒再度湧上心頭，停下手邊的動作，眼神緊緊揪住亞拿，但讓語氣盡可能卑微：「拜託告訴我……牠到底吃了多少？」

亞拿沒有回答，只是露出曖昧的神情，不知道是同情還是抱歉。然後柔柔地說了幾字古語後，就往拉比那裡趕去了。

「她、她說了什麼呀？」威廉還在喘。

「廢話。」她不屑道。

莎拉幫腳踝包紮得確實一些，再找了根樹枝當備用拐杖；威廉呼吸的速度已經慢慢緩下來，不愧是衛隊騎士，基本體能夠扎實。

兩人用最快的速度回到底波拉所在處，發現拉比的匕首砍在土裡，除此之外並沒有受到攻擊的跡象。

老者的笑容依然和藹，手慢慢指向約押之前跪倒的方向。他們順著看過去，亞拿果真在那裡，武僧的姿勢沒有改變，卻似乎不見小蛇——巴沙——的身影。

此時，約押的斷臂竄出粗壯的蛇尾巴，原本破爛的身體慢慢復原。他抬起頭，發出巴沙的聲音：「哈哈哈，花了一點時間總算成功融合了！雖然這副軀體很破爛，但如果把我抓出去這人也會死，怎麼樣？妳的羽毛能力下不了手吧？哈哈哈——」

莎拉再瞄一眼地上的匕首，推測牠原本寄生的目標應該是底波拉，只是沒料到對方還有力氣反抗。

而亞拿靜靜地站著，連木杖都只是輕輕扶在手邊，完全不打算戰鬥的感覺。

看來真的被敵人說中了，只要套上活人的外皮，無法取人性命的羽化就會顯得自相矛盾。就算羽化重創的不是約押，但巴沙會拖著軀體的主人一起死亡，這因果關係太過於直接，即使亞拿的靈魂不會因此染血，身心也一定會折損，日後要再摸到「須該那」勢必會更加困難。

「不過那也只是魔鬼自己的臆測。」莎拉自語著，雙手架起弩杖，讓準星內只有武僧的腦袋——提巴的徒孫想自命清高，席爾薇的王儲可不會。

手指要扣下去時，亞拿平舉木杖，粗大的杖頭擋在準星與目標之間。

「拿開。」莎拉斜眼瞪向紅髮天使。

只見對方使了眼色，邀請她仔細看一下狀況，這才擰著狐疑的眉頭慢慢放下弩桿子。

武僧果然不太對勁。他的雙腳還是跪著，左手緊抓肚腹，原本當作右手的蛇尾巴纏繞自己的頸部，並且渾身顫抖，肌肉與血管繃起可怕的線條。

約押低著頭，吐出一大口血，用自己的聲音說：「提、提巴的女孩……」

「是的，我在。」

他又猛咳幾聲，吃痛地繼續吐言：「我……跟提巴，打了一輩子，為、為信念……

為教條，不後悔，對提巴的恨，也……不會，少一分……」

「但……」約押左手臂的肌肉繃得更緊實，抖得也更劇烈。「剛才，有聖潔……從妳，流過來……我終於也看見，大馬士革之光——」

他仰起頭，對著夜空長嘯，手臂噴出幾根血色的羽毛，蛇尾巴隨之焚起烈火。嚎聲持續著，五根手指挖進自己的身體裡，將巴沙扯出來，扔到亞拿腳前。

約押慢慢低下頭，身體微微向前傾，一代武僧的拉比終於歇息。

巴沙躲過亞拿的木杖，吸收土裡最後一點果實後變回人類的型態，只是下半身還保持蛇樣。尾巴一甩就往樹林裡鑽，亞拿立刻追了上去。

莎拉長舒一口氣，身體重重盤坐在地，威廉更是張開雙臂直接躺下，兩人已經無力再戰。

這時，一旁的底波拉對她輕輕綿言：「席爾薇的王女，自古有言，『凡動刀的必死在刀下』，直到天地廢去，這道理不會少一點一劃。」

莎拉知道對方意指剛才貨真價實的殺意，這時她也只能點點頭，虛心地接受指教。

老者吹出苦笑的氣音，又說道：「其實，我已經中毒了，早在從怪物的身體裡抓蛇的時候。仁慈的伊絲勒女王，我的時候到了，幫我給拿拿帶個話吧，這是我最後的請求。」

亞拿躍至半空再俯衝而下，用木杖尾端刺穿巴沙的尾巴，將其釘在地上——

「拿拿，每當想起那一天，我便深感欣慰，能在漫長歲月的末了找到妳，是蒙了何等恩惠？」

她用最省力的幅度閃過利爪與尖牙，再以迅雷不及掩耳的速度，單手掐住對方的咽喉——

「看著妳越來越像我，心裡甚是喜悅，也非常滿足。我常想，這是否就是親生的感覺？」

另一手打穿巴沙的腹腔，拉出漆黑的毒蛇，金色的火焰瞬間將牠焚燒殆盡——

「對不起，因為我的關係，妳的人生將遭逢許多患難與艱苦，而我卻沒法陪伴在妳身邊。」

巴沙的尾巴消失了，臨時變出來的爪子、牙齒全化為黑煙，留下身形枯槁的老人，癱軟在地吸吐著微弱的氣息——

「但我深信，亞多乃的平安將永遠隨在——」

一陣徐風拂過亞拿，將羽翼上的羽毛一片片帶走，輕輕消散在夜空之中。

「我最愛的女兒……」

亞拿帶著勝利回來，而雀躍的笑容卻隨著步伐慢慢沉下。

拉比看似愜意地坐在樹邊，臉輕輕靠向一側，洋溢著淡淡的慈祥，彷若心滿意足地睡去。

第13節　信使

晨光越過山嶺，為大地鋪上淨白的薄紗。馬蹄與車輪合奏著輕快旋律，雀鳥愉悅的歌聲從車廂左邊滑到右邊——

車內只有約翰一個人，他捲起剛寫好的信件，然後捏一捏雙眉之間，稍微釋放囤積過久的眼壓。

他敲了敲耳朵旁邊的小窗，另一側的馬伕立刻將其拉開，問道：「財務長，我們就快到了，請問有什麼吩咐嗎？」

「我趕時間，就先不去商會了，直接穿越大街到北門。然後，等會兒經過『店鋪』的時候，把這個交給『夥伴』。」說著，將那份信件從小縫遞出去。

「明白。」

不久後，道路兩側出現成群的帳篷與馬車，越往前走數量越多，他們全是因為宵禁令限制入城的商人。到城門附近時，外頭已如難民營似的，海量的帳幕一直淹到視界盡頭。

還有幾處圍了一群士兵，以長杖驅散附近的人們，將那些比人高一點點的樹木連根拔起，再用大噸量的馬車載走。

他們抵達城門下，門衛看了馬伕出示的證件後，趕緊拉開大門，讓馬車長驅直入。恭恭敬敬的態度一直維持到門扉再度闔上。

馬匹踏上喬治傑森大街，宛如戰爭的情景立時映入眼簾——

石磚路面破了好幾個大窟窿；不少樓房的正門與窗戶全破了，天花板的木樑塌進地板的坑裡，甚至有幾棟房舍只剩梁柱與殘壁；幾隊騎士將最後一車樹木綑緊，準備拉去別的地方；平民收拾著屬於自己的狼藉，每個人臉上盡是惶恐與疲倦。

約翰冷眼看著慘況掠過窗前，心裡沒有一點波瀾。不是同情心被留在家鄉，也不是因為他們與自己沒有親故，而是這些年來，轄區已經發生太多起類似的事件。多是全村或全城覆滅，或是一半以上的人口「扎根」。稍早收到速信隼送來的情報，席爾薇最多只變了三分之一，算是很幸運的了。

馬車快到街尾時，「夥伴」已經在路邊等著。對方身穿樸素的獵人裝束，獵帽側邊插有兩根鴿子的羽毛，表示他也有東西要遮交。

馬伕與獵人熟稔地接過對方手中的物件，速度快得像擊掌一樣。那包物品隨後就從小窗送進來，裡頭除了等一下需要用到的合約書卷與文件外，還多夾了一封信。

信件的內容簡明扼要，通知兩條新情報，以及一件突發狀況，詢問身為史坦區財務長的他是否有意處理。前兩件事似乎都跟班納巴有關，感覺挺有意思的，而最後那件事……光想像頭就很痛。

再穿過兩條大街，終於來到北門的門前廣場。一對士兵將馬車攔下，禁止他們繼續前進。

約翰探出車廂，看見這裡布滿了重兵。軍帳一排又一排，戰馬長槍林立，弩砲車、投石車隨侍一旁，整座廣場殺氣騰騰，彷彿真的打算跟聖會騎士團打起來。骨氣跟尊嚴都有了，只不過都藏在城牆後面，若被「史坦肯廷王都」看到這陣仗，可不是一句「以防萬一」就能開脫的。

他從胸前的口袋取出一枚戒指展示給士兵看，說道：「我是科洛波爾商會史坦會區的財務長，約翰・提摩西，這枚是席爾薇先王授予本會的『恩澤之戒』，我要求此刻使用它，換取接見國王的機會！」

這枚戒指是承載特權的信物，王室成員會贈予對王國有恩的人或團體。日後，無論何時、何地、何事，持有人都能以交還戒指為由，要求國王撥出時間與自己見上一面。

士兵下意識回以懷疑的眉頭，但又不敢對上頭的家徽不敬。於是跑去找自己長官，他的長官聽聞狀況後，又跑去請示更高階的長官。就這樣一層驚動一層，宛如在麥田點火似的，最後終於獲准通行。

約翰手提精緻的葡萄酒禮袋，另一手握著合約書卷，在侍衛的引領下，搭乘升降梯到達城牆頂層。

駐守的衛兵為他打開梯房的木門，便看見席爾薇王已經站在前方等著，軍部的將領與大臣侍立在側，四周圍了一大群身材魁梧的騎士。所有人都板著對峙敵人的表情，只有國王念在戒指的份上，勉強撐起淺淺笑容。

席爾薇王率先問候：「財務長閣下，什麼事情如此急迫，令您不惜現在就交回『恩澤之戒』呢？」

「Shalom！陛下，我為重要之事而來。不過在正題之前，此為本次合約以及履約賀禮，敬請參詳笑納。」約翰說著，將書卷與禮袋交給一旁的侍衛，讓對方確認無虞後才呈上。

他知道國王對這筆交易一無所知，那困惑的神情便是證明，於是趕在對方發問前解釋道：「這份合約是前天晚上，莎拉公主與本會談成的交易。殿下委託本會，前往米諾斯山區誘捕三十餘頭魔獸，作為別開生面的餞別禮，贈予城外的聖會騎士團。」

眾人揚起一陣譁然，一些人情不自禁望向牆垣外，看著聖會騎士與魔獸大軍在原野纏鬥的情景，呼出任何能表達「原來如此」的驚嘆聲。約翰也輕瞥自己商會的「傑作」，嘴角隨之勾起滿意的弧度。

「莎拉她……」席爾薇王不禁洩露引以為傲的情感，但很快又恢復君主該有的矜持。「凌晨三、四點的時候樹林裡衝出成群魔獸，騎士團不得不放棄進逼的態勢，調轉矛頭對付牠們。這下總算真相大白了，原來牠們是貴商會帶來的。」

約翰又補充：「公主殿下深諳聖會騎士團的心思，為要移轉他們入城的慾念，便奉上海量的魔獸。此舉不僅助其宣洩血氣方剛的鬥焰，亦滿足滿載而歸的期待，如此一來，對方便會帶著戰利品與傷兵打道回府。令嫒之計著實膽大心細，令本商會由衷敬佩。」

國王快速掃過合約內容，隨即擰起單邊眉毛，一瞬間像在瞪一個騙子。「一頭魔獸六千六百瑪拉克？」

一旁的大臣、將士聽了，表情紛紛扭回一開始敵視的模樣，質疑的話語在人群中間竄來竄去。其中不乏「黑市才賣三千」、「科洛波爾發災難財」之類的言論。

這些反應早在約翰的預期之中，他將雙手揹到身後，再刻意讓語氣厚實宏亮：「為了將極度危險的活物從山區抓來這裡，本會借調四十艘快船、緊急招募數百名傭兵，並且在時限內達成任務，我想，這些報價均在情理之內了。哦！對了，我們有借用幾棵樹，因為那是有效吸引魔獸的誘餌，合算的明細附在後面，還請詳閱參考。」

「好，我明白了，席爾薇絕對不會竊占貴商會一分一毫。」國王捲起合約書，交給一旁的臣子，接著問：「那麼，閣下所謂『重要之事』是？」

約翰頓了半晌才徐徐吐言：「本會會長的摯友，底波拉•拉彼多，在這場浩劫中慷慨就義了。願席爾薇王開恩，暫時將整座森達姆山交給本會，讓我們代行會長的心願，平平靜靜送她歸於塵土。」

語一落，大臣們爭相賣弄知識：「士師底波拉•拉彼多？那個傳說中的劊子手？」、「是被祭司廳緝捕的異端分子！」也有人對於借山一事頗有微詞。

更有聲音對著國王的方向喊道：「陛下，我們已經拒絕騎士團入城了，如果還被發現沒交出通緝犯的屍首，恐怕『王都』那邊會……」

約翰狠瞪發聲的來源，憑藉氣勢讓對方把還沒說完的話吞回去。「是的，她確實是罄竹難書的通緝犯。連在生命的最後一刻，還搏命刺殺祭司廳的祭司，以及對方養出來的怪物，在全城變成森林之前。」

譁然的聲音如海浪般在眾人間翻來覆去，甚至有人按捺不住焦慮，拉著附近的騎士將官急切耳語，似乎想調度人力挽救些什麼。

國王伸手把大家的聲音壓下來，確認道：「閣下的意思是，底波拉救了我們？」

「她完成自己的使命，順道解救了席爾薇城。而我們知道，貴王國一向通情達理，即如先王為感謝本商會協助疏通『揀選者事件』，贈予戒指作為紀念恩情之物。」約翰讓語氣變得強硬，笑容也收了起來，暗示自己將不再客氣。

對方臉上的皺紋更加深邃，不過口吻依舊優雅：「約翰財務長，請諒解我們的失禮，畢竟才剛浩劫餘生，還在重新適應誰是盟友、誰是敵人。需要我們協助封山掩護送葬友人之事，可以，但貴商會必須擔負起刺殺祭司的全部責任，不得讓雙廳為此事追究席爾薇。敢問您意下如何？」

約翰重新掛起微笑，亮出恩澤之戒說：「科洛波爾商會必定完善此事，不讓席爾薇無故受冤。」隨後將戒指交給侍衛。

「不過，貴王國實在不必特別為『上個世代的士師』之死坐臥不安——」他忍不住又想多嘴一下，就當作是某種售後服務吧，反正事實是早晚都得認清的。「聖會廳都可以為了『黑血果實』，犧牲大陸南方含金量最高的貿易重鎮，還有什麼是他們捨不得的呢？一場襲捲整座浮空世界的大戰就要開始了，如果不想被當沃土的話，先幫自己長出荊棘會比較好哦。」

語一落，大臣們又開始不長進地大呼小叫，只有國王穩住儀態，用肅穆的神情點點頭，表示已經理解重話背後的意思。接著舉起手攤開掌心，示意部下們送客。

約翰行了扶手禮後轉身離開，正要過梯房的門楣時，想起另一件重要的事，回過頭補充道：「對了，回收的樹不用急著燒掉，全部送給聖會騎士團就行了，他們會非常樂意收下的。告辭。」

他搭乘升降梯回到地面，與馬伕會合，精神抖擻吩咐道：「好了，下一站，我們去『衛隊總部』。」

總部就在另一條街而已，由於整個區域都被軍部管制，讓他們得以暢行無阻地直達目的地。

王宮騎衛隊的總部，外觀像座較小型的堡壘。全由灰白色的巨石建成，上頭有防守用的牆垛，以及高聳的瞭望塔，只差沒有護城河了。

約翰在正門前下車，吩咐馬伕到馬廄等候，自己走進宏偉的石門。他向衛兵出示一份偽造的訪視公文，接著依循指引，找到醫療院所。

委請一位大夫帶路，前往最深處的獨立病房。打開刻著優雅雕飾的白門，便看見房底的床上躺著一位長者，棉被遮蓋胸口以下的部位，面容相當憔悴。而當兩人一對上眼，氣氛瞬間凝重起來，對方的神情也變得銳利。

此人就是王宮的總管「福克斯・恩菲爾德」，也就是莎拉公主在密件中暗示的——狐狸。

等大夫離開後，約翰輕輕關上房門。為了呵護懸在一線的信任感，他選擇留在原地，將手揹回身後，隔空問候道：「Shalom！恩菲爾德先生，許久不見。」

總管揪緊眉頭。「老夫記得你，在幾年前的宴會上碰過面，那時你還只是長官的隨從，如今已經爬到這等位置了。說吧，特地來訪，有什麼是需要老夫效勞的？」

約翰輕瞥對方釋放出來的氣息，警戒程度比國王高漲許多，並且鋒利，彷彿隨時都能割傷人。典型的秘密持有者會有的情緒表現，看來消息是正確的，這人就是「關鍵人物」。

他露出營業用的笑容，讓說話的語氣平和又禮貌：「本會的特許商人完成了委託，不過至今尚未收到應得的報酬，因此想確認王宮的核款進度。」

總管聽了，不安的情緒更加強烈，只是沒有展現在臉上。他吃力地坐起身子，同時非常刻意讓棉被一直覆蓋左邊肩膀。「儘管老夫年事已高，但不至於糊塗。老夫記得那份委託是現結，商人的報酬應由貴商會轉交。」

「還有一份，狐狸的信差在城牆上答應她的。」

老者瞪直雙眼，從被子裡掏出火槍指向他。「班納巴明明白白說過，『麥祈的約定』只能交由提巴的後裔帶回，貴商會的會長也同意了。如果你執意違背承諾，老夫將視你為敵人！」

約翰一點也不害怕，只是笑容又消失了。「那麼，班納巴有說你可以利用它達成自己的私心嗎？」

對方的眼睛與準心連成一線。「那是給她的考驗，如果連勝過本國戰士的本事都沒有，返程必定死路一條！信物，老夫會交給那孩子，你請回吧。」

這時，老者左肩上的棉被滑下來，露出木紋與皮肉交纏的上臂，並有幾根樹枝穿出皮膚再紮回肉裡。「你也看到了，老夫的命不久矣，已無所眷戀，但求履行對老友的承諾，放心吧。」

其實特別跑這趟，只是要確認情報的真偽。一般時候，他們都會運用一套精巧的話術，釣出自己需要的資訊外，還能讓對方的心情舒舒服服的。而他卻出言激怒對方，有違與身分地位相稱的專業素養，還可能讓事情變得更糟，若是被更高層的長官知道了，貶職都是有可能的懲罰。

他的理智非常清楚，只是情感上就是嚥不下去。每每想到師徒倆因為這人的關係晚一步離開席爾薇，進而造成現在的局面，拳頭就會不由自主握出青筋。

此時，腦中又閃過老師索取空白合約紙的記憶——

那歷經風霜歲月的手將信念刻成文字，然後瞇起眼眸將羊皮紙遞過來，溫柔細語道：『別說了，就這樣吧，就這樣吧——』

是呀，就這樣吧。而且那女孩連「翅膀」都張開了，身為凡人還有什麼好置喙的呢？緊握的拳頭慢慢鬆開。

約翰低頭瞅向一旁的地板，想像剛才溢出來的血絲流進石縫裡，當他再將臉擺正的時候，表情又是敬業的，只是多了一點點真誠。

「那隻手需要我幫忙嗎？」他問道。

總管擰下眉間表達困惑，而槍口沒有移動一釐米。

約翰對總管伸出右手，將羽毛送過去。對方被他的舉動嚇到，要扣下扳機之際，靈氣及時摸到長樹的左手，老者的身體立刻無法動彈，還產生些微痙攣現象。

接著他握緊拳頭，往自身的方向一扯，總管隨即停止顫抖，身體癱回床上，火槍也滾落下床。

「你、你對老夫做了什麼？」總管急促地換氣。

約翰將手收回背後，瞇起眼眸答道：「我掐死了污穢之物，木頭應該不會繼續蔓延，恩菲爾德先生會舒服點。不過我的能力最多只能做到這樣了，或許貴城的醫術能處理剩下的枯木。」

等呼吸順一點後，總管輕輕撫觸皮膚與木頭相接的地方，原本驚愕的眼神慢慢平復，娓娓道出感嘆：「早些時候，老夫出城與騎士團團長周旋入城之事。為了刺探底細，老夫徒手拿著硬幣要上繳給對方端詳，不出所料，那位大人連手都不敢伸出來。原本竊思，只要維持羽化就能遏止硬幣發作，殊不知，一股強大的惡氣從城裡襲來，與硬幣產生共鳴，老夫壓制不住，牠便生根發芽了。」

老者轉眼看過來，問道：「你的羽化很強，剛才那手法想必就是提巴戰士會用的『靈魂職份』吧，你到底是誰？」

確實是靈職沒錯，不過他不想多做解釋，僅用微笑代為回答，接著說：「底波拉是我的老師，所以嚴格說來，也算是提巴的後裔。不過實際身分確確實實是商會的人，為了前輩們的遺願，我是不會僭越本分的。」

總管聽了，便長長地舒出一口氣，同時將手敷到眼前。「太久了，真的太久了，終於能把這玩意兒交出去了……」

「您辛苦了，恩菲爾德先生。我會請女孩盡快前來取物，然後離開此地不再叨擾，還請多保重。願亞多乃的平安隨在。」約翰微微行點頭禮，便轉身離開。

「等一等。」老者呼喚道，等他回頭才繼續說：「東西給了你們，意即戰爭的號角正式吹響了。你們的對手是整座浮空世界，身為財務長的你，評估勝算有多少？」

約翰笑了笑，回答：「我只是個商人，所能做的，就是在各種條件下爭取最大利益。先告辭了。」

他離開醫療院所，再藉由地圖與衛隊騎士指引，找到拘留嫌犯的牢房。

向留守的衛兵出示一份文件，要求獨自與犯人談話。對方狐疑的表情全在預料之內，不過反覆確認文末的官印後，便掏出鑰匙，為他打開厚重的木門。

進入牢房，等門外的腳步聲走遠，才好好端詳那位雙手被銬在牆上的年輕囚犯。破爛的衣袖透出瘀青與血痕，頭低低的看不到臉，雙腿盤坐著，鞋子還少一隻；靈魂的氣息非常微弱，不過相當清澈白淨。

「幸會，賽特・莫屈斯騎士。」語落，對方無動於衷，靈魂一點波動都沒有。

約翰瞅向一旁的桌子，上頭攤放了這人的東西。有軍規的佩劍、皮帶、腰包，還有一條破舊的白布，以及一頂眼熟的草帽與斗篷。

捏起那條斗篷，翻了翻正面與背面，高呼：「美哉！沒有破損，只是臭了一點。無妨，洗一下便可，它會是那女孩最寶貝的遺物吧！」

賽特慢慢抬起頭，露出被痛毆的顴骨與嘴角，用一隻眼睛瞪過來。「什麼……遺物？」

「亞拿的拉比，士師底波拉的遺物。」

「是嗎，輸了呀……」囚犯又低下頭，神情不知道是悲傷還是疲倦，隨後又燃起一絲希望問：「但，她沒事……對吧？」

「是的。她戰勝仇敵，並且救了席爾薇城。」約翰將斗篷用力震兩下，接著對摺再對摺，然後掛在手上。

對方聽了，嘴角吃力地上揚一點點，不住呼出感嘆：「那就值得了，值得了……」

約翰見賽特的精神狀態好多了，便直搗核心的問題說：「恕我直問了，你跟班納巴的關係是？」

年輕人立刻築起跟總管相似的防備心。不過在將他從頭到腳打量一回後，很快就放下了，回道：「老師跟學生。你是？」

「我叫約翰・提摩西，是底波拉的學生，同時也是科洛波爾商會的幹部。聽聞你是因為幫助亞拿才被逮捕的，這麼說正確嗎？」

對方苦笑一陣。「是，我自願幫忙的。不過，我是輸給『蛇』，負傷才被衛隊抓到。」

「那時祭司在城裡？你可以詳述當時的狀況嗎？」其實約翰已經大致知道發生了什麼事，這麼問只是想更了解這個人。

賽特說：「我原本只是要扮成亞拿的樣子，在城裡吸引同袍們的注意。跑了一陣子，察覺一股強大的惡氣撲向四面八方，許多人接連變成樹。我順著氣息找到祭司，那時牠應該已經吃很多果實，我的羽化根本應付不來。」

「你有傷到牠嗎？」

「連一塊鱗片都沒砍破，技不如人也是沒辦法的事。衛隊的長官非常生氣，控訴我通敵亂紀，現在等著判軍法。」年輕人露出無奈的苦笑，彷彿全然接受自己的失敗，也接受未來的命運。

看這人身上的靈氣，雖然因為疲態而薄弱，但仍散發出安定的特質。沒有因為戰敗溢出一點血絲，更沒有因為即將面臨的審判激昂，而是如同池塘般寧靜。

賽特的本領或許沒辦法像亞拿一樣神勇，卻能像莎拉公主、福克斯總管那樣，在關鍵時刻做出大我的決斷。年紀輕輕就擁有「殉道者」的特質，後半生都待在牢裡的話實在太浪費了。

約翰走到賽特跟前，掛上營業用的笑容問道：「賽特・莫屈斯，我要僱用你，跟我來『逃城』吧！」

心靈高貴的騎士如期奉送一抹鄙夷，他在審問騙徒時大概就是使用這種眼神吧。兩人對視了半晌，賽特才追問那番話是什麼意思。

「我能幫助你離開大牢，不過你必須做出決定。割捨與這座王國一切的牽連，包括家人、朋友、財產、成就，你唯一能留下的，是畏罪叛國的壞名聲。」

「你要我成為『揀選者』？」騎士的表情同時參雜著許多情緒，緊實的眉間傳達出對特權的不以為然，微翹的嘴角卻透露對自由的憧憬——

約翰回道：「別誤會了，我是找你去幹活，不是去旅遊。不過，我確實特別選擇了你，班納巴的學生。你跟他一樣，都會為了別人義不容辭犧牲自己，不同的是，你還活著。」

「跟班納巴先生一樣，是嗎？」塞特低下頭，臉上洋溢淺淺笑容。沉默一會兒後，給出答覆：「出去的話，就能為老師的志業做更多吧。好，我去，但務必答應我，讓我知道『逃城』的前世今生，這樣我才能為它全力以赴。」

「應汝所願。」約翰走回桌子前，將亞拿的草帽掛到身後，回眸說：「諒我聲明，那裡非常『自由』，自由得荒唐。而我由衷希望，你的靈魂能永遠像現在一樣潔白。先告辭了，請靜候佳音。」

他離開牢房，越過數條長廊後，找到馬廄以及商會的馬車。終於打點完花邊瑣事，該去處理最重要的「突發狀況」了。

爬上車廂之際，忍不住呼出長長一口氣——

「為什麼唯獨這件事沒有職務代理人呢……」他在心裡埋怨著，隨後對馬伕說：

「好，最後一站，去森達姆山。」

第14節　擺弄棋子的人

馬車來到山腳下的小花園，發現席爾薇的衛兵已經設置管制哨站，並在柵欄之間的入口拉起鎖鏈。當他們靠近時，衛兵讓鏈條的一端落到地上，直到後輪也越線，它立刻被掛回原本的高度。

順著小徑深入山林，掠過一小段清幽的綠境後，開始能在樹幹與岩石上發現刀痕與裂痕，還有被外力鑿開的地面及土丘。幾名商會的工人迎面而來，肩上扛著鏟子、鐵鍬，走到坑洞的地方，準備用手中的工具將其填平。

再過一會兒，他們抵達較為寬敞的空地。這裡有更多工人，三三兩兩地散在各處，或坐或站，吃喝商會準備的食物。在稍遠的地方，躺了一整排白布，而最大的那張鋪在它們的正中間。

馬伕找了陰涼的地方停泊馬車，四、五名商會的幹部快步而來。一人幫他打開車門，其他人送上問候：「Shalom！財務長舟車勞頓辛苦了，需要水還是茶？」

「如果有紅酒的話我會很感謝的。」約翰離開車廂的台階，掃視空地的同時，對他們問道：「善後還順利嗎？」

一位幹部拉開羊皮紙卷，開始報告當前的進度：「變形的地貌已經填補一半，預計下午三點前能完工。滄蜥的屍體已全數回收，目前正運往西方山區準備焚毀。受傷的祭司還有一點氣息，正在『回家』的空中。至於武僧的部分，他們——」

話說到一半，兩個身披黑斗篷的人從後方靠近，幹部們紛紛讓出空間，讓那兩人與約翰面對面。

兩名武僧揭開兜帽，露出滿臉的繃帶與土灰，各一隻眼睛都被遮住。失去右眼的那位用薩瑟瑞語對約翰說：「Shalom！謝謝你們將弟兄們全找出來，連斷掉的手腳都找到了，公義的亞多乃在上，我們由衷感謝你們。然而，根據古籍戒律，接下來的事情讓我們自己結束即可，免得干犯了訓悔，他們的靈魂不得安息。」

聽完，約翰拔下一根頭髮，然後埋進土裡。回道：「你們的拉比與弟兄歇了在地上的工作，塵歸塵，土歸土，願他們在亞多乃的殿中安息。」

武僧們看了他的舉動，靈魂震起漣漪，不過沒有坦率表現出來。兩人用點頭表達謝意後，便往弟兄那裡走去。

等黑斗篷走遠後，約翰接過幹部遞過來的皮囊酒袋，對他們問道：「那麼，士師跟她的門徒怎麼樣了？」

「依照遺願，士師已經入棺，隨時都可以引火。不過就像信中提到的，女孩不見了，沒辦法如計劃擔任點火人。」

「財務長，這樣等下去不是辦法。」另一名幹部用不耐煩的語氣說：「您也是士師的門徒，不如就由您來點火吧，況且，遺願中並沒有明載點火人是誰，就別勉強她了吧。」

約翰苦笑後回道：「不，我不是門徒，只是學生。兩種身分本質上有著天與地的差距，所以那孩子可以稱她為拉比，而我不行。」

「拉比」其實是舊時代的產物，存在於薩瑟瑞人的教師文化之中。只有德高望重的賢達才有資格被人冠上此頭銜，而能如此稱呼他的人，除了需要被親自認可外，還必須立志將拉比的一生從裡到外繼承到自己的生命裡。

因此嚴格來說，底波拉與亞拿的師徒關係是有違傳統的。每當女孩呼喊底波拉「拉比」時，不只是薩瑟瑞的文士、族長聽得皺眉，就連逃城的長老、會長都頻頻抱怨刺耳，因為士師根本沒有把斬人的功夫傳授給接班人！

不過箇中的意義與份量，這些異族的幹部們不會懂吧，花時間解釋也對當前狀況沒有幫助。於是他給出較為務實的理由：「我們等她吧，這也是會長的意思，老爺希望女孩負起傳承的義務。好了，去多準備一點香草跟藥水吧。」

幹部們聽到是大老闆的旨意便不再多嘴，立刻動身去張羅要務了。

約翰拔開皮囊袋上的軟木塞。暢飲之際，眼角餘光瞄到不遠處的樹林裡，有幢突兀的影兒，不像是自然產生的東西。

基於微不足道的好奇心，他持續聞著酒香，慢悠悠穿過一小片空地，挨近那暫時逃離工作的藉口——

撥開灌木叢的枝葉，原來是一塊被剖成兩半的岩石。

他輕輕撫過乾淨俐落的切面，無意間，指尖沾到一小抹靈魂的氣息。儘管它已經淡得幾乎看不見，仍然有沉甸甸的觸感附著在皮膚上。

距離激戰結束至此，少說也有十個小時了。竟然能殘留這麼久，自然可以想見，它是從多麼強大的靈魂剝離下來的。

約翰用另一手將那點氣息撥回空氣中，冥冥之間，看見它化作一根紅色的羽毛，然後隨著微風散成粉塵，飄向蔚藍的天際——

「大半人生都為戰場而活的您，終於自由了嗎？」他自語著。

此時，他察覺到兩道視線從遠方投射過來，彷彿正警戒、打量著自己，不過倒是還沒有強烈敵意。

約翰將手揹在身後，揚起營業用的笑容，朝兩人所在的樹蔭走去。一女一男坐在地上休息，他們的髮色一金一白；穿著高級的作戰裝束，沒什麼明顯外傷，但全身髒兮兮的，就像在地上打滾了好幾回。臉上掛著無法忽視的倦容，眼眶周圍黑得像被炭火燻過。

他在音量能禮貌傳達的距離打招呼：「想必兩位就是莎拉公主殿下與威廉騎士。幸會，我是科洛波爾商會的會區財務長，叫我約翰就行了。」

「你好，貴商會的服務果然名不虛傳，效率快品質又好，本王國承蒙大惠了。」公主褒揚著，不過並沒有回敬笑容，大概是累到笑不出來了。

「殿下客氣了，本商會只是盡力完成客戶的期待。」約翰接下對方的手。「我們的師長與孩子才是，蒙受您費心照顧了，您深謀遠慮的智慧著實令人肅然生敬。」

「謝謝，不過恭維到這裡就可以了。」莎拉的眼神隨著靈魂一起變得銳利。「我已經用速信隼告知『信物』的下落，那東西等於是你們的囊中物了，財務長還特地到山裡來，請問有何指教呢？」

約翰從皮製背袋裡取出合約卷軸書，舉在兩人眼前。「這份是底波拉老師親筆寫的合約，聲明在她陣亡的時候立即生效，而我奉命交給繼承人，也就是那女孩。您們知道她人在哪裡嗎？」

「給我吧，我幫你轉交給她。」莎拉向合約伸手，同時釋放出強烈的氣息。承載極度不信任的意念，直直朝雙眼射來，彷彿準備扒開腦袋，檢查口裡說的跟心裡想的一不一樣——

他隨即將東西拉回懷裡，並且在倒抽氣息的瞬間克制住驚愕的神色，然後熟稔地漾起瞇眼的笑顏。「您的好意心領了，但畢竟是我的工作，我自己交給她就行了。」

此時，一旁的騎士對公主說：「他們商會的人就是這樣，重要的事情一定要親自跑一趟。上次有個戴面具的傢伙擅自闖進我家，只為了送信給亞拿跟罵人，真的很無聊。」

莎拉的眉間軟下來，眼皮半闔著，神情回到之前的疲態。「也不能怪他們啦，人家是世界級商閥嘛，做事嚴謹也是理所當然的。」

約翰看著兩個精神近乎彌留的人。他們的體力明明已經不堪負荷，但在聽到有人要去找——異邦人——亞拿的時候，旋即展現出真摯的情感，就像野狼為受傷的同伴向敵人低吼。

根據幹部之前捎來的情報，這兩人都是女孩入關後才結識的，而且交流的契機還是以互相利用為前提，如今卻已經萌生某種堅實的情誼。這可有趣了，稍微推一把的話，事情說不定會朝向出人意表的劇本發展。他的靈魂隱隱悸動著——

「聽起來，您們應該知道她在哪裡，請告訴我吧，她已經耽誤進度了。」約翰說道。

果不其然，公主殿下的靈魂又掀起波瀾，而且比剛才更猛烈，還帶了一點血色。她將身旁的手杖握進手裡，用堅定的語氣說：「財務長，貴商會能不能有點人性？她才剛失去摯愛的親人，晚個三天都不該嫌久。」

她拉動手杖上的機關，露出看似彈艙的構造。「把合約留下。你們的女孩我會照顧，『麥祈的約定』之後將一併交給她，你請回吧。」

一旁的騎士不知何時已經紮穩單膝跪姿，右手扶在匕首的刀鞘上。

約翰低下頭，嘴角不自覺地上揚，並在心裡偷偷地長舒一口氣。

之前抗拒接下這份工作，就是自認自己無法扮演好女孩的心靈褓姆，失去老師已經夠難受了，根本沒有餘力照顧另一個人。如今卻是兩個異族人站出來，甘願為女孩兩肋插刀，以一筆穩賠的生意來說，她一定為自己做對了很多事。

聽幹部們說，發現老師的遺體時，臉上還帶著微笑。或許，老師就是看到女孩身邊有這兩個人，才會走得如此安祥吧。

「對兩位而言，她是很重要的夥伴嗎？」約翰問道。

「是不是夥伴我不知道，但能確定的是，我為她以及我們的境遇感到不值與憤怒。」莎拉將一顆彈丸塞入彈艙。「貴商會要跟雙廳對弈，把席爾薇王國當棋盤，你們信手一步，我們這些當棋子的就必須拚死求生。現在棋局告一段落，城市半毀、百姓殘喘。而我卻惦記著，自己親手把你們的棋子騙到敵人的防線，對此內疚不已，現在只想著如何補償她們。那麼，你們呢？」

她將艙蓋滑上，瞪起仇視的眼神。「告訴我，財務長大人，這盤遊戲還要下多久？還有幾局？你會是下一位棋手嗎？」

約翰瞇起眼眸，然後盤腿坐下，並將合約書放在面前，往兩人那裡推過去。

「是的，我是擺弄棋子的棋手之一。」他從皮袋裡取出用來交辦委託工作的「尼修斯先生面具」，說道：「一場席捲整座浮空世界的賽局，將在信物回到『逃城』的那一刻正式開始。敢問，您們有沒有興趣跟她一起去呢？近距離參與這場對弈，然後，影響它的走向。」

說完，他將最後一抹酒香送進喉嚨，接著把面具戴上，讓「愉悅的酒神」對著兩人。

末節　傳承

是拉比的味道，從樹下飄上來了……

「拿拿？」

走開……

「怎麼了，又跟他們打架啦？」

妳不要上來，樹枝會斷掉……

他們說妳騙我，妳不是真正的拉比。真正的拉比應該要像他們的拉比一樣，教他們所有事情。而不是像妳一樣……只會帶小孩。

他們還說，如果我真的是門徒，妳就會帶我一起去工作，教我成為獨當一面的特許商人，而不是常常把我一個人丟在城裡。

我還是跟哥哥姊姊一樣，叫妳「阿媽」就好了，我不要叫妳拉比了……

幹嘛啦！不要，放、放、放我下去！

「拿拿，妳看到什麼呢？」

……更多樹呀。

「妳還記得，是從什麼時候開始叫我拉比的嗎？」

……就是「那件事」之後呀，隔天妳就要我叫妳拉比了。

「對哦，妳知道為什麼嗎？」

妳又沒說過，我哪知道。

……幹嘛不說話？

「那天我看見——妳跟我一樣，可以聽到街尾的耗子窸窣，預判塔頂的雀鳥振翅，還能徒手爬上這棵在峭壁的樹梢，以後也會長出最危險的尖牙與利爪吧。」

哪有這麼誇張……

「但跟我不一樣的是，妳擁有比雪更白的靈魂。所以我很想知道，如果我做妳的拉比，將來妳是不是能跳得比我高、飛得比我遠，俯瞰我沒有看過的景色。」

「拿拿，妳替我上去看看，那流奶與蜜之境，好嗎？」

……不要，我不要自己去！

妳要努力活到我長大，到時候我才能揹妳一起上去！我們約定好了哦，把小拇指給我，快點啦，手過來、手過來——

已經忘記是多久以前的事情，就連拉比最後有沒有把小拇指伸過來都記不太清楚了。只是依稀記得，那時拉比的手掌好大、肩膀好寬。被她抱起來放到肩上，就像從一棵爬到另一棵樹——一棵……好穩固、好溫暖的樹。

突然間，喉嚨哽了一坨苦澀，讓亞拿不禁用力地咳了好幾聲。紅腫的眼眶再次被淚水弄疼，也將她從回憶中帶回來。

看了看一旁的綠葉以及遠方的景色，確實跟薩奧連的不太一樣。再看回手中的煙管，才發現斗缽裡頭的菸草早就燒乾了。

她把手伸進菸草袋，左邊摸一摸、右邊掏一掏，最後只蒐集到一小搓碎渣。這些應該只夠再吸半管吧，那不就表示，「拉比的味道」也要離自己遠去了？

想到這裡，嘴巴又被瘦得緊緊抿起，但仍止不住嗚咽的聲音。她曲起雙腿，讓臉可以埋進臂彎裡。

「……滾開！」亞拿怒斥樹下靠近的氣息。

「妳已經在上面兩天了，總得吃點東西吧，身體會撐不住的。」討人厭的女聲說著假惺惺的話。

「不用妳管。」她把臉轉到另一邊。「快滾，我不想聽到妳的聲音，更不想看到妳的臉。」

那人不識相地往前走幾步，並且說道：「恐怕不行哦，底波拉女士生前留了一段話，要我轉述給妳。」

「別用妳的髒嘴說拉比的名字！」亞拿將怒目與血氣射向莎拉，吼道：「我不相信妳，大騙子。如果拉比真的有話要留給我，妳就讓威廉告訴我。快回妳的王宮做妳該做的事，公主殿下，這對我們兩個都好！」

「這有點困難呢，因為底波拉女士是用薩瑟瑞語說的。而且，我已經答應她了，必須言而有信才行。」說完，莎拉從身後拿出亞拿的斗篷，旋了大半圈披到身上。動作之多餘，根本是故意要讓她看到。

亞拿跳下樹，用低沉的語氣說：「脫下來，那是拉比的披肩。」

她拱著背脊，雙手垂向地面，雙腿微微彎曲並踮起腳尖，這是準備撲殺獵物的姿態。莎拉跟威廉都被她的氣勢震懾，不禁往後彈了一小步。

不過公主還是鼓起勇氣站回原本的位置。儘管一滴汗珠滑到臉頰旁，仍不忘撐起虛偽的笑容說：「我知道妳恨透我了，坦白說，我也不怎麼喜歡妳們。但是，我由衷感謝妳們救了席爾薇城。所以，我想好好報答恩人最後的請求——」

「妳省省吧，斗篷還來！」亞拿撲向莎拉。由於動作太大，被對方驚險閃過，自己則被過猛的衝勁拖著多顛幾步。

狡猾的公主靠踮步爭取一點距離。威廉這回沒想勸架，反而退到稍遠的地方。

「妳可以生氣，但該說的話我還是得說！」莎拉的手緊緊揪住斗篷的衣領，彷彿想要占有它。

「給我閉嘴！」亞拿再次撲向公主。抓住對方咽喉的同時，自己的胳膊也被牽制，使指節無法使出全力。

她隨即朝莎拉的臉揮出另一拳。對方及時聳起肩膀，稍微削弱了拳頭的力道，也改變一點角度，但注滿血氣的拳鋒還是砸中顴骨。

「哈……真的很痛呢。」莎拉苦笑著，而唯一有空反擊的手仍緊緊抓著斗篷。

亞拿看了更加生氣，又朝公主的臉頰送一拳，再重踢肚腹。趁對方痛得彎腰時，趕緊揪住斗篷，用力把它從壞女人的身上扯下來。

這時，她發現斗篷內側綁了一條皮繩，拉得又緊又長，一直延伸到莎拉的身上——

果然有詐，怪不得甘願挨這麼多拳！亞拿想掏出小刀割斷皮繩，再仔細看才發現，對方的目的似乎不是把斗篷搶回去，而是把某個東西射過來。

莎拉鬆開手，讓那玩意順著彈力砸在亞拿身上，迷濛的粉塵旋即炸開。

她反射性地向後撤，一手搧開餘煙，一邊罵道：「該死！妳對我做了什麼？」

亞拿確定自己的聲音沒有改變，身體也沒有產生異常的病症反應。不過她很快就發現眼睛怪怪的，視線逐漸變得模糊，不管怎麼眨眼都無法緩解，接著開始看不見更遠的景物，彷彿深陷在白茫茫的迷霧之中。

「莎拉・席爾薇妳給我出來！」她吼著，想感知氣息卻辦不到，因為全身上下都充滿濃郁的血氣，靈氣根本放不出去——

「拿拿。」

亞拿立刻轉向聲音來源，看見濃霧後面出現一幢高大的身影。外型與拉比幾乎一模一樣，再加上那完全相同的聲音，儼然就是拉比本人。她瞪大雙眼不敢置信。

「每當想起那一天，我就深感欣慰……」

「她」提到兩人相遇的時候，語氣還是熟悉地溫柔。淚珠逕自大顆大顆落下——

「看著妳越來越像我……」

雖然拉比要哥哥姊姊們叫她「阿媽」，卻從來沒有說誰像自己親生的。曾聽她跟商會的人聊天，提到自己一直不敢生孩子，是擔心把髒血傳下去。但又常常忍不住想像，如果有親生孩子是什麼感覺。

亞拿提起踉蹌的步伐想接近「她」，但似乎怎麼樣都無法縮短距離——

「……而我卻沒辦法陪伴在妳身邊。」

「那就不要離開我啊！妳答應要一起回去的……」她揉著眼睛，步伐越踏越快，也越走越跌撞——

「但我深信，亞多乃的平安將永遠隨在——」

亞拿終於撲進「她」的懷裡——

對方環抱住她的頸項，在耳邊輕輕說：「我最愛的女兒。」

亞拿放聲大哭，並且緊緊摟住說話的人。即便對方的脖子沒有記憶中粗壯，臂膀也沒有印象中巨大，甚至連身形都縮小好幾圈……

哭了好一會兒，她察覺視力已經恢復正常，這才看清楚自己抱著的，是披著金色頭髮的背膀。稍微推開對方，看見莎拉苦著笑容，彎彎的眼眸跟她一樣，紅腫之外還掛著斗大的淚珠。

正困惑公主怎麼比平時還高時，餘光瞥見在下方當馬的威廉。他跪在地上面露著猙獰，手臂與脖子都浮現努力的青筋，顯然已經竭盡全身的力量，才勉強扛住肩上的人突然向前傾斜。

亞拿忍不住笑出來。「什麼啊，你們兩個笨蛋……」

莎拉也跟著笑了，趕緊扶著騎士的肩膀回到地面。威廉則終於解脫似的，大口喘氣之餘，連忙舒展負荷過頭的筋骨。

「剛才那是『幻影粉』。」公主用袖子按按眼角。「它不能讓人直接看到幻覺，卻會將內心的渴望投射到相似的事物上。比起由我代話，讓妳的拉比『親自』對妳說還比較有意義。」

「我們不是故意要耍妳，」白髮騎士也補充說：「只是希望妳趕快振作起來。因為兩天前妳的商會就一直想找妳，好像是非常要緊的事。」

亞拿漾起笑顏，張開雙臂將莎拉與威廉一起抱住。她什麼都沒多說，只是把臉埋進兩人的肩膀中間，然後越摟越緊。

兩個席爾薇人起先有些尷尬，不過很快也跟著放下矜持。威廉輕輕將手放在亞拿的背上，莎拉更把臉頰靠向她的頭。

此時，「尼修斯先生」從樹林中現身，乘著歡快的步伐走過來。當他接近三人時，便華麗地旋轉身子，炫技了兩、三圈剛好停在亞拿面前，一支卷軸隨之奉上。

「哦——熾焰的天使——」面具人開始他的表演：「那晚妳如流星劃過寂靜夜空，彷彿諭示自己就是那應許之星。璀璨地燃盡自己，為我等帶來希望。願妳此後平安！繼續用那奔放又耀眼的靈魂，在稍縱即逝的旅程中，引導我們步上永恆之徑。」

亞拿接過卷軸，對這位尼修斯先生說：「你就是拉比的學生，約翰先生吧，我對你的靈魂還有印象。」

約翰解開優雅的舞姿，將面具拉到頭的側邊，露出自己靦腆的笑容。「Shalom！亞拿小姐，這段時間辛苦了。老師說的果然沒錯，妳是相當厲害的助手。」

她對這番恭維不以為然，瞅著手中的卷軸問：「他們說你們一直在找我，就是為了它吧，這是什麼？」

只見對方瞇起眼睛，半晌後才解釋卷軸的來歷。原來，拉比瞞著她寫了這份追加合約，而且通篇都在講自己走後的事，彷佛早就預知了現在的發展。合約內容是這樣的

——

致 以諾・科洛波爾 會長

本合約將於本人 底波拉・拉彼多 任務期間辭世時立即生效
任務將由愛女 亞拿・底波拉 接手完成
亞拿・底波拉 即刻繼承本人於「逃城」之所有遺產
包括財產、寄物以及任何特權
科洛波爾商會承諾傾盡全力支援 亞拿・底波拉 完成任務
並於階段性任務事成後
履約免除「尤諾之家」一切債務
且提供相應的庇護措施

立約人：底波拉・拉彼多
繼承人：亞拿・底波拉

亞拿有點後悔現在就讀這封書信，因為它讓自己對拉比的思念，多了幾分更加複雜的情感。

一直以來，無論是商會的人還是提巴的族長文士，不時就會追問拉比接班人的事。

拉比則是一貫地否認，甚至要那些人別再抱有任何期待，就連亞拿自己也是如此篤信著。

今天再看到這些文字，才發現自己一直被蒙在鼓裡。原來拉比為了提巴的理想、自己的願望，居然連門徒都能欺騙嗎？不僅老早就決定了繼承人，還將「尤諾之家」的未來託付給她，更幫她冠上姓氏，成為實質意義上的「後人」。

「尤諾之家」的哥哥姊姊雖然都沒有姓氏，但如果有需要還是會自稱「尤諾」。如此一來，就只有她擁有拉比的名字。

這些年，拉比時常告誡她「生有時死有時」、「不要為我的死消沉喪志」、「不要為我哭泣」。亞拿一直以為，拉比會這麼說是擔心她太過悲慟，所以想藉由不斷提起，好讓她有心理預備。

但當看了合約後，亞拿不禁想像，會不會有另一種可能——

或許拉比早就預料到，當她收到這份「過於沉重的遺產」時，錯愕、憤怒、怨恨之類的感覺將會淹沒其他所有的情緒，因此才不斷提醒她，悲傷難過都是多餘的，說不定還會恨拉比。

夕陽西沉後，約翰帶亞拿到追悼會所在的地方。在不遠處便能望見一口巨大的棺木，柴薪都已經準備妥善。商會的人侍立在一旁，他們披著亞麻做的衣袍，人數不多，但全是幹部級別的人物。

拉比安詳地躺在木棺裡，身體周圍灑滿鮮花，臉上淡淡的笑容依舊那麼慈祥。

亞拿輕輕握起拉比粗糙的大手，敷在自己的臉頰上。試著想像以前還有溫度的感覺，以及那溫柔的臉龐，在撫摸她時都會說些什麼話。

不知過了多久時間，有恭敬的腳步聲慢慢靠近，她便知道時候已經到了。將那隻被淚水滋潤的手放回腹前，在拉比的額頭留下一吻後，才依依不捨退到約翰身旁。

接過對方遞來的火把，亞拿仰望夜空。心底十分確信，自己不會怨恨拉比，也不會推辭拉比的託付。

所以她相信，拉比一定會原諒她。原諒她在點燃柴薪後，暫時將這些年來的訓誨拋在腦後，以嘹亮的哭號，作為最後的任性，送到天上去——

（全文完）

【二章2節】

一把武器的設計藍圖：以手杖為主體，合成皮繩繫在中空的木管內，透過一連串複雜的機關，可以像弩槍一樣把東西發射出去，只不過沒有弓臂，外型倒跟軍部用的長型火槍十分相似。

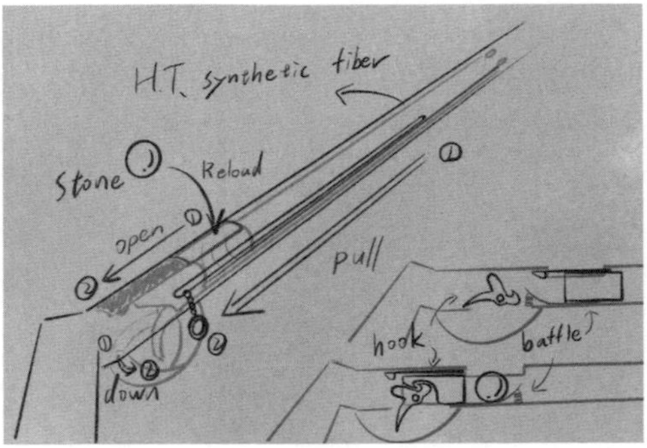

【二章3節】

她穿著跟亞拿一樣的涼鞋，土色的長袍從腳踝一直包到頸部，掀開的兜帽中，竟然是位灰髮蒼蒼、滿臉皺紋，左眼被白布巾包覆的老太太。

【二章9節】

凶器接二連三射過來，有石磚、屋瓦、木棍、花瓶，全是沿路上隨手偷來的東西；她輕盈墊步，翻滾一圈，再接一個單手空翻，最後將自己藏在煙囪後方，讓那些贓物把屋頂砸得亂七八糟。

後記——

當初為了練習畫人體的結構，以及頭髮與衣服（特別是長裙）在肢體動作間的變化，刻意挑選了「Tricking 轉體動作」當原型，將運動員的動作定格並做成剪影，然後根據那一連串動作，試著描成亞拿的模樣。畫完後直接被她迷倒，說什麼都要用在故事裡當插圖——不然就暴殄天物了。

一隻貓

我開始懷疑
這女人真的是一隻貓
不只喜歡惡作劇
還喜歡爬到高的地方
然後跳下來
我更聽過撥砂的聲音……
William
沙沙沙沙

刃桌大賽

咚！
啪！
19.2
17.6
伊絲勒團長獲勝！
秦鳥你好爛

慚愧哭哭粉

這些粉為什麼要特別分出來？受潮了嗎？
那批摻了最兇殘的成份，不要拿哦，我另有安排。
碰
碰
碰
我是廢物，我去妓院還報拉比的名字……
我是垃圾！我偷看妹妹洗澡還○○○！
我沒簽聯絡簿！

什麼都賣

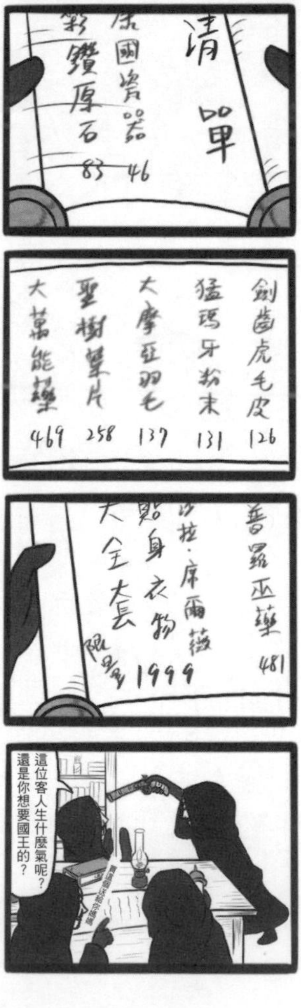
清單
國瓷器 46
彩鑽原石 83
劍齒虎毛皮 126
猛瑪牙粉末 131
大摩亞羽毛 137
聖樹葉片 258
大萬能藥 469
普羅巫藥 481
拉．庫雨薇
貼身衣物
大全套
限量 1999
這位客人生什麼氣呢？還是你想要國王的？

國家圖書館出版品預行編目資料

靈魂的羽毛：拉比的女兒 / 蕾蕾亞拿作 . -- 初版 .
-- 臺北市：臺灣角川股份有限公司 , 2023.07
冊； 公分
ISBN 978-626-352-729-4(上冊：平裝). --
ISBN 978-626-352-730-0(下冊：平裝)

863.57 112007658

靈魂的羽毛 拉比的女兒 (下)

作者・蕾蕾亞拿
插畫・蛇皮

2023 年 7 月 27 日 初版第 1 刷發行

發行人・岩崎剛人
總監・呂慧君
編輯・喬齊安
美術設計・李曼庭
印務・李明修（主任）、張加恩（主任）、張凱棋

台灣角川

發行所・台灣角川股份有限公司
地址・104 台北市中山區松江路 223 號 3 樓
電話・(02) 2515-3000
傳真・(02) 2515-0033
網址・www.kadokawa.com.tw
劃撥帳戶・台灣角川股份有限公司
劃撥帳號・19487412
法律顧問・有澤法律事務所
製版・尚騰印刷事業有限公司
ＩＳＢＮ・978-626-352-730-0